Schlösser/Ropertz · *Lyrik der Freiheit 1933–1945*

13./14. Band der Schriftenreihe Agora
herausgegeben von Manfred Schlösser

An den Wind Geschrieben

Lyrik der Freiheit · Gedichte der Jahre 1933–1945

AGORA

GESAMMELT, AUSGEWÄHLT UND EINGELEITET VON

MANFRED SCHLÖSSER

UNTER MITARBEIT VON HANS-ROLF ROPERTZ

Erste Auflage 1960
Vierte Auflage 1982

Umschlagentwurf: Monika Schlösser-Fischer

ISBN 3-87008-004-3

Den Toten zur Erinnerung

Den Trauernden zum Trost

Den Lebenden zur Besinnung

VORBEMERKUNG ZUR ERSTEN AUFLAGE

DER TOD IST EIN MEISTER AUS DEUTSCHLAND

(Paul Celan)

. . . und es gab eine Zeit, da hat man in Deutschland ein Lied klagen hören, wie es nie gesungen ward. Ein Choral aus Tausenden von Stimmen, die der Wind auf dem Rücken durch die Lande trug, unsichtbar, unfaßbar. Vielen zum Trost, den Gewaltherrschern ein Schrecken. Er sammelte die Lieder der Freiheit aus den Kerkern und Kellern, aus den geheimen Zimmern und von allen Plätzen der Fremde, er war der Vertraute aller Leidenden und ahnte nicht, daß Tage kommen könnten, in denen eine kleine Lautverschiebung seinen Auftrag zunichte machen würde. Wer um der Freiheit und des Rechtes willen seine Stimme erhob, hat AN DEN WIND GESCHRIEBEN und am Tage, als die Freiheit kam, vergaß man bald, die Zeit verging, die Worte waren IN DEN WIND GESCHRIEBEN.

(Aus einem zukünftigen Märchen)

VORWORT ZUR NEUAUSGABE 1982/83

Diese Anthologie mit Lyrik der Jahre 1933–1945 – die Dichtungen des Exils, des Inneren Widerstandes und solchen aus dem KZ, Zeugnisse von höchstem künstlerischen Anspruch neben solchen der reinen Dokumentation vereinigt – erschien erstmals im November 1960. Es war die Zeit des unreflektiert hochgejubelten „Wirtschaftswunders", die Zeit politischer Apathie der Mehrheit der Bevölkerung, geprägt vom Slogan eines führenden Ministers der Adenauerregierung: „Man müsse über die Vergangenheit Gras wachsen lassen!", somit die Zeit der mehr und mehr erstarkenden Restauration, die 1968/69 zu den berechtigten Unruhen einer enttäuschten, allein gelassenen Jugend führte. Die im Krieg Geborenen verlangten Aufschluß über die historischen, politischen, kulturellen und wirtschaftlichen Zusammenhänge, die zum Zusammenbruch der Weimarer Republik, der legalen Etablierung des Dritten Reiches und schließlich zur Zementierung des kalten Krieges geführt hatten. Doch diesen Aufschluß zu geben, war man weder in West- noch in Ostdeutschland bereit. Vergangenheitsbewältigung wurde im Westen per Wiedergutmachungsscheck betrieben, im Osten mit der kühnen Behauptung, eine solche nicht beginnen zu müssen, da man legitimer Erbe der Faschismusgegner sei. Verdrängung hüben wie drüben, auf den Etagen der Politiker wie bei den Intellektuellen. (Die Manager der Wirtschaft hatten nichts zu verdrängen angesichts einer kontinuierlichen Weiterführung ihrer Produktion für Krieg oder Frieden. Ware bleibt Ware!)

1960 war es an keiner deutschen Universität möglich, in der Germanistik Dissertationen über Exil- oder Widerstandsdichtung einzureichen. Der oberflächliche, aus einem damals noch immer vorhandenem Ressentiment gegen Emigranten überhaupt resultierende Einwand fand sich in der Begründung bestätigt, daß die im Exil oder als Camouflage im Reich entstandene deutschsprachige Literatur keine literaturgeschichtliche Kategorie sui generis sei. Im Jahr 1983 kündigt jeder Lehrbeauftragte, der auf sich hält, unter der Kategorie „Exilliteratur" Lehrübungen an, auch wenn sie gelegentlich mit Literatur nicht das Mindeste zu tun haben. 1960 versuchten die Herausgeber dieser Anthologie vergeblich, das Manuskript „An den Wind geschrieben" bei mehreren namhaften Verlagen unterzubringen, im 1983 erhoffen sich die gleichen namhaften Verlage Umsatz und Gewinn mit Sonderprogrammen unter dem Thema Exil. Dagegen ist nichts einzuwenden, im Gegenteil: der Sache Aufarbeitung der historischen und literarischen Vergangenheit kann selbst mit den Trittbrettfahrern, die behende jeweils auf die Trendzüge aufspringen, nur gedient werden, wenn dadurch das Thema auch bei denen Vertiefung erfährt, die sich früher dagegen sperrten.

Immer wieder wurden die Herausgeber nach einer Neuauflage der seit Jahren vergriffenen Anthologie „An den Wind geschrieben" gefragt. Die Verweigerung

dafür hatte ihre Begründung in der Erkenntnis, daß diese Anthologie heute anders komponiert werden müßte, daß die Autorenauswahl von damals gegenüber einer von heute erweitert, verändert, neu geordnet werden müßte. Die Bio-Bibliographien wären völlig neu zu erarbeiten. Erfreulicherweise haben zahlreiche Autoren, damals noch heimatlos, inzwischen in angesehenen Verlagen ihre Heimstatt gefunden. Die Biographien wären für die meisten der damals noch Lebenden mit ihrem Todesdatum zu versehen.
Etwas anderes beträfe die inhaltliche Akzentverschiebung. Aus heutiger Sicht bedauerlich, wenn auch verstehbar ist der Verzicht von damals auf Autoren, die nicht eindeutig als zum ,,Anderen Deutschland" gehörig erkannt werden konnten. Im Sinne Alfred Döblins 1938 publiziertem Dialog über Politik und Kunst ,,Die deutsche Literatur im Ausland seit 1933" galt für die Herausgeber die These: ,,Freiheit gehört so sehr zum Wesen des Kunstschaffens und der literarischen Produktion, daß bei ihrem Fortfall von Kunst oder Literatur nicht mehr die Rede sein kann." Diese Grundeinstellung schloß damals diejenigen Autoren aus, die sich in Verkennung der wahren Ziele des Faschismus ihm unterordneten, ohne ihm ergeben zu sein (Wolfgang Borchert beschrieb den Zustand des Rückzugs nach Innen in einem Brief an Aline Bussmann 1944 stellvertretend für alle so bezeichneten ,,inneren Emigranten": ,,Wir können heute nirgendwo Trost finden als in uns selbst." Autoren wie Johannes Bobrowski, Günter Eich, Peter Huchel, Horst Lange, Karl Krolow, Wilhelm Lehmann, Oda Schäfer u. a. wären zu bedenken gewesen.) Auch jene wurden ausgeschlossen, deren ,,spätere Tätigkeit" – wie es im Vorwort hieß – ,,den Nachweis lieferte, daß sie nur für eine andere Spielart der Diktatur gekämpft" hätten. Das war ein massiver Vorwurf an die Adresse derer, die sich in den Dienst einer Staatsmacht stellten, deren Leitziel gewiß alles andere als die Wahrung der persönlichen Freiheit war. Dem Zeitgenossen von damals genügte die literarisch unhaltbare Panegyrik auf Partei oder gar auf Stalin, um die Camoulage der Humanisten und Utopisten vom Range eines Erich Arendt – heute der wichtigste Autor des AGORA-Verlages – eines Johannes R. Becher oder eines Stephan Hermlin nicht gelten lassen zu wollen. Die Irrtümer aus der Sicht von heute sind keine solchen von gestern!
Die Anthologie ,,An den Wind geschrieben" ist ein ,document humaine' als auch ein ,document du temps'. Als soches möge es unverändert als Zeugnis einer jungen Generation von 1960 gelten, die kompromißlos Bekenntnis, nicht den letzten Stand einer möglichen Erkenntnis vermitteln wollte

Berlin, im September 1982 Manfred Schlösser

ZUR ZWEITEN AUFLAGE

Eine Lyrikanthologie sollte, wenn sie repräsentative Beiträge der darin vertretenen Dichter für eine Epoche, eine bestimmte Autorengruppe, einen Themenkreis vorstellt, geistes- und stilgeschichtliche Entwicklungen aufzeigen. Sie sollte »Wert und Ehre der Sprache« veranschaulichen, Übersichten geben, Gemeinsames grundverschiedener Kräfte überzeugend zusammenstellen. Der höchste Grad an Objektivität gegenüber dem literarischen Zeugnis ist der mindeste Maßstab, den man verlangen kann. Nicht so verhält es sich bei vorliegender Sammlung von Gedichten aus den finstersten Jahren deutscher Geschichte.

Hier wird nicht eine aus der geistigen Auseinandersetzung geborene Epoche, nicht in jedem Fall das objektiv schönste Gedicht eines jeden Autors vorgestellt, hier tönt der Hymnus auf »Wert und Ehre deutscher Sprache« nur als *eine* Stimme im Gesamtchor mit, dessen Tenor jedoch ein hohes Lied auf Auserwähltsein und Geworfenheit des Menschen ist. Der Leser wird gut daran tun, sich zunächst einmal die außerordentliche Lage zu vergegenwärtigen, in der diese Zeugnisse eines unbeugsamen Formwillens entstanden sind. Die äußere wie innere Situation stand für jeden schöpferischen Menschen unter dem Zeichen der totalen Vernichtung, die alle je geoffenbarte Visionen überragte. Ein Zustand, der jedes gestalterische Tun von vornherein zur sarkastischen Randbemerkung degradierte.

Daß in jenen Jahren dennoch echte *documents humains* geschaffen wurden, hat uns immer wieder vor die Frage nach den eigenen Bemühungen um die Erfüllung unserer hier gestellten Aufgaben zu führen. Nichts weiter, denn es ist schon unendlich viel. In diesem Buch wird ein politischer Ton mitangeschlagen, ein geschichtlicher Aspekt beleuchtet, und wir haben uns vor ihm zu verantworten. Gerade aus jenen Jahren, die Deutschland auf seinem geistigen Tiefstand sahen, können wir einiges lernen: von den Männern und Frauen nämlich, die man in unseren Tagen bereits wieder beargwöhnt anstatt sie zu Vorbildern der Nation zu erklären. Die Märtyrer in KZ und Ghetto, die Widerstandskämpfer und Emigranten, sie waren es, die Deutschlands Ehre retteten und dem Ausland bewiesen, daß es noch ein »Anderes Deutschland« gab. Erst wenn wir den hier mit den Jahren 1933—45 begrenzten Raum der Geschichte ganz durchschritten, das zu kennen Mögliche uns angeeignet haben, wird uns das Recht zugestanden, von Freiheit und dem Anspruch darauf zu reden.

Es wäre ein verhängnisvoller Irrtum, die hier vorgelegten Gedichte als Ausdruck eines jeweiligen Einzelschicksals zu lesen, ebenso wie sie mehr als reine Dokumente sind. Die Resonanz auf die erste Auflage des Bandes ließ manchesmal diesen Doppelaspekt vermissen, darum sei hier wie schon im Einleitungsaufsatz nochmals ausdrücklich darauf hingewiesen: eine solche Anthologie hat es noch nie gegeben und möge niemals wieder notwendig werden.

Gegenüber der ersten Auflage wurde vor allen Dingen der dokumentarische Teil verbessert und ergänzt. Freilich gilt auch jetzt noch der Hinweis, daß eine in jedem Fall fehlerfreie Bio-Bibliographie der einzelnen Autoren nicht garantiert werden kann. Hinzugekommen sind Beiträge von Ernst Blass, Felix Grafe, Alfred Grünwald und Ernst Schönwiese. Diese Gedichte machten kleinere Umstellungen notwendig, jedoch wurde im Wesentlichen die Anordnung der ersten Auflage beibehalten.

Die Sammlung ist als Band 13/14 innerhalb der humanistischen Schriftenreihe AGORA erschienen und konnte nur dank privater Unterstützung geplant und vorbereitet werden. Es stand kein Verlagsunternehmen, keine öffentliche Subvention hinter der Herausgabe, das uns zu betonen nicht unwichtig scheint. Alle Mitarbeit war ehrenamtlich. Neben den Autoren, den im Anhang aufgeführten Nachlaßverwaltern und Verlagen sowie manchen Ungenannten seien für finanzielle Unterstützung besonders bedankt: Herr Professor Dr. Werner Bock (Losone), Herr Dr. Richard Doetsch (Basel), Herr Dr. Joseph Drexel (Nürnberg), Frau Elli Ropertz (Darmstadt), Herr Hans Schlösser (Darmstadt), Herr John M. Steele (London) sowie der Verein der Freunde des Ludwig-Georgs-Gymnasium, Darmstadt. Sachliche Auskünfte erteilten bereitwilligst: Herr Dr. Berthold und Frau Stollwerk von der Deutschen Bibliothek (Frankfurt), Herr Höhne von der Deutschen Bücherei (Leipzig), Frau Dr. Ilse R. Wolf von der Wiener Library (London), die Herren der Direktion des Státnî Zidovske Museums (Prag) und des Internationalen Suchdienstes in Arolsen, die Herren Professor Dr. Walter Berendsohn (Stockholm), Walter Hammer (Hamburg), Professor Dr. Rudolf Felmayer (Wien), Professor Hermann Kasack (Darmstadt-Stuttgart), Wilhelm Sternfeld (London), Dr. Joseph Strelka (Wien) sowie alle Autoren und Nachlaßverwalter, die im Anhang benannt sind. Ohne ihrer aller Mithilfe wäre der Band nicht so schnell zustande gekommen.

Darmstadt, Juni 1961 — Manfred Schlösser

Einleitung

WELTENDE

Es ist ein Weinen in der Welt,
Als ob der liebe Gott gestorben wär,
Und der bleierne Schatten, der niederfällt,
Lastet grabesschwer.

EXIL

In den finsteren Zeiten
Wird da auch gesungen werden?
Da wird auch gesungen werden
Von den finsteren Zeiten.

Vom Wort in finsteren Zeiten

Manfred Schlösser

Finstere Zeit ist, aber es wird gesungen werden, und dies ist der Trost in der Verzweiflung, der Sternenfall in der Finsternis, die Zeugung im Tod. »Weltende« erlebte Else Lasker-Schüler visionär bereits 1906 voraus, den Bestand der Welt durch das Lied verkündete Bertolt Brecht in den Jahren seiner bittersten Leidenszeit, im Exil: zwei Namen, zwei Dichter, und dahinter steht ein Reich des Geistes, die Einheit der für die Erneuerung des Menschen Wirkenden und Leidenden. 1906 solche Zeilen, und aus dem Weinen ist ein Meer von Tränen und Blut geworden, das sich anschickt, zu einer alles verschlingenden Sintflut zu werden. Ein Jahrhundert, das voll ist von Verrat, Denunziation, Mißtrauen aller gegen alle, ein Jahrhundert der Verfolger und Verfolgten ... überall in der Welt, der Befehlenden und Unterdrückten ... überall in der Welt, der Henker und Konzentrationslager .. überall in der Welt, das Jahrhundert, das Menschheitsträume Wirklichkeit werden ließ, aus Weltbürgern Weltallbürger machte, aber den einzelnen in der Kontaktlosigkeit veröden läßt ..., ein solches Jahrhundert kann und darf uns nicht der Illusion überlassen, es sei eine Morgendämmerung echter Freiheit und Humanität, wahrer Größe und Verantwortung, oder, wie Thornton Wilder gelegentlich der Entgegennahme des deutschen Friedenspreises meinte, es sei »das Zeitalter des Menschen erhobenen Hauptes« angebrochen.

Dennoch fliegt auch in der düsteren Wirklichkeit unserer unter dem Totenkopf Atom lebenden Welt die weiße Taube auf und singt ihr Lied von der lichten Zeit, von Ewigkeiten her zu Ewigkeiten hin. Ein Lied so alt, so neu, seit Prometheus des Feuers Geheimnis löste und dies dem Menschen mitteilte, seit dieser Mensch über sein Nützlichkeitsdenken den Schönheitssinn setzte und neben seinem Abhängigkeitsbewußtsein der Freiheitstrieb aufbrach, der aus der Auflehnung Welten gebar, um die die Götter ihn beneideten. Ist der Urtraum von der Harmonie der Welt nicht in jedem

Werk, nicht im Tal der Könige, im griechischen Tempel, in den Kathedralen, barocken Schlössern, und nicht zuletzt in einem Glashaus von Mies van der Rohe verwirklicht worden, als eine unaufhörliche Reinkarnation der ebenbildlichen Schöpferkraft des Menschen? ... Und dennoch sind finstere Zeiten! Als Fackeln in der Nacht begleiten die Werke aus den Gesetzen des freien Geistes die Wege der Menschheit, doch es scheint: ... Die ungewisse Finsternis lockt mehr. Das Auge bleibt blind, das Ohr bleibt Stein. Gesungen ward, gesungen wird, und finstere Zeiten werden immer wieder sein.

Werden immer wieder sein? Wir hören nach vorn: Das Tosen der entfesselten Kräfte dröhnt uns entgegen, und es ist kein Lied. Zeit aber ist, daß die Propheten aus der Wüste zurückkehren und in unsere Mitte aufgenommen werden, damit wir ihr Wort hören, das von der Möglichkeit des Weiterlebens kündet und stärker ist als die Wahrscheinlichkeit einer bevorstehenden totalen Verfinsterung. Es ist Zeit, daß wir in die Tiefe steigen, wo der Abbau der menschlichen Substanz schon längst begonnen hat und nun die letzte Zündschnur glimmt zu unsrer aller Vernichtung. Wir haben nicht von der Bedrohung durch tödliche Waffen zu reden, sondern von der Enthumanisierung, die bereits ein alle Schlußakkorde zusammenfassendes Vorspiel präsentierte. Dort finden wir, was »Zeit und Macht zerstückeln« konnte und in der Diskontinuität unseres heutigen Daseins Triumphe der Zerstörung feiert: die nicht geprägte Form, die gegen alle Ordnung, alle Gestalt aufersteht, das Vage, die Halbwahrheit, das Halbwissen, die Vergangenheit, die man nicht anerkennt. »Dort ist der Herd der Erniedrigung«, mahnt uns ein Seher, Reinhold Schneider, »von da wird das Bild in denen zerschlagen, die in einer schrecklichen Stunde der Tiefe sich zuneigen ... Der Schmerz wütet sich aus, indem er auf andere wie ein fressendes Feuer übergreift. Menschenerniedrigung, Menschenvernichtung wird zum besessenen Tun der Geschlagenen, einem mit dämonischer Gewalt sich ausbreitenden Wahn. Das ist ja das letzte Furchtbare der Anstalten, die zur Vernichtung des Menschen getroffen werden, daß sie der Ausdruck abgründiger Empörung sind ... Wir können der Sprache solcher Greuel nicht ausweichen, ist es doch unser inständigster Wunsch, daß sie nicht allein Gerechtigkeit und Strafe herausfordern, sondern Einsicht und Wende, innerste Wandlung. Was hier am Menschenbild gesündigt wurde, das fordert einen heiligen Entschluß, das Menschenbild zu wahren und zu erhöhen ...«

Es bleibt ein Wort, ungehört und nicht das einzige. Mit der Hoffnung auf ein Nie-Wieder und ein wenig Ergebenheit in das Schicksal, das sich nicht bannen lasse, holte man die Propheten nicht aus der Wüste zurück, in die man sie gejagt hatte. Käme kein Fremder, der von der furchtbarsten Schuld eines Volkes gehört hätte, und prüfte dessen Anstrengung und Aufwand, das geschändete Menschenbild zu sühnen: fassungslos stünde er da.

Man würde ihm Zahlen vorlegen, auf entschlossene Taten einzelner hinweisen, auf Bilder mit Feiertagsgesichtern bei Kranzniederlegungen, und man ließe Redemühlen an, die ein wenig von Schmach und Schande stammeln. Vielleicht auch noch einiges mehr. Nichts jedoch wäre vorzuweisen, das auf diese »Einsicht und Wende, innerste Wandlung« schließen ließe, nichts, das über ein echtes Betroffensein angesichts des endlosen Totenzuges hinausreichte. Kein Bemühen um Schuld und Größe des deutschen Geistes in den finsteren Jahren.

Nichts anderes als Fassungslosigkeit ergreift den Fragesteller, wenn er nach einer würdigen Gesamtdarstellung der künstlerischen Leistungen fragt, die in den Jahren 1933 bis 1945 den Geist des Widerstandes und ein Licht der Hoffnung entzündeten, die uns Mahnung *und* — dieses *und* muß betont sein wie kein je geschriebenes, fernenverbindendes *und* — Wegweisung sein sollten. Staunend vernimmt er die Antwort: Es gibt keine Darstellung — von dankenswerten Vorarbeiten (s. Bibliographie, S. 317) abgesehen; es gibt keine kritische Auseinandersetzung mit den Dichtungen, die in dem Reich des Ungeistes dennoch als Gegenzeugnis erscheinen konnten; ein Lexikon aller Schreibenden, Künstler, Wissenschaftler, kirchlicher oder politischer Würdenträger sowie aller Schaffenden, deren Wirken gegen Wahn und Verbrechen eigentliche Akte der Humanität und somit einziges Alibi eines verblendeten Volkes waren, liegt nicht vor und wird vorerst nicht vorliegen (daß ein bibliographisches Lexikon der Exil-Literatur erscheinen soll, ändert nichts an der Sachlage). Nach 1945 entstandene Anthologien weichen der Sparte »Aus Exil und Widerstand« aus; eine Lyriksammlung, die unmittelbar nach dem Krieg erschien und Auskunft über die »innere Lage« des anderen, verbliebenen Deutschlands geben sollte, stellte sich selbst durch die Aufnahme vieler »bewundernswerter Gesinnungsakrobaten« (nach einem Wort von Franz Werfel) infrage; neue Literatur-Lexiken haben bisher noch nicht bemerkt, daß diese Zeit einen völlig neuen Epochebegriff prägte . . .: Mit einem Wort, das Schweigen läßt auf das Fehlen jeglicher inneren Wandlung schließen.

Wenn es nun die Nachkommen übernehmen, das schwerste Erbe, das Wegtretende je hinterlassen haben, anzuerkennen, wenn sie bereit sind, Scham und Ehre des deutschen Namens zu tragen, so sind sie aber keinesfalls bereit, auch die Versäumnisse zu sühnen, die abermals aus Trägheit, Geschäftigkeit, Eigensucht, politischem Leichtsinn und Vergeßlichkeit zur Schande gereichen könnten. Hitler kommt nicht wieder, aber »Hitler in uns selbst« ist noch nicht tot. So und nicht anders mag es verstanden werden, wenn aus ernster Sorge eine Generation, die weder das Los der Verbannung erdulden mußte, noch mit Bewußtsein die Greuel des Dritten Reiches erlebte, erst einmal das schwerer zu tragende, aber einzig verbindliche Vermächtnis aufgreift, bevor sie die Steine wegräumt, die das eigene Wohl behindern.

habent sua fata libelli — könnte man sagen, und es haben die Büchlein nicht nur ihr Schicksal im Hinblick auf die Leser, wie Terentianus Maurus meinte, sondern auch im Hinblick auf ihre Entstehungsgeschichte. Der Keim zu diesem Buch mag vielleicht gelegt worden sein, als der Herausgeber im Jahre 1942 ein Erlebnis hatte, das ihn nicht wenig verstörte. Die Verordnung über das Tragen von Judensternen war gerade ein halbes Jahr in Kraft, da begegnete den Volksschülern der zweiten Klasse ein alter Mann mit einem gelben Stern. Einer fing an, der Chor fiel ein, und der Mann war verhänselt und verhöhnt, ein Greis von Siebenjährigen, und niemand wehrte es ihnen. Man hatte irgendetwas von Böse und Schänder gerufen, und der Mann sah mich als einen ihm am nächsten Stehenden gütig an und fragte: »Warum sagt ihr das?« Die Antwort war nicht gelogen: »Die Lehrerin hat gesagt, du seist der böse, schwarze Mann, der den Kindern nachstelle, und daher seist du auch gezeichnet«. »Ja, es ist richtig, ich bin gezeichnet.« Der Mann griff in seine Tasche, nahm ein Geldstück heraus und gab es mir mit großen strahlenden Augen, die ich nicht mehr vergessen sollte. — Eine wahre Anekdote, und mehr als dies. Bei wievielen mag die Lüge sich selbst überführt haben? Stand nicht die Mahnung der Eltern umsonst dagegen, wenn die Erzieher mit ihrem weit größeren Einfluß die Lügen säten? Inwieweit, so muß man fragen, ist es heute überhaupt noch möglich, die in das Wort getragene Giftsaat am Aufblühen zu hindern, sofern sie nicht längst durch das Gestein der eingestürzten Fassade hindurchtrieb? Eine beiläufige Tat, ein Wort im Nebensatz läßt uns manchmal aufmerken. Wo wurde der Generation, die in der NS-Zeit zur Schule ging, ein Beispiel gegeben, das über die Behauptung, das Vergangene sei alles ein Ergebnis staatlich produzierter Lüge gewesen, hinausgegangen wäre? Wir kennen wohl alle die Probleme der Nachkriegsjahre, haben aber die Fragen immer von neuem unerbittlich zu stellen. Blicken wir daher zurück.

*

Der 10. Mai 1933 sollte zum Schicksalstag des deutschen Volkes werden. Wer nach diesem Tag nicht zwischen seiner Mitverantwortung all dessen, was kommen sollte, oder seinem Gewissen entschieden hatte, der wurde als »Richter, der nicht strafen kann, zum Gesellen des Verbrechers«. Doch wieviele haben in diesen Tagen aus ihrem Wissen Taten werden lassen, nachdem sie erkannten, daß mit den Flammen, die von Berlins Opernplatz und den Höfen der deutschen Universitäten aufloderten, die Fanale zur totalen Barbarisierung gegeben waren? Nichts mußte mehr hinzukommen, nichts brachten zwölf Jahre an neuen Entsetzlichkeiten, die nicht in den drei Monaten nach dem Reichstagsbrand als Saat gelegt worden waren. Niemand darf sagen: ja, aber ich habe nichts gewußt ..., niemand darf von Schmach und Schande sprechen, wenn er nicht emigrierte, wenn er nicht zur Ehrenlegion unseres Volkes, den Widerstandskämpfern gehörte oder »mea maxima culpa« dazusetzt. Reichstagsbrand (27. Februar), Ermächtigungsgesetz (24. März), Judenboykott (1. April) und endlich die Bücherverbrennung (10. Mai). Die Grenzen waren abgesteckt, in denen der deutsche Weg der Zukunft verlaufen würde, und die bedingungslose Kapitulation 1945 als Ende einer zerstörten Nation ist die gräßliche, aber auch folgerichtige Konsequenz der Monate Februar bis Mai 1933. Die Marksteine hießen: Terror und Lüge, unumschränkte Macht eines einzelnen, Verleumdung und Vernichtung einer Minderheitsgruppe — um ein so dringend benötigtes Ventil des eigenen Versagens zu haben: hier konnte die Schmach aller unbewältigten Probleme abgeladen werden —, die Vernichtung des Individuums, die Kündigung jedweden Mitspracherechts und schließlich die beinahe schon grotesk anmutende Selbstentlarvung einer totalen Entgeistigung. Hier, an diesem Tag, wenn irgendwann und überhaupt, an diesem Tag der öffentlichen Demütigung des deutschen Geistes, hätte der Aufstand des Volkes statthaben müssen, und die Lemuren wären in die Hölle gefahren, der sie entstiegen. Man sehe es nicht als romantischen Fatumsglauben an, aber es hat allen Anschein, als hätte alles so kommen, als habe diese Lehre gegeben werden müssen, grauenhaft genug, weil sie mit dem Blute unzähliger Unschuldiger erkauft ward, um die von Gott im Menschen verwirklichte und nun endlich verwirkte Idee der Ebenbildlichkeit nach einer lange vor den Nächten der Gewalt begangenen Schändung mit der nur rächenden Schicksalsmächten eigenen, unbarmherzigen Konsequenz zu sühnen. Nicht anders begreifen wir den Tod der unzähligen Märtyrer für das Versagen des Volkes.

Wir erinnern uns des Goethe-Wortes: »Weh dir, daß du ein Enkel bist!«; doch die Enkel haben nichts gehört, nicht den Kassandra-Ruf der lebenden Seher, ganz und gar nicht sich der ehernen Tafeln von Propheten der Vergangenheit erinnert. In dem Roman ›Lotte in Weimar‹ läßt Thomas Mann Goethe aufgrund ähnlicher Gedankengänge in seinen Gesprächen über die Deutschen meditieren:

»So sollten es die Deutschen halten, darin bin ich ihr Vorbild. Welt-empfangend und Welt-beschenkend, die Herzen weit offen, jeder fruchtbaren Bewunderung, groß durch Verstand und Liebe, durch Mittlertum, durch Geist — denn Mittlertum ist Geist —, so sollten sie sein, und das ist ihre Bestimmung, nicht aber als Originalnation sich zu verstocken, in abgeschmackter Selbstbetrachtung und Selbstverherrlichung sich zu verdummen und gar in Dummheit, durch Dummheit zu herrschen über die Welt. Unseliges Volk, es wird nicht gut ausgehen mit ihm, denn es will sich selbst nicht verstehen ... Was gilt es, das Schicksal wird sie schlagen, weil sie sich selbst verrieten und nicht sein wollten, was sie sind; es wird sie über die Erde zerstreuen wie die Juden, — zu Recht, denn ihre Besten lebten immer bei ihnen im Exil und im Exil erst, in der Zerstreuung wird sich die Masse des Guten, das in ihnen liegt, zum Heil der Nation entwickeln und als Salz der Erde sein. Daß sie die Klarheit hassen, ist nicht recht. Daß sie den Reiz
 Wahrheit nicht kennen, ist zu beklagen, — daß ihnen Dunst und Rausch

und berserkisches Unmaß so teuer, ist widerwärtig, — daß sie sich jedem verzückten Schurken so gläubig hingeben, der ihr Niedrigstes aufruft, sie in ihren Lastern bestärkt und sie lehrt, Nationalität als Isolierung und Rohheit zu begreifen, — daß sie sich immer erst groß und herrlich vorkommen, wenn all ihre Würde gründlich verspielt, und mit so hämischer Galle auf die blicken, in denen die Fremden Deutschland sehen und ehren, ist miserabel«.

Der berauschende Trunk, der in den Humanitätsideen des 18. Jahrhunderts angesetzt war, wurde nicht auf mögliche, in der Zwischenzeit entwickelte Gift-Fermente untersucht, bevor man ihn trank. Das Bild vom Menschen, seine Thronerhebung als freier, selbstverantwortlicher Schöpfer, diese grandiose Vision europäischen Geistes von Plato bis Goethe, wurde im eitlen Spiegelbild eines selbstgefälligen Bürgertums verzerrt, erschien winselnd und jämmerlich im O-Mensch-Pathos der zwanziger Jahre, und der Aussatz überzog plötzlich drohend und trommend das müde Antlitz des stolzen homunculus. Man baute einen Staat auf der Konstruktion einer Philosophie vom Menschen ohne Bild und Gesetz (womit freilich mehr als die Rechtsordnung gemeint ist). Hier liegt bereits der Frevel. Dieser homunculus geisterte nach den überstandenen Schrecken eines großen Krieges mit unwahrscheinlichsten Vorstellungen einer künftigen Wirklichkeit in den verschiedensten Köpfen umher. »Menschheitsdämmerung« (noch immer das glücklichste Wort dieser Zeit, da die Ambivalenz zum Tag und zur Nacht erhalten bleibt), »Morgenröte«, »Der Anfang«, »Die Erhebung«, »Verkündigung«, »Anbruch« u.a., das waren die Titel für Anthologien, das waren Zauberworte einer leidenschaftlichen Jugend ohne Wissen vom Weg und Ziel ihres Aufbruchs. Einen beispiellosen Wirbel rührte sie auf, »ein Kreisen von Begegnenden und Mitgerissenen« (Hofmannsthal), und sie stürzte entsetzt in die Tiefe. Das prophetische »Weh dir . . .« hatte man in ein messianisches »Heil dir . . .« verwandelt; doch mehr gönnten die Gewaltigen nicht. Ein Demagoge kam, hauchte dem ganzen Gebilde ein wenig Kraft ein, steckte ihm blaue Augen auf, und das Volk verfiel in pathologisch-triebhafte Verzückungen. »Weh dir, daß du ein Enkel bist . . .!«

Die Finsternis war bereits eingebrochen, und das einzige, was sie hätte aufhalten können, wäre die Helle der Vernunft, die Lichtung der Wahrheit gewesen. Die Offenbarung vom Menschen hatte man vergessen. Vergessen oder verschüttet die Urbilder: Adam, Apoll, Hiob, Christus, vergessen Sibyllen und Propheten. Schnell fiel das Ebenbild in den Schlamm, und aus der Pfütze tauchte das widerwärtigste Lemuren-Gesicht der Menschheit in den Geschichtsraum der Völkergemeinschaft, und es war des Volkes! Die Bekenner, welche sofort die Stätte des Grauens, die eine Stätte ihres Daseins war, verließen, waren die, welche wir später in der Fremde finden oder als erste in Kellern und Lagern, am Schandpfahl gar: »Erschossen im Namen des Volkes«. An dieser Stelle möge die statistische Aufzählung der

Blutzeugen erspart bleiben, auch soll bedacht sein, daß schließlich die Brechung der Macht mit ein Werk des deutschen Widerstandswillens war, der als geistige Gegenkraft in vielen Köpfen dann doch noch aufbrach, es muß aber um der historischen Wahrheit willen betont werden: den Königsweg des reinen Opferganges können nur die beanspruchen, die aus Verantwortung gegenüber der Entwürdigung des Menschen wider die Gewalt auftraten. Ihnen wuchs die Krone, denn sie kämpften nicht zuerst *gegen* Hitler, sondern *für* die Wiederherstellung von Ordnung und Freiheit, von Recht und Gerechtigkeit, für die Wiedereinsetzung der Menschenwürde. Freilich wird es schwierig sein, den spontanen Entscheid, das ist das unmittelbar durch Demagogen und Verleumder aufgerüttelte persönliche Gewissen, von dem reflexiven Entscheid, dem überpersönlichen, durch eine philosophische, politische oder religöse Ideologie bedingten Entschluß, scharf zu trennen. Dort, wo Fanatismus oder blinder Glaube im Dienste irgendeiner Weltanschauung oder Doktrin steht, ist das Reich der Despotie noch nicht zerstört, ist das Reich des Menschen noch nicht begründet. In den Gaskammern der individuellen Deportationslager werden auch heute noch unzählige Greuel begangen, — und es gibt sie in unsrer gesamten, zweigeteilten Welt. Erschüttert und schweigend haben wir vor dem Selbstgericht zu stehen, für das hier der 1945 »Im Namen des Volkes« hingerichtete Albrecht Haushofer stellvertretend spricht (vgl. S. 162): »Ich klage mich in meinem Herzen an ... Ich mußte früher meine Pflicht erkennen, ich mußte schärfer Unheil Unheil nennen —«. Erschüttert und getröstet zugleich; denn sie, die Gepeinigten, übernahmen auch noch das Eingeständnis der Schuld für ihre »treuen« Mitbürger und »guterzogenen« Untertanen. Zwar haftet der These von der Kollektivschuld der Makel von Halbwahrheit an, aber auch all dem, was heute zur Verteidigung der Verantwortlichkeit des einzelnen herangezogen wird.

*

Im Frühjahr 1945 öffneten sich die Tore für wenige Überlebende kaum menschenähnlichen Aussehens zum Weg ins Licht, aus dem Tod ins Leben. Es war ein herbstener Frühling, beladen mit Toten, mit Schutt und Asche, mit Schmerzen und Elend, belastet von Verbrechen, die zu registrieren nicht mehr möglich waren. Doch in die Stille des Entsetzens drang schnell ein Marktgeschrei von Feilschern um Schuld und Sühne. Zahlen vernahm man, ein verschobenes Komma, sehr oft ein »nur«, viel »wenn« und »aber«, lauter kleine Partikel; kaum hörbar schwirrten sie umher, die großen Zeugen des ungerechtfertigten Daseins. Wie in den mittelalterlichen Darstellungen des Jüngsten Gerichts hingen diese Teufelsgeister mistelwuchernd an der Waage. Der Zeiger blieb regungslos, doch auch die Welt begriff nicht die Stelle, auf die er wies. Der kleinste Abstrich am Unvorstellbaren schien Grenzübertritt in die Zone des Faßlichen zu bedeuten: Vexierbild des Geistes, die Fata Morgana beim Ritt durch die Wüste.

Das metaphysische Problem liegt viel tiefer, als es Klage oder Anklage, denen immer der Charakter der Selbstverteidigung anhaftet, erfassen kann. Schwerer auch als das Versäumnis wiegt die Wahrscheinlichkeit der untergründig weiterschwelenden Barbarei, die dann entsteht, wenn nicht das Pendel jedes einzelnen dorthin ausschlägt, wo das Recht des anderen ist. Viel schwerer wiegt die Sorglosigkeit gegenüber den Qualen des Geistes, gegenüber der Verletzung von Anstand und Würde, bei einer um so hektischeren Sorge um äußere Sicherheit.

Die am tiefsten beleidigt, die in unsägliche Lebensverhältnisse, wenn nicht gar in den Tod gestürzt wurden, sie bewahrten sich den Geist der Liebe, den Geist der Hoffnung, den Geist der Gerechtigkeit, auch wenn er gegen sie selbst entschied, wie wir es bei Haushofer hörten. Selten wird man den Ausdruck der Rache, des Hasses, der eitlen Klage oder der Ablehnung von Versöhnung antreffen: eine »humanistische Front«, die kämpfend wie leidend eine Einheit echter Solidarität und Gemeinsamkeit gegenüber den »Einheitsfronten« des Reiches darstellte. Eine Stimme, die das Leid der Jahrhunderte, die Leiden ihres Volkes wie ihr persönliches Schicksal hätten töten müssen, wenn die Liebe nicht wäre, diese Stimme spreche hier — und das Buch möge dies aufzeigen — für alle:

Ich kann nicht hassen.
Ich kann nicht hassen. Ich kann nur büßen
Für dich und mich.

ILSE BLUMENTHAL-WEISS (S. 110)

*

Wir glauben, mit Bedacht jene Richtigstellung *»Über die Bezeichnung Emigranten«* von Bertolt Brecht an den Anfang des Kapitels »Exil« gestellt zu haben, da das sogleich auf die Zunge springende Wort »Emigration« in keiner Weise eine Darstellung der Verbannung und Verfolgung als eines gleichzeitigen Seinszustandes bietet. Jedes Land zu jeder Zeit sah irgendwann einmal Menschen über die Grenzen kommen und wieder gehen. Unzufriedene, Aufrührer, die verfolgt waren, oder Abenteurer. Völker wandern durch die Geschichte, Stämme fliehen vor den nachkommenden, suchen sich neues Land und werden seßhaft. Eroberer, im Bann der Liebe dingfest gemacht, vergessen die Heimat und sterben als glückliche Stifter eines neuen Reiches. Bild und Wirklichkeit. Der Menschen auf Wanderschaft und Suche nach einer neuen Heimat, das ist ein Urzustand des Daseins und hat sogar seinen höchst positiven Akzent: Symbol des schaffenden Geistes. Das Zelt als Wiegengeschenk der Menschheit.

Die Fremde kann die längst geschaute Heimat sein, Gegenbild, die erahnte Insel, ein jungfräulich Land, dessen Schoß den leidenschaftlich Suchenden aufnimmt und den Samen zu Früchten reifen läßt, der in der alten Erde zerfallen wäre. Nichts bleibt befremdend, nichts schreckt, alles ist vertraut, als habe man sich nur gerade seiner wieder erinnern müssen. Die Deuter und Künder der Welt sind in der Fremde beheimatet, auch wenn sie niemals in Wirklichkeit hinausziehen, *sie* wissen um die Bewährung der Heimat in der Rückkehr. Rückkehr, welch ein Zauberwort des Neubeginns auf altem Platz. Rückkehr in die Arme der Vertrauten, Rückkehr ins Land der Väter, Rückkehr zu Brot und Wein. Auszug und Rückkehr — zwei biblische Worte, wenn ihr Sinngehalt richtig verstanden wird. Aber wie denn, wenn an Rückkunft nicht zu denken ist, auch dann nicht, falls der Hafen sich wieder geöffnet hätte? Wenn der verstoßene Sohn den Vater nicht mehr erkennt, wenn die Seele zu schwer getroffen wurde, um noch einmal die Schwingen versöhnt-versöhnend zu breiten? Rückkunft — ein Wort der Verzweiflung dann, ein Dolchstich jedwedesmal.

Wie gut kann dagegen sein, in Ketten zu liegen und das Lied der Freiheit hinauszusingen, ungebeugt den Nacken emporzurecken, wenn der Peitschenhieb herabsaust und die Niedertracht wie eine donnernde Woge am Fels abfließt, auch dann noch gut, wenn der Fels in den Fluten versinkt. Es sinkt der Fels, aber der Stein weiß, daß er länger dauert als die aufgeschäumte Flut. Sie wird in sich zurückfallen, und man kann auf dem Grund das leuchtende Gestein erblicken. Ein Bild auch dies für den gemordeten Leib, dessen Seele eines Tages aus Schlamm emportauchen wird. Ein Märtyrer, ein Held ist geboren, und sein Opfertod gräbt sich wie Runen in die Hirne der Unterdrückten.

Doch der Verbannte, der in Feindesland Abgeschobene, der Flüchtige ... wo ist die Stelle, die sein Leiden läutert und reinigt von allen Zweifeln? »Im Widerstande wächst erst die Seele«, verkünden die Weisen aller Länder und Zeiten, doch dachten sie nicht dabei an die Widerstände des täglichen Lebens, auch nicht an die durch besondere Umstände entstandenen. Wenn es nur die fremde Sprache des fremden Landes, wenn es nur die Entwurzelung aus Beruf und vom Arbeitsplatz wäre, dann hätte dies nicht viel mit der Seele zu tun. Die Lossagung ist es, die so bitter schmeckt, die Entbindung aus einem Verhältnis, das so selbstverständlich wie natürlich war, und die auf einmal eine unstillbare Wunde aufriß, in die alle Widerwärtigkeiten nur als hinzukommendes Salz träufeln. Nur wer um das erste Gesetz der Freiheit, die Forderung nach Bindung weiß, wird das Ausmaß eines solch tödlichen Schlages begreifen, der doppelt traf.

Der Schlag der Peiniger wäre noch zu überstehen, aber dann kommt der nagende Zweifel, ob man recht getan, der Ahnen Land im Stich zu lassen. Hätte er nicht zurück bleiben und als rechter Mann kämpfen und fallen sollen? Aber flüchtete er nicht gerade, um Ehre und Erbe seiner Urahnen zu retten, um draußen das wahre Antlitz eines geblendeten Volkes zu zeigen, dessen Weg wie der des rasenden Ajax zum eigenen Opferaltar führt, und das erst, wenn das Blut bis an die Lider gestiegen sein wird, die

Augen aufreißt und erkennt. Er, der vates, der um seiner Sehergaben Verstoßene, sah und sieht es voraus, und nun ist keine Stelle mehr, die seine Klage hört. Selbst ins Furchtbare ausgesetzt, sieht er sein Volk todeswütig, todessüchtig ins Furchtbare stürzen. Er lauscht über die Grenzen, um die Musik seiner Landschaft, seiner Leute, seiner Sprache zu vernehmen, und er hört nur das monotone Stöhnen der Geknechteten und das eisige Schweigen der Verstummten. Unerwidert versinkt sein verzweifelter Ruf. Ein Wildtier auf einsamer Bahn, ausgestoßen von der Herde, dem Tode versprochen.

Es gälte die Metaphysik der Verbannten zu schreiben, um von daher in die unauslotbaren Tiefen der Entrechteten zu leuchten. Hier erst würde sich die Wahrheit offenbaren über Opportunisten und solche, die nie *irgendwo* zuhause waren. Hier erst würde ein weiteres furchtbares Element der perfektionierten, systematischen Menschenverachtung freiwerden: der Versuch, den Menschen als soziales Wesen in Volk und Landschaft durch Aussetzung in der Fremde veröden zu lassen.

Es mag viele Flüchtige gegeben haben, die in der Fremde die Heimat erst fanden; um so tiefer litten jene, die, wie es bei Wolfskehl einmal heißt, »alles was den Menschen Menschen eint, Hoffen-Harren-Lieben, hinter sich weit« gelassen und die »Jahre der Verbannung durchgeweint« haben.

Mit Karl Wolfskehl haben wir einen jener Repräsentanten des geistigen Deutschlands genannt, dessen Tod in der Verbannung wie ein Symbol des unaufhörlichen Nachsterbens nach einer schon allumfassenden Zerstörung des inneren wie äußeren Lebens unseres Volkes betrauert werden muß. Er, der geistige Weltbürger, der in alten Kulturen wie auf den Versuchsfeldern der Moderne zuhause war, von den Schöpfungen der bildenden Kunst und des geschriebenen Wortes unseres humanistischen Abendlandes ebenso wie von den Taten unserer europäischen Geschichte zu künden und sie zu deuten wußte, er, der Freund von Freunden in aller Welt, er, der maître de conversation et des cercles — er trug die deutsche Tradition im Blut wie keiner, er riß sich los von dieser zur Metze entarteten deutschen Tradition, um ihr Bild rein und gereinigt nach »ultima Thule« zu tragen und zu bewahren. Auch dies wie keiner. Er, der Lichthungrige, der Gottesfürchtige, ging nach Neuseeland, er wählte sich des »Erdballs letztes Inselriff«, wohin »nie Gottes Atem blies«, wo »tote Nacht toten Tag betaut«, und zog sich in die Einsamkeit zurück um eines geheimen Auftrags willen, den er nicht benennt, nur andeutet in Hiobs Sende. Die Freunde begreifen's kaum, das Volk nie, doch furchtbare Ahnung macht uns schaudern. In die letzte Einsamkeit muß sich ein Träger des ›Geheimen Deutschland‹ zurückziehen, um wie der Mönch in asiatischem Gebirge Zwiesprache mit seinem, des Volkes Gott zu halten, Vergebung heischend, um Gnade flehend, und des ungeheuren Anrufs Echo zu empfangen. Und es wurde ihm Antwort zuteil in den Blitzen, die ihn umfahen. Antwort nicht nur über das Volk Judä, sondern Antwort gerade über das Volk der Schuld. Furchtbar ist der Zorn,

Da schon die Stimme schrie.
Schwer stöhnt es in mir: neue Saat
Aus tauber Ähr? Heil aus Verrat?
Verziehe Zorn, verzieh!
. . .
Weiss doch: nur aus Tods Nöten kam
Von je zu Keim verjüngter Sam.
Wohin fliehn? Fliehn wohin?
Zu spät. Feig säumt auch ich. Verhielt

Sein Wort. So bin ich mitverspielt.
Abkehrt Er sein Gesicht.
Ich darf nicht sehn, wie sichs erfüllt
An euch, an mir. Das Haupt verhüllt
Erwart ich Sein Gericht.

(Hiob oder Die vier Spiegel)

Wessen das Volk nicht fähig ist, das übernimmt der Ausgestoßene in seinem Namen: demütiger Streiter mit Gott zu sein. Hiob harrt und weiß, der Spruch wird furchtbar sein, aber auch verheißend. Beides zuviel fürs Volk, wenn's direkt aus Gottes Munde kommt, und der sich abwenden, nicht mehr Wegführer sein, der so tief getroffen, daß er, der große Liebende, selbst hinter sich weit Hoffen, Harren, Lieben lassen wollte, er bleibt im Amt, erkennt das Unmögliche momentanen Zweifels:

Überdaure! Bleib am Steuer!
Wo du bist, ist deutscher Geist.

Mit einer Zeile Stefan Georges, des deutschen Dichters, wendet der so furchtbar Geschlagene sein verdüstertes Schicksal in die neue Helle der Berufung: »Nur aus dem fernsten her kommt die erneuung«. Die stärkste Prüfung, die härteste Folter — das innere wie äußere Leben durch Wegnahme jeglicher Kontaktmöglichkeit absterben zu lassen — wird überstanden:

Ein König weiss um Königs Pflicht und Mass
Glaubt ihr, dass der Gebannte sich vergass?

Nein, er vergaß sich nicht, nicht sein Volk. Und selbst im Zorn der Abkehr war es noch der eros paidagogos, die Strenge aus Liebe. Die furchtbare Ahnung wird zur schrecklichen Gewißheit: das Volk jedoch vergaß die Verbannten. Zur ersten Schande, Lemuren und Totenköpfe zu seinen Führern berufen zu haben, fügte es die zweite hinzu, das Versäumnis, als erste Tat nach dem Zusammenbruch die wahren Führer nicht zurückberufen zu haben. »Du siehst«, schrieb Karl Wolfskehl an einen in Deutschland gebliebenen Freund im Herbst 1946, »daß ich zu der Frage nach meiner Rückkehr Position nehme. Keiner von Euch allen konnte vermuten, die nun überschrittenen acht Jahre meiner Entrückung in die antipodische Sphäre wären in leerem, tat- und wirkungslosem Warten vergangen, in einer Art Siebenschläfer-Frist, nach deren Ablauf der Aufgewachte die Augen reibt, ins Bisherige tritt, als wäre nichts geschehen ... Ich habe viel durchgemacht. Einsamkeit, Enttäuschung, Schmerzen, Sehnsucht nach Unwiederbringlichem, alles das hat zumal meine Nächte bedroht. Aber es gab und gibt auch andres ... Mehr, und mit größerem Recht wie früher, nenne ich, der Jude, der deutsche Dichter Karl Wolfskehl, mich einen Bürger der Welt, einen Sohn unsres Planeten ... Diese Heimat hat, als ihr ein neues, in weitem Umfang willig aufgenommenes Gesetz erlassen war, den deutschen Dichter verbannt, zum Landfremden, ja zum Urfeind gemacht, sein Wirken schändlich zerbrochen, sein Wort verschüttet. Und zum zweiten: Wer wurde richtig und unausweichlich abtrünnig? ... Aber, Kurt, ich muß Dir und nicht allein Dir ins Gedächtnis rücken, was es für mich bedeutet hat, als die Heimat die Liebe zu mir vergaß, mich auswarf wie ein Fremdgebild oder, wer weiß, wie etwas noch Schlimmeres. Was damals, als dies zu geschehen anhob, (es nahm ja anschwellend immer bösere Gestalt an) in dem Dichter vorging, Du weißt es, nicht Du allein. Damals entrang sich äußerer Qual eine neue Sicht, eine neue Verpflichtung ... Und ich, zuckend und fast widerstrebend gehorsam, fühl ich, der Mitwalter, Mithüter des deutschen Geistes, mich dazu bestimmt, das lebendige, ja das schaffende Symbol dieses Schicksals darzustellen. Seit jenem Augenblick steht alles, was ich bin, was ich füge, unter dem ewigen Namen Hiob, seitdem ich bin, leb ich, erfahr ich Hiob. Alles, was seitdem entstand, führt diesen Namen, oder, auch wo es abseits gewachsen scheint, ist es von ihm durchweht ... Damals warf sie mich aus, die Heimat. Heute, ein volles Jahr, nachdem das, von dem Ihr Euch als von einem Spuk oder Nachtmahr befreit fühlt, mit dem Köstlichsten der Heimat zusammengebrochen ist, hat die Heimat durchaus vergessen, daß es den deutschen Dichter Karl Wolfskehl noch gibt, wahrscheinlich vergessen, daß es ihn je gegeben hat«. — Hier spricht einer für alle!

Nicht berechtigte Anklage, sondern solch tiefe Liebe ist es, die uns so furchtbar beschämt. Es gibt kein abschließendes Kapitel des deutsch-jüdischen Verhältnisses, solange noch in »ultima Thule« auch nur *ein* solcher Geist lebt, oder es sei denn, der deutsche Geist habe zu bestehen aufgehört. Janko Musulin, der Herausgeber eines eindrucksvollen Taschenbuches »Proklamationen der Freiheit« hat die Quellen benannt, die über unseren Fortbestand entscheiden. »Wer in das Dunkel unserer Vergangenheit späht, erblickt zunächst zwei schwache Lichtquellen aus flimmernden Freiheitspartikeln, sie werden stärker und schwächer, aber sie erlöschen nicht mehr und vereinigen sich schließlich: Israel und Hellas, die das Wesen des Abendlandes bestimmt haben. Israel, wo die Würde des Menschen durch eine Religion gesichert wurde, die in jedem einzelnen Menschen, ob mächtig oder gering, Träger des Unsterblichen, des Göttlichen erblickte. Hellas, das zum ersten Male zeigte, wie diese Würde politisch bewahrt und erhalten werden kann«.

Das Christentum hat es nicht vermocht, diese zwei Säulen, auf die es seine gewaltige Architektur aufrichtete, vor dem Einsturz zu bewahren, habe es sich zugestandenermaßen als eine noch so strahlende, tiefsittigende Macht im Laufe der Jahrhunderte eingerichtet und behauptet. Auch dies muß gesehen werden, auch dies will bedacht sein. Wenn wir nicht erkennen, daß die einzigartige Symbiose zweier Völker am allermeisten dem Teil, der seinen Lebensgefährten furchtbar betrog, zugute kam, wenn wir nicht sehen, wie bei all dem Verlust, den das jüdische Volk zu erleiden hatte und hat, die Tiefe der Menschheitstragödie bei uns liegt, weil über Nacht *zu uns* die Schande kam, wenn wir nicht aus dem Innersten heraus nach dem belebenden und verwandelnden Ferment des jüdischen Geistes in unserm Denken verlangen, dann sind alle unsere Bemühungen um Wiedergutmachung hinfällig und entlarven sich als vermummte Kinder verbrecherischer Eltern.

*

Die Aufgabe dieses Buches besteht darin, sich der heute bereits wieder allenthalben eingenisteten Halbwahrheiten zu erwehren. Die Tatsachen werden verzerrt, wenn wir mit einer gelenkten Ideologie sympathisieren, die zur neuerlichen Aufstellung einer »Sündenbocktheorie« sich der Tatsachen bedient, die wir leider nicht ganz verleugnen können. Wir haben keinen Grund, Steine nach irgendeiner Seite zu werfen, denn wir benötigen sie allzu dringend zum Aufbau des eigenen Gebäudes. So sei auch hier mit dem Finger auf das Versäumte nicht allein Anklage erhoben, sondern die Bereitschaft dokumentiert, Schuld abzutragen und nicht »Gras wachsen zu lassen«, wie es manchmal heißt, oder »einen Schlußstrich zu ziehen«, wo er gerade am wenigsten gezogen werden dürfte.

Wir können zu künstlerischen Schöpfungen aller Zeiten und Kulturen eine zustimmende oder ablehnende Haltung einnehmen. Nicht nur die vielfältigen Erscheinungsformen, sondern auch die Gattungen, der sie jeweils angehören, lassen uns die Freiheit unterschiedlichster Interpretation. Und gerade das Wort des Dichters ist niemals eindeutig bestimmbar, somit nicht notwendig bindend. Doch die Exil- und Widerstandsdichtung aus den Jahren 1933 bis 1945, dieses von außergewöhnlichen Geschichtsereignissen begrenzte Kapitel deutscher Literatur, läßt uns keine Wahl, der wir uns zu stellen hätten oder nicht; ihr kann sich keiner entziehen, der die deutsche Sprache spricht, denn sie ist vorerst das letzte Zeugnis unserer humanistischen Tradition, die sich, wo immer sie auftrat, vor allen Methodenfragen die Frage nach dem Menschen vorlegte, und sie ist das Vermächtnis der Märtyrer an unsere Nation. Hier sind Fluch und Vergebung, Schuldsprechung und Trost, Schmerz und Verzweiflung zu einem beispiellosen Fresko vereinigt, das nur banalisiert wird, würde man Vergleiche aus der Geschichte heranziehen. Dieses Kapitel darf und kann nicht als Fußnote in künftige Literaturgeschichten eingehen. Hier geschah mehr, als die beschränkten Maßstäbe der Philologie zu erfassen vermögen. Und es muß gesagt sein: nicht einmal ihre beschränkte Möglichkeit hat sie wahrgenommen: die intensivierte, geistige Begegnung und gegenseitige Befruchtung des deutschen Schaffens mit dem der übrigen Länder aufzuzeigen.

Diese Anthologie bezieht ihre Maßstäbe aus der Sache selbst, ist daher auch anders als gewöhnliche Sammlungen »schöner Verse« aus diesen und jenen Jahren oder Jahrhunderten zu lesen. Wenngleich ein künstlerischer Anspruch gestellt wurde, so waren doch in erster Linie nicht aesthetisch-formale Kriterien auswahlbindend. Es ließ sich bei der Beurteilung nicht immer vermeiden, thematisch und zum Teil auch biographisch bedingte Gesichtspunkte in den Vordergrund zu rücken. Mancher Autor mag mit Beiträgen vertreten sein, die nicht zu den gelungensten in seinem Schaffen gehören. Dennoch darf mit Fug und Recht behauptet werden, auch in den finstersten Zeiten schafft der Geist Werke, die über die Zeit selbst ins zeitlos Gültige hinausweisen. Es wäre neuerliches Unrecht, würde man das Schaffen dieser Jahre allein unter dem Aspekt eines schuldbekennerisch-wehmütigen Interesse betrachten. Gerade die Zeugnisse aus den Todeskammern verdienen mehr als historische Anteilnahme.

Mag auch hie und da das Erlebnis vor der Einbildungskraft der eigentliche Antrieb zur dichterischen Aussage gewesen sein, so bekundet sich doch angesichts des in unseren Tagen kaum noch vorstellbaren Chaos eine echte Geistigkeit und Freiheit in jedem künstlerischen Gebilde. Hier wurde eine innere Ordnung offenbar, die dem Nichts ein Etwas entgegenstellte, dem Wesenlosen (in des Wortes tiefster Bedeutung) ein Gesetz verlieh, ob man ein Gedicht verfaßte, dessen Worte die Sprache der Mörder war, das aber streng metrischen Gesetzen gehorchte, oder, wenn nicht anders möglich, mit dem eigenen Blut auf irgendwelche Fetzen Papier Zeichnungen und Zeichen für *die draußen* anfertigte. Im Teufelskreis muß man sich teuflischer Mittel bedienen, um ihn zu sprengen. All diese gräßlichen Mittel wurden in der Hand des Formenden ihres Sinncharakters enthoben und erschienen in neuem Gewand als Zeichen der Vergebung, der Liebe und Hoffnung. Wenn nur ein Zeugnis herausgetragen wird, das Kunde bringt, wenn Ahasver am Leben bleibt, dann ist Hiob gerettet, denn das grausame Schicksal, das ihn durch die Welt peinigt, wird nur im Bewußtsein des Gesetzes erfüllt. Das ist der Glaube, das die Gelassenheit des sinnlich-übersinnlichen Menschen, der sein Leid seit Jahrtausenden durch die Welt trägt. Ahasver stirbt nicht aus, und er ist nicht nur Jude. Es kommt einer beispiellosen Verunglimpfung dieser wahren Hüter unserer Kultur gleich, wenn in einem Exkurs über schlechte Gedichte ein Literat der Nachkriegsjahre meint, »in den Konzentrationslagern seien nur Gedichte von drittklassigen Goldschnittlyrikern entstanden ... die ihre kleine, private Wehleidigkeit in die Welt hinausposaunt hätten, indem sie sich der Sprachrequisiten des 19. Jahrhunderts oder der überall herumliegenden Versteinerungen des Hochexpressionismus bedient hätten«. Es ist uninteressant, wer das schrieb, festzuhalten bleibt nur, daß mit dieser teilweise sicherlich nicht abzuleugnenden »Goldschnittlyrik« weniger Kultur vernichtet wurde, als unser größter Dichter aus diesen Jahren, als Gottfried Benn durch seine anfängliche Haltung zu zerstören mithalf, auch wenn er später zum Segen der Glaubwürdigkeit seines Werkes den folgereichen Irrtum einsah. Glaubwürdigkeit muß sich in finsteren Jahren aus der Haltung erweisen.

Aus diesen Gründen — und es sind jeweils persönlich getroffene Entscheide, wurde darauf verzichtet, Autoren, die durch ihre spätere Tätigkeit den Nachweis lieferten, nur für eine andere Spielart der Diktatur gekämpft zu haben, hier zu Wort kommen zu lassen. Da uns jedoch die künstlerische Bedeutung einiger wichtig genug erschien, wurden sie wenigstens in den bio-bibliographischen Teil aufgenommen. Ob freilich der ideologische Entscheid vor dem Gewissen nicht bei dem einem oder anderen Autor doch der maßgebende war, ließ sich mit Bestimmtheit nicht immer ausmachen.

Wer den Gang der deutschen Lyrik – hier sei nur von ihr die Rede – zur absoluten Unabhängigkeit als unterbrochen und gegenüber den Entwicklungen anderer Länder als bereits zu spät wieder aufgenommen beklagt, der suche nicht bei unseren verfolgten und verbannten Dichtern die Verantwortung. Wo der Tod — und welch ein Tod! — die Tafeln hält, auf die man schreibt, hat die Phantasie eines Dichters keine Zeit, die gültigste Idee seiner poetischen Wirklichkeit wachsen zu lassen und abzuwägen. Das vollendete Gedicht mag intentionslos sein, mag als Ausdruck einer einmaligen, augenblicklichen Situation oder Vision für eine objektiv gültige Stimmung stehen, aber das Gedicht als Träger einer Mitteilung, einer Aussage, die, wird sie heute nicht gehört, morgen das Ende aller subjektiven wie objektiven Stimmungen bedeuten kann, dieses Gedicht unterliegt anderen Kategorien der Beurteilung, verdient aber nicht minder gewürdigt zu werden.

Die Überheblichkeit wird doppelt schändlich, wenn sich unter den Geschmähten Stimmen finden, die Anspruch auf einen Ehrenplatz innerhalb unserer Dichtung haben. Auf einen von ihnen sei aufmerksam gemacht. Wie soll einer, dessen Geist in der rückhaltlosen Hingabe an seine Nächsten und in seiner Liebe zu Gott derart betrogen wurde, daß er keine Sprache mehr versteht, nicht die der Brüder, nicht die der Feinde, weder die der Natur, noch die Sprache des schweigenden Gottes — wie soll ein solch Ausgebrannter noch Worte des Verstehens oder gar Verzeihens finden ...?

> Nicht einer blieb verschont, war das
> gerecht, ihr Himmel? Sagt, und wenn gerecht, für wen?
> Für wen? Für uns? Gesteht, Wofür?
> Wir schämen uns für euch. Und für die Schuld der Welt.
> Taub war die Erde. Stumm. Sie schloß
> die Augen. Doch ihr Himmel. Hell seid ihr. Und schön.
> Von eurer Höhe aus habt ihr
> herabgeblickt — Geblickt! Und nicht seid ihr zerschellt.

Diese »Botschaft an die sieben Himmel« (vgl. S. 158) ist das neunte Lied eines Epos' in fünfzehn Gesängen von Jizchak Katzenelson, das der Dichter in knapp drei Monaten im KL Vittel verfaßte. Katzenelson tritt über die Menschenverachtung den Kampf mit Gott und der Schöpfungsidee an und fordert Rechenschaft von ihm und seiner Vorsehung. Bevor Gott ihn mit seinem Volk auszulöschen gedachte, wollte er Gott in sich auslöschen. Wer so klagt, wenn man will: anklagt, der kann nicht hassen aus niederen Gründen. Dessen Haß eignet der heilige Zorn alttestamentarischer Prägung. Tiefste Liebe bäumt sich, getroffen vom vergifteten Pfeil, gegen ihren Tod auf. Eine solche Betrogenheit liegt jenseits von rational oder glaubensmäßig zu erfassendem Verstehen. Der Stammelnde kann nur noch Wortfetzen hervorbringen, gewaltige Sprachklötze, deren Aufeinanderprall nicht mehr verhallen soll. Ein Epos von Ellipsen und Interjektionen! Vielleicht ein Gesang, der in den Ohren sich verwandeln könnte und milde zum Erinnern mahnen. — habeat sua fata hic liber!

*

Zur kurzen Einführung: das Buch ist kompositorisch gebaut. Die einzelnen der zwölf Kapitel sind in sich geschlossen, weisen aber auch jeweils über sich hinaus. Die Gesetze sind an den Kapitelüberschriften leicht abzulesen. Die Schwerpunkte liegen zweifellos bei den Kapiteln fünf, sieben und zehn, die die Überschrift tragen: Verfolgung — Haft, Hiob — Ahasver, Exil — Tote Heimat, womit die drei wichtigsten Kreise — die Dichtung des inneren Widerstandes, der jüdische Beitrag und das Exil-Kapitel — bezeichnet sein mögen. Dennoch sind diese Begriffe nicht so eng zu fassen, daß etwa ein Exil-Dichter nicht auch im Kapitel des inneren Widerstandes auftreten könne. Zuweilen wurde sogar bewußt ein Beitrag aus einem anderen Kreis in den aufgenommen, dem er lebensmäßig nicht angehörte, um die Gemeinsamkeit aller zu demonstrieren. Ausdrücklich muß hier auch auf den Zusammenhang mit den Bio-Bibliographien verwiesen werden, da erst in diesem Zusammenlesen manche im Gedicht befremdende Situation oder auch künstlerische Schwäche erhellt wird. Die kürzeren Beiträge einiger Dichter sagen nichts über ihre Bedeutung aus, wenngleich sie uns ausreichend zur Kennzeichnung der Aussagekraft ihrer Verfasser zumindest im Bereich der Lyrik erschienen. — So mag diese Anthologie ein erster Anfang zur Rehabilitierung dieser oft vergessenen Dichtung sein. Den professionellen Kritikern schließlich ein Wort von Karl Kraus:

Wer jetzt etwas zu sagen hat,
der trete vor und —
schweige.

Darmstadt, November 1960

Die Gedichte

Kassandra-Mars

DER SPUK (1935)

Es steht im Zeichen seiner Macht,
Daß er die Tauben sehen macht,
Die Blinden macht er hören.

Und als er alles so gekehrt,
Daß keiner sah und niemand hört,
Ließ er sich Treue schwören.

VORAHNUNG

DER leise Wind durchbangt das Land
als schwänge er Geheul von Wölfen.
Wie gierig schießen die Gewächse!
Die Erde bangt um ihre Frucht
gleich einer Insel, die versinken wird.

An seiner Grenze, wo der Schnitt
des Grases mit der dunklen Süße
der Heckenrosen duftet, wo das Jahr
am tiefsten atmet, geht verhüllt
in seinem Licht der starke Sommer.

EDUARD SAENGER (1932)

TIMUR UND DIE SEHERIN

TIMUR

DU GILTST für eine große Seherin
Und tränkst wie eine niedre Magd die Kühe.
Du bist doch alt; verdrießt dich nicht die Mühe?
Und kennst du mich, der ich gekommen bin?

SEHERIN

Die Wiese blüht, zertritt mir nicht den Klee!
Er gibt für meine Tiere Leckerbissen.
Du bist der Timur Lenk. Was willst du wissen?

TIMUR

Was meine Macht sei.

SEHERIN

Die schmilzt hin wie Schnee.

TIMUR

Mein Reich beschließt die Hitze wie das Eis.
Die Sterne tauchen tags in meine Meere
Und stehn aus ihnen auf wie meine Heere.
Ist das für Größe nicht genug Beweis?

SEHERIN

Beweis ist mir mein Eimer, der sich füllt.
Beweis ist mir das Vieh in seiner Blöße.

Es trinkt und zeigt mir seines Schöpfers Größe,
Daß es gesättigt ist und keines brüllt.

TIMUR

Du kannst dem Monde nicht befehlen: geh!

SEHERIN

Willst du den Mond orangengleich erpressen?

TIMUR

Ich töte dich, sprichst du so vermessen.

SEHERIN

Das kannst du tun, doch tritt mir aus dem Klee!

OSKAR LOERKE (1939)

KASSANDRA

Ich sehe, — aber keiner will mich hören;
Ich rufe, — aber niemand blickt sich um;
Ich schreie, — doch sie lassen sich nicht stören,
Sie bleiben meiner wilden Warnung stumm.

Ich brenne wie ein Scheit im Wind geschwungen,
Das todesgierig nach der Flamme ist,
Bei jedem Zuge tiefer tief durchdrungen
Vom Feuer, das mich bis zum Kern zerfrißt.

Das Schicksal jagt mich über tausend Stufen
Hinauf zur Burg, hinunter in das Tal,
Zu mahnen immer wieder und zu rufen,
Dem Volke lästig und mir selbst zur Qual.

Es hebt mich hoch und läßt mich weiter schauen
Als unsres kühnsten Wächters Auge dringt:
Da wächst die Flut, da schwillt das schwarze Grauen,
Das unsre Stadt und unser Volk verschlingt.

In meinen Händen schwingt in leisen Stößen
Der Türme dumpfer Fall bereits voraus;
Die Zähne, die vor Angst sich halb entblößen,
Spüren die Kälte im zerfallnen Haus.

Durch meinen ganzen Leib in langen Schauern,
Wie Eiter, der in Höhlen klopft und drängt,
Fiebert der Brand, der unsrer Heimat Mauern
Bis auf der letzten Schwelle Grund versengt.

Ich schmecke den Geschmack in meinem Munde,
Ich rieche jenen fettig fahlen Dunst,
Der aus dem leeren Schutt und wüsten Grunde
Aufsteigt nach einer großen Feuersbrunst.

Und wie auf vorgestellten Zifferblättern
Seh ich den Tod auf jeglichem Gesicht
Scharf eingeprägt in harten, kahlen Lettern
Nach Maß und Art und Stunde und Gewicht.

Ihr Greise dort, in deren schlaffen Händen
Des Staates Zügel liegen bis zuletzt:
Ihr werdet unten an den Toren enden
Wie Haufen Hede, die der Wind zerfetzt.

Ihr Männer auf dem Markte in Geschäften,
Unwillig über meinen schrillen Ruf:
Dich wird ein Speer an deine Türe heften,
Du krümmst dich unter eines Rosses Huf.

Du bist von einer Fackel um die Brauen
Gezeichnet, die dich blendend niederstößt;
Dich sehe ich an einem Tode kauen,
Der bitter schmeckt und lange sich nicht löst.

Ihr Jünglinge und Krieger, deren Lippen
Verachtung über meine Klagen schürzt:
Ich sehe aus geschlachtet offnen Rippen
Das Blut, das schwarz auf eure Lenden stürzt.

An eurem Leib die klaffend roten Striemen,
Wo tief das Schwert bis auf die Knochen schürft,
Im Hals die Stiche, eckig wie von Pfriemen,
Da euch ein Schütze fernher niederwirft.

Ich weiß, wie über wunden Eingeweiden
Das Feuer im zerrißnen Fleische rast,
Ich weiß das tropfend sieche, lange Leiden
Der Agonie, die euch den Blick verglast.

Ihr Mädchen, die ihr unterm Krug in Paaren
Mit stolzen Brüsten zu dem Brunnen geht:
Ich fühle schon den Griff in euren Haaren,
Mit dem der Sieger euch aufs Lager dreht.

Ihr Kinder, die auf Mütterarmen klettern:
Ich seh auf euren Stirnen, sanft beschopft,
Den Sprung, mit dem sie euch am Stein zerschmettern,
Ich seh das Blut, das durch die Locken tropft.

Das alles muß ich sehn mit offnen Augen,
Muß fühlen, tasten, schmecken mit dem Mund,
Muß atmend es in meine Seele saugen,
Es drängt sich in mich ein und macht mich wund.

Ich schreie immer wieder laut in meinem Leide
Sie höhnen mich und treiben mich zurück.
Wie sie mich hassen! Wie ich sie beneide . . .
Denn nichts zu wissen ist das größte Glück.

Ich aber brenne wie im Wind geschwungen
Ein Scheit, das gierig nach der Flamme ist,
Von Sehnsucht immer tiefer tief durchdrungen
Nach jenem Tode, der mich ganz zerfrißt.

RICHARD FRIEDENTHAL (1940)

DIE GÖTTER

WAS in Hunderten von Jahren
enger wurde und gekürzt,
haben wir zu End' erfahren,
und die Himmel sind gestürzt.

Die wir noch als Kinder kannten,
Phryne, Zeus und Herakleit,
in dem Weltenbrand verbrannten
sie in unsrer Weltenzeit.

Schatten, schwanden hin die Laren
in der Winterschlachten Schnee
nach den Dioskurenpaaren
endlich starb Persephone.

Nur als fremde Sternennamen
klingen manche hier und da,
klingend, wie die Sterne kamen,
Perseus und Andromeda.

Ja, in Berenices Haaren
vor entseeltem Musenchor
fiel in unsere Gefahren
Roland, fielen Tyr und Thor.

Eumeniden, Parzen, Nornen
sanken namenlos und leer,
kaum Gespenster an den Bornen
nebeln noch und schweben schwer.

Nichts Bewegendes mehr melden
Götterbilder, Heroenbahren:
denn wir haben unsre Helden,
unsre eignen Heldenscharen.

RUDOLF LEONHARD (1939)
Im Lager Le Vernet entstanden

NEBUKADNEZAR

ER log und log sich groß vor der Geschichte,
Bis daß er selber glaubte, daß er's wär,
Da rief die Wirklichkeit ihn zum Gerichte,
Die Gottes ist und darum mehr als er.

Die Wirklichkeit, von Gott gesetzt zur Mauer,
Damit zerschelle, wer sie nicht erkennt,
Zumal wer ehrfurchtslos und ohne Schauder
Den Höchsten äfft, sobald er ihn nur nennt.

Renn' er nur an. Es wird ihm gar nichts frommen.
Läßt ER vorerst gewähren auch den Hohn,
Es wird den Wicht doch einmal überkommen.
Vielmehr: der Wicht holt selber sich den Lohn.

OTTO FREIHERR VON TAUBE (1940)

VERDAMMNIS 1933

Ich sah das Dunkel schon von ferne kommen,
als das Gebirg noch schimmernd sichtbar blieb,
und bangte mich und wartete beklommen,
daß Gott uns aus dem Paradies vertrieb.

Noch lag der See in friedlichem Verweilen,
verliebt nur streichelte ihn leis der Wind,
die Boote schaukelten sich an den Seilen,
und Möwen kreisten spielerisch geschwind.

Ich aber konnte aus den Vogelchören
und aus der Wellen flüchtigem Geraun
bedrohlich eine düstre Mahnung hören
und hatte zu dem Frühling kein Vertraun.

Schon hatte sich der Horizont umzogen
und alles Strahlende versank und schwand,
zwischen der Erde und dem Himmelsbogen
stand plötzlich störend eine schwarze Wand.

Für immer war das Friedliche vernichtet,
nicht mehr vergönnt den Möwen Flug und Laut,
aus dichten Finsternissen aufgeschichtet
war etwas vor das Licht der Welt gebaut.

Aus Lustgefilden wurde eine Wüste,
kein Gärtchen schlichter Eintracht blieb verschont.
Kein Licht vom Berg den Wanderer mehr grüßte,
kein Abendwald, in dem das Märchen wohnt.

Aus der Umnachtung schien kein Pfad zu führen,
und nirgends dämmerte ein Morgen hell,
das Herz des Himmels war nicht mehr zu rühren
von Lerchenliedern und gesprächgem Quell.

Noch ward kein gutes Menschenwort vernommen,
das um den Nächsten gütig sich bemüht.
Vielleicht wird nach der Flut die Kunde kommen,
daß paradiesisch neu die Welt erblüht.

MAX HERRMANN-NEISSE (1933)

AHNUNG

WER am Tisch sitzt und ißt,
hört schon vor der Tür
die Schritte derer,
die ihn hinaustragen werden.

Der die Lampe andreht, weiß,
seine Hand wird kalt
wie die Klinke sein,
eh der Nächste die Lampe ausdreht.

Wer sich früh anzieht,
ahnt, daß er Ostern
mit diesem Anzug
unter der Wiese liegt.

Wer den Wein trinkt, weiß,
dieser Rausch wird
sein Hirn nicht mehr erreichen,
sondern auslaufen wie ein Ei.

Leicht ist der Schrei
der eiligen Schwalben.
Sie sind rasch, aber rascher
als sie ist das Ende.

GÜNTHER WEISENBORN (1941)

DAS DRITTE REICH

Es braucht ein hohes Ideal
der nationale Mann,
daran er morgens allemal
ein wenig turnen kann.
    Da hat denn deutsche Manneskraft
    in segensreichen Stunden
    als neueste Errungenschaft
    ein Ideal erfunden:
Es soll nicht sein das erste Reich,
es soll nicht sein das zweite Reich . . .
    Das dritte Reich?
    Bitte sehr! Bitte gleich!

Wir dürfen nicht mehr massisch sein —
wir müssen durchaus rassisch sein —
und freideutsch, jungdeutsch, heimatwolkig
und bündisch, völkisch, volkisch, volkig . . .
und überhaupt.
Wer's glaubt,
wird selig. Wer es nicht glaubt, ist
ein ganz verkommener Paz- und Bolschewist.
Das dritte Reich?
Bitte sehr! Bitte gleich!

Im dritten Reich ist alles eitel Glück.
Wir holen unsre Brüder uns zurück:
die Sudetendeutschen und die Saardeutschen
und die Eupendeutschen und die Dänendeutschen . . .
Trutz dieser Welt! Wir pfeifen auf den Frieden.
Wir brauchen Krieg. Sonst sind wir nichts hienieden.
Im dritten Reich haben wir gewonnenes Spiel.
Da sind wir unter uns.
Und unter uns, da ist nicht viel.
Da herrscht der Bakel und der Säbel und der Stock —
da glänzt der Orden an dem bunten Rock,
da wird das Rad der Zeit zurückgedreht —
wir rufen »Vaterland!«, wenns gar nicht weiter geht . . .
Da sind wir alle reich und gleich,
im dritten Reich.
Und wendisch und kaschubisch reine Arier.

Ja, richtig . . . Und die Proletarier!
Für die sind wir die Original-Befreier!
Die danken Gott in jeder Morgenfeier —
Und merken gleich:
Sie sind genau so arme Luder wie vorher,
genau solch schuftendes und graues Heer,
genau so arme Schelme ohne Halm und Haber —
Aber:
Im dritten Reich.

Und das sind wir.
Ein Blick in die Statistik:
Wir fabrizieren viel. Am meisten nationale Mistik.

KURT TUCHOLSKY (1932)

UND IN DER ÄUSSERSTEN WÜSTE DER FINSTERNIS

UND einer, der den unsichtbar machenden Helm des Hermes trug,
führte mich auf das Eiland eines erloschenen Sterns
unter von Rost zerstörte, vom Feuer verflammte,
von Wasser verschlemmte, vom Erdbeben zerrissene Trümmer.
Das unaufhörliche Geriesel der Jahre
hatte alles mit dichten, samtenen Staubschichten ausgeglättet.
Nirgends Leben und Odem,
sprossende Rohre und blätternde Bäume,
nur Sand, Gries, Kiesgestaue, Schlacken, Sinter.
Unfruchtbar starrte das Nichts aus öden Höhlen.
Still war es wie das Schweigen um ein Totenlager,
wenn unbewacht die letzte Kerze lischt.

Und am Fuße des Berges, auf dessen weiße schneebedeckte Wand
ein Riesenbaum den Schatten eines Kreuzes warf,
sah ich Einen, der eine zum Einbrechen dürre Mähre ritt.
Ein roter Bart
umrahmte das von Runzeln verwitterte gelbe Gesicht,
und da er ohne aufzusehen
in seiner wie eine Geierklaue verschrumpften Hand
die Silberlinge zählte,
erkannte ich in ihm den Menschenhändler Juda,
der bald um Groschen bald um Goldgewichte
den Marktpreis um die Menschenseele wechselt.

Und an einem Orte, wo jede Wünschung in Verwünschung endet,
in einer lichtlosen Kluft,
angefüllt mit allem, was widrig zu berühren,
zu hören, zu sehen, zu schmecken und zu riechen ist,
in einem wüsten Durcheinander von Trümmern
und Splittern von Stücken sah ich
den blindwütigen Friedensreichzerstörer der Geschichte,
der mit unzähligen Leichen
den Abgrund auszufüllen gesucht hatte,
um zu den Ufern seines Wahnreichs vom Glück der Erde
hinüberzugehen.
Sein eigener Dämon
hatte ihn mit langen schwarzen Langustenarmen
aus einem dicken Gewoge von Pechschlamm hervorgefischt
und dann, um ihm seine Versündigung
an dem Geist der Geschichte einzutränken mit heißen Suden,
ihn in einem feurigen Brunnen mit asbestenen Ketten
an den Füßen aufgehängt.

Und in dem See,
der von den nutzlos vergossenen Reuetränen
zu einem schwarzen Wasser zusammengeronnen war,
sah ich welche, denen die bitter beizende Flut
bis zum Kinne stieg.
So aber einer das trockene Ufer zu gewinnen suchte,
stießen ihn die Salzer des Tränenmeers wieder zurück.

Und vor der geistigen Schau
meines hellsehenden Auges erschienen viele,
denen schon hier auf Erden
die heilige Standhaftigkeit im Guten verloren gegangen war,
die von dem Aufklimmen in die Höhe abgelassen hatten
und in das Niedrige abgefallen waren.
Die Luft war trübe,
und immer neue Staubwirbel schossen um sie empor,
als sie von Stacheldämonen gehetzt
in einem Sturme heißer als die afrikanischen,
vom Samum geschürten Glutöfen umtrieben.
Und ich sah Einen, der, um den riesigen,
mit Giftstacheln bewehrten Skorpionen zu entfliehen,
sich mühsam an einer Felswand hinaufarbeitete,
während ihm das zermürbte Gestein unter den Griffen bröckelte
und unter seinen Füßen
das von den Felszacken zersplitterte Geröll glitt.

Und in der äußersten Wüste der Finsternis
sah es mich an mit der Trauer des gefallenen Engels,
der in finster-kalten Höllenflammen allein
zu den Ewig-Besiegten gehört,
deren Gedanken wie schwarze Blitze
die Finsternis ohne Ende durchzucken.
Der Quelle gleich,
die schluchzend rinnt im Schlund der schwarzen Felsen,
stöhnte des Heros Klage:
»Mich traf ins Herz die härteste der Keren
und weckte auf das bitterste der Wehn.
Die Götter selbst im Glanze ihrer Ehren
erschraken, so entherrlicht mich zu sehn.«

LUDWIG DERLETH (1935-45)

ERMESSEN WIR ES GANZ

Ermessen wir es ganz, was uns geschehen,
In welche Tiefen wir herniederschauen?
Das Land zerknetet uns in seinen Klauen,
Läßt neugeformt uns seine Wege gehen.

So suchen wir die Wege, blind im rauhen
Gewühl der Wetter, die uns noch umwehen,
Und haben Fall und Stürme zu bestehen,
Eh' Stein um Stein wir uns ein Leben bauen.

Wir waren Beter, die an Gott nicht glaubten,
Wir waren Bäume, die sich schon entlaubten,
Ein trübes Winterlicht an bangen Tagen.

Wir warten, bis die Regen sich ergießen,
Uns gleich den Äckern aufzuschließen,
Auf daß noch einmal Frucht wir tragen.

MANFRED STURMANN (1940)

EUCH FEHLT DIE PHANTASIE . . .

Dass man euch durch die Straßen jagen wird,
Daß man eure Schränke durchwühlen wird,
Daß man euer Telephon überwachen wird,
Daß man euch Titel und Namen nehmen wird,

Daß eure Freunde euch nicht mehr grüßen werden,
Daß eure Frauen euch nicht mehr lieben werden,
Daß eure Kinder euch nicht mehr achten werden,
Daß eure Diener euch nicht mehr dienen werden:

Euch fehlt die Phantasie, was wahr wird, zu ersinnen,
Euch fehlt die Kraft, was wirklich wird, zu glauben,
Euch fehlt der Mut, was klar ist, zu erkennen,
Euch fehlt das Wort, um, was ihr wißt, zu sagen.

Daß man euch hinter Stacheldraht sperren wird,
Daß man euch ins Gesicht speien wird,
Daß man eure Bücher verbrennen wird,
Daß man euer Werk verleugnen wird,

Daß man euch aus dem Lande treiben wird,
Während Glocken läuten und Schafe weiden,
Während Züge pünktlich einlaufen und abfahren,
Während der Bäcker jeden Morgen das Brot bringt,

Ohne daß eine Hand sich erhebt,
Ohne daß ein Sturm sich zusammenzieht,
Ohne daß eine Stimme aufschreit,
Ohne daß eine Träne sich loslöst,

Daß ihr vergessen sein werdet, als wäret ihr nie gewesen,
Daß ihr gekommen sein werdet und davongegangen,
Daß ihr verloren sein werdet und verschollen,
Daß der Tag ohne euch dämmern und dunkeln wird wie je:

Euch fehlt die Phantasie, um was ihr tut, zu fürchten,
Euch ist die Macht geraubt, euch zu erschrecken,
Euch ist der Ton versagt, um aufzustöhnen,
Euch ist das Glück versagt, vor Scham zu weinen.

MARTIN GUMPERT (1934)

SONETT VON DER ENDGÜLTIGEN FRAGE

IHR sagt, daß unermeßlich reich und voller Schönheit diese Erde ist.
Es wogt und drängt bis hin zum Horizont des Kornes reife Last.
Und wo beglückt der Sonne heller Strahlenkranz zerfließt,
neigt tiefer sich von süßer Frucht behangen jeder Ast.

Ich aber will euch sagen, was ich mit eignen Augen sah.
(Wohl wahr; in segensreicher Fülle breitet sich das weite Land.)
Oh, einen Menschen sah ich nur, als ich an einem Morgen stand,
dort, wo die Stadt beginnt und oft schon Ähnliches geschah.

Vom Wind bewegt, so hing er hoch, ganz hoch in einer Linde.
Ein Auge zu, indessen noch das andre starr den Himmel sucht.
Und aufgerissen war der Mund, als brüllte er: verflucht, verflucht!

Der Hals jedoch war fest verschnürt in einer grauen Binde.
Und blutig hing das rohe Fleisch aus den zerfetzten Schuhn.
Was sagt ihr — meine Menschenbrüder — he, was sagt ihr nun?

JESSE THOOR (vor 1939)

MARS

TROMMT er
den Boden als finstere Trommel
über dem plötzlich verwaisten Gefühl?
Horch! zum verwilderten Nestrohr der Dommel
kommt er
und brüllt wie das Männchen im Pfühl . . .
Dröhnende Trommel —
fort ist die Dommel,
ruhelos jeder
Begierde voran – –
und hinterm Hügel
blieb ihm vom Flügel
nur eine Feder,
die Nike vertan.

Schlägt er
den Schauder mit hüpfenden Schlegeln
eilig zurück in das offene Ohr?
Horch! aus gedankenlos hängenden Flegeln
regt er
ein hölzernes Klappern hervor . . .
Zitternder Schlegel —
weiß es der Flegel:
schlug er die Gerste,
so schlug er sich auch – –
und unterm Prügel
brachen die Flügel
Nikes als erste
im wirbelnden Rauch!

ELISABETH LANGGÄSSER (1932)

ES WÄCHST DIE NACHT, DAS WORT IST SCHWER,
es fällt in euch und läßt euch leer,
ihr wollt es jetzt nicht tragen.

ERST MUSS die Nacht noch tiefer sein,
dann sucht ihr seinen lichten Wein,
das Herz euch vollzuschlagen.

GOTTFRIED KAPP (1933)

AHNUNG UND VERSPRECHEN

An Max Herrmann-Neisse

Der Tag wird kommen,
da ich Dich verlassen werde,
Du meine Heimat Europa.

Vielleicht muß ich fallen
für Deine, Europens, Freiheit
auf einem Felde, das gestern noch
friedlicher Spender des Brotes gewesen;
auf einem Felde, das über Nacht
zerstört ward, auf ewig unfruchtbar
durch Feuer und Eisen,
durch Wut und Blut.

Vielleicht geh ich, ziehe
über die herbstroten Meere
für Deine, Europens, Freiheit,
ihr Feuer zu schüren an fremdem Ort;
wandre umher zwischen hohen Häusern,
blick ohne Lächeln in Frauenaugen,
höre Musik, trinke Korn, und vielleicht
kehrt er wieder, ein Tag des Lächelns.

Niemals aber,
ob ich im Rausch bin oder im Grabe,
werde ich von Dir lassen,
Europa, Du meine Heimat.

ULRICH BECHER (1939)

STURM

Angstgebannte Hütten.
Riesenlachen. Wild.
Knieende Bauern bitten
vor dem Heiligenbild.

Flamme will versagen.
Uhr wagt nicht den Schlag.
Höllische Reiter jagen
durch den verdammten Tag.

WILHELM F. SWOBODA (1939)

DIE KERZE

Die Nacht ist schwer und schwarz. Gespenster hat die Nacht.
Ich will dich in mich stellen: scheine!
Dein Becher will ich sein, aus rotem Lehm gemacht,
In Öfen klar gebrannt. Nun weine,

Nun tropfe, stetes Licht, erlösend in mich ein,
Und Feuerwunden werden singen,
Aus stummen Höhlen mir, aus dunklen Augen schrein.
Nicht biegen kann ich. Nur zerspringen.

Erinnerung und Qual der Herdglut, die mich sott,
Daß ich zu sprödem Stein geworden,
Verfolgung: Schleuderwurf und Holzstoß und Schafott;
Ich habe nichts als dies. Dies Morden,

Das meinen Ahnen so die schwachen Glieder riß,
Daß ich ein Wunder bin und lebe,
Ob Galgen einst gewürgt, verschlungen Finsternis.
Wenn ich die Arme betend hebe,

Dann rasseln Ketten nach, die über tausend Jahr
Um abgeschundne Knöchel hart sich schlossen;
Sinkt meine Stirn zurück, fällt Erde aus dem Haar
Und Aschenstaub und Ruß und Schlick der Gossen.

Mag sein, daß wieder Erz und Feldstein schon bereit,
Mich zu umschmieden, mich zu schlagen.
Das feste Dach zerbirst im Ausbruch jäher Zeit,
Von Karyatiden bröckeln Klagen,

Doch ich soll klein und falb und tief getröstet stehn
Und dich, du Kerze, wahrhaft halten
Und, kommt der herbe Ruf, in düstren Mooren gehn
Durch Irrwischtod, durch Graungestalten. —

Noch sieh den Spiegel an, der deine Tage frißt,
Mein Antlitz. Laß dir Mund und Wange färben,
Laß deine Runzeln ziehn zu Werkeln, Lärm und Zwist;
Ich aber werde schweigend sterben.

GERTRUD KOLMAR (um 1938)

KASSANDRA

Mir einzig kann unter euch allen
Vom Himmel kein Arg mehr geschehn.
Ich sah schon den Dachbalken fallen,
Die Hallen verwehn.

Derweil euer Schritt wie seit jeher
Das Pflaster tritt, Märkte bedrängt,
Weiß mein Auge, der sichere Späher,
Euch feuerversengt.

Es blickt auf die schwarze Tarantel
Des Mordes mein zweites Gesicht.
Ich reiße den Bruder am Mantel.
Er antwortet nicht.

Ich schreie das Unerhörte,
(Süß stillt jene Mutter ihr Kind).
Ich, der Gast, der das Gastmahl verstörte
Und Greueltat spinnt.

Mein Wort trennt von eueren Ohren
Aus Wahn und aus Glas eine Wand.
Unter Menschen geh ich verloren,
Zuhause verbannt.

Nicht eher werd ich erneuert
Dem Volk sein und einverleibt,
Als euer Fuß, wundgescheuert,
Den Schatten zutreibt.

HEINZ POLITZER (1933)

WENN DIE GROSSE TRÖSTERIN NACHT

Wenn die große Trösterin Nacht sich leise
Rüstet zu geheimnisvoller Reise,
Schlaf ich mit dem bangen Seufzer ein:
Wo werd' ich im nächsten Traume sein?

Kinder seh ich spielen, ach, die meinen,
Wild die großen und vertieft die kleinen,

Eh ich noch dem holden Lärm gelauscht,
Ist die Jugend tönend-stumm verrauscht.

Wie ein Sperling vor verschlossenen Scheiben
Zirpt sie stammelnd, gierig noch zu bleiben
Bei den Spielen auf vertrauter Bahn.
Aber nie wird, nie ihr aufgetan.

Und ich trete aus dem goldnen Kreise
Wohlbereitet für die schöne Reise,
Bin ja nur, wenn Tag um Tag entflieht,
Wie ein Wölkchen, das im Winde zieht.

Letzte Türen werden eilig knarren
Und man kommt, den Toten einzuscharren,
Keine Freunde wandeln mehr durchs Haus,
Fremde Hände tragen mich hinaus,

Wenn ich meine Zeit durchmessen habe.
Und im freundlich-grünbewachsenen Grabe
Werd' ich wie ein Kind geborgen sein.
Aber ach! Wo werd' ich morgen sein?

FELIX GRAFE (um 1936)

DIE WELT ERLISCHT

In unsren grauen Blicken steht
was nie gedacht.
Wer weiß wo eine Brücke geht
in dieser Nacht.
Die Welt erlischt. Im Sand verweht
was wir gemacht.

Bedroht von klumpen Füßen fleht
um ihre Pracht
die Lilie von Genezareth —
und keiner wacht.

EUGEN BREHM (1940)

NACHTS

Ich bin gegangen durch viele Straßen
In dem mir scheinbar bekannten Berlin.
Ich sprach mit Menschen, die neben mir saßen.
Sie grüßten mich und ließen mich ziehn.

Nun liege ich einsam in den Kissen
Und fühle nur, dass alles war.
Und dennoch ist es mir ganz entrissen
Und auch im Grunde gar nicht klar.

Auf meinem Nachttisch tickt die Uhr,
In meiner Nähe ist ein Schrank.
Und ich, dem alles widerfuhr,
Bin nicht gesund und bin nicht krank.

Ich seh noch eines Mädchens Glieder,
Und höre Plaudern überall,
Dazwischen meiner eignen Lieder
Einsilbig alten Regenfall.

Dort vor dem Fenster ist die Straße,
Das nächtlich windige Berlin.
Die ihr mich meßt mit falschem Maße,
Laßt mich, ich bitt euch, wieder ziehn.

ERNST BLASS (vor 1933)

DIE MACHT

Macht — schwarze Göttin, uraltes Idol der Menschheit,
In hohen Tempeln und Palästen aufgestellt,
In Weihrauchwolken und Goldgewand
Angebetet von der erschauernden Menge . . .

MACHT — angebetet und bestaunt auf Straßen und Plätzen
Bei dröhnender Blechmusik
Mit Uniformen und Fahnen prahlend,
In Reihen marschierend
Oder auf Kampfwagen vorüberrasselnd . . .

MACHT — angebetet und gefürchtet in kahlen Büros
Auf harten Stühlen hockend,
Schäbig, übelriechend,
Mechanisch streng
Aus Kartotheken regierend . . .

MACHT — in Gesängen gepriesen,
In Mythen gefeiert,
In Schulen gelehrt.

MACHT — groß, übermenschlich erhaben
Im Wahn der Toren,
Heroischer Spuk
Im Hirn aller Schwachen, Unfähigen, Faulen, Entgleisten,
MACHT — höchster Traum aller Minderwertigkeit . . .

MACHT — schwarze Magierin, armselige Hure
Nach allen Seiten um Unterstützung bettelnd,
Hinter dicken Mauern, zitternd,
Um die Hilfe aller Kleinen, Dummen und Bösen bemüht

Selbst in ständiger Furcht:
Nur durch die Furcht der andern lebend,
Lügnerin:
Nur durch tägliche Lüge überdauernd . . .

MACHT — hinter versperrten Türen
In tausend kleinen Ränken dich verzehrend,
In schäbigen kleinen Händeln,
In kleinen Schlechtigkeiten und Heucheleien,

Während freilich draußen vor dem Portal
Fanfaren schmettern,
Menge johlt,
Und große Worte aus den Lautsprechern rollen . . .

MACHT — mörderische Selbstmörderin,
Vergifterin: längst selbst schon vergiftet,
Täglich in Qualen dich krümmend . . .

MACHT — schwarze Magierin, uralte Pest der Menschheit
MACHT — hohlstes Nichts
MACHT — übertünchtes Grab
MACHT — übergoldeter Tod.

KARL VOLLMÖLLER (im Exil)

VERBANNUNG — AUFBRUCH

EUCH AUF DEN WEG (1940-45)

WENN du dir deine Wände neu aufrichtest —
Deinen Herd, Schlafstatt, Tisch und Stuhl —
Hänge nicht deine Tränen um sie,
Die dahingegangen,
Die nicht mehr mit dir wohnen werden
An den Stein,
Nicht an das Holz —
Es weint sonst in deinen Schlaf hinein,
Den kurzen, den du noch tun mußt.

AUFBRUCH

ZUM letzten Mal heraufbeschworen
aus halbem Tag und halber Nacht:
nun bin ich ganz an mich verloren,
nun bin ich ganz zu mir erwacht.

In mein verhangnes Augenreiben
bricht rasselnd alle Klarheit ein.
Bald wird mir nichts zu fragen bleiben.
Ich bin die Antwort ganz allein.

Schon hab ich, ohne mich zu neigen,
ins Gnadenlose aufgestöhnt,
indes ringsher das große Schweigen
mir eisig an die Schläfen dröhnt.

Daß ich nicht Trost noch Trauer merke,
wächst brüderlich das plane Feld.
Ich bin in riesenhafter Stärke
der kühnsten Fernsicht überstellt.

Am Firmament stehn die Konturen
der höchsten Gipfel schon bereit.
Es winken strahlend und azuren
die Gletscher meiner Einsamkeit.

Nur die mich ihr zum Preise gaben
und treiben längst wer weiß wohin:
o alle meine Träume haben
seit du nicht da bist keinen Sinn.

FRIEDRICH TORBERG (1937)

AUFBRUCH. AUFBRUCH

SCHAUT nicht zurück.
Was säht ihr auch?
Was war, ist Rauch,
Ihr schreitet frank
In Morgens Hauch.

Horcht nicht zurück -
Lauschen macht krank,
Was war, versank.
Euch ruft das Wort
Von morscher Bank.

Denkt nicht zurück,
Was war, verdorrt.
Ein einziger Hort
Ist euch gereift,
Der Hort heisst: Dort!

Sehnt nicht zurück,
Den Stab ergreift!
Was war, bereift
Vereisten Hang,
Der Nordsturm pfeift.

Liebt nicht zurück,
Was war, zersprang.
Der Tag ist lang
Verronnen, seit
Ein Bild euch zwang!

Grollt nicht zurück!
Was war — verzeiht!
Holt aus befreit,
Winkt mit der Hand
Gen Abend weit!

Wollt nicht zurück.
Jung lenzt das Land.
Was war, ist Tand,
Ist Tod — ihr seid
Im Wanderkleid:

Fortgehn ist Leid,
Fortgehn ist Glück —
Bleibt nicht zurück!

KARL WOLFSKEHL (1933)

VOR DER FLUCHT

Wenn ich mich zum Aufbruch rüste,
wird mich keine Reue brennen,
werd' ich keinen Freund erkennen,
nichts, was mich zu halten wüßte.
Ohne Trost und ohne Klagen,
werd' ich mich von allem trennen,
niemandem mein Wegziel nennen,
ratlos meinem eignen Fragen.

Denn ich gehe im Gebote,
weiß ich nur, und unterm Sterne.
Unter ihm wird jede Ferne
nah, und Lebende und Tote
sind in seinem Licht vermischt —

Weh uns allen, wenn es lischt!

MELITTA URBANCIC (1938)

DER AUSWANDERER

Gehe aus von deinem Vaterlande und von deiner Freundschaft und aus deines Vaters Hause, in ein Land, das ich dir zeigen will.
1. Mos. 12, V. 1

Gehe, weil du Füße hast zu gehen.
Nirgend sollst du weilen auf der Erde,
Bis sich Haupt und Glieder niederlegen.
Trage bei dir nichts als meinen Segen.
Sorge, daß dein Wandel richtig werde,
Und ich werde milde auf dich sehen.

Trage bei dir nichts als meinen Segen.

Aus dem Mutterleibe, aus dem Dunkel,
Aus dem ersten Licht dereinst geboren,
Seis gedenk, und werde immer klarer.
Aus von dir geht einmal mein Gefunkel,
Wenn du, in dem Irrsaal unverloren,
Meines Lichtes bleiben wirst Bewahrer.

Aus von dir geht einmal mein Gefunkel.

Von dir trete, wie der stete Schwimmer
Von sich tritt die Woge, die ihn trage,
Was dich band, und was dich nicht mehr binde.
Vom Gewordenen ins Werden immer
Tummle dich mit neuem Flügelschlage,
Anvertraut dem unbekannten Winde —

Vom Gewordenen ins Werden immer.

Deinem Augenpaar ist undurchdringlich
Nacht gelagert über Blick und Schauen.
Doch du weißt, was vor mir Tag und Nacht ist.
Nacht ist hinter dir unwiederbringlich,
Aber mein Geleucht ist dein Vertrauen,
Wie der Demant Licht im tiefsten Schacht ist.

Aber mein Geleucht ist dein Vertrauen.

Vaterland war dir ein süßer Name.
Vaterland ist ausgerollt unendlich
Unter meinem Himmel, dem ich leuchte.
Laß aus deinem Auge nur die Feuchte
Tropfen, und es wird dir hell und kenntlich
Vaterlandes Licht, das wonnesame.

Vaterland ist ausgerollt unendlich.

Und von deiner Lippe laß das Bittre,
Eingedenk des Wortes, daß du immer
Süßer werden sollst und lockrer, zarter.
Blick in Nacht und Nebel und erzittre!
Sieh erlöschen auch den letzten Schimmer!
Sieh dich täglich welker und bejahrter!

Blick in Nacht und Nebel und erzittre.

Freundschaft steht mit aufgehobenen Armen
Immer drüben auf dem andern Ufer,
Denn sie kann nicht gehn auf deinen Brücken.
Einst bei Nacht erwachst du mit Entzücken,
Und du hörst die meeresfernen Rufer,
Und dir wird vor Schmerz das Herz erwarmen.

Einst bei Nacht erwachst du mit Entzücken.

Und aus Liebesarmen fortgetrieben,
Immer überwunden, Überwinder
Der Verluste wirst du, siegreich endlich:
Deine Liebsten, Treusten, deine Kinder,
Alle gehen von dir unabwendlich:
Ungeliebter, dir bleibt nichts als Lieben.

Immer überwunden Überwinder.

Deines Vaters Haus ist eingelassen
In die Erde. Weißt du nun am Grabe,
Daß ihr niemals euch vergabt im Leben?
Deines Vaters Haus — wann wirst du's fassen.
Daß ich es in meinem Herzen habe?
Sohn und Vater, kommt, euch ist vergeben.

Deines Vaters Haus, wann wirst du's fassen?

In dir, in dir keimen, blühn und reifen
Alle Dinge, die ich in dich säete.
Gehe in dich, wie ich früh dich lehrte.
Mitt' im Steine wirst du Blüten greifen,
Mitt' im Welkenden das selige Späte,
Nie zu Späte: Liebe die geklärte.

Mitt' im Steine wirst du Blüten greifen.

Ein und aus und aus und ein die Jahre
Wie die Tage in dir ziehn und schwinden.
Sprich, was wirst du sein am letzten Ende?
Wirst du's wagen, einst in meine Hände
Deinen Geist zu geben, wenn die blinden
Augen nicht mehr schaun das Wunderbare?

Wirst du's wagen einst in meine Hände?

Land, o Land, wo bist du hingeschwunden?
Rief vom hohen Buge der Verwegne,
Und so wirst du rufen, doch vergebens.
Grabe dir die Erde aus deinen Wunden,
Blut und Tränen auf die Erde regne,
Land ist keins am Rande deines Lebens.

Grabe dir die Erde aus deinen Wunden.

Das Verheißene, das nie Erschaute,
Wo dir Ströme Milch und Honig fließen
Und in Lüften Engelsschwingen brausen:
Eh dir Blüten aus den Fingern sprießen
Und dein Herz rundum von Perlen taute,
Wirst du nicht in diesem Lande hausen —

Wo dir Ströme Milch und Honig fließen.

Ich bin bei dir! Fürchte dich nicht trüber,
Als die Erde will, du mein Gebilde!
Fürchte nicht, daß ich dich je verlasse.
Gib mir deine Hand, daß ich sie fasse!
Sieh, ich wandle übers Meer hinüber,
Und ich leite dich an ein Gefilde.

Gib mir deine Hand, daß ich sie fasse.

Dir wird Heimat sein. Dir wird die Liebe,
Eh die Tränen an zu trocknen fingen,
Wieder eine goldne Schwelle legen.
Öffnen wirst du selbst die Tür der Liebe,
Und dann geht ihr sprachlos euch entgegen,
Und was nie gelang, das wird gelingen.

Öffnen wirst du selbst die Tür der Liebe.

Zeigen will ich dir die neue Erde.
Du bezeichne sie mit deinem Blute.
Denn ich kann dir nichts verleihn und geben,
Du erzeugst es denn in deinem Mute
Und gebierst es selbst zu deinem Leben.
Sieh, ich zeige hin — du geh und werde.

ALBRECHT SCHAEFFER (1939)

Vor der Ausreise nach Amerika

WOHIN

Aufenthaltsvisum? Mein lieber Freund,
sparen Sie Mühe und Zeit und Worte.
Wir haben uns endgültig eingezäunt.
Bei uns sind genügend von Ihrer Sorte.
Europa wimmelt an allen Kanten
von Emigranten.

Sie wären besser zu Haus geblieben.
Terror? Verfolgung? Wie dem auch sei.
Solche Geschichten sind meist übertrieben.
Kein Wunder. Geschädigte sind Partei.
Neutrale Leute, die drüben waren,
sind gut gefahren.

Ihre Gesinnung? Gewiß. Gewiß.
Sie hindert manches in manchem Falle.
Sie ist für jeden ein Hindernis.
Gesinnung haben wir schließlich alle
und müssen uns trotzdem — wozu da lügen —
Dem Zwange fügen.

Und Leute, die sich nicht fügen wollen,
die passen nur selten in ihre Zeit.
Wenn wir die alle ernähren sollen!
Sagen Sie selber. Das führt zu weit.
Sie müssen uns schon den Dienst erweisen
und weiterreisen.

Haben Sie Mittel? Dreihundert Pfund?
Wir wollen uns gerne für Sie verwenden.
Sie wissen ja selber, die Welt ist rund.
Wer Geld hat, den können wir weitersenden.
Nach Südviktoria. Land und Klima
Sind wirklich prima.

Wie wär es mit Grönland? Zur Trangewinnung?
Reizt Sie Guano? Die Mongolei?
Ja, mein Lieber. Für Ihre Gesinnung
sind eben immer noch Plätze frei.
Reisen Sie baldigst. Sowohl um Ihnen
wie uns zu dienen.

HANS REINOW (1938)

IM FLUGZEUG VON ÖSTERREICH NACH ENGLAND

NUN da ich schweb im Ätherboot
und ich aufatmen kann,
da packt sie mich
da packt sie mich
da packt sie mich noch einmal an,
die rohe Flüchtlingsnot.

Ein Herz, das mir zum Abschied schlug,
blieb ohne Trost zurück,
ich spürte bloß
ich spürte bloß
ich spürte bloß den Schlingenstrick,
den um den Hals ich trug.

Da unten ist nun nichts mehr groß
die Straße ist ein Strich —
doch plötzlich weiß ich von dem Moos
und weiß den Wald, des Wurz ich riech,
und weiß, da drunten lag einst ich
und lag in meiner Heimat Schoß.
Die Straße ist ein Strich.

Wie pfeilgrad endlos ist der Strich —
hier ist nur stählernes Gebraus
pfeilgrade geht der Flug.
Dort drunten steht ein Bauernhaus
ich weiß, dort drunten geht ein Pflug
ganz still und langsam, schnell genug
fürs stille Brot, jahrein, jahraus.
Pfeilgrad und stählern geht der Flug —

HERMANN BROCH (1938)

DAS LETZTE

So tief und grenzenlos ins Ungewisse
Sind wir hineingestellt —
O laß mir deine Hand, daß ich es wisse:
Es ist noch Leben in der Welt!

Die Welt zersprang, die Seele ist zerspalten;
Getrennt ist, was du sprichst und was verschweigst —
Und alles Leben ist allein erhalten
Im Bogen, drin du stumm dich zu mir neigst.

MARGARETE SUSMAN (1937)

BEIM ABSCHIED

Wohin wir immer ziehen,
Vergessen sei es nicht.
All unser hart Bemühen,
Wenn Schrecken aus uns schrieen,
War niemals ein Verzicht.

Aus innerem Auge steigend
Um stille Buchten her
Die Buchen stehen schweigend
Und heimatlich sich neigend,
Von Jugendträumen schwer.

Sie werden immer leben
Als sei der Schmerz nicht wahr,
Und alles sei vergeben,
Im Ewigen hinzuschweben,
Des dunklen Schicksals bar.

O diese tausend Jahre
Erschufen unser Bild.
Wohin auch jeder fahre,
Kein Herz, das nicht bewahre,
Was je sein Blut erfüllt.

Der alten tiefen Stimmen
Gesang tönt ewig fort.
Und noch im letzten Glimmen
Der Augen wird verschwimmen
Der gute Väterort.

JACOB PICARD (1939)

FLUCHT

Wo wird das Bett sein,
darin du verendest?
Und — ob es ein Bett ist?

Vielleicht eine Mauer
inmitten von vielen — ?
Doch eher allein.

Die Blicke suchen
dich fortab im Rücken.
Vor dir — schaut man weg.

Dir bleibt keine Wahl mehr.
Auf jegliches Sterben
mach' dich bereit!

Verbirg deine Hände,
die Lippen, die Augen,
vor allem die Stirn!

Für niemanden zählst du.
Entfaltete Worte
zerreißen die Zeit.

Dir aber weigern sie
Erde und Ehre.
Falle nicht! Auf!

Denn noch dein Tod
wird ein Hund, der dich hetzt.
Trau selbst deinem Tod nicht!

FRANZ THEODOR CSOKOR (1936)

LIED DES ABSCHIEDS

Nur in Tränen gezeugte
Lieder zeugen für uns.
Andere Verse
Sind wie aus feinen,
Fühlig gefügten
Farbigen Steinen —
Sind Mosaik, das die Welt
Im Sinnbild der Formung
Behält.
Aber aus Tränen nur
Und des Blutes
Dunklem Verströmen
Auftaucht des Sanges
Schluchzender Vogel:
Heiliges Lied.

MARTHA HOFMANN (1938)

ÜBERFAHRT

Wir haben keinen Freund auf dieser Welt.
Nur Gott. Den haben sie mit uns vertrieben.
Von all den Vielen ist nur er geblieben.
Sonst keiner, der in Treue zu uns hält.

Kein Herz, das dort am Ufer um uns weint,
Nur Wind und Meer, die leise uns beklagen.
Laß uns dies alles still zu zweien tragen,
Daß keine Träne freue unsern Feind.

Sei du im Dunkel nah. Mir wird so bang.
Ich habe Vaterland und Heim verlassen.
Es wartet so viel Weh auf fremden Gassen.
Gib du mir deine Hand. Der Weg ist lang.

Und wenn das Schiff auf fremder See zerschellt,
Wir sind einander mit dem Blut verschrieben.
Wir haben keinen Freund auf dieser Welt.
Uns bleibt das eine nur: uns sehr zu lieben.

MASCHA KALÉKO (1938)

FLÜSTERLIED

Man sieht uns nicht, man kennt uns nicht,
wir tragen keine Zeichen.
Die List des Feinds verbrennt uns nicht,
er kann uns nicht erreichen.

Man fängt uns nicht, man hört uns nicht,
wir leben nicht im Hellen.
Der Haß des Feinds zerstört uns nicht
das Netz der stummen Zellen.

Wir spinnen unsre Fäden fort,
das Netz wird immer dichter,
von Stadt zu Stadt, von Ort zu Ort
trotz Henker, Kerker, Richter.

Wir sind wie Atem, Luft und Wind,
der Feind kann uns nicht greifen.
Er starrt sich seine Augen blind
und fühlt nur, daß wir reifen.

Die heut im Grau des Dämmerlichts
die schmalen Wege graben:
sie haben nichts, sie haben nichts,
sie werden alles haben.

FRITZ BRUEGEL (1936)

MEINE MUTTER

Es brennt die Kerze auf meinem Tisch
Für meine Mutter die ganze Nacht —
Für meine Mutter . . .

Mein Herz brennt unter dem Schulterblatt
Die ganze Nacht
Für meine Mutter . . .

ELSE LASKER-SCHÜLER (1942)

MANCHMAL IM TRAUM

MANCHMAL im Traum in mancher deutschen Stadt
Vom Schaun berauscht ich geh, vom Wundern matt.
Da — auf der alten Brücke stockt der Fuß,
Die Tiefe donnert wie des Todes Gruß.
Die Brücke bebt, die Knie mir jäh versagen,
Es gilt den Sprung aus tiefem Traum zu wagen.
Und weiß doch: kaum erwacht, ist nichts mehr da,
Was, Deutschland, ich von dir im Traume sah.

Im Dom, mein Gott, in mancher deutschen Stadt
Mein Herz im Traum dich heiß beschworen hat.
Sibyllen blicken streng auf mich herab —
»Ihr habt die Schuld!« ruft's aus der Kaiser Grab.
Das Grauen kriecht heran; mit Krebses Zangen
Hält mich der Traum — gern wacht ich auf! — gefangen.
Doch weiß ich: kaum erwacht, ist nichts mehr da,
Was, Deutschland, ich von dir im Traume sah.

Am Schenkentisch in mancher deutschen Stadt
Trink ich im Traum am Wein mich heiß und satt.
Der Freunde Miene glänzt, es quillt das Wort —
Da — kühl erbleicht das Zinn am braunen Bord.
Und aller Augen um mich starren, brechen,
Erwach ich nicht, muß ich mit Toten zechen.
Und weiß doch: kaum erwacht, ist nichts mehr da,
Was, Deutschland, ich von dir im Traume sah.

Und manchmal — nicht im Traum! — in fremdem Land,
Wohin ich selber mich aus dir verbannt,
Sitz, Deutschland, ich mit deinem Feind zu Tisch,
Ein kläglicher Prophet in seinem Fisch,
Gerettet — und zugleich von Scham verschlungen.
Da denk ich wohl: mich hat ein Traum bezwungen;
Und möcht erwachen von der Wirklichkeit,
Deutschland, zu dir, wie dich mein Traum gefreit.

STEFAN ANDRES (1937)

EMIGRATION

Leid tropfte regengleich vom Himmel nieder.
Die Augenlider
Verschlossen sich vor dem Gewittersturm.
Kein Tor, kein Haus, kein Turm.
Verlassenheit,
Vom Menschlichen entblößt,
Nackt
Flüchtend zum Wald,
Und in der Angst
Eilend zur weiten Heide,
Dem Irren gleichend,
Aufgescheucht
Aus Wäldern,
Feldern,
In die Lüfte,
Geisterhaft,
Mit der Erinnerung der Einstmals-Seele.
Flatternd im Kreise,
Gewirbelt
Wie der Sturmwind selbst,
Mit einem Fünkchen noch
Menschlichen Seelenheils.

HUGO JACOBI (1940)

WIR WANDERN

Wir wandern, wir wandern,
Nicht Ziel noch Ende gilt,
Wo Gleichnis nicht winkt noch Bild,
Wir, unter den Völkern der Welt
Die ewig Andern.

Aus des Menschseins dunkelster Not,
Wir grüßen euch nur im Wandern
Verbunden im gleichen Tod
Und nur im Leben die Andern.

MARGARETE SUSMAN (1936)

DER EMIGRANTENCHORAL

WERFT
Eure Herzen über alle Grenzen!
Und wo ein Blick grüßt, werft die Anker aus!
Zählt auf der Wandrung nicht nach Monden, Wintern, Lenzen ...
Starb eine Welt — Ihr sollt sie nicht bekränzen!
Schärft
Das Euch ein und sagt: Wir sind zuhaus!
Baut Euch ein Nest!
Vergeßt — Vergeßt
Was man Euch aberkannt und Euch gestohlen ...
Kommt Ihr von Isar, Spree und Waterkant:
Was gibt's da heut zu holen?
Die ganze Heimat und
das bißchen Vaterland
Die trägt der Emigrant
Von Mensch zu Mensch — von Ort zu Ort
An seinen Sohlen, in seinem Sacktuch
mit sich fort ...

Tarnt
Euch mit Scheuklappen — mit Mönchskapuzen:
Ihr werdt Euch doch die Schädel drunter beul'n ...
Ihr seid gewarnt: das Schicksal läßt sich da nicht uzen ...
Wir wollen lieber mit Hyänen duzen
Als drüben mit den Volksgenossen heul'n ...
Wo Ihr auch seid!
Das gleiche Leid
Auf 'ner Wildwestfarm — einem Nest in Polen
Die Stadt, der Strand — von denen Ihr verbannt
Was gibt's da noch zu holen?
Die ganze Heimat und
das bißchen Vaterland
Die trägt der Emigrant
Von Mensch zu Mensch — von Ort zu Ort
An seinen Sohlen, in seinem Sacktuch
mit sich fort ...

Werft
Eure Hoffnung über neue Grenzen!
Reißt Euch die alte aus wie'n hohlen Zahn!
Es ist nicht alles Gold, wo Uniformen glänzen ...
Soll'n sie verleumden — sich vor Wut besprenzen —

Sie spucken Haß in einen Ozean!
Vom Übermaß
Bis sie beim Fraß
Erbrechen müssen, was sie Euch gestohln...
Das Haus, der Acker, Berg und Waterkant
Der Teufel mag sie holn:
Die ganze Heimat und
das bißchen Vaterland
Und, wenn sein Lebensvisum abläuft,
Von Mensch zu Mensch — landauf, landab
Die trägt der Emigrant
mit ins Grab...

WALTER MEHRING (1933)

AUSWANDERER

NUN MÜSSEN wir von allem scheiden,
Was Kindheit uns und Wachstum war.
Wir sollen selbst die Sprache meiden,
Die unserer Herzen Wort gebar.

Die Landschaft werden wir verlassen,
Die uns auf ihren Armen trug.
Wir sollen diese Wälder hassen
Und hatten ihrer nie genug.
Wie je uns wieder anvertrauen
Dem Friedenshauche einer Flur,
Wenn Abendlicht und Morgengrauen
Befleckt sind mit der blutigen Spur?

Wenn in der Bäume gutem Raunen
Aufrauscht der Haß, der uns vertreibt!
Es lernten unsre Kinder staunen,
Warum man nicht zuhause bleibt?

Wir sind, mein Kind, nie mehr zuhause.
Vergiß das Wort, vergiß das Land
Und mach im Herzen eine Pause —
Dann gehn wir. Wohin? Unbekannt.

BERTHOLD VIERTEL (1937)

MÜDIGKEIT

Da blieb nichts übrig als die Müdigkeit,
die alles nahm und in ihr Dunkel hüllte
und es aufsaugte und in sich verschlang,
wie Tiefe, deren Abgrund man nicht sah,
und die doch diesen Abgrund füllte.
Denn auch die Müdigkeit war tief und lang,
sie war Alleinsein, Fernsein, Unbekanntsein,
und war wie Sterben ohne Ewigkeit.

HILDE MEISEL (1932-37)

WIR, DIE VERLORENEN

Für H. S., den Freund im Exil, und für die
toten Gefährten der Aktionsgruppe VII

Dies sind wir, die Verlorenen.
Mars und Saturn zu Häupten
Vor uns, im Schatten, die Schädelstätten, die Galgen,
Den Strick um den Hals
Die Hand erhoben zum täuschenden Gruß der Henker
— Masken des Nächtlichen —
Henker, vor denen wir fliehen und fliehen und fliehen,
Nicht, um in Schuld und Verzweiflung das Leben zu retten,
Das lange verwirkt ist,
Sondern: auf daß nicht verstumme
Niemals, niemals verstumme der Widerstand,
Den wir tragen und der erlischt wie die sinkenden Feuer des Abends
Mit jedem von uns, den die erwartete Folter
Gnadenlos spießt wie die schwarzen Falter, Verirrte
Aus den fernen, den goldgeränderten Wäldern des Morgens —
Wir, die Verlorenen,
Wir, den Strick um den Hals,
Erstickt von würgender Lüge, gehetzt von Verrat,
Rote Fische zappelnd im stählernen Netz,
Doppelgesichtig, Verzweifelte, blutige Schatten
Der größeren Toten, der lange Erschlagenen,
Bleiche Schatten des Kommenden,
Das wir nicht sehen werden —

Wir auf verlorenem Posten
Im zehnten Jahre des Krieges,
Den niemand weiß: nur unsere Henker und wir
(Wir aber kennen uns, kennen den Tod in der Nacht auch).
Wir, die Vergangnen, die Kommenden, wir aber wissen,
Daß wir allein sind. Wissen: daß keiner,
Keiner der Brüder von drüben uns heute noch hört und noch hilft.
Aber so wir entkommen, ach, im anderen Land
Wird niemand uns glauben. Gejagte und Jäger,
Mörder und Opfer sind eins für die rächende Welt,
Der unser Tod erst beweist, daß wir lebten.
O ewiges Dunkel!
Wir aber flehn für den Sieg aller Feinde, die morgen
An unsern Enkeln die Schuld unsrer Henker bestrafen —
Wir aber flehn um die grauen Geschwader des Todes,
Die unsre Häuser zermalmen, die unsre Kinder verbrennen —
Wir aber flehn um den Sieg der gerechteren Sache,
Die da im flammenden Mantel der Mitschuld die Henker erwürgt
Unsre, ach, unsre Henker, die unsre Faust nicht erreicht —
Ach, wir flehn um den Untergang alles Geschaffnen,
Dessen Bewahrung und Hut unser Amt ist auf Erden.

Sieh uns verzweifeln, Herr dieser blutigen Erde,
Sieh uns erliegen, Herr, in den Kasematten des Unrechts,
Sieh uns verbluten im Dornengehege des Wahnsinns —
Aber siehe, o Herr, auch dies: daß wir weinen.
Ach, daß wir lächeln wie atemlos glückliche Kinder,
Wenn wir, Gehetzte, unter dem Himmel der Schmerzen,
Einmal noch hören das einzige, kostbare Wort,
Einmal noch: »Freiheit« - - -

Es ist unmöglich. Wir, die Verlorenen,
Schwinden wie Rauch im Sturm der verratenen Zeit.
Laß uns denn weiter, o Herr, nach Unmöglichem trachten!
Laß unsre Kraft nicht erlahmen. Gewähr uns
Einst einen würdigen Tod.
Laß uns, wenn unter dem Fallbeil, am Galgen,
In den Kasernen der Marter die letzten Lügen zerbrechen,
Einmal die Wahrheit bekennen und einmal,
Einmal rufen, endlich erhobenen Hauptes:

Es lebe die Freiheit!

GREGOR WALDEN (1943)

LITANEI DER BITTERNIS

BITTER ist es, das Brot der Fremde zu essen,
bittrer noch, das Gnadenbrot,
und dem Nächsten eine Last zu sein.
Meine bessren Jahre kann ich nicht vergessen;
doch nun sind sie tot,
und getrunken ist der letzte Wein.

Ringsum ist eine ganze Welt verfallen,
alles treibt dem Abgrund zu,
nur noch Schwereres steht uns bevor,
denn wir treiben hilflos mit den Trümmern allen;
immer denkst auch du
an das Glück, das dein Gemüt verlor.

Selbst die große Stadt muß sich verstellen,
dunkel sein wie Dörfer einst,
die verwunschnen, die man fremd durchfuhr,
seltsam klingt wie damals nachts der Hunde Bellen,
daß du trostlos weinst,
angeweht vom Spuk der Heimatflur.

Bitter ist es, vor jedem neuen Tage
Angst zu haben, niemehr frei
von geheimen Sorgen, Reue, Gram,
furchtgeplagt bei jedem neuen Glockenschlage,
daß er letzter sei,
eh man recht vom Leben Abschied nahm.

Ungemilderte Bitternis im Herzen,
bin ich längst mir selbst zur Last
zwischen Morgenrot und Abendrot.
Bitter ist es, alles Glück sich zu verscherzen,
ungebetner Gast
bittrer, und das Bitterste: der Tod.

MAX HERRMANN-NEISSE (1940)

GLÜCKLICHE HEIMATLOSIGKEIT

STÄDTE und Länder, Meere haben wir durchbahnt
und sind noch immer gleich bereit,
hineinzuwandern in ein unbekanntes Land,
das ferne liegt und außer aller Zeit.
Um uns sind Felder, deren karge Traurigkeit
im herbstbewölkten Himmel sanft zerrinnt.
Und dort, der Wald, der wipfelschwer zusammenragt,
rauscht dumpf in träger Ewigkeit.
Ziellos, verirrtem Sucher gleich, verflieht der Wind,
pfeift ins Gesicht und wühlt in unserm Haar
und zieht uns plötzlich ganz und gar
an seine lockre Brust wie eine Mutter ihr geliebtes Kind.
Die Hügelstraße fließt gemach in eines Dorfes Ruh'.
Ein schiefer Wegpfahl steht verlassen da und reckt
die beiden Arme wie ein Mensch nach Hilfe aus . . .
Wir stehen glücklich still und schauen immerzu
und wandern in Gedanken harte Jahre durch. Es weckt
uns neues Hoffen auf und hebt uns hoch hinaus
aus Einsamkeit und kurzer Qual und Selbstentgleiten.
Ganz klein versinken vor uns diese Weiten.
Ins Niegeseh'ne greift das Auge aus.

OSKAR MARIA GRAF (1934)

DIESER WIND DER FREMDEN KONTINENTE

DIESER Wind der fremden Kontinente
Bläst mir noch die Seele aus dem Leib.
Nicht das Eis lähmt mir das frostgewohnte
Und die Schwüle nicht das lang entthronte
Herz, das leer ist wie ein ausgeweintes Weib.

Dieser Wind der fremden Kontinente
Hat den Atem einer andern Zeit.
Andre Menschen, einer andern Welt geboren,
Mag's erfrischen. Ich bin hier verloren
Wie ein Waldtier, das in Winternächten schreit.

GUIDO ZERNATTO (1943)

SEHNSUCHT

Freiheit schaffen, Freiheit leben.
Den Gesang des Seins erfühlen.
Meereswogen, Gipfelstille!
Abgeschiednen Seelen nah.
Im Bewußtsein des Verrinnens:
Kämpfer sein und Melodie.

Heimatlich im Hauch der Höhe,
Witternd im Geleucht der Wolken,
Dennoch Bürger dieses Bodens,
Menschenbildern freund und fremd.
Tiefster Trost im Daseinsdämmer:
Kämpfer sein und Melodie.

Freiheit schaffen, Freiheit leben.
Den Gesang des Seins erfühlen.
Meereswogen! Gipfelstille!
Abgeschiednen Seelen nah.
Im Bewußtsein des Verrinnens:
Kämpfer sein und Melodie.

ALFRED KERR (1936)

STROPHEN

Mir steht das Bett nicht zu, in dem ich schlafe.
Geschenk für Tage, doch für lange nicht.
Ich habe nichts verdient als diese Strafe,
und was mir jetzt noch bleibt, ist der Verzicht.
Es droht die Welt! O Schicksal! Ich erschrecke. -
Dort, vor dem Fenster, draußen grinst die Not
und ich verkriech mich unter meiner Decke,
als fänd mich dann bis morgen nicht der Tod.

*

Zur Nacht fällt ein müder Mensch auf sein Lager,
ein sterblicher Leib, ein Körpergewicht.
In stöhnendem Schluchzen endet sein Atem,
vergräbt sich im Dunkel das morsche Gesicht.
Und alles fällt ab. Da liegt nun ein Wesen,

ein lebendes Wesen, schreckenumdroht,
und fühlt, daß sein Herz sich nicht wehrt,
und weiß jetzt:
von letzter Armut erlöst nur der Tod.

*

NÄCHTLICHE Tränen, von keinem gesehn,
nächtliches Beten, von keinem gehört . . .
Schmerzliche Stille. Ich weiß nicht, für wen,
meine Stimme die Erde beschwört.

HERMANN HAKEL (1940)

DAS SCHLIMMSTE

DIE Juden haben unbestritten
Von allen Verfolgten das Schlimmste gelitten:
Nicht weil sie politisch verschworen sind —
Nur weil sie halt geboren sind.

ALFRED KERR (1936)

NEIN, DANKBAR SIND SIE NICHT

»Wie aus Belgrad gemeldet wird, liegen die beiden kleinen Dampfer mit 300 jüdischen Flüchtlingen nach Palästina noch immer in dem Rumänischen Tulcea im Donaudelta fest.«

EIGENTLICH müßten sie dankbar sein,
Zurück, das dürfen sie nicht;
Denn wagte einer nur sein Glück,
Er führe glatt ins Lager zurück,
Wie dankbar müßten sie sein.

Eigentlich müßten sie dankbar sein,
Aussteigen dürfen sie nicht;
Denn spränge nur einer über Bord,
Die Eiserne Garde schösse sofort.
Wie dankbar müßten sie sein.

Eigentlich müßten sie dankbar sein,
Denn weiter fahren sie nicht;

Kein Seemann wagt sich auf solch ein Wrack.
So tollkühn ist nur Judenpack.
Wie dankbar müßten sie sein.

Eigentlich müßten sie dankbar sein,
Denn ankommen können sie nicht;
Und fände einer trotz allem den Weg,
Bomben zerschlügen den Landungssteg.
Wie dankbar müßten sie sein.

Eigentlich müßten sie dankbar sein,
Auch bleiben dürfen sie nicht;
Denn säßen sie länger in ihrem Boot,
Sie stürben bald vor Hungersnot.
Wie dankbar müßten sie sein.

Ja, fünfmal dankbar müßten sie sein.
Doch dankbar sind sie nicht.
Fünf Chancen schlagen sie in den Wind,
Da sieht man mal wieder, wie Juden sind,
Nein, dankbar sind sie nicht.

GÜNTHER ANDERS (1940)

DAS FREMDE

Es sind nicht Herzen nur, um die ich trauere,
Nicht nur die Menschen, die ich tief umdauere.
Es ist ein ungeheueres Nichts, das ich umschaue,
Das mich umdrängt wie Himmel, Erde nebelgraue.

Vielleicht ein Tier mit abgrundtiefen Augen,
Selbst flügellahm mit lauernden Organen,
Die nicht zum Angriff, offenen, mehr taugen,
Und doch Unendliches noch wollen, planen.

Und wir erwählet seinen zügellosen Launen,
Die scheinbar wie Gesetz sich offenbaren,
Mir bangt vor diesem rätselhaften Raunen
Im tiefsten Sitz. Wie soll ich mich bewahren?

HUGO JACOBI (1939)

LEITSPRUCH

Flügel der Liebe streifte mich,
Flügel des Todes reifte mich.
Was am Abgrund geblüht,
Hat doppelt geglüht.

WERNER BOCK (1939)

DIE NEUEN ARGONAUTEN

Lass fahren, was dir Gunst verhieß,
Eh Argos Schiff zerschellt,
Verloren ist das Gold'ne Vlies,
Verloren ist die Welt.

Laß fahren, was den Deinen wert, —
Die Drachensaat geht auf,
Du hemmst mit deinem guten Schwert
Nicht mehr der Sterne Lauf.

So hat sich doch an dir erfüllt,
Was Wind und Welle sang,
Medea träumt, das Haupt verhüllt,
Der Helden Untergang.

Fern raucht der Berg, der dich gebar,
In Flammen steht sein Haupt,
Das Tal, das deine Heimat war,
Hat sich mit Leid belaubt.

Der Turm, den der Zyklop gefügt,
Sank seufzend in das Meer.
Der Tod nur, den dein Bug durchpflügt,
Rauscht silbern um dich her.

Nun liegt dein Heil in fremder Hand,
Dich ruft der dunkle Geist
Ins unsichtbare Vaterland,
Das ahnend du umkreist.

JENS HEIMREICH (1940-44)

ELEGIE VON ABSCHIED UND WIEDERKEHR

Ich weiß, ich werde alles wiedersehn,
Und es wird alles ganz verwandelt sein.
Ich werde durch erloschne Städte gehn,
Darin kein Stein mehr auf dem andern Stein —
Und selbst wo noch die alten Steine stehn,
Sind es nicht mehr die altvertrauten Gassen —
Ich weiß, ich werde alles wiedersehn
Und nichts mehr finden, was ich einst verlassen.

Der breite Strom wird noch zum Abend gleiten.
Auch wird der Wind noch durch die Weiden gehn,
Die unberührt in sinkenden Gezeiten
Die stumme Totenwacht am Ufer stehn.
Ein Schatten wird an unsrer Seite schreiten
Und tiefste Nacht um unsre Schläfen wehn —
Dann mag erschauernd in den Morgen reiten,
Wer lebend noch sein eignes Grab gesehn.

Ich weiß, ich werde zögernd wiederkehren,
Wenn kein Verlangen mehr die Schritte treibt.
Entseelt ist unsres Herzens Heimbegehren,
Und was wir brennend suchten, liegt entleibt.
Leid wird zu Flammen, die sich selbst verzehren,
Und nur ein kühler Flug von Asche bleibt —
Bis die Erinnrung über dunklen Meeren
Ihr ewig Zeichen in den Himmel schreibt.

CARL ZUCKMAYER (1939)

Fremde — Verfremdung

GESANG IN DER FREMDE (1936)

Schwer ist zu singen Gesang in der Fremde,
Ferne der Myrrhe, dem Öl und dem Wein,
Trauernd an Strömen, die nicht den Söhnen,
Die nicht den Vätern bewässern die Au.

Aber des Abends schenken die Sterne,
Schenket die Dämmerung leichtern Gesang.
Bebend erhebt ihr die einzelnen Stimmen,
Denen, die's hören, ertönet ein Chor.

ICH SUCHE TROST IM WORT

Ich suche Trost im Wort, das niemals noch mich trog,
das von den Dingen mir getreu den Umriß zog,
wie durch ein Blatt ein Kind die Fibel für sich paust,
die Bilder und den Sinn, der zwischen ihnen haust.

Auf heller Straße täuscht Gebärde und Gesicht,
ich trau des Nachbars Gruß, dem Wort des Freundes nicht;
ich traue selbst nicht dem, was ich soeben sprach,
nur, was ich schreibe, zieht, was feststeht, richtig nach.

Nur an Geringes will vorerst ich wagen mich,
an Dinge, die im Schlaf ich traf auf einen Strich,
vielleicht im Fenster dort an Flügelpaar und Zweig,
ans Pflaster, das gekörnt sich wölbt von Steig zu Steig.

Wie der Hollunder sich zur Zeit der Blüte spreizt,
das ist so schmerzhaft klar, das es zu Tränen reizt;
das üb ich, das bewährt dem Ohr sich auch im Klang:
zu sagen ist so viel, nun ist mir nicht mehr bang.

THEODOR KRAMER (1938)

NICHT ALLEIN WORTE,
BEHENDE GESCHRIEBEN, VERBINDEN DIE FERNEN!

Wenn die als ewig erschienene Achse der Schöpfung gebrochen,
Führerlos rollt durch die Räume des brennenden Äthers die Erde,
Einem titanischem Haupt vergleichbar, dem Flammen statt Haare
Immer auf's Neue ent-schießen in unhemmbar rasendem Nachwuchs,
Während die Stirne zertrümmert, der Thronsitz kristallenen Geistes —,
Wölbt zwischen Menschen, die einst in der Ruhwelt versunkener Heimat
Freundschaftlich manche Begegnung genossen, dem Friedensschein trauend,
Die von den Pfeilern der schreckenserstorbenen Worte getragne
Brücke des Schweigens sich.

OSKAR JELLINEK (1947)

DIE VERSCHEUCHTE

Es ist der Tag im Nebel völlig eingehüllt,
Entseelt begegnen alle Welten sich —
Kaum hingezeichnet wie auf einem Schattenbild.

Wie lange war kein Herz zu meinem mild . . .
Die Welt erkaltete, der Mensch verblich.
— Komm bete mit mir — denn Gott tröstet mich.

Wo weilt der Odem, der aus meinem Leben wich? —
Ich streife heimatlos zusammen mit dem Wild
Durch bleiche Zeiten träumend — ja ich liebte dich . .

Wo soll ich hin, wenn kalt der Nordsturm brüllt? —
— Die scheuen Tiere aus der Landschaft wagen sich
Und — ich — vor deine Tür, ein Bündel Wegerich.

Bald haben Tränen alle Himmel weggespült,
An deren Kelchen Dichter ihren Durst gestillt —
Auch du und ich.

ELSE LASKER-SCHÜLER (1934)

IM CAMP DE CONCENTRATION

NICHT Stacheldraht und Ziegelreihn
Verdammen dich zu tiefster Pein,
Man gibt dir Streu und Brot und Wein,
Läßt Wind und Sonne bei dir ein,
Nur etwas fehlt dir: Einsamsein.

Wohin du hörst: Geschwätz, Geschrei,
Von früh bis spät ein Wortebrei.
Ohr klebt an Mund und Mund an Ohr —
Wann endlich schweigt der schrille Chor,
Der deine Stimme niederschreit,
O Trösterin, o Einsamkeit!

WERNER BOCK (1939)
Geschrieben im KL Les Milles

DAS LETZTE TAU

KÜSTE, die mich nicht mehr findet,
Stadt, um die mein Blick noch kreist,
Wie aus Ankertiefen windet,
Aus Versunknem sich mein Geist,
Und dies Tau, das mich noch bindet
An die Welt, die mich gebar,
An das Festland, mit dem schwindet
Alles, was Europa war,
Sprache und Musik der Landschaft,
Weltentrücktheit, Schwärmerei,
Und, in gräßlicher Verwandtschaft,
Dunkle Todesraserei.

Meer, in das kein Fluß mehr mündet,
Worte, die ich sprach als Kind,
Letztes Tau, das mich noch bindet,
Wenn ich längst hinüber bin.

HANS SAHL (1940)

DEUTSCH

SPRACHE der Heimat, der Heimat, die nie, ach nimmer ich fand —
Einmal noch Traute, zeig deine süße Gewalt;
Nicht Muttersprache, ach nein, bloß Laute des Leids und des Glücks,
Der Langweil, und Sprache der Sehnsucht und Schwermut.
Andre ach, machen Gelder und Gold und Ruhm;
Ich zaubre bloß das Atmen des Herzens, das mutterlos schweigt.
Ich war ein Einziger, der bloß aus Worten Menschen machte.
Wenn auch Reiche und Leiber zertrümmert, noch lebt die Sprache.

Sprache der Kindheit, in der ich zur ersten Liebe gestammelt —
Der letzten auch — o Sprache, die oft mich zum Stummsein zwang!
Immer schweigst du, wenn du am meisten zu sagen hast,
Denn das Leben ist auch nicht gerechter als die Menschen.
Bloß wenn die Vernunft zu Ende, beginnen die Sagen und Wunder.
Nichts besaß ich auf Erden, nichts gab die Welt mir,
Als dich, o deutsche Sprache, du meine Mutter und Heimat,
Dich, o Sprache, so schön — und meinen armen Schatten . . .

JACOB HARINGER (1938-44

DER ENGEL IM WALDE

Gib mir deine Hand, die liebe Hand, und komm mit mir;
Denn wir wollen hinweggehen von den Menschen.
Sie sind kleine und böse, und ihre kleine Bosheit haßt und
peinigt uns.
Ihre hämischen Augen schleichen um unser Gesicht, und
ihr gieriges Ohr betastet das Wort unseres Mundes.
Sie sammeln Bilsenkraut . . .
So laß uns fliehn
Zu den sinnenden Feldern, die freundlich mit Blumen und Gras
unsere wandernden Füße trösten,
An den Strom, der auf seinem Rücken geduldig wuchtende
Bürden, schwere, güterstrotzende Schiffe trägt,
Zu den Tieren des Waldes, die nicht übelreden.

Komm.
Herbstnebel schleiert und feuchtet das Moos mit dumpf
smaragdenem Leuchten.
Buchenlaub rollt, Reichtum goldbronzener Münzen.
Vor unseren Schritten springt, rote zitternde Flamme,
das Eichhorn auf.
Schwarze gewundene Erlen züngeln am Pfuhl empor in
kupfriges Abendglasten.

Komm.
Denn die Sonne ist nieder in ihre Höhle gekrochen, und ihr
warmer rötlicher Atem verschwebt.
Nun tut ein Gewölb sich auf.
Unter seinem graublauen Bogen zwischen bekrönten Säulen
der Bäume wird der Engel stehn,
Hoch und schmal, ohne Schwingen.
Sein Antlitz ist Leid.
Und sein Gewand hat die Bleiche eisig blinkender Sterne
in Winternächten.
Der Seiende,
Der nicht sagt, nicht soll, der nur ist,
Der keinen Fluch weiß noch Segen bringt und nicht in Städte
hinwallt zu dem, was stirbt:
Er schaut uns nicht
In seinem silbernen Schweigen.
Wir aber schauen ihn,
Weil wir zu zweit und verlassen sind.

Vielleicht
Weht ein braunes, verwelktes Blatt an seine Schulter, entgleitet;
Das wollen wir aufheben und verwahren, ehe wir weiterziehn.

Komm, mein Freund, mit mir, komm.
Die Treppe in meines Vaters Haus ist dunkel und krumm
    und eng, und die Stufen sind abgetreten;
Aber jetzt ist es das Haus der Waise, und fremde Leute
    wohnen darin.
Nimm mich fort.
Schwer fügt der alte rostige Schlüssel im Tor sich meinen
    schwachen Händen.
Nun knarrt es zu.
Nun sieh mich an in der Finsternis, du, von heut meine Heimat.
Denn deine Arme sollen mir bergende Mauern baun,
Und dein Herz wird mir Kammer sein und dein Auge mein
    Fenster, durch das der Morgen scheint.
Und es türmt sich die Stirn, da du schreitest.
Du bist mein Haus an allen Straßen der Welt, in jeder Senke,
    auf jedem Hügel.
Du Dach, du wirst ermattet mit mir unter glühendem Mittag
    lechzen, mit mir erschauern, wenn Schneesturm peitscht.
Wir werden dürsten und hungern, zusammen erdulden,
Zusammen einst an staubigem Wegesrande sinken und
    weinen . . .

GERTRUD KOLMAR (um 1941)

GERAUBTE SPRACHE

O wär' ich wie Wolke, wie Nebel und Dunst
so stumm, da die Abende lodern,
ich müßt' nicht, der Sprache beraubt, meiner Kunst,
der einzigen — lebend vermodern.

O wär' ich wie Blüte, wie Knospe und Blatt
so stumm, da es Tag auf der Welt ist,
ich wär' nicht des Lebens so namenlos satt,
wie nun, da die Leier zerschellt ist.

MARTHA HOFMANN (1941)

ALLEINSEIN

In meine kleine Kammer dringt kein Ton.
Es ist schon spät, und Alle schlafen schon.

Jetzt bin ich froh, denn alles Fremde wich,
Und niemand auf der Erde denkt an mich.

Ich fühl es ganz, es hüllt mich selig ein,
Das namenlose Glück, allein zu sein!

BRUNO FRANK (1936)

WIR VERTRIEBENEN

Wir dürfen nirgends Wurzel schlagen,
wir ewigen Vertriebenen sind
verdammt, wie Wolke, Fluß und Wind
uns selbst durch alle Welt zu tragen.
Wir dürfen keinen Becher leeren
und selten nur vom Rande nippen,
den Trunk, nach dem wir uns verzehren,
schlägt uns das Schicksal von den Lippen.

Wir säen Zukunft, immer wieder,
in jede Ackerfurche aus,
dann stampft man unsre Saaten nieder
und treibt uns in die Nacht hinaus.
Und unsre Reihen werden lichter
mit jedem, der am Weg verendet.
So mancher, müd, wird zum Verzichter
und hat sein Herz umsonst verschwendet.

Nur Feinde rings. Und immer spalten
sie unsern Trupp. Der Trupp ist klein.
Der Stolz der herrschenden Gewalten
ist: ohne Wagnis siegreich sein.
Wir aber werden uns nicht geben
und neu die Arme stets verschränken
und immer neu die Fahne heben
und vorwärtsgehn und vorwärtsdenken.

MAX BARTH (1940)
Im KL Smedsbo geschrieben

SPRACHLOSIGKEIT

Für Jacob Picard

DIE Welt ward sprachlos; im Getös der Bomben
Sucht das Gedicht umsonst sich seinen Port;
Der süße Schmelz der Verse, er verdorrt,
Stirbt in der Sterbeluft der Katakomben.

Im Flammenton der Tuben und der Tromben
Des jüngsten Tags, wer wagt's und singt noch fort?
Zerstörung ist exakt; ihr Zauberwort
Verbirgt in stummen Kreisen sich und Rhomben.

Der Dichter selbst, der durch die Länder irrt,
Wohin der Würger immer ihn vertrieb,
Lauscht fremdem Laut, erschrocken und verwirrt;

Ist echolos die Sprache, die ihm blieb?
Doch überall gibt's Seufzer, schwer erpreßt,
Und Hoffnung, daß sich Gott erbitten läßt.

ERNST WALDINGER (1942)

BALD HÜLLT VERGESSENHEIT MICH EIN

KEIN deutsches Wort hab ich so lang gesprochen.
Ich gehe schweigend durch das fremde Land.
Vom Brot der Sprache blieben nur die Brocken,
Die ich verstreut in meinen Taschen fand.

Verstummt sind sie, die mütterlichen Laute,
Die staunend ich von ihren Lippen las,
Milch, Baum und Bach, die Katze, die miaute,
Mond und Gestirn, das Einmaleins der Nacht.

Es hat der Wald noch nie so fremd gerochen.
Kein Märchen ruft mich, keine gute Fee.
Kein deutsches Wort hab ich so lang gesprochen.
Bald hüllt Vergessenheit mich ein wie Schnee.

HANS SAHL (1943)

DER TOD DER HEIMAT

Wie zwei Verbannte, nächtlich redend über
Ihr Vaterland, erschrocken ahnen, daß die
Liebe zur Heimat irr ging, weil die Fremde
Ein bessres Volk hegt:

So nahm uns Heimatlosen aus dem Geist auch,
Der uns noch viel bewahrte, dies Erkennen
Der Kindheit Haus vom Strom fort und des Sommers
Hütte vom Berghaupt.

FELIX BRAUN (1939)

RHAPSODIE 1941

Fragment

An die morschen Wände der Welt
Haben wir unseres Herzens Harfen gehängt,
Aber es schüttert der Sturm die geborstenen Stränge.

In den modrigen Luken der Fremde,
Wo nichts in uns singt, wo nur Klage geht
Und Wehmut ist
Und Trennung von den Geliebten allen;
In Labyrinthen und Gängen
Entrinnend den Fängen
Der lauernden Vögel des Todes —
Nein, ihr Freunde,
Fordert kein Lied von den Höhlenbewohnern.

Gestern und heute und morgen:
Es kommt ein Tag, und es kommt eine Nacht,
Die immer vergeht und ewig währt
Sich paart und stets eine andre gebiert
Und uns folgt wie ein schamloser Schatten.

Gestern — wer sagt's noch,
Morgen — wer wagt es zu sagen?
Es blaut ein Frühling
Und es graut ein Frühling;

Der Baum wird blühen,
Der Würger wird würgen
Und um unseren kalten Atem würfeln.
Und die Vögel des Todes werden singen
Über unseren fiebrigen Häuptern.

O Trunkenheit, aber nicht vom Duft
Der erwachenden Erde,
O taumelnde Versunkenheit
Unter Rauch und Ruinen.

ISAAC SCHREYER (1941)

SPÄTES LIED

NUN sich die Steige verfärben
und sich die Helle verzieht,
zähl ich am Stecken die Kerben,
sing ein verspätetes Lied;
höre den Fraß im Gemäuer,
hör, wie die Zeit mir verrinnt,
lausche dem sinkenden Feuer
und in den Bäumen dem Wind.

Stillstes mit mir still zu teilen,
litt es die Liebste nicht mehr;
wo mir die taumelnden Zeilen
enden zur Nacht, gähnt es leer.
Nichts bleibt - und viel war mir teuer -
nichts, nun die Zeit mir verrinnt,
nichts als das sinkende Feuer
und in den Bäumen der Wind.

Längst hat mein Land mich vergessen;
was mir auch hier keiner hört,
will's mich zu singen vermessen
ihnen nur, die es nicht stört;
sing es dem Fraß im Gemäuer,
sing es der Zeit, die verrinnt,
sing es dem sinkenden Feuer
und in den Bäumen dem Wind.

THEODOR KRAMER (1945)

DAS WORT

Es wär so leicht gewesen, stets zu schreiben,
Doch schwerer war's und ärger, schweigen müssen.
Man könnt sich retten noch, und muß doch bleiben
In dieses Schweigens Tod und Finsternissen.
So mußt das Herz wohl tausend Schiffe schleppen,
Und hätt oft fürstlich drinnen wohnen können;
So stand man zag auf allen Märchentreppen
Und sah die Rosen süß am Fenster brennen.
So hat das Beste männlich man verschwiegen,
Indes das Glück bei Schwätzern zärtlich liegt —
Wie Kinder Zweige auseinander biegen,
Dem Falter nach, der froh ins Blau sich wiegt.

JACOB HARINGER (1937)

AUF JEDEM MARKT

Auf jedem Markte dies: das Mal des Unbekannten.
Wer aus des Hauses Sicherheit vorüberzieht,
soll immer so erinnert sein, des Ungenannten,
dem alles das mißlang, was euch so gut geriet.

Er strich auf wehen Sohlen durch die kalten Straßen
und sucht' sein karges Lager auf dem baren Stein —
er wagte nie die Bitte, ihn doch einzulassen
und euer lieber Nächster eine Nacht zu sein.

Ihr saßet dreimal satt an den bedeckten Tischen
und voll Behagen rundum im erwärmten Raum —
und da er zögernd pochte, war es von den Fischen
der Rest, den ihr verschmäht, ihm reichtet, kaum.

Er war nur einer derer, die sich selbst verbannten
und tiefster Einsamkeiten hoher stiller Held —.
Errichtet auf dem Markt das Mal des Unbekannten
ihm, wenn er lautlos zwischen euch zusammenfällt.

GEORG KAISER (1944)

DIE UNKE

DA sie im Blut sich noch suhlen,
Wahn noch dem Wahnsinn vertraut,
klagt eines Abends aus Pfuhlen,
Botin des Unheils, dein Laut.

Du mit den feurigen Malen,
riefst du, ein Ende der Not
uns zu verheißen, der Qualen!
Aber du weissagst den Tod.

Schon auf die Städte und Flecken
hagelt er, berstender Brand,
fahndend nach Obdach, Verstecken,
fliehn die Vertriebnen durchs Land.

Künderin bösen Geschickes,
weh, und wir wollens nicht sehn,
lassen verblendeten Blickes
sinnlos das Üble geschehn.

Bald zwischen Trümmern, Gerümpel,
Verdorbenem, halten wir Wacht.
Kassandra, wohnend im Tümpel,
klag durch die Nacht!

WILHELM SZABO (1944)

MIT ENGELSZUNGEN

Es wäre denn mit Engelszungen,
Hülfe sonst ein Singen?
Es haben Tapfere gesungen,
Während sie untergingen.
Das Opfer sang, der Henker sang,
Daß es durch das Jahrhundert klang.
Elend hat seine Lieder
Und singt sie immer wieder,
Die Liebe ihren Geigenton,
David klagt um Absalon.

Hoch klingt die Revolution
Und hat sich ausgeklungen.
Was nützte alles Singen schon,
Wär's nicht mit Engelszungen!

Und wär es auch mit Engelszungen,
Was hülfe alles Singen schon?
Es ist ja nur ein Ohrenschmaus,
Beim Ohr hinein, beim Ohr hinaus,
Und niemals ist ein einziger Ton
Auch wirklich eingedrungen.
Dem Vater glaubt es nicht der Sohn,
Und spräche der mit Engelszungen.
Gesungen wie geklungen,
Die Menschen lassen nicht davon
Und keiner hat's bezwungen:
Die Gier, die Lüge und den Hohn,
Unrecht in allen Zungen —
Geht hin und singt davon!

BERTHOLD VIERTEL (1940)

UFER DER FREMDE

Da sich auf die Ufer breitet
Rostigbraun das Abendrot,
Dunst der Dämmerung entgleitet
— Zuflucht vor gefühltem Tod! —
Licht aus Lampenzeilen loht,
Da sich alle heimwärts wenden,
Stadtzu wandernd, müd vom Wind,
Losgelöst von Deinen Händen
Fühl ich tastend, tappe blind,
Fremder Straße fremdes Kind.

Ach, wie kahl sind Ast und Zweige
Und wie düster droht die Nacht!
Ob ich lächle, ob ich schweige,
Blutend tropft des Tages Neige —
Wäre gern bei Dir erwacht!

MARTHA HOFMANN (1938)

ERSTE TAGE IM HÄUSERGEBIRGE

Die Stadt erschien mir sehr bekannt.
Nicht schreckte mich Titanengier.
Sie schlang den weiten Arm um mich,
Und ihren Sang trug ich im Ohr.

Der Unschlaf macht in ihr sich breit.
Ich fiel in ihn und starrte groß.
Das Herz schlug den Maschinentakt.
Die Straßenschluchten dampften schwer.

Ich hing am Nervenstrang der Stadt.
Sie schrie in mich.
Ich schrie in sie.
Da schreckte sie mich sehr.

MAX RODEN (1940)

FLUCH-GEBET

So sehr, mein Gott, hast du mich schon verstoßen,
Daß deine Liebe mich nicht mehr erreicht,
Du machtest mich zum gänzlich Heimatlosen,
Der ziellos durch die Welten-Wüsten streicht.

Wo ist das Land, das meine Kindheit barg?
In argem Haß hat es mich weg gewiesen,
Und trug ich seinen Saft doch und sein Mark
In allen meinen dunklen Herz-Verließen.

Aus meiner Sprache Klangkreis ausgespieen
Bin ich mit deinem Willen, dunkler Herr:
Die Nächte, die ich qualvoll durchgeschrieen
Mit ihnen, meinen Zeugen, tret ich her

Zum großen Rechten mit dem Herrn der Welt,
Der seine Bibel-Flüche an mir tat,
An dessen Wort mein dürres Bein zerschellt,
Der ich ein Nichts bin, Hauch und taube Saat.

SCHALOM BEN-CHORIN (1944)

DIE MICH HASSEN

Die mich hassen
Die mich lieben
Durch Straßen und durch Gassen
Zusammen mit dem Lasttier ruhelos getrieben
Von Herz zu Herz
Von dir durch mutwilliges Verschieben
Durch Schmerz und Schmerz
Mich im Liebesweh zu üben
O in der Dämmerstunde meiner Traurigkeit —
Ich fahr allein denn war bereit
Mein Ziel noch hinter Mond und Ewigkeit

ELSE LASKER-SCHÜLER (1943)

DER NICHT MEHR DEUTSCH SPRICHT

Deutsch zu sprechen hast du dir verboten
Wie du sagst: aus Zorn und tiefer Scham.
Doch wie sprichst du nun zu deinen Toten,
Deren keiner mit herüberkam?

Zu Genossen, die für dich gelitten,
Denn statt deiner wurden sie gefaßt.
Wie willst du sie um Verzeihung bitten,
Wenn du ihren Wortschatz nicht mehr hast?

Jene Ruchlosen wird es nicht schrecken,
Wenn du mit der Muttersprache brichst,
Ihre Pläne weiter auszuhecken,
Ob du auch das reinste Englisch sprichst.

Wie das Kind, das mit der Mutter greinte,
Und, indem es nicht zu Abend aß,
Sich zu rächen, sie zu strafen meinte:
Solch ein kindisch armer Trotz ist das.

BERTHOLD VIERTEL (1942)

AUF DIE DEUTSCHE SPRACHE

Oh Sprache, einst ein heiliger Schrein,
Da Klang und Sinn sich streng verschränkt,
Gefäß, von Traum erfüllt und Wein,
Handharfe, in die Nacht gehängt,

Kastanien-Musik und Duft
Und Windlicht, schwebend wild und lind,
Und Sturm, der aus der Glocke ruft,
Und, raunend aus dem Schlaf, ein Kind,

Doch nun verhurt, von Haß verkehrt
Und unter Heiden ganz verwaist, —
Wann kehrst du wiederum verklärt,
Oh Sprache, ein in deinen Geist?

Ich aber halte mit der Hand
In strenger Hut dein schmales Licht.
Wie du verlöschend und verbannt,
Geh ich mit dir bis ans Gericht.

HEINZ POLITZER (1943)

ICH HAB NUR EINE LIEBE ...

Ich hab nur eine Liebe, die bist du,
Mein armes Volk, von aller Welt gehaßt ...
Trag ich den Fluch als unsre schwere Last
Rastlos für dich dem Licht der Wahrheit zu.
Ich liebe dich, wie du geschlagen bist.
Triumphe zählt Geschichte tausendfach — :
Doch zu dem bittern Schmerzwörtlein »ach«!
Neigt sich Erlösung eines Siegers: Christ.
Wir wollen keine Rache. Nur Erkennen,
Ganz aus uns selber reine Flamme werden,
Bis unsere öden Nächte wieder warm, —
Von stillen Feuern ernster Arbeit brennen.
Ein neues Volk auf neu bestellten Erden
An des Jahrtausends lebensfestem Arm.

FRITZ VON UNRUH (1939)

VERLOREN

Ich komme nicht mehr zurecht mit dem Leben,
ich bin verwunschen in fremdes Geschick,
daß auch meine Freuden kein Glück mehr ergeben.
Ins Leere verliert sich mein williger Blick.

Ein Bittres verbirgt sich in allen Geschenken,
daß Furcht mich vor jeder Wohltat befällt,
und weil ich stets an das Verlorne muß denken,
so ist mir der Gegenwart Gutes vergällt.

Die kleine Freude an Tier und Blüte,
an Menschen und Büchern und Bildern verblaßt.
Was einst ich besah mit verklärender Güte,
ist heut mir lästig, zuwider, verhaßt.

Nahm früher ich teil an allem Gedachten,
war gern gesprächig, gesellig, bewegt,
heut scheint mir so sinnlos das Reden und Trachten,
weil es immer mich selbst nur unfruchtbar erregt.

Die Welt ist alt und bösartig geworden,
es überrennt uns ein wüstes Geschlecht.
Es findet sich in all dem Drohen und Morden
mein friedliebendes Leben nicht mehr zurecht.

MAX HERRMANN-NEISSE (1936)

Wir sind so wund,
daß wir zu sterben glauben,
wenn die Gasse uns ein böses Wort nachwirft.
Die Gasse weiß es nicht,
aber sie erträgt nicht eine solche Belastung;
nicht gewöhnt ist sie einen Vesuv der Schmerzen
auf ihr ausbrechen zu sehn.
Die Erinnerungen an Urzeiten sind ausgetilgt bei ihr,
seitdem das Licht künstlich wurde
und die Engel nur noch mit Vögeln und Blumen spielen
oder im Traume eines Kindes lächeln.

NELLY SACHS (1942-44)

SPAZIERGANG

Wie war das Leben umzulenken!

Da wieder nun der Himmel blaute:

Ich gehe nur noch, um zu gehn;
und um zu sehn, selbst ungesehn.
Ich hab Vertrauen zum Bergesteg;
Wegweiser selber ist der Weg.
Ich hab das eine Ziel allein,
allein zu sein.

Um dann das hier gestaute
Fühlen, Sehn und Denken
auszuschenken.

RUDOLF LEONHARD (1940)
Im Lager Le Vernet entstanden

Die Heimat wurde gestern Feindesland:
was ich erbaute, alles ist zerstört,
alles was ich liebe, ist verwehrt.
Ich sollte träumen, was mein Schicksal zwingt:
mein Los heißt Arbeit, meine letzte Macht
ist diese kleine Schreibmaschine —

Ich träume, was uns beiden Wollust bringt:
mein Los heißt Liebe, wenn ich nichts »verdiene«,
ich werde lieben bis zur letzten Nacht.

PETER GRUND (1934)

Erkennen – Verzweiflung

DU BIST NICHT DUNKEL, HERR (1934)

Du bist nicht dunkel, Herr, Du bist die Helle,
Du bist so licht wie eine Kirschenblüte.
Im Winde bist Du jene sanfte Schnelle,
Im Walde die vom Reh beäste Stelle
Und in des Menschen Herz die jähe Güte.

AM LETZTEN (1939)

Wie bitter ist der Hunger nach dem Brot!
Wann wird ein Hunger nach dem Worte sein?
Die Menschen werden schweigen in der Not.
Herr, es ist Zeit! Nun schreie das Gestein!

IN DIESER ZEIT

Ist es noch möglich, wenn die Zeit
So Ungeheuerliches mit sich führt,
Sich wegzuwenden von dem vielen Leid
Das an die innren Herzenskammern rührt?

Darf das noch sein: in dieser Zeit
Ein Lied zu singen, leis und träumeschwer,
Und die geliebte Frau im hellen Sommerkleid
Geht durch die Straßen neben mir einher?

Ist es noch recht, ein Kind in dieser Zeit
Mit Spiel und Liebe groß zu ziehn,
Dieweil gehetzt von irrer Grausamkeit
Die Friedlichen von Land zu Lande fliehn?

Ist noch das Schöne schön in dieser Zeit,
Die Recht zu Unrecht macht — Gewalt zu Recht?
Ach, wenn die Stimme der Gequälten weltweit schreit,
Bleibt dann das Gute gut noch und das Schlechte schlecht?

Darf, wenn die Liebe starb in dieser Zeit,
Noch einer lieben und sich lieben lassen?
Ist unsre Liebes-Herzens-Einsamkeit
Nicht ein Verrat an den geschundnen Massen?

Allein die Sonne scheint — in dieser Zeit,
Der Mond steigt still aus tiefem Weltenblau,
Die Erde fruchtet und der Himmel schneit.
Der Regen fällt und morgendlicher Tau.

Und Tiere sind auch noch in dieser Zeit:
Rotbraune Rehe, buntgescheckte Rind.
Das Meer blieb über alle Maße weit
Und fliederschwer der warme Frühlingswind.

Daß alles dies noch ist in dieser Zeit,
Daß junge Birken sind und tiefe Tannenwälder —
Komm mit und sieh, wie schwer und trostbereit
Die Gärten stehn und das Korn der Felder.

Und wie die Erde gut blieb durch die Zeit,
Daß du und ich noch hoffen müssen:
Sie wartet mit uns auf Gerechtigkeit —
Neig deinen Kopf zu mir und laß dich küssen.

Laß uns in langem Kuß in dieser Zeit
Eng aneinanderlehnend zitternd lauschen,
Ob nicht, zum großen Fluge schon bereit,
Die Flügel der Befreiung rauschen.

SCHALOM BEN-CHORIN (1937)

WANN KOMMST DU, HERR, MIT DEINER MACHT,
die Feinde zu verjagen?
Zünd an die Fackel in der Nacht
und laß es endlich tagen!
Mit starker Hand schlag an das Tor
des Kerkers dieser Erde!
Tritt selbst als Führer dann hervor,
als Hirte Deiner Herde!
Der Menschheit Amme ist die Not
des Leibes und der Seele,
Ihr letztes Lebensziel der Tod.
Er würget aller Kehle.
Wir sterben all am grimmen Krieg.
Es will kein Ende werden.
Herr, zieh das Schwert! Führ Du zum Sieg
den Frieden auf der Erden!
Zerschlag des Unrechts Allgewalt,
des Hasses und der Fehde!
Gebeut dem bösen Feinde Halt
und aller Lügenrede!
Dein Reich! Das ist das allermeist!
Herr, schaff es uns hienieden!
Die Freiheit ist nur, wo Dein Geist!
Nur Liebe zeugt den Frieden!

MAX JOSEF METZGER (1943-44)
Im Zuchthaus Brandenburg geschrieben

DER FLUCH

IMMER hängt und schwebt er lauernd,
Ungesehen im Geröll der Nächte
Sich wie eine Katze kauernd,
Über dem verworfenen Geschlechte.

In der Welt, die schlummert, scheint er selber
Träge für den Schlummer nur zu taugen.
Aber manchmal schießt der Haß als gelber,
Schräger Blitz aus seinen Katzenaugen.

Immer hockt er in dem alten Neste
Und gedeiht — ein fettes Ungeheuer.
Schwellend reift der schwere Bauch, als mäste
Sich die Bestie vom verborgnen Feuer.

Rauchlos die verruchte Nahrung schmausend,
Schmatzt er lüstern mit der Katzenzunge.
Und er wartet; doch vielleicht nach tausend
Jahren setzt er an zu einem Sprunge.

MORIZ SEELER (1937—39)

FREILICH

DIE schwarzen Knechte werden mich nicht fangen
Nimm eine klingende Dose
Binde ein weißes Haar
Um deinen Nacken knüpfe es wunderbar
Und lose

Kein Wind schöpfte irgend Verdacht
Der Baum blieb leer
Und unbewacht
Nur wie von ungefähr
Fand eine andere Nacht

Auf des Blutes seidener Leiter
Mich an den Mund des Todes gelehnt
Da war ein Ring eine Rose vielleicht und weiter
Nichts . . .
nur ein Verüben

Wie zwischen mir und mir
Kommen sie morgen mich abzubinden
Sie werden die Haut eines Windes finden

Ich bin drüben
Und hier.

FRIEDRICH UMBRAN (1943-44)

DER WALD DER WELT

Erblickt ihr hinter mir die Flüchtlingsspur
Und trifft euch ein gehetzter Atemstoß?
Ihr sucht und horcht umsonst. Ich lächle nur:
Der Wald der Welt ist groß.

Er wächst in bittern Lüften der Gefahr.
Und wenn ihr es für Hochmut nehmt, vergebt:
Ihr wüßtet, wären eure Stirnen klar:
Der Wald der Welt entschwebt.

Und wer einmal in ihn gefunden hat,
Wird mit ihm hochgetragen, ist es not.
Was hier ist, fehlt nicht dort, kein Wurm am Blatt,
Kein kleiner Mund, kein Kot.

Auch Feinde nicht, wie sie der Gott bestellt,
Nur ihr, die ihr mit Würfeln um ihn lost!
Vielleicht verirrt er mich, der Wald der Welt,
Und doch ist er der Trost.

Ihm glimmt, damit die Nacht zu schwer nicht sei,
Auf einem Hirschwildgeist das goldne Kreuz;
Ihm brennt Huberti Schreck im Schwarzgeweih,
Und wer es weiß, der scheut's.

Nur wer es nicht scheut, zäumt und sattelt schon —
So ihr! Der Riemen knirscht am Pferdebauch,
Doch fehl prescht eure rasselnde Schwadron:
Der Wald zerging in Rauch.

OSKAR LOERKE (1935)

DER VERDERBER

Was du ergreifst, zerfließt. Du hast die Fluren,
Eh' du sie übermächtigt hast, zerstört;
Vom dumpfen Wahn der Eigenmacht betört,
Suchst du dein Bild in allen Kreaturen.

Und findest doch nur des Vernichters Spuren,
Der deiner Sünde freveln Wunsch erhört:
Versklavter Fürst der Macht, die sich empört,
Und Tod der deinen, die dir Treue schwuren!

Unseliger Geist auf morschem Thron der Macht,
Dem sich die Welt, bevor er kam, bereitet,
Nicht Mensch noch Zeit, den nie ein Name nennt!

Der Finsternis Geheimnis, Ruf der Nacht,
Auf die sich Licht verzehrend niederbreitet,
Tod deiner selbst, Schuld, die an Schuld verbrennt!

REINHOLD SCHNEIDER (1945)

DÄMMERUNG 1938

Das Licht verkürzt sich, lange Nächte nahen,
Die ihre Schatten schon am Mittag werfen,
Daß Dämmerung den ganzen Tag durchgraut.
Es ist der Tod des Jahrs, er paßt zum Kriege,
Sie kommen sich zur Hochzeit der Zerstörung
Mit Blätterfraß und Menschenfraß entgegen:
Die Zeit der Mörder ist der Herbstzeit Braut.
Schon fahren aus den Dämmerungen Schläge,
Die unerkennbar sind und immer frecher,
Nur rote Augen stehen starr dahinter,
Durch die man offen in die Hölle schaut.
Uns werden diese langen Dämmerungen
Noch grauer machen, durch noch längres Warten,
Denn diese Zeit verharrt, obwohl sie hinrast,
Sie brüllt, und doch versteht man keinen Laut,
Sie reitet auf der Erde, die sie zügelt,

Tyrannisch, und tyrannisch peitschend haut.
Und wir, von jedem Schlag getroffen, dunkel
Getrennt von allen, die uns nahe waren,
Wir sollen nichts mehr lieben, nichts mehr sehen,
Und immer stumpfer soll das Herz verdämmern:
Es stürzt, was sich auf Sand des Wartens baut.
Die Dämmerungen aber wachsen, länger
Sind ihre Herbst und Winter als die Menschen
Nach soviel Jahren schlaflos noch ertragen,
Vom Warten aufgerieben Seel und Haut.
Und dieses Jahres Dämmerung ist grauer
Als irgendeine, und obwohl so häßlich,
Wälzt sie sich mit den tollen Abenteurern
Und Milch des Todes wird in ihr gebraut.
Die Dämmerung wird alle Schrecken werfen,
So unbekannte Ungeheuer schwellen
In ihrem Bauche gegen alles Gute,
Daß sie den fernen Frühling schon verfinstern,
Und sich das Licht nicht mehr zur Erde traut.

ALFRED WOLFENSTEIN (1938)

SCHEINWERFER

SELTSAME Nächte sind gekommen,
Scheinwerferlicht den Himmel kehrt
und macht ihn milchig-grau, verschwommen
und hat die Sterne aufgezehrt.

Es klopft mit Fingern an die Mauern
und schlägt in Fenster laut und grell,
die Winkel, wo wir niederkauern,
macht es mit einem Schlage hell.

Wir müssen jetzt das Sterben lernen
wie eine Schülerlektion;
unhaschbar rasch läuft es davon,
es springt aus Kellern und von Sternen,

bis der bestimmte Morgen tagt
und dieser Nächte Tod erjagt.

FRITZ BRUEGEL (1937)

HOFFNUNG, LERCHE DER WELT

Hoffnung, Lerche der Welt, hoch hinter Gewittern verloren,
Hör ich noch deinen Gesang? — Freunde! Nicht hör ich ihn mehr! —
Aber auf fernem Stern vielleicht vernimmt ihn ein Dichter.
Tröste statt meiner denn ihn, Hoffnung, du Lerche der Welt!

FELIX BRAUN (1939)

GEBET UM FRIEDEN

Mein Gott, bewahre mir im Stillen
des Seelenfriedens Heiligtum,
laß nicht dem Würger seinen Willen
und gib dem Krieger keinen Ruhm,
o wolle gnädiglich erhören
der Schwachen furchtsames Gebet
und laß den Bösen nicht zerstören,
was unter Deinem Schutze steht!

Auf Erden läßt sich leidlich leben,
und jeder wird einmal bedacht.
Dem Widersacher zu vergeben,
belohnt mit sanftem Schlaf die Nacht;
das Gute, nicht das Schlimme suchen,
ist, was das Menschenherz befreit,
und, wenn wir unserm Los nicht fluchen,
wird es zum Glück der Ewigkeit.

Vergiß die Hoffart von uns allen
und zieh uns nicht zur Rechenschaft,
o laß uns durch das Schwert nicht fallen!
Gib meinem Glauben wieder Kraft,
den Hang zum Haß zu überwinden
und meinen Feinden zu verzeihn,
mich mit dem Nachteil abzufinden
und in der Not getrost zu sein!

Auf alles will ich gern verzichten,
wird unsrer Welt der Mord erspart,
will abseits meine Lieder dichten,
die dann kein Buch mehr aufbewahrt,

will namenlos verschollen bleiben,
von jedem Freunde weit getrennt,
den Meinen keinen Brief mehr schreiben,
ein Fremdling sein, den keiner kennt.

Doch, Gott, gib Vollmacht nicht dem Tode,
verwüstend ungehemmt zu sein,
sei nicht die grausame Pagode,
unnahbar unsrer Herzenspein,
laß uns noch einmal Atem schöpfen
und harmlos unsre Wege gehn,
laß wieder über unsern Köpfen
den Stern des Ewigen Friedens stehn!

MAX HERRMANN-NEISSE (1939)

VERZWEIFLUNG

Nimm
aus der Schöpfung — Deinem Heiligtume —
die Ungestalt — den Feind, der Dich verrät,
den Menschen — Gott!
Er ist der große Schatten, der Dich verdunkelt!
Er ist der Zweifel,
der Dein großes Wort verkleinert und entstellt!
Und ist es so —
daß Du um jener Wenigen,
ganz Stillen, Heiligen und Märtyrer,
die ganze unheilvolle, unliebende und breite
Menschheit schufst?
Und ist es so — mein Gott —
so stehe auf, mache die Nacht,
die dunkle schwere zum Tag — so grell und weiß,
daß Deiner Feinde Augen
sich härter schließen müssen als bei Nacht —
Und wirf auf ihren Schlaf das Schweigen —
die heilige Geburt des Lichts.
O tu dies —
willst Du gerettet sein!
Denn nur das Schweigen ist noch unantastbar —
und die nicht schweigen, zeugen gegen Dich.

ANNA JOACHIMSTHAL-SCHWABE (1936)

BOETHIUS

Vom edlen Ausklang römischer Geschichte
schenkt eines Mannes Buch die Zeugenschaft,
geschrieben vor dem Tod in strenger Haft:
»Der Weisheit Trost« — Gedanken und Gedichte.

Der Letzte, der dem römischen Senat
im Gotensturm die Würde streng erhielt —
hat nicht sein Leben höchsten Rang erzielt?
Des Todes Adel ward in ihm zur Tat.

Sein Tod hat keinen Untergang gewendet —
erloschen war die Kraft der alten Welt. —
Sein Tod hat nur den Untergang erhellt.

Und vielen hat er später Trost gespendet,
da seines Beispiels hohe Hilfe spürt,
wen gleiches Los auf gleiche Bahnen führt.

ALBRECHT HAUSHOFER (1944-45)
Im Gefängnis Moabit entstanden

NUN STIRBT DAS VOLK

Nun stirbt das Volk, es sterben hin die Reinen,
Die ohne Schuld am tiefen Fall der Welt;
Wenn nicht ein Licht aus reinen Herzen fällt,
Wird bald kein Licht mehr auf der Erde scheinen.

Die Nacht stürmt fort, und lauter wird das Weinen
Um all der Toten unbeschütztes Zelt,
Um all die Schwermut, die kein Trost erhellt,
Und kühne Geister, die sich nie vereinen.

Doch wo ist Hoffnung, wenn im Opfer nicht
Der Unbefleckten, die mit heiligem Mut
In unserer Sünde Todesnacht gegangen?

Um ihre Gräber dunkelt das Gericht,
Es klagt uns an, es fordert uns ihr Blut,
Bis ihre Bitten uns dereinst empfangen.

REINHOLD SCHNEIDER (1943)

ABSCHIED

NUN bin ich nur noch eine kleine Weile
Auf eurem Weg. Schon schweigt der erste Stern.
Und wie ich noch mit eurem Schatten eile,
Bin ich euch schon um tausend Träume fern.

Schon weiß ich nicht mehr zwischen euren Blicken
Mich sanft zu schaukeln in des Himmels Blau,
Schon steh ich unter schwereren Geschicken
Im Totenhof der dunklen Abendfrau.

Schon streifen eure Worte meine Wangen
Wie eines längst entführten Windes Traum,
Schon bin ich endgültig von euch gegangen,
Ich Überschatteter vom Schicksals-Baum.

Schon schlucken mich die Schluchten ernster Straßen
In einer fremden grauen Abendstadt;
Dort ist, den eure Worte gern vergaßen,
So stark, daß er mich bald bezwungen hat!

Und wie ich Sonnenlicht mit euch noch teile,
Winkt mir der Bote schon des dunklen Herrn.
Es schneit ... und über eine kleine Weile
Bin ich verweht ... stumm scheidet Stern um Stern.

HUBERT GSUR (1944)

NACHTGEDANKEN

TIEF liegt die Nacht in schwerem Bann,
lichtlos und ohne Schein,
sie hält den schwarzen Atem an
und lauscht und lauscht in sich hinein.

Nur leise fällt von feuchtem Ast
ein Tropfen Tau ins Gras hinein,
wie Herzen nachts von Kummerlast
durch Tränen sich befrein.

Solch Tropfen fällt so still, so wertverloren —
Und doch! Welch Rauschen würd' erschallen,
wenn plötzlich wir mit Gottes Ohren
die Tränen hörten, die in Nächten fallen!

WOLFGANG PHILIPP (1940)

DIE WEISSE ROSE

ALS erste erwacht die weiße Rose.
Ich lehne am Fenster, von Schlaf nicht gestillt.
Der Himmel erschauert in grauer Hypnose.
Der Garten liegt da — ein begonnenes Bild.

Noch lang hat der Vogel im Busch nicht gezwitschert,
ans naß-schwarze Grün sich kein Umriß getraut,
als mich schon dein schimmernder Gruß hat erschüttert,
da ich vor dem Tag hinuntergeschaut.

Ich sah in der Zeitung ein Schlachtfeld in Flammen,
herübergefunkt durch den Ätherraum . . .
Schlag über mich, liebreiche Rose, zusammen,
begrab mich mit Schlaf. Und sei mir ein Traum.

RUDOLF FUCHS (1940)

BEWAHRE DICH

SOLANG des Alls urewiges Gebot
Von Tat und Wirkung diese Welt erhält,
Bist du als Hüter vor dein Ich gestellt:
Bewahre seine Freiheit, stets bedroht!

Beachte weder Auftrag noch Verbot,
Durch die der Mensch in Schuld und Dunkel fällt;
Vertrau dem Licht, das all dein Tun erhellt
Und das in deines Innern Tiefstem loht.

Doch gibst dein Schicksal du in fremde Hände,
Sieh die Gefahr solch frevlerischer Spende:
Du selbst mußt einst für deine Taten zeugen!

Nicht Schuld noch Sühne lassen sich vererben.
Ein jeder muß des eignen Todes sterben
Und sich dem Spruche seines Richters beugen.

LEO SCHMIDL (1943)

EINZIG DIE TAT

BIST du vom Schnee auch verweht,
Hirt der vertriebenen Herde —
sieh, wo du sankest, zergeht
ständig das Eis! Denn die Erde

wärmt sich am ewigen Licht
dessen, der liebt. Stehe auf,
wische den Gram vom Gesicht,
und des Unglücks Lauf

hemme durch rettende Tat!
Soll denn die Herde ertrinken
gänzlich im Schnee? Ach, es naht
Unheil! Die Lämmer versinken.

Hirte! Du Hirt mit dem Stein
Davids auf lederner Schlinge,
sammle die Herde, daß kein
Winter die Unschuld bezwinge.

Packe die Hörner des Viehs,
reiße die müden Gefährten
hoch, und nun blutenden Knies
vorwärts! Nicht lange verwehrten

Schneebarrikaden den Weg
denen, die liebend erglühten!
Frühlingsschön schmückt sich der Steg
für die Befreiten mit Blüten.

JO MIHALY (942)

MITTÄGLICHE ZEIT 1939

WANN werden wir wieder die Bläue wie einst
Und den blinkenden Tisch der Augen,
Das ruhende Meer
Und die Sonne,
Rinnend wie Wein von den Bergen,
Schaun? — wie die Kinder es können
Noch heute, gleichmutsvoll und voll Andacht
und Lust?
Grau vor den Augen, ein Schleier

Gefädelt aus Tränen, hängt
Die furchtbare Stunde.
Himmel und Erde verhüllt
Wie endloser Regen der Krieg.
Sein Mantel, am Saume schon rot,
Schleppt über die Welt,
O welch ein Mantel!
Ihn haben die Helden-Schneider gerettet
Vom Mottenfraß, immer dieselben Schwätzer,
Durch viele Geschlechter!
Auf die Löcher, die grause Gestalt zu verbergen,
Flogen die Flicken der Lüge;
Und die emsigen Zwerge,
Die dienstbaren Geister, werden,
Fielen die Flicken herab
Als Leichentücher von neuem
Auf Völker und Länder —
Sie werden die starrende Scham
Des Eklen und den fetten Bauch ihres Abgotts
Aufs neue verhüllen.
O Prinz Karneval hat nicht
Und der lustige Zeisig
Solch einen Mantel.
Und der Riese schüttelt ihn nun,
Läßt aus den Falten fallen
Den stählernen Schwarm der Maschinen.
Summen erfüllt die Himmel,
Insektisch und stur,
Finsternis lastet gleich Kissen
Auf der Wiege der Städte.
Finsternis, von Schwertern aus Licht
Durchstochen, durchstoßen,
Finsternis, wie Tücher fällt sie herab,
Erstickend das geile Angstgeschrei der Sirenen.
Und Finsternis füllt auch die schlummernde Brust
Und der Menschen Träume;
Sie steigen und stürzen wie droben am Himmel
Die eisernen Vögel —
Und sind wie feurige Fühler geworden,
Gerichtet ins Finsterne nur.
Ach, möchte die Sonne nicht wiederkehren,
Möchte sie drunten weilen
Und leuchten den Toten solange,
Bis die Lebendigen erfuhren:

Daß der Sonne Licht mehr ist als Licht,
Daß ihr Glanz
Abglanz ist der heiligen Leuchte,
Welche die Menschen bestellte
Zu kreisen wie Sterne.
Möchte die Sonne doch, heiligen Abscheus voll,
Verhüllen ihr Antlitz solang,
Bis wir im Dunkel tappen
Durch Eurasiens Länder,
Verschmachtenden Pilgern gleich,
Denen man Wunderorte gepriesen,
Von da man sie sähe:
Die strahlende Mutter!
Verhüllen soll sie ihr Antlitz,
Bis wir, wirre die Sprachen mischend,
Bauen an Babels Turm,
Aber höher hinauf und
Ihn heiliger meinend:
Von droben sie endlich zu schaun,
Sie, die da wiederkehrt,
Die Tochter Gottes
Und Mutter der Menschen!
Aber weh, sie weicht nicht,
Sie weilet und schaut
Richtend auf uns.
Sie taucht den Finger ins Blut,
Ins Blut der Unschuld,
Und so gerötet entschwebt sie,
Die Botin des Himmels.
Und kehrt sie am Morgen,
Steht sie, die Immergleiche,
Uns nah und fern
Wie eine verlorene Freundin.
Und ihre Wonnen schüttet sie aus
Auf das Meer, den blinkenden Tisch,
Und über die Berge.
Die Kinder jauchzen
Und aus ihren Augen strömt
Achtloser Überfluß,
Davon ein Tropfen auch nur
Uns gäbe den alten Rausch
Voll Andacht und Lust.

STEFAN ANDRES (1939)

ENDE DER GEWALT

Wo ist dein Sieg, o Tod?
Pope/Herder

IHR, die ihr zwingt, doch nie bezwingt:
Und wenn ihr noch so eifrig seid
Und fern von Mitleid oder Leid,
Ihr macht, wenn ihr die Kolben schwingt,
Für euch in Zeit und Ewigkeit
Aus meinem Blut kein Goldgeschmeid!

OSKAR LOERKE (1940)

CHORGEBET

MACH, daß wir
Das Niedere der
Stummen Welt
Vergessen!

Mach, daß uns
Die Zunge der Seele
Sich löse, tief
Gedankenvoll!
Mach, daß wir
Im Lichte, nicht
Im Finstern wandeln,
Daß wir die
Brust, die irdische,
Entlasten, auf

Flügeln, allezeit
Gewappnet, zu
Dir eilen, deine
Helle, die weise,
Inbrünstig, göttlich
Mit dir teilen,

Das vollbringe,
Heiliger Hyperboräer!

ARNO NADEL (1940-42)

ANKLAGE

Im Meer die Ertrunkenen,
Im Schnee die Versunkenen
Klagen an.

Die von der Wüste verschlungen,
Mit tausend Zungen
Klagen sie an.

Die Verstümmelten, die Blinden,
Die in Qualen sich winden
Klagen an.

Zerbrochene Münder,
Einst stolze Künder
Klagen an.

Vereinsamte trauern,
Geschlechter erschauern
Vor dem Antlitz des Rächers . . .

ALFRED KRÜGER (1941)

WER BAND DIE FESSEL MIR

Wer band die Fessel mir um meine Hände,
daß nur die leere Gebärde mir blieb?
Daß nun der Brunnen sich sinnlos verschwende,
von dem man die Dürstenden alle vertrieb?

Laß binden und fließen, laß meinen und wähnen
und sammle nur still so Leben wie Tod:
einmal gelingt aus Schweigen und Tränen
für alle, die warten, das letzte Brot.

Ob Gott sich verhüllt dir in schweigenden Jahren,
sammle nur schweigend das Korn für ihn ein . . .
auch der Schweigende wird sich dir offenbaren
und herrlich bedeckt sich sein herrlicher Schein.

ERNST WIECHERT (1940)

REBELLEN DES MORGEN

Ihr seid die Herren des Heute!
Alles, was war, ist zertrümmert.
Unsere Freiheit genommen.
Und auf den Nacken der Völker
lastet das Joch eurer Willen.
Sklaven nur sind sie
Zwischen den Mauern des Fronens:
hinter den Pflügen,
an den Maschinen
und mit dem Denken der Hirne
dient ihre Dumpfheit
euren Plänen.

Wir aber künden
euch den Gehorsam,
kühne Rebellen:
Führer, die ohne Gefolgschaft,
furchtlos die Fahne entfalten,
mutig euch Zwinger verachten
und eure Henker verachten.

Ihr seid das Heute!
Heute wird Gestern.
Wir sind das Morgen!
Morgen wird Heute!
Hinter uns stürmen die nächsten Geschlechter
besseren Zeiten entgegen.
Und wenn wir fallen, steigt stolzer das Banner
auf in das Leuchten
kommenden Tags,
straff von dem Geisthauch des Schicksals;
siegreich enttönt unser Schlachtschrei
jüngeren Kehlen,
ewiger Urruf der Besten:
Freiheit!

ROMAN KARL SCHOLZ (1940—42)
Vor der Gerichtsverhandlung entstanden

MIR BLEIBT MEIN LIED

Mir bleibt mein Lied, was auch geschieht,
mein Reich ist nicht von dieser Welt,
ich bin kein Märtyrer und Held,
ich lausche Allem, was da klingt
und sich in mir ein Echo singt.
        Ob jedes andre Glück mich flieht —
        mir bleibt mein Lied.

Schutzengelhaft gibt es mir Kraft,
denn seine Melodie beschwört
das Böse, das den Frieden stört,
doch nicht in meinen Abend dringt,
den zärtlich die Musik beschwingt.
        Ob sich der Himmel schwarz umzieht —
        mir bleibt mein Lied.

Was lärmend schallt, ist bald verhallt,
mißtönende Vergangenheit,
die nur die eigne Schande schreit,
wenn maßvoll mit holdseligem Ton,
in fast jenseitiger Klarheit schon,
mein Lied auf seinem Abschiedspfad
        den Sternen naht . . .

MAX HERRMANN-NEISSE (1938)

IHR FRAGT

Ihr fragt, warum mein Lied so grau,
ihr fragt, warum so wenig Blau,
warum so wenig Sonne fällt,
in meine Lieder, meine Welt?

Ihr fragt, warum so wenig Blau,
warum so wenig Sonne fällt?
So hört: MEIN VOLK IST MEINE WELT!
Und diese Welt ist grau, nur grau . . .

GEORG MANNHEIMER (vor 1939)

HÖR DIE KLAGE

Hör die klage! meine stunde dunkelt —
Hier der baum von grünen früchten trächtig
Mohnblatt dort in farben übermächtig
Und vom brunnen purpurn rückgefunkelt
Volk und vieh und hirt rings an den toren,
All dies tot als wär es ungeboren.

Meine schritte wissen nicht die erde,
Dinge stehen aufgereiht im kreise
Die einst kamen: holde augenspeise
Wild vertraute irdische gebärde
Jedem blick berauschendes erwidern,
Gnade — und dein hauch auf meinen lidern.

Stimme die im stammeln noch den odem
Aufgerissner himmel und die ferne
Zu uns zwang und leichtern gang der sterne
Und der schwüle atemlosen brodem,
Gütige nacht! Ach deines hauptes gleiten
— Lächelst du — wir schreiten aus den zeiten.

Ward das reich geöffnet da wir ruhten?
Rissen wir zu heftig an den toren?
Sprang es auf und wardst du ungeboren?
Muß mein leib um deinen sich verbluten?
Sinn und hand will haut und wärme greifen
Lippen schlummernd will die lippe streifen.

Tote dinge stehen dumpf im leeren,
Fallen hier der grünen frucht zur erde
Blöken dort der hirtenlosen herde
Tier um tier wie sie vom brunnen kehren
Schöner mond und stern steigt und aufs neue
Tag für tag der strahl aus hohler bläue.

Brich hervor als wär der boden trächtig!
Deinen schritt vernehm ich übermächtig.
Sieh ich reiche meines bluts die schale
Beide trinken wir vom totenmahle
Bis sein purpur deine stirn umwittert
Und dein hauch zieht und die wimper zittert.

GERTRUD KANTOROWICZ (1942)
In Theresienstadt geschrieben

Verfolgung — Haft

DEN UNBEIRRTEN (1945)

Sie haben Euch in die Höllen gesperrt
Und Eure Gesichter zu Fratzen verzerrt.

Sie haben Euch Hirne und Herzen zerkrallt
In Dachau, in Belsen, in Buchenwald.

Und wenn man uns fragt, wo Deutschland war?
Wir weisen auf Euch als die heilige Schar.

HAST DU ANGST

Hast du ein Fenster —
nachts klopft es dran.
Grauer Gespenster
Grausamer Bann
macht dir Angst,
macht dir Angst —
und du bangst.

Hast du kein Dach, doch
liegst unter Brücken
lange du wach noch,
Seufzer und Krücken
hörst du wandern,
hörst du wandern,
von den andern.

Tags sind die Straßen
hell, doch dir graut,
du bist verlassen,
mitten im Laut
hast du Angst,
hast du Angst —
und du bangst.

Wälder und Wände
starren so stumm,
Wünsche und Hände,
die gehen um,
bist du allein,
bist du allein,
hörst du sie schrein.

Mitten im Leben
Schmerz, Lust und Not,
du gehst daneben —
und nur der Tod
ist ohne Angst,
ist ohne Angst,
aber du bangst.

WOLFGANG BORCHERT (1945)

ICH WEISS

Ich weiß, daß ich bald sterben muß.
Es leuchten doch alle Bäume
Nach langersehntem Julikuß —

Fahl werden meine Träume —
Nie dichtete ich einen trüberen Schluß
In den Büchern meiner Reime.

Eine Blume brichst du mir zum Gruß —
Ich liebte sie schon im Keime.
Doch ich weiß, daß ich bald sterben muß.

Mein Odem schwebt über Gottes Fluß —
Ich setze leise meinen Fuß
Auf den Pfad zum ewigen Heime.

ELSE LASKER-SCHÜLER (1943)

DER WEG

Ich schreite einen Weg
Voll von Dornen und Steinen.
Führt denn kein Steg
Über den Strom von Tränen,
Über die Flut von Sehnen?
Gibt es denn keinen?

Aber dort hinten ist Licht,
Strahlendes Funkeln.
Lange, ach, sahst du es nicht,
Wie sich im Aufwärtsschreiten
Vor mir die Wege nun weiten
Hinaus aus dem Dunkeln?

Das ist der Weg zu Dir,
Ihn muß ich gehn.
Vergangenes laß ich hier,
Aber als besseres Wesen
Von Menschheit und Irrtum genesen,
Werd ich vor Dir stehn.

HENRI STERNBERG (1945)
Geschrieben in Theresienstadt

VERHAFTUNG BEI NACHT

Dem Dichter Emil Alphons Rheinhardt gewidmet, der in Dachau an Flecktyphus starb.

Hörst du sie nicht auf der Treppe gehen?
Kommen werden sie, dich zu ergreifen,
und sie werden dabei nichts versäumen.
Selbst in deinen allerfernsten Träumen
sollst du die behaarten Tatzen sehen,
die dich über deine Schwelle schleifen.

Hörst du, wie sie rütteln an dem Riegel?
Hast du Glück, so schießt man dich gleich nieder.
Doch wenn sie dich auch mit Peitschen fragen,
darfst du ihnen keine Silbe sagen.
Schau dich nur noch einmal in den Spiegel,
denn nachher erkennst du dich nicht wieder.

Klage nicht, warum es dich getroffen!
Auch um dich hat man geweint, gelitten.
Auch du warst wie jene, die jetzt kommen.
Aber nun wird das von dir genommen.
Noch ein Stoß! Dann steht die Türe offen.
Tritt in dein Gericht mit harten Schritten!

FRANZ THEODOR CSOKOR (1940)

GEBET

Ich kann nicht hassen.
Sie schlagen mich. Sie treten mich mit Füßen.
Ich kann nicht hassen. Ich kann nur büßen
Für dich und mich.

Ich kann nicht hassen.
Sie würgen mich. Sie werfen mich mit Steinen.
Ich kann nicht hassen. Ich kann nur weinen
Bitterlich.

ILSE BLUMENTHAL-WEISS (1945)

FESTNAHME

Von allem das Entsetzlichste war dies:
der fremde Mann, der auf der Schwelle stand
und stumm das hassenswerte Schild vorwies.
Das traf. Das war wie eine Mörderhand,
die mir das Messer in die Kehle stieß . . .
Und als ich einen letzten Blick gesandt
auf alles Liebe, das zurück ich ließ,
erlosch die Welt. Und mein Bewußtsein schwand.

HANS HARBECK (1944)
Im Gefängnis geschrieben

DAS LIED VOM GHETTO

1
Sie haben mich ins Ghetto gesperrt
wie in den Stall das Vieh.
Sie haben mich bei den Haaren gezerrt
und mancher nach mir spie.
Sie haben mir den Rock zerfetzt,
sie stießen mich in den Rhein.
Sie haben mich mit Hunden gehetzt,
und mancher warf den Stein.
Sie drückten mir ein Dorngeflecht
in die Stirn, bis das Blut entwich.
Die letzte Magd und der letzte Knecht
hatten mehr Recht als ich.
Der letzte Knecht und die letzte Magd
spieen nach mir wie sie.
So haben sie mich — Gott sei es geklagt —
ins Ghetto gesperrt wie ein Vieh.

Warum ich nicht der Schmach gewehrt?
O, kläglich ungleiches Gefecht!
Sie stahlen mit dem Recht das Schwert,
sie stahlen mit dem Schwert das Recht.
Den Schlag, den EINER von uns trug,
galt allen, Israels Geschlecht.
Den Schlag, den EINER von uns schlug,
er ward an allen uns gerächt.
Nein, eh der Schlag zurückgegeben,
nein eher sei mein Arm verdorrt:

der Schlag träf aller Brüder Leben.
Gott hüte mich vor Brudermord!
Warum ich nicht der Schmach gewehrt?
O kläglich ungleiches Gefecht:
Sie stahlen mit dem Recht das Schwert,
sie stahlen mit dem Schwert das Recht.

5
Ich trank mit vollen Zügen
den neuen Himmel ein,
ich trank aus tausend Krügen
der Freiheit goldnen Wein.
Ich breitete die Arme
im Morgen sonnenwärts.
Es schlug mein Herz das warme,
an jedes Menschenherz.
Von neuer Fahrt besessen,
die meine Barke nahm,
hab' trunken ich vergessen,
woher ich einmal kam.

7
Die Freiheit hieß mich wandern,
bis mir der Atem brach.
Die Andern, ach die Andern,
sie kamen mir nicht nach.
Sie sind zurückgeblieben,
ich flog zu weit voraus.
Mit Schelten und mit Hieben
treiben sie mich aus dem Haus.
»Du bist nicht unsresgleichen,
unstetes Teufelsstück!«
Sie wollten mit Schelten und Streichen
mich jagen ins Ghetto zurück.

11
Mein Herzschlag stockt,
Wie schmal das Joch:
Der Abgrund lockt.
Was hält mich noch?
Mein Herzschlag stockt:
das Grab steht frei!
Der Abgrund lockt.
Ein Sprung. Vorbei . . .

GEORG MANNHEIMER (1938)

MAN HAT MIR NICHTS GETAN

Die Wahrheit ist, man hat mir nichts getan.
Ich darf schon lang in keiner Zeitung schreiben,
die Mutter darf noch in der Wohnung bleiben.
Die Wahrheit ist, man hat mir nichts getan.

Der Greisler schneidet mir den Schinken an
und dankt mir, wenn ich ihn bezahle, kindlich;
wovon ich leben werd, ist unerfindlich.
Die Wahrheit ist, man hat mir nichts getan.

Ich fahr wie früher mit der Straßenbahn
und gehe unbehelligt durch die Gassen;
ich weiß bloß nicht, ob sie mich gehen lassen.
Die Wahrheit ist, man hat mir nichts getan.

Es öffnet sich mir in kein Land die Bahn,
ich kann mich nicht von selbst von hinnen heben:
ich habe einfach keinen Raum zum Leben.
Die Wahrheit ist, man hat mir nichts getan.

THEODOR KRAMER (1938)

SONETT VON THERESIENSTADT

Und Nacht und Tag, und Tag und Nacht,
Sie gleiten über unsre Häupter hin,
Zusammenhanglos, ohne Kraft und Sinn,
Als hätte Puppen man aus uns gemacht.

Der Klang der Welt, von Fernen hergebracht,
Wir hören ihn an uns vorüberziehn
Und irgendwo in Weiten sacht verglühn,
Und immer tiefer sinken wir im Schacht.

Hineingestellt in großes Weltgeschehn,
Trägt uns der Nachen, unbekannt wohin.
Kaltblaue Sterne, die herniedersehn

Und über unsern irren Wegen ziehn
Verklären uns in tröstendem Verstehn
Und kreisen segnend über uns dahin.

KURT KAPPER (1943)
In Theresienstadt entstanden

ORADOUR

Sie bäumten sich: daß sie gezwungen sengten
und in den aufgebrachten Feuerbrand
die Läufe schießend unaufhörlich lenkten,
bis sich im Schutt nichts Lebendes befand.

Sie sperrten sich mit heiligem Verwahren:
daß sie nur taten, was die Weisung hieß —
weh dem, der in erschüttertem Gebaren
die Waffe wanken oder sinken ließ.

Sie mühten sich mit immer neuem Schildern:
daß die ein Urteil treffe und sie keins —
nicht kann es ihnen sich in jenen mildern
und Weiser und Gewiesene sind eins.

GEORG KAISER (1944)

DIE NACHT IST ENDLOS

Die Nacht ist endlos, ohne Regung hingeschmolzen,
Ein totes Meer, ein trocknes Meer, ein wüster Raum,
Und ohne Maß und Rand, und fiebrig starr von stolzen
Gestalten, die verschmelzen in dem schwarzen Schaum.
Bedrängt stockt alles, junges Keimen muß verholzen,
Und Blut zu Erz gerinnen, stumm wird jeder Traum
Und zugeschnürt und abgesperrt mit engen Bolzen —:
Nur noch Verhängnis, Nacht ganz ohne Dämmersaum.

Nur Nacht, gepackt und dick von pechigem Geschluder,
Ein Mal der Übertrauer, tot in Tuch getaucht
Und fremd und unnahbar gehäuft in dichtem Fuder,
Darin ersticktes Leben düster ausgehaucht.
Die Nacht ist kahl, und bang durchstößt das Ruder
Der Zeit die Finsternis, die kahl Verwesung raucht
Und lieblos fremd ist, keinem holder Freund noch Bruder,
Entsetzlich steil und schroff zum Abgrund ausgebaucht.

Nur Nacht — die Nacht — und keine Seele kann es tragen,
Und unerträglich spinnt es sich gespenstisch fort
Und schluckt die Ewigkeiten, die herniederragen,

Und höhnt des Lichtes, das mit schöpferischem Wort
Durchdringen will, um dies »Es werde Licht!« zu sagen,
Wo aller Wunsch schon vor Entfaltung schlamm-verdorrt,
Und hoffnungslose Wellen schmutzig niederschlagen
Ins bodenlose Laster: welker Unrast Ort.

H. G. ADLER (1945)
Geschrieben im KL Langenstein

NÄCHTLICHE STIMMEN

Auszug

LANGGESTRECKT auf meiner Pritsche
starre ich auf die graue Wand.
Draußen geht ein Sommerabend,
der mich nicht kennt,
singend ins Land.
Leise verebben die Fluten des Tages
an ewigem Strand.
Schlafe ein wenig!
Stärk Leib und Seele, Kopf und Hand!
Draußen stehen Völker, Häuser, Geister und Herzen in Brand.
Bis nach blutroter Nacht
dein Tag anbricht —
halte stand!

Nacht und Stille.
Ich horche.
Nur Schritte und Rufe der Wachen,
eines Liebespaares fernes, verstecktes Lachen.
Hörst du sonst nichts, fauler Schläfer?
Ich höre der eigenen Seele Zittern und Schwanken.
Sonst nichts?
Ich höre, ich höre,
wie Stimmen, wie Rufe,
wie Schreie nach rettenden Planken,
der wachenden, träumenden Leidensgefährten
nächtlich stumme Gedanken.
Ich höre unruhiges Knarren der Betten,
ich höre Ketten.

Ich höre, wie Männer sich schlaflos werfen und dehnen,
die sich nach Freiheit und zornigen Taten sehnen.

Wenn der Schlaf sie heimsucht im Morgengrauen,
murmeln sie träumend von Kindern und Frauen.

Ich höre glückliches Lispeln halbwüchsiger Knaben,
die sich an kindlichen Träumen laben.
Ich höre sie zerren an ihren Decken
und sich vor gräßlichem Albtraum verstecken.

Ich höre Seufzen und schwaches Atmen der Greise,
die sich im Stillen bereiten zur großen Reise.
Sie sahn Recht und Unrecht kommen und gehn,
nun wollen sie Unvergängliches, Ewiges sehn.

*

Erstes Morgenlicht schleicht durch mein Fenster
        bleich und grau,
leichter Wind fährt mir über die Stirn
        sommerlich lau.
»Sommertag!« sage ich nur, »schöner Sommertag!«
        Was er mir bringen mag?
Da hör ich draußen hastig verhaltene Schritte gehn.
In meiner Nähe bleiben sie plötzlich stehn.
        Mir wird kalt und heiß,
        ich weiß, o ich weiß!
Eine leise Stimme verliest etwas schneidend und kalt.
Fasse dich, Bruder, bald hast du's vollbracht,
bald, bald!

Mutig und stolzen Schrittes hör ich dich schreiten.
Nicht mehr den Augenblick siehst du, siehst künftige Zeiten.
Ich gehe mit dir, Bruder, an jenen Ort,
und ich höre dein letztes Wort:
»Bruder, wenn mir die Sonne verblich,
lebe Du für mich!«

Langgestreckt auf meiner Pritsche
starre ich auf die graue Wand.
Draußen geht ein Sommermorgen,
der noch nicht mein ist,
jauchzend ins Land.
Brüder, bis nach langer Nacht
unser Tag anbricht,
halten wir stand!

DIETRICH BONHOEFFER (1944)
Geschrieben im Gefängnis Tegel

AM ABEND, WENN DIE NEBEL WEHN

Von Drahtverhau zu Drahtverhau
die hundert Schritte, die wir gehn
am Abend, wenn die Nebel wehn
von Drahtverhau zu Drahtverhau —

Gestalten wir, gespenstergrau,
auf zwanzig Schritte nicht zu sehn
am Abend, wenn die Nebel wehn
von Drahtverhau zu Drahtverhau —

das Werk, das Heim, der Sohn, die Frau
sie werden uns nicht wiedersehn
so lang, so lang die Nebel wehn
von Drahtverhau zu Drahtverhau.

JOSEF LUITPOLD (1939)
Im Lager Cepoy geschrieben

IM KERKER

Ich lebe nicht, ich esse, schlafe, trinke.
Ich blättre blind in einem Buch. Ich schreibe
Sinnlose Worte in die Luft. Ich treibe
Dahin, gewärtig, daß ich ganz versinke.

Ich bin von allen Ufern losgerissen.
Gleich einem Baum, gleich einem toten Tiere
Trägt mich der Tage trübe Flut. Ich spüre
Nicht Lust, noch Leid, noch fühle ich Gewissen.

Ich starre lang in meine leeren Hände.
Ich denke nichts, ich höre nichts, ich schaue
Leblosen Auges nur die kahle, graue,
Dumpfe Verzweiflung der verhaßten Wände.

Und ab und auf die ruhelosen, matten,
Und auf und ab die Schritte, ungemessen.
Ich weiß nicht wer ich war, ich bin vergessen.
Ich lebe nicht. Ich bin nur noch ein Schatten.

JOSEPH DREXEL (1939)
Geschrieben im Gefängnis Moabit

DIE HUNGERNDEN

Sie gehen ihres Weges mit müdem Schritt,
Der Hunger, der Hunger, der Hunger geht mit.
Er wühlt im Leib und zehrt am Gebein
Und gräbt sich tief in das Antlitz hinein.
Und was den Menschen adelt und ehrt,
Der Hunger, der Hunger, der Hunger zerstört.
Man bricht die Treu, verletzt das Gebot
Und verkauft sein Gewissen für trockenes Brot.
Und was nicht Willkür noch Macht vollbringt,
Der Hunger, der Hunger, der Hunger erzwingt.
Unbeugsamer Stolz, hochfahrender Sinn
Sie schmelzen wie Schnee in der Sonne dahin.
Es wuchert die Mißgunst, es wächst der Neid,
Blind wird man und hart für der Anderen Leid.
Was gibt es noch, was der Nächste fühlt,
Wenn der Hunger im eigenen Leibe wühlt.
Schwer ist es an ihnen vorüberzugehen,
Wenn bettelnd sie an dem Wege stehen.
Doch Schmach über den, der die Ärmsten verfehmt
Und sich der eigenen Sattheit nicht schämt.

ILSE WEBER (1942-44)
In Theresienstadt entstanden

EIN GEFANGENER

Aus einem Zyklus

1

Du schreibst rasch vor dich hin. —
Aus Angst, den Verstand zu verlieren,
Du schreibst und schreibst vor dich hin
Auf Toilettepapieren.

Du weißt kaum noch, was du meinst.
Einst liebtest du schreiben und lesen.
Jetzt sagst du schon immer: einst.
Das ist noch nicht lange gewesen.

Erinnerung zerrt dich zurück,
Weil jetzt die Stunden stehen,
Doch siehst du zuviel Glück
Durch die Vergangenheit gehen.

Du schreibst vor lauter Angst,
Man nähme dir bald die Feder,
Denn wie du selbst sie verlangst,
So hungert nach ihr ein jeder.

Eine einzige geht hier herum,
Sie braucht manche Mühe und Finte.
Zerkaut ist der Halter rundum,
Verschimmelt wie Brot ist die Tinte.

Du stolperst übers Papier,
Um nur keine Zeit zu verlieren. —
Das ist ein Ausflug von hier.
Sonst geht man wenig spazieren.

Du hälst überhaupt nicht mehr an,
Man kann auch das Schreiben verlernen —
Da siehst du jäh einen Mann
Mit dem Schreibzeug sich entfernen.

Deine Hände sind nun leer.
Statt zu schreiben, willst du nicht singen?
Für den Wächter war es nicht schwer,
Dich um das letzte zu bringen.

Dich selber holt er nicht.
Du bleibst, nickst, starre Pagode.
Dich selber holt er nicht
Zum Leben oder zum Tode.

2

STEIN. Im Stein, im Steinloch eingeschlossen
Nur mit einem Stummen, nur mit mir,
Aus der Welt der Sprache ausgestoßen —
Hat man lang noch eine Seele, hier?

Hält das eigne Fleisch mich hier gefangen,
So wie Stein und Eisen, als mein Feind,
Bis ich Eisen bin gleich diesen Stangen,
Bis mich Boden, Decke, Wand versteint?

Heut schon ist mein Leben wie vergangen,
Was mir nah war, scheint mir grausig weit,
Was wir draußen lernten, dachten, sangen,
Ewiges vertilgt hier bald die Zeit.

In vier Winkeln kann ich wechselnd kauern,
Nie kommt durch das Loch dort Morgenrot.
Mauern, Mauern, Mauern, Mauern,
Das ist alles. Ist das nicht der Tod?

Nein. Es ist die erste Zeit. So banne
Durch Geduld den Stein. Er schweigt? So schweig.
Warte. Trinke aus der rostigen Kanne
Wasser der Geduld. Sei still, nicht feig.

5

Der eigne Kerker, der aus Fleisch und Knochen,
Kann er verhindern, daß man ihm entflieht?
Die Wand des Körpers wird nicht schwer durchbrochen,
Wenn nur der Wärter einmal nicht hinsieht —

Doch stehn nicht, hindernd, noch dazwischen: Ziele?
Und Freunde, die dem Kampf sich weiter weihn?
Sie nennen Trübsinn, Unruh bloße Spiele.
Ich will nicht so in ihren Augen sein.

Sieh deine Lieben stehen, deinen Jungen
Er wird es nicht begreifen, nicht verzeihn.
Er sagt: Mein Vater hat sich nicht bezwungen.
Ich will nicht so in seinen Augen sein.

An deine Frau, an deine Mutter denken —
An wen noch? Du entscheide nur allein.
Soll dir der Tod die feige Freiheit schenken?
Du willst nicht so in deinen Augen sein.

ALFRED WOLFENSTEIN (1940)
Geschrieben im Gefängnis »La Santé«, Paris

VISION DER GEFANGENEN

Erbärmliche, geduckte Kreaturen,
von außen und von innen windelweich.
So ähnlich denke ich mir die Lemuren:
fischblütig, ohne Knochen, totenbleich.
Sie sind gefühllos, menschgewordene Uhren,
und ihr Gewand ist grau und immer gleich.

Sie hinterlassen durchaus keine Spuren
und gleiten lautlos durch ihr Schattenreich.

Als ob sie aus dem gelben Urschlamm stammten
und hätten noch kein wirkliches Gesicht,
so scheuen sie, die früh von Gott Verdammten,
den Tag und hassen sein gelobtes Licht.
Im Keller hausen sie mit frostverklammten
Gliedmaßen und verrichten ihre Pflicht.
Doch heimlich sprechen sie mit wutentflammten
Gebärden von Vergeltung und Gericht.

HANS HARBECK (1944)
Im Gefängnis geschrieben

DER KAMIN

Meiner Freundin Hannah Ungar

TÄGLICH hinter den Baracken
Seh' ich Rauch und Feuer stehn,
Jude, beuge deinen Nacken,
Keiner hier kann dem entgehn.
Siehst du in dem Rauche nicht
Ein verzerrtes Angesicht?
Ruft es nicht voll Spott und Hohn:
Fünf Millionen berg' ich schon.
Auschwitz liegt in seiner Hand —
Alles, alles wird verbrannt.

Täglich hinterm Stacheldraht
Steigt die Sonne purpurn auf.
Doch ihr Licht wirkt öd und fad,
Bricht die andere Flamme auf.
Denn das warme Lebenslicht
Gilt in Auschwitz längst schon nicht.
Blick zur roten Flamme hin,
Einzig wahr ist der Kamin.
Auschwitz liegt in seiner Hand —
Alles, alles wird verbrannt.

RUTH KLÜGER (1944)
Geschrieben im KL Auschwitz

Versprich mir eins —
Ich weiß, es kommen Stunden,
Die werden dunkler sein als alles, was geschah . . .
Ich weiß, was ich an Trost und Kraft gefunden,
Dann wird es sein, als wär es niemals da . . .

Durch tiefe Nacht
Werd' ich dann zu Dir gehen
Auf müden Sohlen und in aller Not.
Ich werde lang in Deiner Nähe stehen
Und furchtlos harren auf den stummen Tod.

Versprich mir eins —
Du wirst ein Zeichen geben,
Das mir das Tor der düstren Nacht erschließt;
Du wirst die reine Schale Deiner Hände heben,
Daraus das Licht von Deiner Seele fließt!

Du wirst mich segnen,
Wenn ich dann mich wende
Und schmerzlich lang ein süßes letztes Mal
Die Stirne drück' in Deine lieben Hände —
Versprich es bald —
Denn über mir wird schon der Morgen fahl.

ERNST MUNZINGER (1944)
Im Gefängnis geschrieben

GEBET IM KERKER

Du bist die Kraft, durch die ich alles trage.
Du bist die Wahrheit, die ich mutig sage.
Du bist das Leben, das ich sühnend gebe.
Du bist der Tod, aus dem ich ewig lebe.

ROMAN KARL SCHOLZ (1940—42)
Im Gefängnis Wien entstanden

GANG DURCH DIE VIA DOLOROSA

Ich sah dich durch die düstre Altstadt gehn,
ich sah dich unter Geißelhieben sinken,
ich sah dich auf dem Berge Moria stehn,
das Kreuz zur Rechten und das Kreuz zur Linken.

Ich sah den Pöbel sich im Taumel drehn,
ich sah Megären rasend Tücher winken,
ich sah das Blut auf deinen Schläfen wehn,
sah dich, den bittren Kelch zur Neige trinken.

Ich sah dich, als ich durch die Altstadt ging,
dich Bruder Jesus, den die Meute fing,
weil deine Welten nicht von ihrer waren.

Ich sah dich wieder blutig und entstellt,
ich hört dich wieder schreien durch die Welt
wie einst vor — neunzehnhundertdreißig Jahren . .

GEORG MANNHEIMER (1933)

AUSCHWITZ

FRESSEN unsre Leichen Raben?
Müssen wir vernichtet sein?
- Sag, wo werd ich einst begraben -
Herr, ich will nur Freiheit haben,
Und der Heimat Sonnenschein.

RUTH KLÜGER (1944)
Geschrieben im KL Auschwitz

HÄFTLINGE

HUNGER und Angst. Hunger und Angst
Trümmern den Schädel ein.
Hunger und Angst. Hunger und Angst
Höckern das Herz zu Stein.

Hunger und Angst. Hunger und Angst
Brechen Knochen und Glieder.
Hunger und Angst. Hunger und Angst
Trampeln den Nächsten nieder.

Brot rettet mich,
Brot tötet dich,
Brot, das du deinem Bruder entrangst
Vor Hunger und Angst.

ILSE BLUMENTHAL-WEISS (1945)

DIE SCHÄNDUNG

Eh noch in höllischer Gier die Erde zerbrach und die Dämme barsten,
aus der Dunkelheit der Lianen das Nest der Paradiesvögel fiel,
bis weit hinab — wo der Himmel schlief und wo im klarsten
Geäug der Bäche die Libelle wob ihr verträumtes Spiel..

Dort krümmten sich die Leiber, die wie Moos und Farn verbrannten.
Vom Giftzahn der Viper gelähmt, als Blindheit ihre Augen fraß.
Des Wahnsinns schwarze Engel der Erlösung dunkle Schleier sandten.
Und Fäulnis und Verwesung lauernd schon die Länge maß.

Da neigten selbst die Gewaltigen ihr Haupt erschüttert und vergreist.
Vom eignen Blut erdrosselt fast, das beißend in den Adern fror.
Und stammelnd hing aus ihrem Mund des Zweifels kümmerlicher Flor.

Was ist der Mensch, wenn der letzte Jammer seine Brust zerreißt?
Auf den Flüssen trieben sie, die Ertränkten, zahllos und dicht vorbei.
Wer hieß sie sterben? — Wer legte schamlos ihre Blöße frei?

JESSE THOOR (1940-45)

WAS KOMMT DENN NOCH

Und wir begreifen unsre Schritte kaum,
Wenn wir durch diese langen Gänge gehn,
Wir können diese Welt noch nicht verstehn
Und hängen tastend zwischen Zeit und Raum.

Wir sehen Steine nur und keinen Baum,
Denn während wir in diese Höfe spähn,
Scheint unser Denken völlig still zu stehn
Als lebten wir in einem wachen Traum.

Was kommt denn noch? Ist es noch nicht genug?
Wer hat uns denn in diesen Kreis verbannt?
Wir haben solches Suchen nie gekannt

Und zagen scheu vor jedem Atemzug.
Das ist doch Traum! Das ist doch Selbstbetrug!
Und unbegreiflich quält sich der Verstand.

KURT KAPPER (1943)
In Theresienstadt entstanden

WEG NACH THERESIENSTADT

Das ist der Weg nach Theresienstadt,
Den Tausende mühsam beschritten,
Und jeder von all den Tausenden hat
Das gleiche Unrecht erlitten.
Sie gingen ihn mit gesenktem Haupt,
Den Zionsstern über dem Herzen,
Die müden Füße wund und bestaubt,
Die Seelen zerquält von Schmerzen.
Von schwerer Bürde zerschunden die Hand,
Getrieben von rauhen Befehlen,
Oh, endloser Weg im Sonnenbrand,
Mit durstgepeinigten Kehlen.
Das ist der Weg nach Theresienstadt,
Der unser Herzblut getrunken,
Wo sterbend hier auf dem steinigen Pfad
Manch müder Greis gesunken.
Es ist ein Weg voller Elend und Grauen,
Wo Ströme von Tränen geflossen,
Die klagende Kinder und stöhnende Frauen
In hilflosem Jammer vergossen.
Hier wankten Greise mit irrem Blick,
Im ergebenen Trott der Herde,
Wieviele gehn nie mehr den Weg zurück,
Denn gnädig umschließt sie die Erde.
Das ist auch der Weg, den hinab mit Hast
Laut dröhnend rollten die Wagen,
Die unablässig die ächzende Last,
Die Totgeweihten getragen.
Das ist der Weg nach Theresienstadt,
Mit Leiden ungemessen,
Und wer ihn einmal gesehen hat,
Der wird ihn nie mehr vergessen.

ILSE WEBER (1942-44)
In Theresienstadt entstanden

DIE PESTSTADT

1

KAUM wagt der Blick sich in die öde Weite,
wo schwarz der Peststadt Silhouette droht —
dort ist der Tod.

Wie Trauerfahnen wehn die Rabenscharen,
und ihnen neiderfüllt zur Seite
die Geier sind der Pest Geleite.

Verängstet schleicht der Bauer durch die Auen,
den Tod vor sich dort hinter Wall und Graben,
im Nacken Grauen,
und mäht nach der Musik der heisern Raben.

2

DIE Leichen unbegraben auf der Straße liegend,
die Kranken in den Häusern heulend:
das ist die Pest mit ihren schwarzen Beulen,
das ist die Pest, der schrecklichste der Kriege.

Noch klirrt das dünne Eisen der Duelle.
Noch geht der Stolz durch wohlgefüllte Ställe.
Noch gibt es Maskenbälle.

3

DURCH die Straßen rollt der Leichenkarren,
von vermummten Knechten stumm begleitet,
über morsche Knochen hingebreitet.

Und die Luft liegt wie in Barren
über die entsetzte Stadt gepreßt.
Dort im letzten Hause tobt das letzte Fest.

Irre Klänge von zerborstnen Mandolinen,
Reigen von zerfetzten Harlekinen,
Küsse, Blut und Wein hinter den Gardinen.
Pest.

PETER KIEN (1943)
In Theresienstadt geschrieben

RABEN

DRÜCKEN auch uns einst liebende Hände,
Wenn wir entschlafen die Augen dann zu?
Findet das Elend im Tode ein Ende?
Kommen auch wir einst zu ewiger Ruh?
Deckt man dann endlich die polnische Erde
Über uns? Brüder — wir lebten doch hier!
Wenn man uns längst auch das Leben verwehrte —,
Gibt man uns Toten dann Frieden in ihr?

Weiter als die Blicke reichen
Liegen Tote unbegraben;
Riesenschwärme alter Raben
Nähren sich mit Fleisch von Leichen!
Seht, wie überm Ghetto heute
Schwärme alter Raben fliegen,
Denn in unsern Todeszügen
Äugen sie schon neue Beute!

Friede auf Erden, an den wir so glauben,
Hoffend und sehnsuchtsvoll — kommst du nicht bald?
Wo sind die Boten des Friedens, die Tauben,
Gibt es nur Raben, nur Raben im Wald?
Dürfen wir Ruhe denn niemals mehr haben?
Lebt nicht mehr Gott, der das Flehen erhört?
Gibt es nur Raben, nur Raben und Raben?
Hat denn die Welt so viel Aas, das sie nährt?

Weiter als die Blicke reichen
Liegen Tote unbegraben;
Riesenschwärme alter Raben
Nähren sich mit Fleisch von Leichen!
Seht, wie überm Ghetto heute
Schwärme alter Raben fliegen,
Denn in unsern Todeszügen
Äugen sie schon neue Beute!

HERMANN ADLER (1942)
Im Ghetto Wilna geschrieben

DIE HOCHÖFEN DES SCHMERZES

In den Hochöfen des Schmerzes
Welches Erz wird da geschmolzen
Die Eiterknechte
Die Fieberschwestern
Wissen es nicht

Tagschicht
Nachtschicht allen Fleisches
Blühn die Wunden und die Feuer
Wild in den Salpetergärten
Und den heißen Rosenäckern

Asphodelen meiner Angst
An den Abhängen der Nacht

Ach was braut der Herr der Erze
In den Herzen? Den Schrei
Den Menschenschrei aus dunklem Leib
Der wie ein geweihter Dolch
Unsre Totensonne schlitzt

YVAN GOLL (1945)

LIEBESSTROPHEN

Wir haben uns lieb. Und der Himmel ist blau.
Wir haben uns lieb. Und die Nacht ist lau.
Wir haben uns lieb: Mann und Frau.

Die harte Erde ist warm und weich,
Und Abschied und Armut machen uns reich.
Und die Sonne vergoldet den Teich.

Wir haben uns lieb. Und der Schmerz tut nicht weh,
Schickt alle Tränen nach Haus.
Wir haben uns lieb. Und wir ruhen aus.
Bei Sternen und Totenklee.

ILSE BLUMENTHAL-WEISS (1944)

Diejenigen, die im kalten Schweiss der Hinrichtung
täglich, nächtlich erbleichen,
die höllenhaft Fiebernden
hätten heute ein Recht zu singen,
und wenn sie es täten,
sie täten es in fürchterlich neuer Sprache,
in der kein Wort dem andern
mehr ähnelt.

Aber sie schweigen; sie tragen
den Knebel des Schicksals
weiter in ihren Mündern zwischen schmerzenden Kiefern,
denn was sie zu sagen hätten wäre uns
stumm, ein schrilles Glucksen der Zerstörung;
darum hat uns, die wir es hören müßten,
das Schicksal die Ohren verstopft.

Wir starren sie an, sie starren uns an:
die Augen, die ihren, die unsern,
vermögen noch zu blicken
und sich vorzulügen,
daß sie die Menschengestalt sehen.

Wehe, wenn einer spricht.

HERMANN BROCH (nach 1945)

ABSCHIED VOM KERKER

Lebe wohl, du liebe kleine Zelle!
Kleine arme Zelle, lebe wohl.
Du der Freiheit blutende Kapelle —
Ach, ich weiß nicht mehr was Wald und Quelle —
Ist der Friedhof denn nicht endlich voll?
Nur ein Bettelmann war ich im Leben,
Kaiser ward im Leid ich, in der Pein!
Ach, da half kein abendliches Beben —
Wird der nächste Kerker Heimat geben —
Wird das nächste Zuchthaus lieber sein?

JACOB HARINGER (1940)
Im Gefängnis an die Wand geschrieben

Wie danke ich dafür,
Daß Gott die Träume schuf!
Durch diese einzige Tür
Kommst du, Geliebteste, zu mir
Auf meines Herzens Ruf.

Was soll mir das Gedränge
Des Tags und alle Pein,
Was soll mir noch die Enge
Der Mauern im Exil?
Die Nacht, die Nacht allein
Verheißt mir Sinn und Ziel,
Du kommst, Geliebteste, zu mir
Durch diese leise Tür.

Heute Nacht, mein Herz vergaß
Zu schlagen, du tratest ein
Mit wunden Händen, blaß
Vom langen Einsamsein.
Geliebteste, mein Kind.
Sieh, wie wir elend sind.
Ich warf mich hin vor dir,
Beschämt von deinen Wunden.
Da warst du schon entschwunden
Durch die geheime Tür.

CAMILL HOFFMANN (1944)
Letztes Gedicht aus Theresienstadt

STACHELDRAHT

1

Ich traue meinen Augen kaum:
ein Haferfeld, ein Pappelbaum,
gereifte, dichte Sommersaat,
von uns getrennt durch Stacheldraht.

Da spreche ich zum Eisendorn:
du bist ja auch ein Ding wie Korn,
wie Gras und Laub, wie Holz und Stein.
Du kannst ja gar nicht böse sein.

2

Freund, erkenne es bewußter:
Stacheldraht ist auch nur Muster,
das zu eigner Form erblüht.
Bald wird sich dein Bangen geben,
wenn du weißt, auch hier ist Leben,
das erkaltet und erglüht.

3

Es blendet uns im Abendglanz
der Stacheldraht. Uns täuscht ein Schein,
als spönne in Erlöserpein
sich Dornenkranz an Dornenkranz.

Ist es die Sommerabendglut?
Rinnt Blut im grauen Drahtgeflecht?
Fließt immer noch Erlöserblut
für ein verzweifeltes Geschlecht?

ARTHUR ZANKER (1941)
Im IL Huyton (England) entstanden

IN FESSELN

Für den, der nächtlich in ihr schlafen soll,
so kahl die Zelle schien, so reich an Leben
sind ihre Wände. Schuld und Schicksal weben
mit grauen Schleiern ihr Gewölbe voll.

Von allem Leid, das diesen Bau erfüllt,
ist unter Mauerwerk und Eisengittern
ein Hauch lebendig, ein geheimes Zittern,
das andrer Seelen tiefe Not enthüllt.

Ich bin der erste nicht in diesem Raum,
in dessen Handgelenk die Fessel schneidet,
an dessen Gram sich fremder Wille weidet.

Der Schlaf wird Wachen wie das Wachen Traum.
Indem ich lausche, spür' ich durch die Wände
das Beben vieler brüderlicher Hände.

ALBRECHT HAUSHOFER (1944-45)
Im Gefängnis Moabit entstanden

AUS TAUSEND QUELLEN QUILLT DIE NACHT

Aus tausend Quellen quillt die Nacht
Und übernimmt den Himmel unsrer Träume.
Da ist ein Licht noch — dort noch Bäume,
Dann nichts mehr. Sintflut. Nur noch Nacht.

Aus Ozeanen ohne Licht erheben sich Gedanken,
Wie Meerestiere schwimmen unsre Träume
Mit schweren Flossen durch die Finsternis der Räume
Und kreisen um die Hoffnungsschiffe, die versanken.

GUIDO ZERNATTO (1942)

GEISTLICHES LIED

Mein Herr, ich bin gefallen
In einen tiefen Schacht;
Hörst Du mein wortlos Lallen
In sternenloser Nacht?

Mein Herr, mein Herr, mein Alles,
Ich bin ein Teil von Dir,
Ein Splitter des Kristalles
Heb' mich hinan zu Dir.

RUTH FREUND (1937)

LEBENSWENDE

Hat sich, o meine Seele,
Dein Herbsttag nun erfüllt?
Vom Sturm gekühlt die Kehle,
Und ist dein Durst gestillt?
Du sinkst zum Born der Schmerzen nieder,
Verloren allem, was da war.
Du fällst ins All. Dann kehrst du wieder,
Verwandelt neu und wunderbar.

RICHARD SCHEID (1938)
Im KL Dachau geschrieben

IN ERWARTUNG DES TODES

O sprich zu mir, die mich so zart geliebt,
o teures Bild, von dessen Hauch ich lebe —
o rufe mich, daß ich mit dir entschwebe,
wenn diese Erde jetzt in Nichts zerstiebt.

Die ganze Schöpfung ist von dir entzückt,
ich sehe schon der Seraphim Erstaunen,
wenn unterm Donner der Gerichtsposaunen
sich Gottes Mund mit deinem Lächeln schmückt.

RICHARD SCHEID (1934)
Bei Dunkelhaft in Dachau geschrieben

IN MEINER ZELLE

Ich seh' nicht viel von Deiner Sonne,
Gar schmaler Streifen Himmel blaut mir nur.
Ich seh nicht mehr die mir vertrauten Augen.
Verwischt ist aller Liebe Spur.
Doch seh ich eins: Dein Antlitz leuchtet
Durch alle Dunkelheit mir Tag für Tag.
Mit spitzen Dornen seh' ich Dich umwunden;
Du blickst mich an mit wehestummer Frag':
»Bist Du mein Jünger nur in frohen Stunden?
Folgst Du mir nur auf Tabors sel'ge Höhn?
So muß zum Kreuzeshügel einsam
Ich meinen Weg alleine gehn . . .?«
Ach nein, mein Herr! Dein Antlitz leuchtet
Umsonst mir nicht in bangedüst'rer Nacht!
Ich geh' den Weg mit Dir! Mit Dir am Kreuze
Dein Jünger hält in Liebestreue Wacht.

MAX JOSEF METZGER (1934)
Im Zuchthaus Brandenburg entstanden

FRAGMENT

Ein Verliess
Gleich Millionen Verliessen.
Ein Talglicht
Die Schatten der Mörder.

Tag
Ohne Tag.
Nächte
Geschachtelt
In Nächte.

Freund, dein Gesang.
Freund, dein zerschmetterter Leib.
Verhängt die Sonne, ihr.
Beerdigt mein Herz.

Dieser Schrei ohne Ende . . .

RENÉ SCHWACHHOFER (1942)

ABSCHIED

Schon müssen Jupiter und Venus bleichen,
die Gipfel hellt ein erstes Rosenlicht.
Ich weiß um meine nächsten Wege nicht,
weiß nicht, ob Grüße jemals mich erreichen —

Allmählich schwindet in den Berg hinein
das Hufgetrappel, das mich fortgeleitet.
Das Maultier, das zu Tale mich begleitet,
ist umgekehrt im frühen Morgenschein.

Noch immer hört mein Ohr den grauen Huf.
Der Saumweg windet sich den Fluß entlang.
Es rauscht. Es trappelt ... Ungewisser Klang ...

Erstorben nun — der Heimat letzter Ruf.
Die Wasser strömen aus der Berge Tor,
und ferne Hufe ziehn zur Alm empor.

ALBRECHT HAUSHOFER (1945)
Im Gefängnis Moabit entstanden

DER SCHMETTERLING

Der letzte war's der aller allerletzte
der satt und bitter blendend grelle
vielleicht wenn eine Sonnenträne irgendwo auf
weißem Stein erklingt

so war das Gelb
und trug sich schwebend in die Höhe
er stieg gewiß gewiß wollt' küssen er dort meine
letzte Welt

Und sieben Wochen leb ich da
gettoisiert
hier fanden mich die Meinen
mich ruft der Löwenzahn
und auch der weiße Zweig im Hof auf der Kastanie
doch einen Schmetterling hab ich
hier nicht gesehn

das war gewiß der allerletzte
denn Schmetterlinge leben nicht
im Getto.

PAVEL FRIEDMANN (1942)
Kindergedicht aus Theresienstadt

GRABSCHRIFT

Buntgefleckte Laster ducken Knechte,
Reißen Beute hin mit Zahn und Krallen;
Aber er, der Reine, der Gerechte,
Ward gezeugt, als Opferlamm zu fallen.

Daß er wuchs und siegte, schien ein Greuel,
Untat, die der Welten Gang verkehrte,
Schauderanblick, Basiliskenknäuel,
Das sie schreckte, bannte und verzehrte,

Und sie rasten, angstbesessne Herde,
Und erschlugen ihn mit Totenbeinen,
Stampften ihn in Kehricht, Kalk und Erde.
Immer sie, die Vielen. Ihn, den Einen.

GERTRUD KOLMAR (um 1939)

TODESFUGE

SCHWARZE Milch der Frühe wir trinken sie abends
wir trinken sie mittags und morgens wir trinken sie nachts
wir trinken und trinken
wir schaufeln ein Grab in den Lüften da liegt man nicht eng
Ein Mann wohnt im Haus der spielt mit den Schlangen der schreibt
der schreibt wenn es dunkelt nach Deutschland dein goldenes
    Haar Margarete
er schreibt es und tritt vor das Haus und es blitzen die Sterne
    er pfeift seine Rüden herbei
er pfeift seine Juden hervor läßt schaufeln ein Grab in der Erde
er befiehlt uns spielt auf nun zum Tanz

Schwarze Milch der Frühe wir trinken dich nachts
wir trinken dich morgens und mittags wir trinken dich abends
wir trinken und trinken
Ein Mann wohnt im Haus und spielt mit den Schlangen der schreibt
der schreibt wenn es dunkelt nach Deutschland dein goldenes
    Haar Margarete
Dein aschenes Haar Sulamith wir schaufeln ein Grab in den Lüften
    da liegt man nicht eng

Er ruft stecht tiefer ins Erdreich ihr einen ihr andern singet und spielt
er greift nach dem Eisen im Gurt er schwingts seine Augen sind blau
stecht tiefer die Spaten ihr einen ihr andern spielt weiter zum Tanz auf

Schwarze Milch der Frühe wir trinken dich nachts
wir trinken dich mittags und morgens wir trinken dich abends
wir trinken und trinken
ein Mann wohnt im Haus dein goldenes Haar Margarete
dein aschenes Haar Sulamith er spielt mit den Schlangen

Er ruft spielt süßer den Tod der Tod ist ein Meister aus Deutschland
er ruft streicht dunkler die Geigen dann steigt ihr als Rauch in die Luft
dann habt ihr ein Grab in den Wolken da liegt man nicht eng

Schwarze Milch der Frühe wir trinken dich nachts
wir trinken dich mittags der Tod ist ein Meister aus Deutschland
wir trinken dich abends und morgens wir trinken und trinken
der Tod ist ein Meister aus Deutschland sein Auge ist blau
er trifft dich mit bleierner Kugel er trifft dich genau
ein Mann wohnt im Haus dein goldenes Haar Margarete
er hetzt seine Rüden auf uns er schenkt uns ein Grab in der Luft
er spielt mit den Schlangen und träumet der Tod ist ein Meister aus
[Deutschland
dein goldenes Haar Margarete
dein aschenes Haar Sulamith

PAUL CELAN (1945)

Weltherbst — Fluch

SALZ UND ASCHE (1943)

Salz und Asche wird uns nähren,
Distel unsre Bettstatt sein.
Unsre Wunden, unsre Schwären
hüllen morsche Fetzen ein.
Trunk wird uns der Quell gewähren,
denn kein Rebstock wird gedeihn.
Aber von den Trugaltären
stürzte splitternd Stein um Stein!
Die befleckten Atmosphären
durften sich vom Dunst befrein.
Salz und Asche wird uns nähren.
Salz und Asche, sie sind rein!

WELTHERBST

Wir sprachen oft zur Nacht. Die Lampe brannte,
Und die Gedanken nährten uns das Licht.
Nun aber sind wir in die Nacht Gebannte
Und finden selbst die treuen Sterne nicht.

Die Zeilen schwinden, die die Träume leiten,
Die Worte bleiben ohne Klang und Sinn.
Was sind noch Ernten oder Jahreszeiten?
Der Herbst der Erde nimmt sie alle hin.

Gesang der Dichter? Ach, vom Worte kommen
Verschwieg'ne Feuer. Doch hier brennt es hart,
Hier ist das Bild und die Kontur verschwommen!
Wo lebt das Ferne? Wo ist Gegenwart?

Die lichte Tröstung, die der Abend übte,
Ist blaß geworden vor der toten Nacht.
Wir hatten viel, wir hatten das Geliebte,
Und das Geliebte hat uns stumm gemacht.

Die Wälder brennen, und die Äcker schwelen.
O andres Wort aus andrer Engel Mund!
Der Geist mag noch zur Nacht die Stunden zählen,
Er heilt sie nicht. Die Zeit ist todeswund.

Da trifft ein jeder seinen Todbereiter
Und rühmt Vergessenheit als schönstes Glück.
Wir müssen alle weiter, immer weiter,
Doch niemand findet in die Zeit zurück.

Da trägt ein jeder das Gesicht der Toten;
Denn jeder stirbt mit jedem in der Schlacht.
Dann sendet Gott uns aus als seine Boten, —
Und diese Stummen reden in der Nacht!

SIEGBERT STEHMANN (1938)

JETZT BLUTET DIESE WELT

Nur jener Toten willen
lebt man das leere Leben noch;
das Blut entzündet von dem schrillen
Geschrei aus einem Aschenloch.

Nur wer den Hauch von seinem Munde
mit ihnen teilt, mit ihnen trinkt und ißt
und überall zu jeder Stunde
um ihretwillen, selbst sein »Ich« vergißt:

In dem erst wird sich das Erschrecken
wandeln. Wird sein wie klarstes Glas,
dahinter gibt es kein Verstecken
für das, was sich so schnell vergaß.

In ihm ist oft erschrocknes Pochen,
als stünde ihm der Tod bevor.
Es blutet diese Welt ununterbrochen,
dies hält ihn wach und schärft sein Ohr.

PAUL ZECH (1940)

UND NICHT EIN STERN

Und nicht ein Stern fiel aus den Bahnen
in dieses furchtbare Geschehn;
doch eure Toten, die uns mahnen,
sie bleiben fordernd vor uns stehn,

wie eine aufgerißne Mauer,
die bis hinauf zum Himmel steigt;
bevor wir nicht in dunkler Trauer
hintreten, knie- und stirngebeugt,

bis die aus Leid gewebte Brücke
von euch zu uns sich stumm verfängt
und ihr die sterbensbleichen Blicke
in unsre müde Seele senkt.

HELLGA GRIMM (1944)

FRAG ADAM

Befohlen wird uns. Das fühlen wir. Aber von wem?
Gespielt wird mit uns. Das fühlen wir. Aber von wem?
Bunt sind die Fahnen, grausig die Waffen, herrlich
Die Tage der Geschichte. Aber gut ist auch die Stille,
Die der Biene gehört zur Bereitung des Honigs. Die Blumen
Gedeihen im Tau der Frühe und sehnen sich schon am Mittag
Ins Licht des Mondes zurück. Die ernsten Tannen freilich
Setzen Ring an Ring und schaffen ihr Harz, das macht sie
Stark und geschmeidig und voll Rauschens im Wind
Und den ganzen Wald, wenn auch die Axt blitzt,
Völlig zum Dach des pfadsuchenden Gehers,
Dem Wild auch und dem Jäger, der ja nicht immer kommt.

Geh weit in fremdes Land bis die Gletscher hinter dir sind,
Wo die gewaltige Gobi träg ihre Dünen wälzt
Und ihr Sand wie Wasser nochmals am Fels sich bricht,
An roten Mauern um den salzrandigen See.
Es bietet sich die Forelle dem Griff
Der Reiterhände. Feuer lodert aus Dung.
Adler speisen an deinem Herd.
Steig ein und schwebe, am donnernden Bolzen hängend,
In den Wolkensaal, der leer steht zum Fest.
Der Gestalten, die in der Ferne zögern in Glanzgewändern.
Das ist nur Estrich da oben, alabastern und glatt wie Schnee,
Wenn auch gewichtslos, so daß eine Feder abwärts wehend
Die Schicht durchschlüge.
Die Sonne steht goldenheiß triumphierend im blauen Nichts,
Drin der Erdball sich dreht. Sein Helles, Belichtetes sinkt
Klaglos ins Dunkle. Dem Dunkeln aber scheinen Sterne,
Die dem Blick der Sonne nicht sichtbar sind.
Weißt du, ob du je schon gestorben bist?
Weißt du sicheren Trost?
Ists nicht das erstemal, daß du stirbst?
Also hebe den Becher mit blassem Wein,
Den gläsernen schönen Becher, und faß ein Herz,
Frag Adam, der in dir ist, frage den alten Mann
Von Millionen Jahren. Den alten Dunkeln frage,
Der in dir haust und saust und braust,
Den Erstgeborenen, Tiefverlorenen,
Dem die Augen funkeln.
Frag ihn, das selbstgerechte Luder, das dem Bruder,
Dem Heimgekehrten, nicht verzeiht
Und ihn verklagt und ihn bespeit

Und an das Kreuz ihn schlägt
Und auf sein Grab das Siegel legt.
Frag ihn, der tausendmal gestorben ist,
In Lust verlodert und in Haß vermodert,
Leib, Seel und Geist! Frag ihn, ob er dir weist
Ein Grab, das stärker als der Auferstandne ist.
Frag ihn: was sagt dir Christ und Gegenchrist?

Wer einmal sterbend war und die Ölung empfing und genas,
Bleibt kein Lebender wie die andern.
Auch zu den Toten ging er noch nicht.
Er blieb im Schatten, eigentümlich dem Zwischenland,
Schon zugesprochen dem andern Reich. Dennoch gehört
Auch das Seltsame, was ihm geschieht,
Jenem Reich noch nicht an.
Sondern diesem. Er ist umwittert und außer Verbindung hier.
Außer Verbindung dort. Er lebt im Perlmutter
Der ungewohnten Dinge. Ist denn kein andres Jenseits,
Als das in uns? Nein. In ein andres
Haben wir keine Voraussicht. Keine.
Weder die Sandwüste, noch auch der Wolkensaal
Sind für dich oder nicht für dich. Am Ende erst
Ahnst du Allgegenwart. Ahnst du, was alles Einem geschieht.

Herr, Allgrausamer — Herr, Allgütiger, so erbarme
Dich des Gefangenen auf seinem Schemel in kahler Zelle.
Des Verstoßenen gedenke in seiner Einzelhaft. Gedenke derer,
Die mit Entsetzen lauschen dem schleifenden Schritt im Gang
Und dem Kettenklirren in der Nachbarzelle.
Herr, höre nachts im Schweigen aller Wälder,
Aller Städte, aller Eisenbahnstrecken, überm Meer noch,
Was da aufsteigt aus den Klöstern, aus dem kalten Stein
Düsterer Kirchen, das ewige Gebet, die unablässige Brandung
Und die schreienden, murmelden, schluchzenden
Einzelstimmen in ihr, den Ferngesang.
Herr, der Brennenden nimm dich an in der Hölle,
Der Schuldigen, die verurteilt sind mit kurzer Frist.
Ihnen schenkst du freilich Gewaltiges: den Fluch der Bilder,
Dem Verbrecher den Kelch mit dem vergossenen Blut,
Die Sättigung am gemordeten Leib,
Die Schreckenslust am sprühenden Blick
Des Opfers. Das weicht lange nicht. Das steht.
Herr, gedenke der Reichen, die mehr als andre zittern
In ihren großen Hotels, daß ein Erdbeben alles
Auf seine Riesenschultern nehme und schüttle.

Auch der Unschuldigen erbarme dich, die ohne Bilder
Und ohne Ängste schlafen. Ihrer vor allem. Rühre sie nicht an.

Befohlen wird uns. Du, horche auch du ein wenig.
Gespielt wird mit uns. Du, laß uns den Blick
Gebannt auf das kleine sausende Spiel
Und den ermatteten Sprung der Kugel,
Und nach dem Schweigen, das Dumpfes sammelt,
Die elektrische Lust des neuen Anfangs.
Durch die Tür der Träume
Tritt ein in die Zwillingswelt unsrer Stuben,
Wo das Bett steht, wo das Wasser läuft, wo der Kräuter-Ofen,
Der alte, glüht und raucht. Dort scheide denn
Arznei und Asche.

ALFONS PAQUET (1936)

DER LIEBE ANGESICHT

EIN STERN fiel in die Milch des Sees.
Im blauen Ringen rennt der Sturz zu Rande
und bricht sich ohne Laut des Weh's,
ein Silberlicht, am schwarzen Wälderbande.

Und fallen Herzen Brust auf Brust
und schicken hell in dunklen Nächten
einander Ruf und Blut und Lust
wie Grubenlichter in die Adernschächte.

Ein Kuß. Ein Fluch. Vergeßlichkeit.
Doch Welt und All und Blut erfüllt
des Lichtes Unermesslickkeit.
Der Liebe Angesicht ist tief verhüllt.

ELSE RÜTHEL (1938)

DIE WENIGEN UND DIE VIELEN

1

Der Herr entführte mich in seinem Grimme
Hoch in die Nacht. Die Kontinente schwammen
Fern unten: nichts als Schutt und Rauch und Flammen.
Von Myriaden schwarzer Vögel fielen
Die letzten Bomben nach den letzten Zielen . . .
Dann fiel auch ich. Ich krümmte mich zusammen,
Klein wie im Mutterleib. Es sprach die Stimme:
»Nun sieh, wie jede Schenkung sich bezahlt . .«
Ich fiel und fiel . . . »Hast du nicht oft geprahlt
Von dem Geschenk der Wenigen an die Vielen?«

2

Verflucht die Stunde, tausendfach verflucht,
Da uns das Wunder ward das wir gesucht:
Im Drang die Welt von Schwere zu erlösen,
Schufen wir Waffen für die Hand der Bösen.
Da wir geträumt vom großen Menschheitsfest
Ward neue Schönheit schon zu neuer Pest —
Schlecht wächst aus Gut. Aus Schön gedeiht Verrucht.
Zertritt uns alle, Herr, wir sind verflucht.

KARL VOLLMÖLLER (1939-45)

ALLE PROFETEN HABEN GESPROCHEN

Alle profeten die großen und kleinen haben gesprochen
Niemand hat sie gehört
Alle gelübde die großen und kleinen wurden gebrochen
Keinen hat es gestört.
Blicklos am pflocke erwartet der sklave
Weltbrand und sturz
Unwissend hoffend daß seine Strafe
Schrecklich und kurz.
Wenig schwant ihm daß ihm bestimmt ist den längsten
Winter so wie bisher
Weiter zu leiden in halben entschlüssen und ängsten
Lösungslos endlos und leer.

HANS BRASCH (im Exil)

GERECHTIGKEIT

Sie steht, die Ewige, und hält die Waage
Verbundnen Auges an geheimem Ort:
Sie wägt Sein zürnend und vergebend Wort
Und wägt die Welt mit ihrer Schuld und Klage.

Das Zünglein an der Waage regt sich leis:
Der Arm erzittert in der großen Stille,
Entbunden von Geheiß und Wahl und Wille:
Nicht sie, die Wägende, ist es, die w e i s s.

Zu ihr dringt unaufhörlich Ruf und Schrei'n,
Dringt aller Menschen Fehl und bittre Klage,
Dringt Hiobs ew'ge leidgequälte Frage:
Sie aber steht gemeißelt wie aus Stein.

Der Stein zuckt auf: Hört ihr's? Ein Neues gellt,
Ein Grauses an ihr Ohr; sie selber schwankt
Vor neuen Schreien: Auschwitz! Maidanek!
Vor Räderwerk, das noch dies Grauen krönt,
Das Ebenbild gemordet noch verhöhnt
Als schmucke Sache für Geschäft und Zweck - -

Ihr l e b t noch, Menschen? Seht: die Waage wankt;
Die Hand versagt, die sie im Schweben hält:
Wer läse noch das Wort auf solchem Grab?
Die Waage selbst stürzt schwer ins Dunkel ab,
Und auf ihr stürzt zerschmettert eine Welt.

MARGARETE SUSMAN (1935)

ACHERON

Ein großer Dichter hat das Wort geprägt,
man müsse selbst den Acheron bewegen,
wenn sich zur Hilfe nicht die Götter regen.
Mein Vater hat es oft im Trotz gesagt.

Mein Vater war noch blind vom Traum der Macht.
Ich hab die ganze Not vorausempfunden.

Zerstörung, Brand und Hunger, Tod und Wunden,
das ganze Grausen solcher Teufelsnacht . . .

Bewußten Abschied hab ich oft genommen
von allem, was das Leben Schönes bot:
Von Heimat, Werk und Liebe, Wein und Brot.

Nun ist das Dunkel über mich gekommen.
Der Acheron ist nah, das Leben fern.
Ein müdes Auge sucht nach einem Stern.

ALBRECHT HAUSHOFER (1944-45)
Im Gefängnis Moabit entstanden

NEMESIS

Du, Mensch, du Hundeseele,
Wer hieß dich leben!
Wer hieß dich Welten zwingen,
Um Ehre, Lust und Hoheit!
Ich bin die Rache, frage nicht: wofür?
Ich messe, Maß ist Strafe,
Weil Leben Fehl ist.
Denn Güte kommt vom Herrscher droben,
Ist Luft aus ewig genesenden Himmeln.
Ich aber stürze dich, den Keren gleich,
In Furcht und Todesnot,
Und lache deiner Fluchgedanken.
Du wirfst des Leibes letzte Wundenlast
Aufs Tränenbett, magst dich nicht wenden mehr,
Obgleich du elend und verborgen lagerst.
Du willst dich ohne Hand vernichten,
Des hehren Schauers voll. Was nützt dir das!
Bald ruft dich jemand von Ohngefähr, —
Ich bin es, daß du angstvoll dich erhebest,
Und wild die Zunge nach dem Leben ausstreckst,
Das dich nicht mag, das du nicht magst.
Frag nicht: was tat ich?
Ich darfs nicht sagen.

ARNO NADEL (1940–42)

DIE LÜGE

Wo ist das Volk, das dies schadlos an seiner Seele ertrüge?
Jahre und Jahre war unsre tägliche Nahrung die Lüge.
Festlich hoben sie an, bekränzten Maschinen und Pflüge,
sprachen von Freiheit und Brot, und alles, alles war Lüge.
Borgten von heldischer Vorzeit aufrauschende Adlerflüge,
rühmten in Vätern sich selbst, und alles, alles war Lüge.
Durch die Straßen marschierten die endlosen Fahnenzüge,
Glocken dröhnten dazu, und alles, alles war Lüge.
Nicht nach totem Gesetz bemaßen sie Lobspruch und Rüge,
Leben riefen sie an, und alles, alles war Lüge.
Dürres sollte erblühn! Sie wußten sich keine Genüge
in der Verheißung des Heils, und alles, alles war Lüge.
Noch das Blut an den Händen, umflorten sie Aschenkrüge,
sangen der Toten Ruhm, und alles, alles war Lüge.
Lüge atmeten wir. Bis ins innerste Herzgefüge
sickerte, Tropfen für Tropfen, der giftige Nebel der Lüge.
Und wir schrieen zur Hölle, gewürgt, erstickt von der Lüge,
Daß im Strahl der Vernichtung die Wahrheit herniederschlüge.

WERNER BERGENGRUEN (1944)

IN VERSINKENDEN STÄDTEN

In diesen Städten, die versinken,
da Menschenhölle sich erbrach,
den bittern Sterbewein zu trinken
und atmen doch in solcher Schmach,

wird jedes Kind ein großer Erbe,
der mit Gestorbenem beginnt,
und dem verderblich nach die herbe
Vergangenheit ins Leben rinnt . . .

Durch die gehäuften Trümmergassen
sehn sie Gestalten wankend gehn,
geliebte Bilder jäh verblassen,
im Nachtwind still vorüberwehn . . .

KARL GEROLD (1943)

DAS BLINDE SEIN

Der wunde Himmel will nicht heilen.
Es lodert schwarz und klagt.
Die finstere Klage will nicht enden.
Zwischen Aschehügel, zottigen Ruinen, trägem Qualm
lauere ich auf einen himmlischen Funken.
Schwarze Sterne streichen gierig umher.
Sie verschonen nichts Lebendes.
Heimtückisch zerreißen sie den Menschen,
diese langsam reifende Frucht.
Menschen räumen rauchende Trümmer in düstere Schränke.
Schattenungeheuern muß ich Rede und Antwort stehen.
Gelbes Blut fließt in den Gossen.
Seelenfallen gurren.
Ich möchte im Umrißlosen verschwimmen.
Ringelnd, mich wendend, zischend krieche ich zur heiligen Mahlzeit,
und Schlangen winden sich in mir,
die ringelnd, sich wendend, zischend
gierig die heilige Mahlzeit verzehren,
die mir dargereicht wird.
Ich sehe durch schmutzige Fenster in trübe Säle
und sehe nur Sümpfe und gläsernen Spuk.
Ein Hündchen blickt mich aus brechenden Augen an
und verendet im Schoße seiner toten Herrin.
Ich eile wie ein gehetztes Wild.
Ich eile, eile, aber komme zu spät.
Ich eile weiter.
Ich suche ein Versteck,
aber alle Verstecke sind überfüllt.
Das blinde Sein der Menschen vermag ich nicht mehr zu ertragen.
Immer unverständlicher wird mir die Sprache der Menschen.
Die Räume, die ich betrete, sterben.

HANS ARP (1939-45)

ECHO

ER:

Aus Fernen ruft ein Etwas jäh mich an — Geheiß
Dröhnt dunkel, herrisch zu mir durch die Stille — —
Ist es mein Schicksal, das so ruft? — Wer weiß — —?
Es rief mein Wille einst — nun echot er, mein Wille!

ES:

Dein »Wille«? — Wunschtraum — Wort, eitel, voll
Überschwang!
Du riefst nur, was zu rufen, dich dein Schicksal zwang!

RICHARD BEER-HOFMANN (1937)

DIE ZERSTÖRUNG

Wie haben sie mein Dasein ganz zerstört!
Wo sind die Tage, die ich friedlich lebte,
gesichert mein Gespinst aus Worten webte
und glaubte, daß die Zukunft uns gehört?
Wo sind die Künstlerfreunde aus der Bar,
die Späße, die wir harmlos nächtlich trieben,
wo ist das Ungefährdete geblieben,
darin ich meinem Glück so nahe war?

Wie haben sie ein ganzes Volk zerstört!
Wo blieb der Männer ehrliches Vertrauen,
das mild Beschauliche mit Kind und Frauen,
das Grübeln, das die Ewigkeit beschwört?
Wo blieb des Elternhauses Harmonie?
Wer konnte dies Bestehn in Maß und Ehren
zu räuberischer Raserei verkehren
und welken lassen, was einst frei gedieh?

Wie haben sie die ganze Welt zerstört!
Die guter Zukunft hold entgegenblühte,
beseeltem Gleichmut und bewußter Güte,
und nun auf die verruchte Lockung hört.
Die Reue ums verlorne Paradies
streift unsern Sinn mit vorwurfsvollem Traume;
dann treiben wir in menschenleerem Raume,
den die Zerstörung den Zerstörten ließ.

MAX HERRMANN-NEISSE (1936)

SPIEGELBILD

DASS sie die Brüder in die Flüsse treiben
Und andere mit leichter Ungeduld
Wie schlechtes Wild auf seiner Flucht entleiben,
Ist meine Schuld!

Und daß sie sie durch alle Schranken jagen
Ins Niemandsland und unter Niemands Huld,
Bis sie die Zähne in das Erdreich schlagen,
Ist meine Schuld!

Auch daß die Völker in den Kathedralen,
In Schenken und Palästen eingelullt,
Die Augen schließen solchen hohen Qualen,
Ist meine Schuld!

Ich wandre durch die Zimmer hin und wieder —
Mein Buch zerrissen, umgestürzt mein Pult! —
Aus allen Spiegeln sieht der Irrwitz nieder
Und meine Schuld.

HEINZ POLITZER (1936)

ZWISCHEN DEN JAHREN

HÖRT ihr das Kläffen der luftigen Meute?
Sausender Pfeile entzücktes Gezisch?
Duckt euch,
nicht muckt euch!
Orion trifft heute,
was nicht versteckt wie der Fledermaus Wisch.

Seht ihr im Äther das Heer von Geschossen,
welches beim Aufsprung wie Vögel schilp-schalpt?
Duckt euch,
nicht muckt euch!
Sie suchen den Sprossen,
den schon das fließende Baumharz gesalbt.

Hört ihr das Splittern der gläsernen Helle?
Seht ihr Titania, den Falter aus Eis?
Duckt euch,
nicht muckt euch!

Es hütet die Schwelle
jener, der blind um den Kommenden weiß.

Saht ihr es gaukeln? Den Täuferstab lüstern
hascht und verfehlet Gesell um Gesell . . .
Duckt euch,
nicht muckt euch!
Die Elbischen flüstern,
und aus der Tiefe her donnert ein Quell.

ELISABETH LANGGÄSSER (1944-45)

BALLADE VON ALLEN MÜTTERN

An allen Fenstern der Welt
Hinter dem Ladenschlag
Ein Mütterchen im Tuch
Spricht mit dem Engel der Nacht

Spricht mit dem Engel der Nacht
Von dem Soldatensohn
Der schwarze Schmerz wärmt
Auf dem Herd ihres Herzens

Auf dem Herd ihres Herzens
Wärmt jedes Mütterchen
Den Honig seiner Stimme
Und manche Erinnerung

Und manche Erinnerung
Hängt überm leeren Bett
Dieselbe Photographie
Von Stuttgart bis Bizerte

Von Charkoff bis Paris
Derselbe runde Ball
Den warf er so gewandt
In Wiesen voller Klee

In Wiesen voller Klee
Von Pittsburg bis Stettin
Von Trondheim bis Korinth
Manch schönes Mädchen ging

Manch schönes Mädchen ging
Und manch ein Vogelschlag
In Straß und Hof und Hag
Wo jetzt nur Gräber stehn

Wo jetzt nur Gräber stehn
Unter Linden in Vitebsk
Unter Steinen in Tobruk
Soviele Kreuze sind

Soviele Kreuze sind
An blinden Fenstern
Wo schwarze Wache stehn
Die kleinen Mütterchen

Die kleinen Mütterchen
Lauschen ins dritte Jahr
Auf alle Züge die fahrn
Und niemals wiederkehrn

Und niemals wiederkehrn?
Das hast du nie gesagt
Im Brief auf meiner Brust
Schriebst du: es kommt der Tag

Es kommt es kommt der Tag
Denn sieh die Äpfel blühn
Der Nordstern steht im Nord
Mein Herz schlägt so geschwind

Mein Herz dröhnt wie der Wind
Kanonen sind das nicht
Auch ist's kein Glockenklang
Bist du das nicht, mein Kind!

YVAN GOLL (1941)

SILVESTERLIED 1942

Es SINKT, die die Jahre scheidet, die Nacht.
Sie schauert von Ewigkeit.
Es schimmert, von eisigen Sternen entfacht,
Es flimmert, in Rätsel gekleidet, die Zeit.
Wir fürchten uns, Gott ist weit.

Wir fürchten uns. Alle Dämonen sind frei.
Durch die Türen, da sickert Blut.
Am Hause vorbei mit uraltem Schrei,
Da wandert des Bösen wütige Brut.
Wir fürchten uns. Niemand ist gut.

Uns graut. Verstümmelte Tote ziehn
Fürbaß durch den scheinenden Schnee.
Die Blüte der Knaben, sie schreitet dahin
Mit fließenden Wunden, in weinendem Weh.
Uns graut vor der bleichen Armee.

Aus Gittern schreien, den Erdteil entlang,
Gefangene dort wie hier.
Es klirren die Ketten, es schließt sich der Strang,
Die Rache rührt sich in schweigender Gier
Und gellt: Wie du mir, so ich dir!

Die Haie der Tiefe sind aufgewacht,
Auf Jagd geht der Drachen Geschlecht.
Sie heulen so hohl durch die silberne Nacht,
Sie recken die Fänge, zum Raube erfrecht,
Denn geschwunden sind Satzung und Recht.

Aus Leiden und Schuld eine Sintflut schwillt,
Bald deckt sie die Dächer der Stadt.
Wer ist noch zu rettender Güte gewillt?
Wo sproßt uns ein grünes, verheißendes Blatt,
Wo steht unser Ararat?

Wer weiß noch die Worte? Wer meistert das Meer?
Wer baut einer Arche Schoß?
Wer kennt noch die Liebe? Wer übt sie noch? Wer?
Von den Türmen dröhnt es erbarmungslos.
Wir fürchten uns. Gott ist groß.

PAULA VON PRERADOVIC (1942)

NACHRUF

Ich werde sterben, wie die Vielen sterben;
Durch dieses Leben wird die Harke gehn
Und meinen Namen in die Scholle kerben.
Ich werde leicht und still und ohne Erben
Mit müden Augen kahle Wolken sehn,

Den Kopf so neigen, so die Arme strecken
Und tot sein, ganz vergangen sein, ein Nichts.
Und Bettler klammern noch die Wanderstecken
Wie Zauberruten, stehn an Straßenecken,
In leerem Hut das Gold des Abendlichts,

Das ihre magren Finger doch nicht halten,
Dafür der Händler nie Kartoffeln tauscht.
Ich aber liege satt und warm im Kalten,
Und Zorn und Gram und Lust und Händefalten
Sind Meer, davon die große Muschel rauscht.

Ich war. Und werde Staub, den Füße trampeln.
Ich weiß es. Ihr. Ihr starbet lang und seid.
Die Krämer rechnen und die Narren hampeln;
Ihr wartet schweigend unter roten Ampeln
So sanft und unerbittlich wie das Leid,

Den Arm noch festgeschnallt am Henkerkarren,
Und einem strahlt das Messer in der Brust.
Da raffen Diebe, und da peitschen Narren,
Und ich bin Staub, den tausend Füße scharren,
Ich bin — und habe doch von euch gewußt

Und hab auf diesem Antlitz euch getragen;
Der schwache Spiegel ward es, der euch fing,
Der hingestürzt, erblindet und zerschlagen.
Ach ich. Was bin ich euren ewigen Tagen
Als Blick, als Sandkorn, rinnend und gering?

Die weiche Krume Lehm, die ihr geknetet
Und noch zur Form mit harten Händen zwingt.
Ihr. Die ihr ernst aus euren Nischen tretet,
Was wißt ihr von dem Herzen, das euch betet,
Was von dem Mund, der eure Glorie singt?

GERTRUD KOLMAR (1937-40)

ORIONS STOLZER HUND

Ihr lerntet hurtig, ohne zu erröten,
Die Sünde rühmen, die zum Himmel steigt.
Und hurtig lerntet ihr die Unschuld töten,
Wenn sie den Acker hackt in Schweiß und schweigt.

Bald kehrt in seinem Grabe sich der Hüne
Vom Frevel, den ihr treibt zum Zeitvertreib.
Nur zu! — Die Erde fordert keine Sühne,
Sie reinigt nur von euch den Sternenleib.

Denn alle, die vom dürstenden Verbrechen
Und scharfem Leichengift im Wasserkumm
Als von der Grausamkeit der Schöpfung sprechen,
Sind, eh der Hund Orions anschlägt, stumm.

Er wird sie niemals beißen,
Läßt stolz die Zähne gilben,
Er wird sie nie zerreißen,
Die kleinen Krätzemilben.

OSKAR LOERKE (1940)

VERWORRENE WELT . . .

Verworrene Welt . . . Der Erdengarten
erglänzt in fahl-verdächtigem Licht.
Das Grauen grinst. Die Hunnen starten.
Die andren flüstern, wägen, warten —
Und rühren sich nicht.

Deutschland verrottet und verroht.
Die Luft von Giften schwül und schwer.
Das Blutrecht herrscht. Dem Erdball droht
der dunklen Urzeit Wiederkehr;
man schärft das Beil zum großen Streich
im Dritten Troglodytenreich;
schon stelzt vor »Staffeln« und »Standarten«
der Mordbandit, der braune Wicht;
die andren flüstern, wägen, warten —
Und rühren sich nicht.

Warum? das ist die heilige Lehre:
Strenges Verbot »sich einzumischen«.
Und wenn die Welt voll Teufel wäre!
Fährt keiner dazwischen;
das tut man nie, das darf man nie!
Dies Ganze nennt sich: Diplomatie.
Es gibt in apokalyptischen Zeiten
»Innere Angelegenheiten«.

Die einen morden in guter Ruh,
sind geheiligt, sind tabu —
die andern flüstern und gucken zu.

ALFRED KERR (1933-34)

SCHWEIGEN

Aus dem Gebäude des Erinnerns bricht
ein jeder Morgen einen neuen Stein.
Ich lasse in der Stille dich allein,
ich hör am Tage deine Stimme nicht.
Vergänglich ist dein Nahgewesensein.

Zu des Vergessens steinernem Gewicht
fügt jede Nacht mir einen neuen Stein.
Im Dunkel seh ich mühsam dein Gesicht
und geh und geh im ungewissen Licht
an dir vorüber, ohne aufzuschrein.

Steinschutt des Schweigens schüttet Schicht auf Schicht,
und immer tiefer, tiefer sinkst du ein.
Ich weiß nicht Rat, und meine Lippe kein
geheimes Wort, das zu den Toten spricht.
Mein Herz ist stumm. Das ist der schwerste Stein.

KURT FRANKENSCHWERTH (1943)

WEIHNACHTSGEBET IN DIESER ZEIT

O Herr, die Welt wird rings zur Schädelstätte,
Der harsche Schnee färbt sich mit warmem Blut.
Millionen sterben ohne Heim und Bette,
Die Städte bersten von geballter Wut.

Du Friedensstern, der einst den Weg gewiesen,
Zeig flücht'gen Müttern einen warmen Stall.
Ihr Engelscharen, die ihr Gott gepriesen,
Singt, übersingt den mörderischen Schall!

Die Hirten sind zersprengt mit ihrer Herde . . .
O Herr, vergib uns unsre große Schuld.
Wie machen wir zur Hölle deine Erde.
Erbarm dich unser, hab mit uns Geduld!

Laß wieder uns vor deinem Kinde knien
Wie einst die Hirten in der heilgen Nacht.
Du Heiland, der am Kreuze uns verziehen,
Du Jesuskind, gib uns der Liebe Macht!

Schmilz um den Haß, laß ihn als Glocke dröhnen,
Die Land um Land zum Gottesfrieden reißt.
Schließ auf den Himmel, schenk uns dein Versöhnen
Und bleib bei uns mit deinem heilgen Geist!

BRUNO SCHÖNLANK (1941-42)

DER KÖNIG

Viele suchen das Angesicht eines Fürsten;
aber ein jegliches Gericht kommt vom Herrn.
Sprüche 29,26

Kein König wird ein Reich des Glücks erzwingen,
und Friede wird uns nimmermehr beschert.
Niemand wird das Verlorne wiederbringen,
und kein gelobtes Land bleibt uns verwehrt.

Der König wird das Reich der Buße suchen,
ein Richter unter göttlichem Gericht.
Die Starken, Stolzen werden ihn verfluchen.
Er fürchtet nur dein leuchtendes Gesicht.

Die Krone wird ihm bittren Schmerz bereiten.
Die Dornenkrone raubt ihr allen Schein,
und der Gekrönte neigt sich dem Geweihten.
Die Throne werden wieder Gleichnis sein.
Der König sendet wieder nach Propheten,
denn aller Menschenrat hat jäh versagt.
Was noch geschieht, ersteht nur aus Gebeten.
Dein Wort wird Maß. Dein Wille wird erfragt.

Die Völker waren frevelhaft vermessen,
bevor der König als ein Büßer kam.
Herr, wirst du es uns noch einmal vergessen,
was deinen Zorn erregte, unsre Scham?

Wo Kreuze sind, hast du dich, Gott, gebunden.
Den Fahnen und den Kränzen bist du fern.
Wo Buße ist, dort bist du schon gefunden,
und über solchem Lande steht dein Stern.

JOCHEN KLEPPER (1938-41)

DAVID

Nach einem englischen Motiv der Maria Syrkin

Dies denke aus: die Schleuder hat versagt,
kraftlos der Stein verkollert in den Hecken —
und Goliath beginnt sich graß zu recken
und vor dem Knaben, der's in Gott gewagt,

dem süßen Knaben, steht er auf und ragt
und hebt das Schwert und schwingt's, ihn hinzustrecken —
indessen Gottes Volk aus starrem Schrecken
ein Mal noch aufschreit und zum Himmel klagt.

Dies denke aus: des Unholds Wüten kreißt
und torkelt wüst vor der Philister Heer.
Pflugscharen splittern. Felder klaffen leer.
Geborsten der Altar. Die Harfe reißt.

Dies denke aus: das Wehe einer Welt,
in der kein Psalm ertönt, denn David ward gefällt.

FRIEDRICH TORBERG (1940-46)

WELTUNTERGANG

EINST kommt mit nackter Wut und ihrem Pralle,
Sich türmend, hebend, mörderisch sich wälzend,
Zwar niederstürzend, doch beim eignen Falle
In dem Vergehn zerstörerisch zerschmelzend,

Es kommt die Flut — die große Flut wird kommen,
Die alles Feste brausend überspült.
Das grollende Getös hat zugenommen.
Das Meer ist unterirdisch aufgewühlt.

Die große Flut des Blutes und der Tränen,
Die Deiche, Dämme, Städte, Brücken frißt,
Die auch die Rudernden in ihren Kähnen,
Die sich noch retten möchten, nicht vergißt,

Die brüllend, tobend, mit des Abgrunds Heulen
Das Land in jähem Sprunge überfällt,
Es mit der Kraft von hunderttausend Keulen
Zerschlägt, daß es wie morscher Kalk zerschellt,

Die fürchterliche Flut von Tränenschaume
Und der durch rotes Blut gefärbten Gischt
Steigt zu des Himmels Rand und seinem Saume
Und sie verschlingt die Sonne, die erlischt.

MORIZ SEELER (1936)

BOTSCHAFT AN DIE SIEBEN HIMMEL

NICHT einer blieb verschont, war das
gerecht, ihr Himmel? Sagt, und wenn gerecht, für wen?
Für wen? Für uns? Gesteht: Wofür?
Wir schämen uns für euch. Und für die Schuld der Welt.
Taub war die Erde. Stumm. Sie schloß
die Augen. Doch ihr Himmel. Hell seid ihr. Und schön.
Von eurer Höhe aus habt ihr
herabgeblickt — Geblickt! Und nicht seid ihr zerschellt.

Und euer Blau, das schäbige,
blieb unbewölkt. Voll Falschheit strahlte euer Blau.
Und unsre rote Sonne? Wie
geruhsam zog die rote Sonne Kreis nach Kreis.
Nachts lächelte der alte Mond,
verhurt, verhurt wie eine sündenkranke Frau.
Wie Rattenaugen blickten Sterne; und
beschmutzt schien alles himmlische Geschmeiß.

Hinweg, hinweg mit euch!
Glaubt, Himmel, ihr, daß ein Zertretener euch lieben kann?
Falsch, Himmel, Niederträchtige
der Höhe, seid ihr. Immer habt ihr uns genarrt.
Euch, Himmel, brachte ich
die Freude dar, die Tränen, die von meinen Augen rann.
Nicht besser seid ihr als
die unverschämte Erde. So verdreckt. Und auch so hart.

Euch glaubte ich, ihr Himmel. Und
ich weihte euch die schönsten Lieder, die ich sang.
Euch liebte ich, wie ich
nur noch mein Weib, ihr Himmel, liebe. Sie ist tot. Rauch. Schaum.
In meiner Jugend schon verglich
ich meine Hoffnung mit dem Sonnenuntergang.
Und meine Seele weinte: So
entschwindet meine Hoffnung; so verlischt mein Traum.

Hinweg. Hinweg. Getäuscht habt ihr
mein Altes Volk, mein Volk, das aus der Urzeit stammt.
Noch täuscht ihr uns.
Und unsre Väter täuschtet ihr. Propheten zitterten vor euch,

Weil ihr sie täuschtet. Und
sie blickten auf zu euch. Durch euch begeistert. Und entflammt.
Wie waren sie euch treu
auf Erden, Himmel! Und wie lebten sie? Verfolgt. Arm. Bleich.

Euch suchten sie. Zu euch erklang
der Ruf des Künders der Gebote: Himmel, hört!
Ihr Himmel! Denkt ihr noch
an Mose? Denkt ihr an Josua, Himmel, der euch rief?
Auch Jeremia schrie:
Hört, Himmel! Wer soll hören, wenn nicht ihr? Seid ihr entleert,

Entleert von Liebe? Offene,
lichtvolle Himmel, schlaft ihr? Himmel, schlaft ihr tief?

Erkennt ihr uns nicht mehr? Sind wir
verändert? Oder seid ihr selbst veränderlich?
Wir sind das Volk, das Gottes Wort
verbreitet hat, ein Volk, das Gottes Zeuge ist,
Und unsre Väter waren Heilige.
Und wir sind besser noch. Nicht ich! Nicht ich
Bin ein Prophet! doch: heilig ist am Kreuz
mein Volk, das für die Schuld der Erde büßt.

Wenn je mein Volk ein auserwähltes war,
weil es für andre litt, dann jetzt, dann jetzt,
Weil niemals noch ein Jude starb,
geläutert so wie jeder, der uns klein erscheint
In Warschau, Wilna oder in
Wolhynien. Denn: Aus jedem Juden schreit, entsetzt,
Ein Jeremia. Jeder ist
Ein König an Enttäuschung, der für alle weint.

Ihr kennt, erkennt uns nicht.
Seid ihr verwandelt? Oder hat sich unser Volk verstellt?
Die sind wir, die wir waren. Und
wir freveln, wenn wir freveln, gegen uns allein.
Und wir verzichten, so wie einst,
auf Glück. Doch: Retten wollen wir, wie einst, die Welt.
Warum bestrahlt ihr, blaue Himmel, da
wir sterben, unser Weh mit blauem Schein?

Wie Saul, mein König, suche ich
in Endor die Beschwörerin, die Tote stört.
Und finden werde ich den Weg,
den der Verzweifelte in der Verzweiflung sucht.
Beschwören lassen will ich die
Propheten. Und dann will ich ihnen sagen: hört,
Propheten meines Volkes, hört!
Verflucht die Himmel, die euch narrten! Flucht! Flucht! Flucht!

Ihr Himmel! Seht ihr, wie
der Mörder meines Volkes Kinder ins Verderben führt?
Ihr Himmel, leuchtet in
die Todeswagen. Und ihr hört den letzten Todeslaut.

Millionen Kinder, die
sich fürchten, heben ihre Hände zu euch auf. Nicht rührt
Der Väter Stöhnen euch,
der Mütter Jammern. Nicht erzittert eure blaue Haut.

Die Kinder waren rein,
ihr Himmel. Und geheiligt, Himmel, waren sie durch Leid.
In jedem Kind
war eines Ga'ons Sucherseele; Kinder gaben Licht der Nacht.
Geweiht war euch
ein jedes Kind durch Gottes Blutsvertrag. Der Bund der [Heiligkeit
Besteht, sie aber sterben. Nicht
lebt Gott in euch, ihr Himmel. Und ihr selbst? Erdacht!

Kein Gott, ihr Himmel, lebt in euch.
Die Tore auf, ihr Himmel — Himmel, auf, auf, auf!
Die Kinder meines ausgerotteten,
zerquälten Volkes kommen. Hört den Spott
Der Welt: Welch große Himmelfahrt!
Ein ganzes Volk, gekreuzigt, fährt zu euch hinauf.
Und Christus gleicht ein jedes Kind;
denn jedes hat gelitten wie ein Christengott.

Ihr Himmel, wüste, von
der Liebe ungefüllte Himmel, heilige voll Lug,
Ich habe meinen Gott, den Einzigen,
in euch verloren. Christen brauchen: Drei.
Drei Gottgestalten. Denn:
Ein Jude, der am Kreuz sie heilt, ist ihnen nicht genug.
Uns alle kreuzigen sie für
euch, Himmel — Oh, gemeine Götterdienerei!

Freut euch, ihr Himmel. Freut euch. Arm
Seid ihr gewesen, reich geworden, überreich.
Wie ist der Schnitt gesegnet, seht:
ein ganzes Volk! Nun seid, ihr Himmel, voll! voll! voll!
Freut euch, ihr Himmel, mit
dem Deutschen! Und der Deutsche, Himmel, freue sich [mit euch
Verbrennt die Erde. Und
die Erdenflamme steige auf, die euch verbrennen soll!

JIZCHAK KATZENELSON (1943)
Geschrieben im KL Vittel

O du weinendes Herz der Welt!
Zwiespältig Samenkorn
aus Leben und Tod.
Von dir wollte Gott gefunden werden
Keimblatt der Liebe.

Bist du verborgen in einer Waise,
die am Geländer des Lebens
schwer sich stützend weitergeht?
Wohnst du bei ihr, dort
wo der Stern sein sicherstes Versteck hat?
O du weinendes Herz der Welt!

Auch du wirst auffahren
wenn die Zeit erfüllt ist.
Denn nicht häuslich darf die Sehnsucht bleiben
die brückenbauende
von Stern zu Stern!

NELLY SACHS (1942-44)

SCHULD

Ich trage leicht an dem, was das Gericht
mir Schuld benennen wird: an Plan und Sorgen.
Verbrecher wär' ich, hätt' ich für das Morgen
des Volkes nicht geplant aus eigner Pflicht.

Doch schuldig bin ich anders als ihr denkt,
ich mußte früher meine Pflicht erkennen,
ich mußte schärfer Unheil Unheil nennen —
mein Urteil hab ich viel zu lang gelenkt ...

Ich klage mich in meinem Herzen an:
Ich habe mein Gewissen lang betrogen,
ich hab mich selbst und andere belogen —

ich kannte früh des Jammers ganze Bahn —
ich hab gewarnt — nicht hart genug und klar!
Und heute weiß ich, was ich schuldig war ...

ALBRECHT HAUSHOFER (1944-45)
Im Gefängnis Moabit entstanden

DAS REICH

VERHEISSEN ist's und ward als Berg verschenkt,
Von dem die Stunde erst beschränkt
Abreift wie ein gefehlter Griff

Verschwiegen aus der Hand drängt
Und Blicke in der Bluthand fängt
Und aufwärts wirft zum nächsten Riff.

O Anfall leisester Gewichte
An jene unbedingte Dichte,
Die wie ein Stein aus klarstem Schliff,

Noch eh die Hand sich mit ihm paarte
Und das vergab, was sie begriff,
Den ganzen Abgrund offenbarte —

HERMANN KÜKELHAUS (1938)

DE PROFUNDIS

WENN tönend von hohem schweben
Verbrennend die sonne herniederstürzt
Mit salzhauch die luft und mit weihrauch sich würzt
Erwachen die toten — sie leben . . .

Gestreut ist das brot bei den quellen
Ich neige mich tief und entbiete den gruss.
Die pappel erzittert, den sand küsst ein nackender fuss —
Ich küsste voll inbrunst und weihte die ebenholzschwellen.

In strahlen von bösen planeten
Springt auf und erfüllt sich mein tiefes verliess:
Die mich verlassen und die ich verliess
Sie tanzen und weinen und beten.

Ich stehe in bann und in ketten
Ich flehe — und forsche nach Einem gesicht:
Sie sind es sie sinds — doch du bist es nicht
Du lebst — und ich kann mich noch retten . . .

WOLFGANG BERTHOLD (1940)

NACHTGESANG UNTER DER ERDE

URWELT der Träume . . .
O, über mich!
Ausgeschüttet
Über mich Armen,
Der ich verlassen
Wankend stehe
Im Nacht-Gedächtnis
Dieser verwirkten Welt
In erstarrt-erstarrender Wirklichkeit! —

Wie lange noch
Muß ich dies tragen?
Wie lang?
Da ich doch ohne Schuld,
Oder Schweigen und Dulden
Die einzige Schuld!

Ängste zermartern
Mein Gedächtnis
Vernichtend mit Hunger und Frost. —
Darf ich leben?
Schicksal,
Darf ich noch leben?

Mich tötet die Hoffnung,
Schier tötet sie mich,
Wenn ich des Gottes gedenke . . .
Gottes —
O, über mich Armen!
Gottes — in Wirklichkeit,
Dunkel - - -
Gottes — in der Urwelt der Träume,
Voll Licht!

O — Gott ! ! !

H. G. ADLER (1945)
Geschrieben im KL Langenstein

Hiob — Ahasver

JÜDISCHES KIND (1945)

Ich habe keinen Namen.
Ich bin ein jüdisch' Kind.
Weiß nicht, woher wir kamen
und wo wir morgen sind.

Ich spreche viele Sprachen,
verlern' sie wiederum;
für das, was wir ertragen,
sind alle Sprachen stumm.

WIR ZIEHN

FRAGET nicht: wohin?
Wir ziehn.
Wir ziehn, so ward uns aufgetragen
Seit Ur-Urvätertagen.
Abram zog, Jakob zog,
Alle zogen,
Zogen ins Land, zogen vom Land,
Alle gebogen
Überm Pfad der Fahrenden,
Nimmer sich Bewahrenden.
Alle zogen, Stab in wegharter Hand,
Verheissung im Herzen, im Blick Ihn,
Unsern Gott, der uns hiess, fürder und fürder ziehn.
Ziehn nach dem einen einzigen Ziel -
Schauriges Rasten, wos Ihm gefiel,
Seltsames Wandern zum Rhein vom Nil.
Wandern lange im Bangen,
Bis Quellen sprangen,
Karge Quellen
Für unstet ruhlose Rast -
Und doch hatt ich vor jenen Fuss gefasst
Die nun mich jagen, blieb ich doch Gast,
Im Land der Andern Gast.
Unausdenkbar lang hab ich dort geruht,
Weiss doch nie wie Ruhen Ruhen tut.
Unsre Ruh war getränkt mit Tränen Schweiss und Blut:
Ein jäher Blitz brach sie entzwei
In einem Schrei:
Vorbei vorbei!
Eben als mitten die Sonne schien —
Wir ziehn.
Wieder drängt Er uns,
Wieder verhängt Er uns
Seinen ewigen Fug:
Den Weiterzug,
Den Weiterzug.

KARL WOLFSKEHL (1933)

JÜDISCHES SCHICKSAL

ERSCHEINUNG IM GESETZ

Sie schreiben die Daseins-Figuren
An die Mauern der Ewigkeit;
Sie sind wie stehengebliebene Uhren,
Sie haben keine Zeit,

Haben keine Zeit zu weinen
Und keine Zeit zu sein,
Sind immer dabei zu erscheinen
Und sind immer allein,

Sind allein in der riesigen Nacht,
Die sie gebar und bewahrte,
Bis der, der sie um sich scharte,
Hinein nimmt in seine Macht,

Hinein nimmt in seine Güte
Und die Schrift an den Mauern verhüllt,
Bis der um sie ewig Bemühte
In seinem Gesetz sie erfüllt.

ERFÜLLUNG IM GESETZ

Sie schreiben die Daseins-Figuren
An die Klage-Mauer der Zeit,
Und sehr tief sind die Spuren,
Er sieht sie von weit

Und kommt nah und betrachtet
Sein Volk, gehetzt und gequält:
»Ich habe dich niemals verachtet,
Dich hab ich im Anfang erwählt,

Dich hab ich eingefangen
In meinem Sein,
Immer bin ich mit dir gegangen,
Du warst niemals allein.«

BEGEGNUNG IM GESETZ

Wenn das Vergebliche schwindet
(Fern das entgleitende Bild),

Sind sie wie außen erblindet
Und wie tief innen gestillt,

Sind im vergehenden Atem-Raum
(Wie die Figur an der Wand,
Wie ein vergessener Traum)
Tief in die Tiefe gebannt.

Tief in der Tiefe begegnet
Er ihnen, der sie erhält,
Der sie im Anfang gesegnet,
Der sie ins Hier-Sein gestellt.

Und sie erkennen den EINEN,
Der ihrer Tränen gedacht,
Sind (ihn erkennend) die Seinen,
Sind wie die Sterne der Nacht.

DAVID LUSCHNAT (1938)

TOCHTER ISRAEL

TOCHTER aus Gottes Volk,
Spiegelnd das Jahr,
Zeugtest du
Samen und Frucht und Schar
Säugtest du
An der ewgen Brust
Zahl und Zeit,
Beugtest du deine Lust
Unterm Leid.

Bettlerin, Wanderin,
Von Flüchten matt,
Fandest du
Nirgends die karge Statt?
Standest du
Vor des Bäckers Haus
Ohne Brot,
Standest in Frostes Graus
Bei dem Tod?

Frohnende, Dulderin,
Vom Quälen krank,
Hörtest du
Draußen des Engels Sang?
Störtest du
Dir den letzten Trost
Mit dem Schrei,
Stöhntest du, ausgelost,
Herr, es sei.

Hoffende, Sucherin,
Dir wuchs ein Land;
Liefest du,
Kanaan zugewandt;
Riefest du
Vor die Ewigkeit
Menschentat,
Rauschte die Ewigkeit:
Du bist Saat!

Säerin, Schnitterin,
Die Ernte reift!
Spürest du
Weizen vom Wind gestreift,
Führest du
Fromm den heißen Pflug
Für dein Brot,
Füllest des Durstes Krug
Dem Gebot?

Tochter in Gottes Hand,
Dein Leib wird rund,
Bangest du
Vor der bemessenen Stund?
Sangest du
Frühes Wiegenlied
Deinem Schoß?
Schar bist du und sie zieht
Endelos.

RUTH HOFFMANN (1943)

GEBET

HERR, willst du Plagen schicken, schick uns Plagen,
Wie du sie willst; nur eine nicht: die Schuld.
Willst du uns schlagen, laß nur uns nicht schlagen
Auf andere. Erweis uns diese Huld.

Und denkst du uns zu läutern durch das Leiden,
So habe Dank: wir würden gerne rein.
Doch laß in Gnaden uns dies eine meiden,
Woll uns vor diesem einen nur befrein:

Daß, selbst gequält, wir auch noch andre quälen,
Daß, selbst gezüchtigt, wir noch Ruten sein:
Das Kreuz, o Herr, sind wir bereit, zu wählen,
Doch unser Kreuz, und nicht der andren Pein.

OTTO FREIHERR VON TAUBE (1940)

HIOB

ICH bin zu gläubig in die Welt gegangen,
Zu tief enttäuscht aus ihr zurückgekehrt.
Aus allen Qualen trieb mich Heimverlangen:
Herr, mach mich wieder Deiner Nähe wert!

Jahrzehnte wie in einem Turm gefangen
Blieb ich in mir, und keines Blitzes Schwert
Und kein Vulkan ließ mich erschüttert bangen.
O Herr, zu streng hast Du mich Leid gelehrt!

Elias Wagen wurde mein Gefährt,
Von Purpurgluten, meinem Blut verklärt.
In seinen Feuern lohten alle Flammen,

Die Brände meiner Seelenwunden mit.
Zu lange schien mich Satan zu verdammen.
Nun lieb mich, Himmel, weil ich Höllen litt!

ARTHUR SILBERGLEIT (1934)

VOM ZWEIFEL
HIN UND HER GERISSEN

Die Züge, die nach Süden fuhren,
ich sah sie oft aus dem Versteck
und hörte sie wie Weckeruhren
und kam noch immer nicht vom Fleck.

Die Not zerquälte mein Gewissen,
als wäre es Verrat zu fliehn.
Vom Zweifel hin und her gerissen:
Oft sah ich Brüder starr wie Büßer knien.

Sie riefen Gott an, irgendeinen,
die Last war ihnen schon zu schwer,
sie wollten wie die Kinder scheinen,
es half auch dieser Gott nicht mehr.

Da warfen sie sich auf die Schienen,
da hingen sie sich auf im Baum;
es gab die Mutter Erde ihnen
nur für den Aschenrest noch Raum.

PAUL ZECH (1939)

IM VOLKSTON

Wer kann wohl müder sein
Als der, der lang allein

Verlorne Wege ging?
Sein Leid ist nicht gering.

Und fänd er wo auch Rast,
Ist er doch keinem Gast.

Die Wolken ziehn zuhauf,
Es steigen Nebel auf.

O sag nicht, was dich quält;
Es wär dem Wind erzählt.

ALFRED GRÜNEWALD (1934)

SONETT UND KRITIK ZUR CHRISTLICHEN NÄCHSTENLIEBE

UND wenn es auch geschah, daß ich, der wohlgesetzten Rede ungewohnt,
den abgefeimten Lügnern Zungenschlag und Lispeln gerne glaubte,
so war ich doch, was heute noch zu lernen und zu sein sich lohnt,
zu stolz, um krumm zu stehn, zum Bücken frei genug, wie ich behaupte.

Das sind die Frommen nicht, die arglos in die Messe gehn —
wenn nebenan den Nachbarsleuten Dach und First zusammenbricht.
Und wer da will, mag dieses Unrecht ihnen durch die Finger sehn.
Ich aber meinerseits, ich achte sie gering — und tu es nicht.

Ich habe eines nur im Kopf von all den hohen Dingen:
Den armen Jud, dem Pfahl und Eisenrute in den Leib gerannt,
und Lichterglanz und Fäden aus den Augen hingen.

Das Sterben hatte seinen Blick und seine Hände unerhört entflammt
mit Staunen und Gebet, und bis die Schatten endlich tiefer gingen
durch seine Seele. — Und durch meine Seele auch, verdammt!

JESSE THOOR (1940-45)

AUS DEM DUNKEL

Aus dem Dunkel komme ich, eine Frau.
Ich trage ein Kind und weiß nicht mehr, wessen;
Einmal hab ichs gewußt.
Aber nun ist kein Mann mehr für mich . . .
Alle sind hinter mir eingesunken wie Rinnsal,
Das die Erde trank.
Ich gehe weiter und weiter.
Denn ich will vor Tag ins Gebirge, und die Gestirne schwinden schon.

Aus dem Dunkel komme ich.
Durch finstere Gassen schritt ich einsam,
Da jäh vorstürzendes Licht mit Krallen die sanfte Schwärze zerriß,
Der Pardel die Hirschkuh,
Und weit aufgestoßene Tür häßliches Kreischen, wüstes Gejohle,
tierisches Brüllen spie.
Trunkene wälzten sich . . .
Ich schüttelte das am Wege vom Saum meines Kleides.

Und ich wanderte über den verödeten Markt.
Blätter schwammen in Lachen, die den Mond spiegelten.
Magere, gierige Hunde berochen Abfälle auf den Steinen.
Früchte faulten zertreten,
Und ein Greis in Lumpen quälte noch immer sein armes
Saitenspiel
Und sang mit dünner, mißtönig klagender Stimme
Ungehört.
Und diese Früchte waren einst in Sonne und Tau gereift,
Träumend noch vom Duft und Glück der liebenden Blüte,
Doch der wimmernde Bettler
Vergaß das längst und kannte nichts anderes mehr als Hunger
und Durst.

Vor dem Schlosse des Mächtigen stand ich still,
Und da ich die unterste Stufe trat,
Zerbarst der fleischrote Porphyr knackend an meiner Sohle. —
Ich wendete mich
Und schaute empor zu dem kahlen Fenster, der späten Kerze
des Denkenden,
Der sann und sann und nie seiner Frage Erlösung fand,
Und zu dem verhüllten Lämpchen des Kranken, der doch
nicht lernte,
Wie er sterben sollte.
Unter dem Brückenbogen
Zankten zwei scheußliche Gerippe sich um Gold.
Ich hob meine Armut als grauen Schild vor mein Antlitz
Und zog ungefährdet vorbei.

Im Fernen redet der Fluß mit seinen Ufern.

Nun strauchl ich den steinigen, widerstrebenden Pfad hinan.
Felsgeröll, Stachelsträucher verwunden die blinden, tastenden Hände:
Eine Höhle wartet,
Die im tiefsten Geklüft den erzgrünen Raben herbergt,
der keinen Namen hat.
Da werde ich eingehn,
Unter dem Schutz der großen schattenden Schwinge mich
niederkauern und ruhn.
Verdämmernd dem stummen wachsenden Wort meines Kindes
lauschen
Und schlafen, die Stirn gen Osten geneigt,
Bis Sonnenaufgang.

GERTRUD KOLMAR (1937-42)

KLEINE MELANCHOLIE

Ach, wir haben uns verloren
in dem großen Spiel.
Kaum sind wir geboren,
sind wir schon zuviel.

Ach, wir sind hierher gekommen
bang und rätselvoll,
spottend unter Frommen
und vor Heimweh toll.

Ach, wir allzu früh Verirrten
wandern auf und ab
zwischen fremden Herzen
und dem eigenen Grab.

GÜNTHER WEISENBORN (1942)

WIR JUDEN

In allen Zonen und in allen Zeiten:
Wir Wandelbaren sind unwandelbar.
Die Andern kommen, siegen und vergleiten.
Sogar der Griechengott, den Kranz im Haar.

In allen Zeiten und in allen Zonen:
Was je wir wirkten, hat der Wind zerstreut.
Doch unsre Wandrung geht durch die Aeonen.
Was gilt dem Wandrer gestern, morgen, heut?

In allen Sprachen und in allen Zungen
Hat unser Volk gesungen und geträumt.
Ein Kern nur blieb. Die Form ist längst zersprungen.
Wir haben uns vergessen, uns versäumt.

Was schiert es uns, wie sie die Welt verteilen,
Daß ein Diktator sich die Welt gewinnt.
Wir dulden weiter, wandern und verweilen.
Das Wunder aller Wunder ist: Wir sind.

PAUL MAYER (1934-44)

DAS JUDENBEWUSSTSEIN

Das gute Gewissen ist unbedingt
Der Trost, den ihr im Leben habt.
Ihr wißt, wenn Deutschlands Lob erklingt,
Nicht nur, was ihr von ihm empfingt:
Auch was ihr ihm gegeben habt.

ALFRED KERR (1935)

BIN ICH ALLEIN

Bin ich allein, so nimmt das Weh
Gleich die noch warme Stelle ein
Lebendiger Welt: Weh kommt herein
Und setzt sich ganz in meine Näh.

Und wir vertauschen die Gestalt:
Weh liegt statt meiner hingestreckt,
Ich bin's, der seine Blöße deckt,
Und ihm wird warm und mir wird kalt.

Ich sitze da und wache treu,
Daß kein Geräusch den Schlaf ihm stört.
Wer es im Traume stöhnen hört,
Schwört, daß es meine Stimme sei.

BERTHOLD VIERTEL (1940)

AHASVER

Es war die Zeit, wo goldne Blüten fielen,
Es war die Zeit, wo man ein Glück ersehnt,
Doch war man traurig, weil die Blüten fielen
Und weil kein Kind sich treu an uns gelehnt.
Nun ist die Schwermut tot und alles Sehnen,
Es fallen keine Lindenblüten mehr,
Und fremde Augen weinen unsre Tränen,
Als ob das Schicksal ein Karfreitag wär.
Und jede Stund hat tausend Henkerbeile —
Und niemand, der ein Abschiedswort uns sagt.
O Gott! wo mögen deine Engel weilen,
Indes man uns zu Graun und Foltern jagt . . .

JACOB HARINGER (1935-1940)

SONETT XXXIII

Wo wäre wohl ein andres Volk geblieben
Im staubigen Gelände der Geschichte,
Wär es, behangen mit des Spotts Gewichte,
Zweitausend Jahr wie Du umhergetrieben?

Gepreßt im Ghetto, ächzend unter Hieben,
Gemordet unterm Auge der Gerichte,
Verleumdet, ausgeliefert jedem Wichte, —
Wär es nicht längst verschrottet und zerrieben?

Kein Fasten hätt geholfen und kein Beten,
Auch Juda wäre lange schon zertreten,
Sein Name Staub, nie wieder zu erwecken, —

Hätt es nicht Wurzeln, die hinab sich strecken,
Wo Weltvernunft im tiefsten Bogen kreist,
Und die der Große Weltgeist selber speist.

ARNOLD HAHN (1938)

FLÜCHTLINGE BETEN

Für André Dumas

Wir beten, Herr, wir beten . .
Geschändet und getreten
Sind unsre Seelen, sieh!
Verfemt sind wir, vertrieben
Von allem, was wir lieben,
Und wehrlos wie das Vieh.

Gehetzt von Land zu Lande
Als hätten wir die Schande,
Die uns geschah, verübt,
Sehn wir auf unser Weinen
Nachts deine Sterne scheinen,
Durch keine Schmach getrübt.

So höre, was wir klagen:
Das Leid, das wir ertragen,
Du weißt es, Herr, ist groß.

Sieh unsre schwere Bürde:
Bewahr uns Mut und Würde.
Doch geht's um uns nicht bloß.

Wir flehen, Herr, wir flehen.
Laß länger nicht geschehen,
Daß einer sich vermißt,
Gerichtstag hier zu halten,
Als dürft' wie du er walten,
O Vater, der du bist!

LEO SCHMIDL (1938)

FURUNKULOSE

WENN die Geschwüre noch größer wären
und wären fürchterlich,
Hiob hatte mehr Schwären
als ich.

Hiob litt ganz entsetzlich.
Er duldete gern:
war doch sein Leiden ergötzlich
seinem Herrn.

Je mehr der Unrat wuchs,
Hiob wurde nur reiner;
Hiob ertrug's,
der Herr war sein Herr, war seiner.

Ich schrei gegen Leiden, Hiob, mein Bruder.
Es wuchs ein Abgrund zwischen uns beiden.
Ich kämpfe mit Schrein, mit Salben und Puder.
Ich hab keinen Herrn. Mir taugt kein Leiden.

RUDOLF LEONHARD (1940)
Im Lager Le Vernet entstanden

O die heimatlosen Farben des Abendhimmels!
O die Blüten des Sterbens in den Wolken
wie der Neugeborenen Verbleichen!

O der Schwalben Rätselfragen
an das Geheimnis —
der Möwen entmenschter Schrei
aus der Schöpfungszeit —

Woher wir Übriggebliebenen aus Sternverdunkelung?
Woher wir mit dem Licht über dem Haupte
dessen Schatten Tod uns anmalt?
Die Zeit rauscht von unserem Heimweh
wie eine Muschel

und das Feuer in der Tiefe der Erde
weiß schon um unseren Zerfall. —

NELLY SACHS (1942-44)

DER EWIGE JUDE

Nicht ruhend, nicht rastend,
getrieben und hastend;
der ewigen Sehnsucht
verzehrende Flammen
im todwunden Busen:
so wälzet und wälzet
das uralte Heimweh
wie Ströme von Lava
sich Tage und Nächte
und endlose Jahre
im Geiste dahin . . .

— — — — —

Ein Wandrer ist müde,
so müde und schläfrig
vom rastlosen Wandern . . .
Er möchte das Heimweh,
die Fremde vergessen;

vergessen die Menschen,
die Zeit und das Leben,
das Bitten und Warten —:
vergessen die Not!

– – – – –

Ein Wandrer war müde
der endlosen Fremde . . .
Er war nur ein Jude,
ein armseliger Jude:
er wollte nach Hause —
und ging in den Tod . . .

SIEGFRIED EINSTEIN (1942)

TRAUMBILD

Aus der verfallenen Schenke
    dringt Klirren.
Der einsame Wirt
zerschlägt Krug um Krug.

Lange entfloh der Hausschwalbe
    Schwirren.
Kein Gast mehr betrat die
verlassene Schwelle.

Nun scheint der Mond durch
    zerbröckelnde Wände
und badet sein Licht
im vergossenen Wein.

Die Kerze flackert. Und zitternde
    Hände
versuchen die Scherben
zusammenzufügen.

MARIANNE REIN (1940)

STROPHEN

Im Kerker der Zeit
und niemals befreit
gehn lebenslänglich die Stunden
im Kreise herum,
wie Sträflinge, stumm,
stumpfsinnig trottende Runden.

Ummauert die Welt;
von Wächtern umstellt
und tödlichen Stacheldrähten.
Und bleibt einer stehn
und will nicht mehr gehn,
so wird er zu Tode getreten.

So trotten wir stumm
im Kreise herum
die lebenslänglichen Runden
im Kerker der Zeit;
und wenn einer schreit,
hat der einen Ausweg gefunden?

HERMANN HAKEL (1943)

AN DEN GOTT ISRAELS

Wir — Dir durch Schuld verbunden!
Jahrtausendleid aus Deinen Wunden
Hat uns eng an Dein Herz gestellt —
Was weiß davon die Welt?

Ob Schmerzen uns verbrennen
Wir haben — zu bekennen
Dir treu Dein Feld bestellt —
Was weiß davon die Welt?

Durch Dich zu überwinden
Von Dir — von Dir zu künden
Ist — was uns trägt und hält —
Was weiß davon die Welt?

Ob sie uns martern, schänden
Dein Tun in unsren Händen
Dein Geist, der uns erhält —
Was weiß davon die Welt?

ANNA JOACHIMSTHAL-SCHWABE (1936)

AUFSCHREI

Tausendmal wird Abend sein.
Tausendmal steigt flammender Morgen
Aus dem Untergang der Nacht.
Doch mein zerstampftes Herz wird
Niemals,
Niemals
Wieder auferglühn.

ALFRED KRÜGER (1945)

ERWARTET NICHT, DASS ER EUCH GNÄDIG SEI . . .

Die kleinen Vögel haben keine Schuld,
doch teilen sie das bittre Los der Bösen
kein Gott wird sie mit goldnem Korn erlösen
kein Engel hält sie nun in Hut und Huld.

Und doch sind sie von seiner hohen Art
geflügelte und wunderbar Geschmückte,
beim ersten Strahl so in Gesang Verzückte,
um seine Harfe hochzeitlich geschart.

Bereute Gott es, daß er sie erschuf,
Engel zu sein der unbeschwingten Erde?
Vergaß er seine liebende Gebärde
der Himmelsboten sanftesten Beruf?

Erwartet nicht, daß Er euch gnädig sei,
der Engel schafft und läßt sie vogelfrei.

MARTHA SAALFELD (1943)

KADDISCH

Rot schreit der Mohn auf Polens grünen Feldern,
In Polens schwarzen Wäldern lauert Tod.
Verwest die gelben Garben.
Die sie gesät, sie starben.
Die bleichen Mütter darben.
Die Kinder weinen: Brot.

Vom Nest verscheucht, die kleinen Vögel schweigen.
Die Bäume klagen mit erhobnen Zweigen,
Und wenn sie flüsternd sich zur Weichsel neigen,
Gen Osten wehend ihren trüben Psalm
In bärtger Juden betender Gebärde,
Dann bebt die weite, blutgetränkte Erde,
Und Steine weinen.

Wer wird in diesem Jahr den Schofar blasen
Den stummen Betern unterm fahlen Rasen,
Den Hunderttausend, die kein Grabstein nennt,
Und die nur Gott allein bei Namen kennt.
Saß er doch wahrlich strenge zu Gericht,
Sie alle aus dem Lebensbuch zu streichen.
Herr, mög der Bäume Beten Dich erreichen.
Wir zünden heute unser letztes Licht.

MASCHA KALÉKO (1945)

MYSTERIUM DER AUSERWÄHLUNG

Du warst im Unerschaffnen vorbereitet,
Bevor das Licht noch reif war meinem Ruf.
Dich hatte ich der Zeit schon eingezeitet,
Eh ich die Ungeduldige erschuf.
Aus der Gestirne Billionenherde,
Aus allen Wesenheiten, Stamm für Stamm,
Bestimmte ich die kleine kühle Erde
Und holte dich hervor aus Abraham.
Doch dir, dem ich mein erstes Wort gegeben,
Dir ließ ich frei, dem Wort zu widerstreben.

Wenn alle irrten, floß in deine Schriften
Ein loher Tropfen mit von meiner Schrift.

Ich gab dir auf, das Heil der Welt zu stiften,
Und diese Mitgift wurde dir zum Gift.
Doch du nur konntest tragen die Erschwerung,
Die meine Last dir auferlegte scharf,
Nur du erdulden jene Wertverkehrung,
Die dich mit allen Völkern überwarf.
Dein Leid zog mich herab wie Felsgesteine.
Du warst mein Kind. Drum wurde ich das deine.

Verborgen bin ich in dir umgegangen.
Nun gehst du selbst, der Welt verborgen, um.
Wie deine Dornen in die Stirn mir drangen,
So bist du nun der Dornen Eigentum.
Ich flehte nachts zu mir, daß ich es wende,
Nun lausch ich in den Nächten deinem Flehn.
Und dann ging ich den Leidensweg zu Ende,
Und du, auch du wirst ihn zu Ende gehn.
Sooft du feig versuchst, ihn abzukürzen,
Muß ich dich in dich selbst zurückestürzen.

Doch habe Trost! Nur jene, die dich hassen,
Beschwören, daß dein Heil vergeudet sei,
Daß du gekündigt und in Schmach entlassen,
Als grauser Fortwurf wesest, vogelfrei.
Geschöpfen nicht, auch nicht den Engeln oben
Ward kundgetan in ihrem Strahlenchor,
Wozu du dreifach sein wirst aufgehoben,
Wenn der Atome letztes sich verlor,
Wenn die Posaune durch die Tiefen schauert,
Und du dein Überstehn hast überdauert.

FRANZ WERFEL (1935)

DER AUGENBLICK

Ich habe mein Angesicht im Augenblick
des Zornes ein wenig vor Dir verborgen.
Jes. 54, 8

EINEN Augenblick währte Dein Zorn.
Eines göttlichen Augenblicks Dauer
Hast Du Dich vor uns verborgen,
Blicktest Du von uns fort.

Aber ganze Geschlechter sind
In diesem Abgrund versunken:
In dieses Hier ohne Dort,
In dieses Heut ohne Morgen,
In dieses Schrein ohne Wort,
In diese Wildnis von Trauer
Stürzten wilder und wilder
Millionen sprühender Funken
Deines lebendigen Lichts,
Millionen geliebter Bilder
Deines Angesichts
In Qualen ohn Ende zertreten. —
Wie sollen, wie können wir, Herr,
Entsetzlicher, Ewiger,
Wir, die noch atmen, noch sind
Ganz dem Entsetzen zum Raub,
Vom Donner des Schicksals taub,
Von stürzenden Tränen blind
Über diesen Abgrund von Not,
Von Leid, Schuld und Tod
Zu Dir beten?

Wir können nicht beten, nur schrein,
Du selber, Herr, hältst uns fest
Und lähmst uns die Zunge im Munde.
Wir kennen von Dir nur die Wunde,
Die Du, uns verlassend, uns schlugst,
Wir kennen von Dir nur die Stunde,
Mit der Du uns suchst und versuchst.
Sind wir drum weniger Dein?
G a n z brachest Du in uns ein.
Ganz willst Du in dieser Wunde
Uns brennende Gegenwart sein.
Drum, wenn Du in dieser Stunde
Selbst uns das Beten erläßt
Und gibst unserem Schweigen recht
Und hältst unsere Hände fest
Und vernimmst unser einsames Schrein:
Eins wirst Du diesem Geschlecht,
Das Deine Hände zerpressen,
In Ewigkeit nicht verzeihn:
Das V e r g e s s e n.

MARGARETE SUSMAN (1936-37)

GRABSCHRIFT-REQUIEM

NACHRUFE (1940)

Soviele Nachrufe hielt ich in dieser Zeit
Gefallenen Freunden, Todgepeinigten,
Selbstmördern, die von aller Ängstlichkeit,
Vom Schandmal der Gewalt sich reinigten.

Noch ging er mit, und schon ist er gefallen.
Wir tragen weiter unsre Daseinspflicht.
Die Kämpfer haben's gut. Der Traurigste von allen
Ist, der in diesem Krieg den Nachruf spricht.

DEN NAMENLOSEN TOTEN

Die goldnen, die purpurnen Fahnen des Ruhmes schwingt
Der Herbst, ein Gott,
Und seine rauschende Stimme zur Harfe singt
Ein Lied vom Tod.

Von Gräbern singt er, die versunken, vergessen sind,
Ohne Kreuz, ohne Kranz.
Der Hirt treibt weidende Schafe darüber, der Wind
Den Blättertanz.

Von Namenlosen, in blinde Nacht verstreut,
Glückloses Heer, —
Euch bringen Wolken im Sturme sausend heut
Die letzte Ehr.

Ihr meine Adler umkreist mit stolzem Schrei
Den heilgen Staub,
Ob er der Steppe, der Wüste geworden sei,
Dem Meer zum Raub.

Die ihr gekämpft, geblutet und untergingt
Einsam in Qual,
Euch sei das Lied, das der Gott des Todes singt,
Ein Ehrenmal.

RICARDA HUCH (1944)

DER OFEN VON LUBLIN

Es steht ein Ofen, ein seltsamer Schacht,
ins Sandfeld gebaut, bei Lublin;
es führten die Züge bei Tag und bei Nacht
das Röstgut in Viehwagen hin.
Es wurden viel Menschen aus jeglichem Land
vergast und auch noch lebendig verbrannt
im feurigen Schacht von Lublin.

Die flattern ließen drei Jahre am Mast
ihr Hakenkreuz über Lublin,
sie trieb beim Verscharren nicht ängstliche Hast,

hier galt es noch Nutzen zu ziehn.
Es wurde die Asche der Knochen sortiert,
in jutene Säcke gefüllt und plombiert
als Dünger geführt aus Lublin.

Nun flattert der fünffach gezackte Stern
im Sommerwind über Lublin.
Der Schacht ist erkaltet; doch nahe und fern
legt Schwalch auf die Länder sich hin,
und fortfrißt, solang nicht vom Henkerbeil fällt
des letzten Schinderknechts Haupt, an der Welt
die feurige Schmach von Lublin.

THEODOR KRAMER (1945)

GRABSCHRIFT

1

VIEL Leben hat mein Leben aufgespeichert,
Doch erst der Tod hat kränzend mich bereichert.

2

Wandel war ich, Wunsch und Minne.
Ob ich je zum Sein gerinne?

KARL WOLFSKEHL (im Exil)

EINEM FREUND IM KONZENTRATIONSLAGER

Heinrich Steinitz, der 1942 in Auschwitz ermordet wurde

WIE soll ich schlafen, hab ich doch im Ohr
Den Schrecken, der, die Welt umjagend jach,
Aus meines Nachbarn Radio mich beschwor;
Des Unheils Rabenstimme, all der Krach,
Der Sphären Lärmspektakel, hält mich wach.

Wie soll ich schlafen, wenn die Überschriften
Der Zeitungen, die ich beim Heimgehn las,
In meinem dunklen Zimmer Kurzschluß stiften;
Die Spannung liegt geballt hier wie ein Gas,
Das explodiert und brennt wie dürres Gras.

Wie soll ich schlafen, wenn ein Aug' mich lähmt,
Ein Schlangenaug', das aus der Ferne starrt?
Da schiebt ein Bild sich vor, das mich beschämt:
Tritt er nicht ein? Hat nicht die Tür geknarrt?
Der milde Mann wird lautre Gegenwart.

Ich seh den Freund, schon über sechzig alt,
Im Sträflingszwilch der blutig-bittern Jahre,
Vor mir, als wär er nicht in Buchenwald:
Fängt in den Brillen funkelnd sich der Blick?
Glänzt weiß das Haar an Schläfen und Genick?

Hör ich ihn nicht? Wie tut die Stimme gut;
Er sagt dasselbe, was er seiner Frau
Jüngst in die Schweiz schrieb: Worte, voll von Mut;
»Wir sehn uns wieder«, mahnt er, — und das Grau
Wird zukunftslicht — »in schöner Zeit vertrau!«

Vor dieser Sicherheit, so glaubensecht,
Gewiß der Freiheit in der Kerkerpein,
Verliert mein Grübeln in der Nacht das Recht,
Mich zweifelnd mit mir selber zu entzwein;
Ich atme auf, und ruhig schlaf ich ein.

ERNST WALDINGER (1945)

DEM IMMERWÄHRENDEN ANDENKEN DER FÜR UNS GESTORBENEN

JEDWEDEM starb ein Stück von seinem Ich hinweg,
als er das Land verließ, das ihn heraufgehoben
aus dem urmütterlichen Mutterschoß
in das Eratmen eines Menschen-Seins.

Jedwedem fiel es stückweis wieder ab, das einst
Gelebte unter Mitgeschwistern, die als Menschen-Wesen,
als Wesen Baum und Tier ihm so
verwandt erschienen wie sein Ich.

Dies Ich, das er an ihrem runden Beispiel nur ermaß
und sich darüberhin erhob . . . vielleicht auch unterlag
und Einsicht übte oder sich im Trotz
und Geisterkrankt in Unvernunft verlor.

Wohin die Unvernunft sich treiben ließ vom Wahn:
sie sei Vernunft und aller Wandel, der allein von ihr
ausgehe, all den Anderen Gesetz . . .
das ist der scharfe Eckstein dieser Zeit.

An ihm zerbrach das Maß der tiefsten Menschlichkeit
starb hin geliebtes Leben: Mutter, Sohn und Enkelkind,
der erste Kuß, schneeweißes Haar,
ein Haus, ein Tier, ein Wind im Baum.

Was alles starb schon von uns fort, nichts unterbricht
das Wintern: um ins Weit-allein-Sein einzuschnein?!
Ach, das Allein-Sein! Sind wir so allein?
Hat nicht der Leerste beide Hände übervoll

von dem, was sich verlor? Und wer wirft sein Gesicht,
das aufgetane, nicht darüberhin wie eine Erdenkrume:
das Saatkorn aufzunehmen, bis der Keim
gewandelt sich dem Licht erschließt?

Zählt nicht die Toten, was gilt ihnen eine Summe, eine Zahl?
Doch daß sie für uns starben, das allein gilt alles
und mehr, als in das Nicht-mehr-sein
blutwarmes Beieinander sich verlor.

So nahe an dem letzten Großen Tod stehn wir und schauern,
daß zitternd und verstört sich unsere wunden Augen wenden
und ihn jetzt fühlen, doppelt schmerzhaft, wie
ein Sandkorn unter dem geschlossenen Lid.

Doch daß sie für uns starben, gibt uns mehr zurück,
als wir uns jemals mühten, weitwachsend wach zu sein,
von sieben Jahren gingen immer sechs
so leer aus, wie ein Mahlwerk ohne Wind.

Wer viel verlor . . . mehr gibt die Wandlung ihm jetzt auf
an Richtung und Gewicht des Aufstiegs aus der Wirrniszeit.
Bausteine fordert jeder Tod von uns
und immer überhörte es das Ohr

in seiner alten Eigenwilligkeit: den leeren Raum
mit Klagen auszufüllen. Alles klagte an! Nur nicht der Tod.
Der fordert, hört es Alle: allein von uns,
das Unterbrochene verheilt zurück.

PAUL ZECH (1944)

IRRENDE RITTER

Dem toten Freund Hans Schiebelhuth

SIND wir von Engeln nicht geleitet worden,
Als unser Zug ins Nebelreich begann?
Flog uns ein Adler nicht voraus nach Norden,
Sang nicht der Wind in brausenden Akkorden,
Und hub die Erde nicht zu jauchzen an?

Wir kamen strahlend als des Tags Genossen,
Wir brachen aus dem Sterngestrüpp der Nacht.
Und schäumend wie ein Blutstrom ausgegossen,
Von Finsternis umloht, von Licht umflossen,
Schwoll unsres Herzens Mut zur großen Schlacht.

Auf unsrer Fahne war des Himmels Zeichen,
Auf unsren Schildern blüht' ein Rosenfeld;
Wir wollten nicht vor Tod und Teufel weichen,
Wir stürmten vor, wir ritten über Leichen,
Und wo ein Arm erlahmte, sank ein Held.

Die Rosse schnoben, und die Feuer brannten,
Aus Feindeshelmen schwappte dunkler Wein.
Wir wußten keine Furcht vorm Unbekannten —
Doch jene Zinnen, die wir nie berannten,
Erglänzten fern im überirdischen Schein.

So wild war unser Durst nach Tat und Größe
Und unser Sinn so blind vor Siegesdrang,
Daß wir den Leib in waffenloser Blöße
Der Flut vertrauten, und des Meers Getöse
Verstummte fast vor unsrer Lippen Sang.

Dann floß der Nebel über uns zusammen.
Die Todeskälte kroch uns ins Gebein.
Gebrochne Augen und erstickte Flammen,
Erstarrte Körper, die stromabwärts schwammen —
Und wer nicht starb, blieb auf der Welt allein.

Kein Engel taut mehr unsrem edlen Wahne.
Ein toter Löwe — ein begrabner Hund.
Der Schild geborsten, und zerfetzt die Fahne.
Nur von dem bittren Salz der Ozeane
Brennt noch ein Kuß auf unsrem trocknen Mund.

CARL ZUCKMAYER (1944)

GRABINSCHRIFT

Der hier in dieser fremden Erde ruht,
bei Wurm und Wurzeln und dem Urgeschehn
von Werden, Gehn und Wiederauferstehn:
auch er war Blut von unserm Blut.
Und was uns immer so mißfiel
an seinem Wesen, Werk und Ziel,
das war nichts anderes als in Wirklichkeit
das Spiegelbild von uns und unserer Zeit.

PAUL ZECH (1946)
Kurz vorm Tode geschrieben

ERICH MÜHSAM †

Nun, Unsseidank! sie ist befreit,
Die Menschheit von der Menschlichkeit!
Der unsrer spottet dreist
Der waffenlose Geist
Ist der Gewalt
Selbstmörderisch erlegen.
Es brannt, weil es Euch Allen galt,
Sein Herz — drum machten wir es kalt.
Kyrioleis!
Um solchen Preis
Ward Unser des Führers Segen.

Wir schlugen, daß ans Heil er glaub,
Wir schlugen ihn in Güte taub —
Er aber wollt nicht hörn
Dem Wahne abzuschwörn,
Daß Menschenrecht
Zu Recht besteh vor Rache!
Hat gegen Herren sich erfrecht —
Und heimgezahlt hats ihm der Knecht.
Kyrioleis!
Dem Führer Preis,
Daß Deutschland auf Gräbern erwache!

WALTER MEHRING (1934)

MEINER MUTTER

SELTEN starb wie diese eine Frau,
Selten auch hat eine so geschwiegen,
Wann sie starb, ich weiß es nicht genau,
Doch ich weiß, sie muß in Deutschland liegen.

Jemand schrieb mir, und er schrieb nur kurz,
Über viele Grenzen kam der Brief,
Mitten in dem großen Höllensturz,
Als ich irgendwo durch Frankreich lief.

Sicher hatte ich noch nicht verstanden,
Was für immer mir verloren ging.
Ach, es kam so viel uns schon abhanden,
Woran mehr als nur ein Leben hing.
Und wir wurden müde, nachzuzählen,
Tote gab's genug in jeder Stadt,
Doch um diese hier muß ich mich quälen,
Weil ihr niemand beigestanden hat.

Und sie ging, weil nichts auf dieser Erde
Und auch meine Hand sie nicht mehr hielt,
Wie ein Tier, das abseits von der Herde
Sich zum Sterben legt, wenn es die Stunde fühlt.

Und so weiß ich nichts von ihrem Ende,
Und man hat mir nichts von ihr bestellt,
Ihres Daseins schmerzliche Legende
Geht nun immer mit mir durch die Welt.

HANS SAHL (1940)

GRABINSCHRIFT

UND WER MICH EINST IM WALD BEGRÄBT,
soll auf den Grabstein schreiben:
Hier liegt ein Mensch, den keiner sah,
als er geschah —
Die Bäume haben ihn n i c h t betrogen,
die Wolken ließen sich von ihm lieben,
nun ist es zu spät: er ist nicht mehr da.

PETER GRUND (1934)

REQUIEM

Ich lade euch zum Requiem
vors Ehrenmal der Totenmauer.
Aus Liebe, Schmerz, Empörung, Trauer
wand ich ein Blumendiadem.

Zerpflückt nicht, so ihr Menschen seid,
den Kranz, den ich gebunden habe,
und denkt daran: am frischen Grabe,
unkritisch, weint das frische Leid.

Das Heut erkennt das Gestern nicht,
trotz Ruhmeskranz und Seelenmesse. —
Wer Zukunft schuf, bleibt unvergessen.
Erst die Geschichte hält Gericht.

ERICH MÜHSAM (vor 1933)

JOCHEN KLEPPER

Dies ist das Ende, dies die Todesnacht,
In der mein Wort verhallt, mein Schritt verweht;
Der rote Stern, der blutig niedergeht,
Hat mich ans Ziel in tiefem Graun gebracht.

Und näher schon und näher rückt die Schlacht.
Verworfner Zeit unmächtiger Prophet
Möcht ich mein Wort verzehren im Gebet
Nur um den Engel, der am Grabe wacht.

Der reine Tag, der fernher wiederkehrt,
Ist mein nicht mehr. Zu viele schwanden hin,
Die mit mir glühend dieses Tags geharrt.

Ich beuge mich, von Schuld und Gram beschwert,
Der dunklen Zeit, der ich verfallen bin,
Und ihres Herrn verborgner Gegenwart.

REINHOLD SCHNEIDER (1943)

ESPENBAUM, dein Laub blickt weiß ins Dunkel.
Meiner Mutter Haar ward nimmer weiß.

Löwenzahn, so grün ist die Ukraine.
Meine blonde Mutter kam nicht heim.
Regenwolke, säumst du an den Brunnen?
Meine leise Mutter weint für alle.

Runder Stern, du schlingst die goldne Schleife.
Meiner Mutter Herz ward wund von Blei.
Eichne Tür, wer hob dich aus den Angeln?
Meine sanfte Mutter kann nicht kommen.

PAUL CELAN (1946)

GRABSCHRIFT

NICHT frag ich mehr nach Näh und Ferne,
Dem, was man Zeit nennt, gern entflohn,
Schwing ich im Lichtgesang der Sterne:
Auch ich ein Strahl, auch ich ein Ton.

WERNER BOCK (1945)

SELBSTPORTRÄT 1939

GEFLÜSTER des Todes . . . Abgrund der Einsamkeit . . .
Ich steh vor dem Spiegel, aber wir stehen zu zweit.
Ich prüfe die Züge: älter und grimmig versteint,
nur im Winkel der Augen glänzt es, als hätt ich geweint.
Dann schwindet die Fläche. Hinter der Wölbung der Stirn
ein nebliges Chaos wölkt aus dem denkenden Hirn;
die nutzlosen Taten nutzlosen Lebens bespricht's
und neblig zerrinnen Abbild und Wesen zu nichts.

HERMANN HAKEL (1939)

DER DICHTER UND DER TOD

Für Franz Werfel, als er nach Überwindung einer schweren Herzattacke seine Todesgedichte schrieb.

IHM ist der Tod nur eins von vielen Dingen,
die ihm das Leben schickt, und Todes Näh
ist ihm nur eins von Lebens vielem Weh:
so nah, so nah — und läßt sich nicht umschlingen!
Nicht anders treibt's ihn, mit dem Tod zu ringen,
als wie mit Stoff und Form seit eh und je.
Gebannt und ganz bezwungen vom Metier,
sucht er den Tod in seinen Bann zu zwingen.

Und nicht, daß er sich muß vom Leben trennen —
doch nichts mehr nie mehr davon sagen können:
dies ist die Todesangst, die ihn durchbebt.

Aufkeuchend riesig unterm Allzuvielen,
hat er sein eignes Sterben noch erlebt.
Er stirbt, sei es wie immer, in den Sielen.

FRIEDRICH TORBERG (1944)

DEM FREUNDE AUFS GRAB

Zur Wiederkehr von Carlo Mierendorffs Todestag (4. 12. 1943)

MENSCHEN und Werke vergehn im Ufer- und Namenlosen.
Taten verlieren den Sinn, wenn ihre Stunde verweht.
Uns aber bleibt, gleich dem Stein überwittert von Moosen,
Was als heilige Inschrift den Wandel der Zeiten besteht.

Freunde, im Zeichen des Freundes erhöht und erhoben,
Freunde, im Bilde des Freundes erkennt euer wahres Gesicht.
Freunde, im Geiste des Freundes darf unser Wort ihm geloben,
Was uns im Leben verbündet, im Tode liebend verflicht.

CARL ZUCKMAYER (1944)

ZWIESPRACHE

Paula von Preradovic zum Gedächtnis

Sag mir, was ich bin und was ich werde —?
Erde!

Sag mir, was ich wollte und getan —?
Wahn!

Sag, was bleibt mir, bar des Sonnenlichts —?
Nichts!

Sag, wofür war es denn wert zu leben —?
Um zu leiden! Um zu träumen! Um zu geben!

FRANZ THEODOR CSOKOR (1952)

VORGEFÜHL

Linder schwebt der Stunden Reigen
Über schon ergrautem Haar,
Denn erst an des Bechers Neige
Wird der Grund, der goldne, klar.

Vorgefühl des nahen Nachtens,
Es verstört nicht . . . es entschwert.
Reine Lust des Weltbetrachtens
Kennt nur, wer nichts mehr begehrt,

Nicht mehr fragt, was er erreichte,
Nicht mehr klagt, was er gemisst
Und dem Altern nur der leichte
Anfang seines Abschieds ist.

Niemals glänzt der Ausblick freier,
Als im Glast des Scheidelichts,
Nie liebt man das Leben treuer
Als im Schatten des Verzichts.

STEFAN ZWEIG (1942)
Am Vorabend seines Todes entstanden

DER SCHWESTER

Auszug

Dass Du erlöschen konntest! Ausgebrannt
Wie eine Opferkerze am Altar . . .
Ein schwarzer Engel nahm Dich an der Hand,
Und führte schlafend Dich ins Unbekannt,
Und alles war . . .

Vorbei für immer. Jenes Jugendgold,
Das Deinem Lächeln noch im Alter blieb.
Wie warst Du schön, wie warst Du wunderhold,
So ahnungslos Dir selbst, so ungewollt
Wie Blumentrieb.

Vertrieben und gestoßen in die Not,
Gepeinigt, überlastet Tag für Tag,
Zu hartes Lager, und zu kärglich Brot,
Bis Krankheit den erschöpften Leib bedroht, —
Und er erlag.

Und ich allein. In grellster Sonnenglut,
Und doch gestürzt in tiefste Finsternis.
Kannt ich ihn nicht, den Tod? Ich meinte gut,
Der Liebstes schon auf seine Bahre lud,
Und mir entriß —

Ich kannt ihn nicht. Erst jetzt erfuhr ich ihn,
Den Riesen, bis zum Himmel aufgereckt:
Der Stab dein eigen, der dir nur geliehen,
Nun wanke weiter mit gebrochenen Knieen,
Und staubbedeckt.

Nun stirb Dein Leben langsam, Stund um Stund
Im Schmerze, dem es kein Vergessen gibt,
Da Heiliges, in schwesterlichem Bund,
Dir unverdient, sich tat so einzig kund,
Dich so geliebt.

ELSA BERNSTEIN (1946)
In Theresienstadt konzipiert

DEIN GRAB

Du hast kein Grab, das ich bekränzen kann,
Dein Name steht nicht bei der Mutter Namen
In Stein gemeißelt, und die vor dir kamen,
Sie mögen fragen, wo dein Staub zerrann,

Der sich nicht ihrem mischt und, ihrem gleich,
Nicht rückkehrt zum Gebein, das ihn geboren,
Wo Ruhe fand, was irdisch ging verloren,
Liebreich verwahrt im sichersten Bereich.

Oft fällt dein Tod mich wie ein Nachtmahr an,
Das »Wie« des Sterbens, Gift und Flammenqual.
Ich sah an deinen Händen schon das Mal,
Als wir ihn lösten, letzten Blickes Bann.

Gewalt ergriff und brach vom Lebensbaum
Dich, Frucht und Blume, Blatt und Stamm zugleich
Und nahm dich fort und stieß dich in das Reich
Der Stättelosen, die in unserm Traum,

In unserm tiefsten, innigsten Erleiden
Das Grab nur fanden, wo ihr Name steht,
In Gold gemeißelt, Staub nicht, der verweht —
Ew'ger Bestand im Leben und Verscheiden.

RUTH HOFFMANN (1943)

ENTWEIHUNG

Dass ihr dahinsankt in der Jahre Blüte,
hinginget, ahnungslos und ungewarnt
zur Henkerstätte, lästerlich getarnt
als Schauerbad, Fürsorgeraum der Güte;

daß man euch dann mit frecher List noch höhnte,
als wollte man der Erde heilgen Saft
zur Reinigung und Spendung neuer Kraft
dem Leib gewähren, der danach sich sehnte.

Und sie, als Tor und Türe fest verschlossen,
im blinden Wüten, Mordsucht, starren Haß,
statt euch zu laben mit kühlfrischem Naß,
giftschwangeren Dunst auf euch herabgegossen:

Der Augenblick, da den Betrug ihr faßtet
und sein Erkennen, mächtiger als der Rauch
fahlgelber Schwaden war zum Todeshauch —
erzquadergleich mir auf der Seele lastet.

Kein Wort des Trostes drang zu eurem Ohre,
das selbst dem grausen Mörder man gewährt,
es ward gewiß kein Segensspruch gehört,
der stets entwich dem dunklen Lippentore.

Der Gläubigen, die einst zu Seinem Preise
zur Freistatt schritten mit erhobnem Haupt —
Ach, eurem Sterben ward der Sinn geraubt,
entweiht, entheiligt letzte Lebensreise.

OTTO KLEPETAR (1940-43)

SONETT FÜR JAN

HERZ ohne Heimat, ist dies zu ertragen?
Kein Ohr bereit, der Klage sich zu neigen,
nur immer übervollen Herzens schweigen
und Klagen hören, fremde, eitle Klagen. —

Erlöschen sehen in den fremden Blicken,
sobald man Mund zu sein wagt und nicht Ohr;
da schweigt die bitt're Lippe wie zuvor,
das Herz scheint im Verschweigen zu ersticken.

Mund, der nur tröstet und den Gram verschweigt,
der allen Gram der andern übersteigt, —
Herz, das nur andern Mitleidstränen weint,

vom eig'nen Leide tränenlos versteint!
Trüg ich die Lasten mir noch zugelegt,
wär nicht ein Engel da, der mit mir trägt?

ALMA JOHANNA KOENIG (1939)

CHOR UM ORPHEUS

Mein Grabgesang

Wie lange ist's,
Daß wir den
Tod gedacht!

Wir stiegen
Über Liebe
Noch,

Vergaßen den
Sieg noch.

Drum Vater,
Herr, nimm hin
Mein Nichts,
Das wankende,

Laß endlich
Mich deine
Süße Fülle
Trinken.

ARNO NADEL (1940-42)

GEDENKZEIT

Auf meinem Grabe halte nichts die Wacht,
Kein Stein, kein Erz. Die zählen falsche Stunden.
Denn ehern, steinern hab ich nie gedacht.
Was ich empfand wie Hauch, ist ausempfunden.

Von einer bitteren Orangenschale
Ein wenig auf die Fingerkuppen reiben,
Man mags, mein eingedenk.
Wie man mich rief, kann man zu einem andern Male
Verlöschlich auf die Schiefertafel schreiben:
Für mich ein kleines Weihgeschenk.

OSKAR LOERKE (1940)

IN DEN REGEN GESPROCHEN

Du wirst nicht wiederkehren.
Vorm Haus der Regen rinnt.
Ich werfe meine schweren
Gedanken in den Wind.

Er singt in dem Geäste,
im Baum vor meinem Haus;
es gehen dunkle Gäste
im Garten ein und aus.

Sie füllen mit Entsetzen
das nachtgeschärfte Ohr;
sie schleifen, schlurfen, wetzen
und klirren am Gartentor.

Du kannst nicht wiederkehren.
Ein langer Regen rinnt
und will mich sehr beschweren
mit Dunkelheit und Wind.

KARL GEROLD (1939)

GRABINSCHRIFT

Der letzte Tag ist einer meiner Tage.
Leg' ihn wie jeden andern auf die Waage.

Die letzte Stunde, eine meiner Stunden,
vielleicht sagt sie viel mehr von Krankheit, Wunden

und meinem Sterben aus als meinem Leben.
Das letzte Wort soll sich nicht überheben,

in einem Witz das Ganze zu ergründen,
das jedes Wort gebraucht hat, sich zu künden.

FRIEDRICH BERGAMMER (1947)

FÜR PETER DAVID BLUMENTHAL

Geboren am 4. 4. 1921 in Berlin, ermordet am 23. 10. 1941 in Mauthausen

So WANDRE ich durch tausend Marterzellen
Und pflücke tausend Schmerzen von den Wänden.
Und tausend Träume, die die Nacht umstellen,
Sie stehen auf aus tausend Bilder-Bänden:

In jeder Ecke klingt noch Deine Stimme.
In jedem Lufthauch echot noch Dein Lachen.
Und jeder Lichtstreif, der den Raum erhellt,
Ist wie ein Abglanz Deiner Strahlenaugen.
Tot bist du? — Tot. — Ich muß es langsam lernen,
Daß man das Licht so ganz zerstören kann.

Ich muß es lernen, wenn sie sagen: MORD
Daß dieses Wort, daß dieses eine Wort
Dich meint, Dich, junges Kinderblut,
Dich: Jubel! Jauchzen! Jugend! Übermut! —
Gott hat genommen. Einst hat Gott gegeben.
Ich muß es lernen, ohne Dich zu leben.

ILSE BLUMENTHAL-WEISS (1945)

GEDENKEN – ZEIT

BETET (1942)

WIR sind die Toten
Über der Erde,
Wir haben keinen Willen,
Nur einen Wunsch:
Betet — betet —
Daß uns Erlösung werde.

STIMME DER TOTEN

IHR haltet Friede! Sprecht ein heilig Wort
Durch euer Leben aus! Verlorne Schlacht
Ist nur ein Anfang. Lebet nun die Macht
Der Kinder Gottes an des Frevels Ort!

In den Geschlagnen grünt das Leben fort.
Wir sind das Ende. Haß und Todesnacht
Durchbricht die Schuld nur, die als Schuld erwacht.
So wurde euer schuldig Herz zum Hort.

Doch haltet's stille. Geht am Straßensaume
Der Beter Pfad und grüßt den Staub, da wir
Grablos vergehn wie der befleckte Ruhm.

Von innen baut an weitgewölbtem Raume,
Daß wir geborgen sind! So seid es ihr.
Bergt uns in eures Lebens Heiligtum!

REINHOLD SCHNEIDER (1946)

MASSENGRAB

1
HIER ist es — hier ist das Ende,
Der Sturz über jeglichen Rand:
Hier sprengten menschliche Hände
Der Gottheit und Menschheit Band.

Die Seele erstickt im Schreien,
Kein Seufzer dringt mehr hinab,
Wo die Gräber ohn' Zeichen sich reihen
Zum grauen endlosen Grab.

Kein Kreuz, kein Name, kein Zeichen,
Nur nackten Bodens Gebreit,
Und der Sturm fegt über der Leichen
Verlorene Einsamkeit.

Die modernden Massen, die Scharen
Verscharrt ohn' Erbarmen und Sinn —
Und jeder hat einmal erfahren
Das zitternde Leuchten: ich bin.

Und jeder ward einmal geboren
Und brach einer Mutter Schoß,
Und jeder ward einmal erkoren
Zum seinen: zum Menschenlos.

Sie liegen ohn' Jugend und Alter,
Vergessen hat sie die Zeit,
Und jeder war einmal Verwalter
Und Bürge der Ewigkeit.

Und jeder war einmal Spiegel
Und Funke des göttlichen Lichts,
Und jeder trug einmal das Siegel
Des Einen: das Angesicht.

Nun ist das Antlitz verloren,
Das göttliche Siegel verflammt,
Als wären sie niemals geboren,
Und wir sind mit ihnen verdammt.

Von Gott und vom Menschen verlassen
Verzittert der Schrei des Gebets;
Die Seele kann es nicht fassen
Und der wütende Sturmwind verweht's.

2

DOCH hier stehn Kreuze. Ach, auch hier die Leichen
Endlose Strecken wahllos eingescharrt,
Der Fluch von Gott verlassner Gegenwart —
Doch über ihnen allen steht das Zeichen.

Zwei rohe Hölzer kreuzweis aufgerichtet;
Hier habt ihr, selbst dem Tode nah, verweilt,
Der namenlosen Brüder Tod geheilt,
Mit eurer Bruderhand den Fluch vernichtet.

Nun eint sich jeder Tote still dem andern;
Ein einz'ger Leib wird der Verlornen Schar
Gemeinde, was in Nichts zerfallen war —
Hier ruhn wir alle aus vom dunklen Wandern.

MARGARETE SUSMAN (1946)

WARTEN

Ich bin in Einsamkeit ertaubt,
in meine Stille schlägt kein Laut.
Der Haß in Funken mich umstaubt
und gerbt mir ledern meine Haut.

Da ist kein Traum, dem ich vertraut,
noch vor dem Schlaf ward er geraubt.
Er liegt im Winkelwerk verstaut,
bis einer seine Ankunft glaubt.

Ich zähl die Zeit wie eine Uhr
und stoße die Sekunden vor
und jag die Zeiger ihre Tour,

sie klettern schwer zur Zwölf empor,
die dann das Uhrwerk lösend stößt,
das mächtig schlagend mich erlöst.

FRITZ BRUEGEL (1945)

DIE TOTEN

Ach, sie sind
wie blasse Gedanken,
hingeträumt in irrende Welt —
letzten Geschehens blind
hintastendes Schwanken,
das müde in eigene Schwere fällt.

Und sie sind
ein letztes Verweilen,
ein Ruhen an Grenzen,
wenn Leben beginnt —
sind Wunden, die schmerzlos verheilen,
Sterne, die morgens verglänzen.

ARTHUR ERNST RUTRA (1936)

DAS DAUERNDE

ERBLOSEN Todes sterben die Tyrannen.
Tribunen zeugen nicht.
Und die der Tausende Gehör gewannen,
gewannen sich Gericht.

Im bleichen Licht der fieberheißen Lampe
steht weiß der Komödiant.
Sein Auge flackt, er neigt sich an der Rampe
und reckt verzückt die Hand.

Er kränzt sich unter dem Geschrei der Menge
mit geil geschossnem Kraut.
— Der Acker singt die alten Preisgesänge
getreulich ohne Laut.

Der Herr und Knecht der selbstgeglaubten Lüge
erhitzt sich am Gewühl.
— Der Born im mütterlichen Weltgefüge
rauscht klar und keusch und kühl.

Der Pöbel brüllt, Fanfaren heulen schrille
und Wimpel blähn sich groß.
— Das Trächtige erfüllt sich in der Stille
und tief im dunklen Schoß.

O giergehetzte Rufer nach dem Beile,
Aufspürer alter Schuld —
Nur das Vergängliche kennt Haß und Eile.
Die Dauer hat Geduld.

Am Himmel, wenn Gewölk und Dunst zerrannen,
steht groß das alte Licht.
Erblosen Todes sterben die Tyrannen.
Tribunen zeugen nicht.

WERNER BERGENGRUEN (1935-36)

NACHT

DIE nicht mehr sind,
die nicht mehr leben,
rufen. — Ich bin erwacht,
spüre ihr banges Händeheben
tastend am Rand der Nacht.
Antwort. — Ich will
Antwort euch geben,
rufen,
winken,
schrein.
Kann meine zitternde Hand nicht heben,
und die Nacht ist aus Stein.

KURT FRANKENSCHWERTH (1945)

FRÜHLING RÜSTET AUF

UND während wir hier leise sprechen
und schauen uns zärtlich an,
höre ich von den Enden der Welt
Ketten klirren und Knochen brechen —
Du sagst: ich glaube an Gott,
und ich fühle, ich liebe dich,
und ich fühle, tausend Meilen von hier
wird Einer erwürgt, und das gilt mir!

Ist's wahr, daß friedlich durch den Schnee
wir wandern, durch den weißen Kot (in guten Schuhen),
und lächeln und haben's mit alten Worten
(du nimmst sie ernst) und ich lasse dich ruhen?

Zu unseren Häupten schwingt der Tod die Uhr
Ist es der letzte Strich?
Du — ich taste nach deinen Händen,
Du — es ist Krieg,
Du — ich liebe dich:
Laß uns keine Zeit verschwenden!

PETER GRUND (1934)

AUFBRUCH

Lasst die Glieder und Gebeine
Eurer Toten in den Grüften!
Nehmt die alten Gräbersteine
Mit den ausgeblaßten Schriften!
Nehmt die alten Gräbersteine,
Schleppt sie fort auf Euren Rücken!
Keiner klage, keiner weine,
Droht die Last Euch zu erdrücken!

Keiner klage, keiner weine!
Fühlt Euch stolz als Schicksalsboten,
Schmerzt auch tief der Druck der Steine.
Eure Liebe zu den Toten
Lasse Euch auch leichter tragen
Pilgerstab und Wanderschuhe!
Hinter Euch soll keiner sagen:
»Räuber heil'ger Ahnenruhe!«

Zieht Euch an die Sterbehemden,
Denn in Euch ist viel gestorben!
Mag sich mancher heut entfremden,
Der Euch gestern noch umworben!
Schweigend tragt auch diese Bürde,
Eure tausendjährige Lehre
Mahnt Euch stets zu strengster Würde.
Gottes Wort wahrt Eure Ehre.

Unterwegs wird Euch vergolden
Sonne ausgeblaßte Lettern,
Bis sich neue Friedhofsdolden
An sie schmiegen, Käfer klettern
Über fremde Totennamen.
Sieh, auch alle Namenlosen
Werden mit Gebethauch-Amen
Segnen jüngste Zionsrosen.

Und sich an die Steine lehnen,
Herz an Herz an sie zu hängen,
Die sich wieder heimwärts sehnen
Ferne Vögel in Gesängen,
Trauernd zwischen Gräberblüten.
Heimgekehrten Enkelseelen

Wird bald neue Jakobsmythen
Der Aeonenwind erzählen.

Redet mit den Toten leiser
Als mit Weiden Wind. Es gebe
Efeu seine Hügelreiser
Hin an Eure Pilgerstäbe,
Daß noch unterwegs liebkosen
Eure Finger Talismane
Und Euch über Zionsrosen
Davids Stern voll Zwiespalt ahne!

ARTHUR SILBERGLEIT (1934)

DER FREUND

VON allem blieb mir übrig ein Stück Holz
Das auf dem Wege lag und das ich aufhob
Ein Stück Holz, das ähnlich einem Hunde
Am Schlüsselbein mit einer tiefen Wunde
Die Hinterbeine abgehackt, ein Auge nur
Ein Hundfragment, dem ich das Leben gebe
Und die Vollendung, da ich ganz ihn sehe
Und segne. Ich nenne ihn mir Freund.
Ich bin gewiß, daß er mich nicht beschämt.
Nur darum wage ich die stolzeste Verwendung
Daß meinem eingeschlossensten Geheul
Er Hörer, Finder und Empfinder werde
Und mein Glück, das endlich unverdiente
Das er bringt im Maule, dem verholzten
Das er niemals würzt mit dem Gebell
Was gibst du mir dafür? Er ist ein Hund
Kein Mensch. Zerfetzt ist er wie ich und häßlich
Wie alle meine Menschlichkeiten. Er ist treu.
Er bleibt auf meinem Schreibtisch — trocken, still
Ein ausgebranntes Holz, ein Wurzelwerk
War weggeworfen so wie ich. Ich hob ihn auf
Und damit mich.

SIMON KRONBERG (1938)

TOTENGEBET

Sieh, Herr, die Toten kommen zu Dir.
Die wir geliebt, sind allein
Und sehr weit.
Nun müssen wir ihre Munde sein
Und beten zu Dir,
Du Ewigkeit.

Nimm ihr müdes Herz in die gütige Hand.
Da wird es still.
Eine Schwalbe, die ihre Heimat fand
Und schlafen will.

Auf ihre Augen, die müde vom Licht,
Leg Dein Kleid,
Daß sie träumen von Deinem Angesicht,
Du Dunkelheit.

Ihre Lippen laß schweigen, wie Glocken von Erz
Zur Mittagszeit,
Wenn die Stunden schlugen, und Abschied und Schmerz
Eine Mutter verzeiht.

Und ihre Hände, die immer bereit,
Dein Werk zu tun,
Oh Gott, Du ewige Erntezeit,
Laß sie ruhn.

Wir aber leben und dürfen nicht
Die Tage versäumen.
Wir tragen geduldig das schwere Gewicht
Zu Deinen Träumen.

Oh Herr, die Lebenden kommen zu Dir.
Die wir geliebt, sind allein.
Wir finden sie nicht.
Du aber wirst die Erleuchtung sein.
Du Licht.

GEORG KAFKA (1943)
In Theresienstadt geschrieben

DANSE MACABRE

WIR sind Verlorene,
darum Erkorene:
glücklich die Stunde,
die uns, eh wirs bedacht,
herrlich zu Fall gebracht
und vor die Hunde.

Dem Leben entronnen,
ward Leben gewonnen:
die Toten seid ihr.
Den Kosmos begatten
als kraftvolle Schatten
können nur wir.

Ob ihr wollt oder nicht,
wir sind das Gesicht
eurer Zeit.
Ihr müßt uns huldigen,
schuldig den Schuldigen,
in Ewigkeit.

EUGEN BREHM (1935)

SYMPHONIE

BANNT sich nach oben
Bang unser Blick,
Jedem enthoben,
Zwingt sie das Glück.

Über uns allen
Tanzt dann ihr Schritt.
Willig verfallen,
Tasten wir mit.

Flügelnde Ferne.
Liebend. Bereit.
Aber die Sterne.
Endlich befreit —

WILHELM F. SWOBODA (1941)

WO WIRST DU WOHNEN, GOTT

Nach einem lettischen Lied aus dem 13. Jahrhundert

Wo wirst du wohnen, Gott, wenn wir einst schlafen
Ein jeder unter grünem Gras im Spind?
Wo kehrst Du ein, mein Gott, in welchem Hafen?
Was wirst Du tun, wenn wir einst nicht mehr sind?

Nicht Vater und nicht Mutter sind geblieben,
Einsamer, Dir. Wer gibt Dir nun Dein Brot?
Nicht Weib hast Du, nicht Tochter, Dich zu lieben;
Wo wirst Du wohnen, sind wir einmal tot?

Dein Brot, wer wird es essen, Dein gedenken,
Wer wird's im Werk, vom Früh- zum Abendrot?
Wer pflügt die Erde? Wer wird Glück verschenken?
Auch Du stirbst mit, sind wir einst alle tot.

ERNST SCHÖNWIESE (1947)

GLAUB NICHT

GLAUB nicht, daß Gott auf dich vergaß.
Du bist der letzte Knecht von Gottes Knechten.
Und was bei dir ein Maß ist, ist bei Gott kein Maß.
Vermiß dich nicht, mit IHM, dem Herrn zu rechten.

GUIDO ZERNATTO (1943)

ÜBER DEN SEE

IMMERWÄHRENDES Verlieren,
Abschiedsufer, stummes Winken,
unaufhörliches Verspüren,
wie die Ufer weiter sinken,
immerwährendes Berühren,
wie die Wasserschatten blinken,
gleiten, nicken und ertrinken, - -
unaufhörliches Verlieren - - -

KURT FRANKENSCHWERTH (1947)

DER DERWISCH IN DER WÜSTE

Ich bin allein, die einst sich mir gesellten,
Seh ich auf Pfaden, die mein Engel mied.
Wenn ich auch sang vor ihren schwarzen Zelten,
Nachtvogelgleich mein erstes Lied.

Was ich ersann, träumt wunderlich geborsten
Wie Türme tun, die nie ein Mensch betrat,
In großen Wüsten, wo die Adler horsten
Und golden steht des Schweigens reife Saat.

Ich will die Gärten meines Hoffens fliehen,
Zu früh schon ward des Lebens Dolde schwer
Um die ich warb, ich laß sie gerne ziehen,
Mein Wort verlangt nach Menschenohr nicht mehr.

Gewärtig nur bin ich der Unsichtbaren
Und meine Lippe sei fortan geweiht,
Daß sich mein Wandel stärke in Gefahren
Und würdig sei in würdeloser Zeit.

JENS HEIMREICH (1940-44)

HINGANG

Sie wissen nichts von dir. So kalt beiseite
Vom Leben weisen sie dich fort,
Und daß du, deinem Trachten treu, Geleite

Dem unbekannten Heer gibst, um den Ort,
Den du erwählt, je zu erreichen,
Von ferne auch, durch ein geduldig Wort,

Das wollen sie nicht dulden; hämisch schleichen
Die Büttel um dich, böses Pack,
Das dir den Tod geschworen. Doch entweichen

Wirst du der Meute; einsamster Geschmack
Entführt dich aus gehegtem Kreise
In ferne See, dein Boot wird bald ein Wrack.

Doch zögre nicht auf Klippen! Deine Reise
Ist schon bestimmt. Zwar ungewiß,
Doch dennoch treu der zubestimmten Weise

Mußt du in Fernen stürzen, Finsternis
Nicht fürchten, nur zum Ziel gerichtet,
Was auch geschieht in Nacht und Bitternis,

Wie auch der Untergang, im Grund gedichtet,
Dir zuschwört ewiges Gericht:
Du weichst nicht, während man dein Heil vernichtet

Und deiner Stirn entreißt das stolze Licht.
Sie wissen nichts von dir. Verfallen
Sind endlich alle dir, auch dein Verzicht

Enthebt sie nicht; in schwerem Zuge wallen
Sie schauerlich an dich gebannt,
Und willst du selbst dich trennen auch von allen,

So sind sie dennoch deinem Geist bekannt.
Du segnest deinen Tod. Dann leben
Die Feinde allen Heils von deiner Hand,

Und deinem Opfer sind sie hingegeben.
Wenn du erstarrst, dann wirst du Brand,
Sie teilen deine Spur noch im Entschweben.

H. G. ADLER (1943)
In Theresienstadt geschrieben

MEMENTO

Spinne gewonnene Zeit,
sinne verronnener Stunde.
Tod ziehet heimlich die Runde.
Fliehe nicht — sei bereit!

Höre verborgene Kunde,
Wisse den Sinn in dem Leid,
in jeder schmerzlichen Wunde:
Halte dich nicht für gefeit!

Tod zieht noch immer die Runde,
tauschet nur Maske und Kleid;
sucht nicht, was siech: das Gesunde!
Biete dich dar — sei bereit!

MARTHA HOFMANN (1945)

ODE

In memoriam Thomas Chatterton

DIR BIN ich verwandt,
Bruder,
Mit der Zerrissenheit meines Herzens,
Mit der Finsternis meiner Jugend.
Auch meine Stadt ist eine Hölle,

Ich trage das Schandmal der Armut.

Durch meine Träume treiben
Die Verfolgten und Elenden.

Mich berührt der Aussatz der Erde —
Meine Stimme füllt sich mit Haß.

Durch Katakomben und Himmel
Seht ihr mich wandern,
Hoffnungslos — glühend,
Berührend Tote, stürzend Götter.
Höhnisch kehre ich mich ab
Von Krämern und Königen.

Fern bin ich dir,
Bruder,
Durch die Jahrhunderte,
Grenzenlos — irdisch
Gleich dir,
Gepreßt
Zwischen schimmlige Mauern.

Mein Herzblut ergießt sich
In meinen strömenden Vers.
Bar des Brotes, der Liebe
Gebe ich hin
Den geschundenen Leib
Für das Künftige.

RENÉ SCHWACHHOFER (1942)

SOMMERKORSO 1945

KAUM faßbar: dieses Blühen von Gesichtern,
der Leiber leichtes Aneinanderschmiegen. —
Du blickst hernieder zu den Totentrichtern,
worin Millionen junger Leiber liegen.

Kaum faßbar: wie sie leicht und sicher schwatzen,
wie sie sich mummen, während die Verschleppten
noch heimlos sind, noch nackt, noch Krumen schmatzen,
in Haft noch, die von jedermann Geneppten.

Kaum faßbar: daß auch du im Schlendern lachen
und schwatzen kannst, daß wir so roh, so arm sind,
indessen auf Europas Riesen-Brachen
die Lieben, die ermordet, uns noch warm sind.

Kaum faßbar: dies betriebsame Geschiebe
um Einkauf, Verkauf, dieser rote Korso
der Leiber; Triebe, Stückwerk, Stauung, Triebe —
es grinst aus ihm der Menschheit falber Torso.

WERNER BUKOFZER (1945)

SCHNEENACHT IN DER STADT

BLICK schwimmt im Nordlichtkranz
Raum kreist im Schleiertanz
Spinnt mich zur Mumie ein
Ich geh auf Samt.

Straße ward Daunenstrand
Traumverweht, mondverwandt
Spiegel der Einsamkeit
Ist meine Spur.

Schimmernd Gewand der Nacht
Bald, wenn der Tag erwacht
Wirst du zertreten sein —
Und traurig ich.

WIELAND HERZFELDE (1943)

DER TOD UND DAS MÄDCHEN

Wie bist Du gewachsen mit mir, mein Tod
Und läßt mich nicht
Und schreitest neben mir,
Stetig, lautlos. —
Wir können nicht auseinander,
Nie mehr. —
Manchmal,
Wenn Deine Hand schwer auf mir ruht
Erschrecke ich tief. —
Das ist, wenn ich verzage.
Aber dann lächelst Du
Und fängst die kummervollen Lieder auf
Die leise ich gesummt
Und steckst die roten Edelsteine
An Deine zarten Finger -- --
Wie schön Du bist!
In Deinen Armen möcht ich ruhn
Traumlos schlafen,
Geborgen sein . . .

TONY LASNITZKI (1943)

MEDIA IN MORTE

Jetzt hat der Tod sein Recht! Jetzt fällt das Wort,
Und Menschenlaut gefriert auf Menschenmunde.
Unsägliches nimmt das Gesagte fort.

Vielleicht verschließt das Schweigen deine Wunde,
Und still verharrend am gesetzten Ort,
Verwandelst du die wandelbare Stunde.

In sanfter Hoheit, doch verborgen, leiht
Der Geist dir wieder waltend das Gesunde
Und das Gewissen für die ganze Zeit!

Darin verweile! Solchem starken Bunde
Weicht wohl des Todes Schmerzgerechtigkeit.
Du hörst das Wort und seine heilge Kunde!

SIEGBERT STEHMANN (1939)

DER LETZTE HORT

O Ewigkeit, du Bettelhort!
Vergänglich Sitte, Art, Kultur,
geknüpft an Mode, Zeit und Wort.
O Weltenschicksal! Unglücksspur!

Sie treiben uns von einem Ort
zum anderen. O Leidenskur!
Wie ziehn von einer Heimat fort
in eine andre Heimat nur.

Was bleibt uns noch als Ewigkeit,
der letzte Hort? Es ist vollbracht.
Wir sind der Platz der tiefsten Nacht.

Wir gehen auf die Wanderschaft.
Aus aller Länder Wurzelkraft
blühn wir zur Menschenähnlichkeit.

FRIEDRICH BERGAMMER (1944)

WIR TOTEN

Uns deckt die Erde und der Staub
und zeitlos liegen wir und sind
im Wandel so, wie Gras und Laub,
wie Wasser kommt und wieder rinnt.

Da wir dahin, bleibt euch die Qual,
denn wir sind still und ohne Leid.
Und ihr tragt eure Schuld, zumal
mit unsrer Schuld, durch eure Zeit.

Ihr seid im Licht, euch ist die Last.
Es ist euch schon der Spruch gefällt,
der das Lebendige umfaßt
durch uns, denn unser ist die Welt.

KARL GEROLD (1936)

SEGEN DER NACHT

Ich bin, Geliebte, Gottes schmaler Spiegel,
In den er blickt, eh' er zur Ruhe geht.
Mein Herz ist seines Ringes rotes Siegel,
Das er dem Abend aufprägt, eh' er ganz verweht.

Ich bin, Geliebte, Gottes Silberschale,
Aus der er oft des Schlummers Rotwein trinkt,
Von deren tiefem Grunde wie aus einem Tale
Des bleichen Monds das Lied der Schwermut klingt.

Ich war, Geliebte, Gottes stummer Spiegel.
Nun sing ich in der Ferne leise Lieder
Zur Laute dir, wenn rings die Sterne steigen.

Mein Herz war Gottes abendrotes Siegel.
Nun spricht er zu mir aus der Sterne Schweigen:
»In meinem Garten sehet ihr euch wieder . . .«

GEORG KAFKA (1943)
In Theresienstadt entstanden

VORZEITIGER TOD

Vom Wald her jauchzt des Waidmanns Horn,
Der Abendschatten kommt gezogen,
Dort draußen rauscht das reife Korn,
Es rauscht in weiten gelben Wogen,
Die ihren Opfertod erwarten.

Es ziehen Reiter durch die Flur,
Die Hufe treten reifes Leben,
Sie hinterlassen eine Spur
Aus Toten, die uns nichts gegeben,
Die eines bessren Endes harrten.

Was tönst du denn so traurig, Horn,
Und klagst um ein paar gelbe Garben;
Bald steht von neuem reifes Korn
Auf alten, längst vergeßnen Narben,
Und alles, alles wird gesunden.

Aus tiefem Traum das Horn erschallt:
Du irrst, niemals wird neu geboren,
Was nutzlos umkam durch Gewalt,
Was vor der Ernte ward verloren,
Ist unersetzlich hingeschwunden.

HANS KOLBEN (1943)
In Theresienstadt geschrieben

LIEBESLIED

STURM jagt um die Erde,
Wetter scheucht die Herde
Stummer Menschheit in den Grund.
Weine, Liebste, weine,
Alles Hehr' und Reine
Schlang der große Schlund.

Sahst noch Wunder steigen,
Einen Sternenreigen
Aus der weiten Finsternis.
Klage, Liebste, klage,
Süße Kindersage
Wachte auf und riß.

Fluchen oder Beten?
Wird es uns zertreten,
Oder gnädig uns umgehn?
Daß ein Engel riefe
Aus der Brunnentiefe:
Mut, ihr sollt bestehn!

Weine, Liebste, weine,
Netze Schutt und Steine,
Rausch und Jugend sind vertan.
Wenn wir überschäumen
Und vom Morgen träumen,
Leben wir vom süßen Wahn.

MANFRED STURMANN (1942)

ABSCHWUR

Ich schwöre ab:
jeglicher Gewalt,
jedwedem Zwang,
und selbst dem Zwang:
zu andern gut zu sein.
Ich weiss:
Ich zwänge nur den Zwang.
Ich weiss:
das Schwert ist stärker
als das Herz,
der Schlag dringt tiefer
als die Hand,
Gewalt regiert,
was gut begann,
zum Bösen.

Wie ich die Welt will,
muß ich selber erst
und ganz und ohne Schwere werden.
Ich muß ein Lichtstrahl werden,
ein klares Wasser
und die reinste Hand
zu Gruß und Hilfe dargeboten.

Stern am Abend prüft den Tag,
Nacht wiegt mütterlich den Tag.
Stern am Morgen dankt der Nacht.
Tag strahlt.
Tag um Tag
sucht Strahl um Strahl.
Strahl an Strahl
wird Licht,
ein helles Wasser strebt zum andern,
weithin verzweigte Hände
schaffen still den Bund.

RENÉ SCHICKELE (1933)

IM WIRBEL DER PFADE

DURCH das rauhe Raum- und Zeitgeschiebe,
Das vom heilen Ursprung uns entfernt,
Überstürzt uns die Gewalt der Liebe,
Die wir in Jahrtausenden verlernt.

Wir entfesselten die tiefsten Schrecken.
Nun enttauchen dem entbrannten Graun,
Uns aus langem, wüsten Traum zu wecken,
Flammenengel, schauerlich zu schaun.

Brausend hebt sich das verschollne Geisten,
Das uns einst aus seinem Tor verstieß.
Cherubschwerter, die verweigernd kreisten,
Treibt ihr jetzt uns heim ins Paradies?

Ausgesetzt hat uns die letzte Gnade
Hier am Kreuzweg zwischen Tod und Glück.
Dann im mahlenden Wirbel der Pfade
Ließ sie uns zurück.

LUDWIG STRAUSS (im Exil)

DIE ERSTEN

IN DER Tiefe sind wir laut geworden,
Und die Tiefe macht uns stumm.
Jahre gibt es, die von uns nichts wissen,
Doch den Zeiten weisen wir den Weg.
Wenn wir unsre Fahnen blutig hissen
Bist du, Menschheit, unser Ziel und Golgatha [zugleich!
Denn die ersten Sieger aus der Not
Ernten ewiglich den Tod,
Und die Henker essen ihrer Äcker Brot.

OSKAR MARIA GRAF (im Exil)

DER URGEFÄHRTE

ALS ich traumschwer heut im Schlafe
deine Hand in meine nahm:
war es Lohn da, war es Strafe,
daß noch schwereres Wachen kam? - -

Schnee lag in der dunklen Stube,
und der Fluß war still vereist;
offne Tür in leichtem Hube
zeigte den, der lang verreist,
und ich wußte, was er brachte,
wußte Sinn und die Gestalt;
aber unaussprechlich sachte
war das Wissen rückverhallt.

Kreuzen sich in mir noch Reime,
Sprache und das Menschenwort?
Wo sich's kreuzt ist das Geheime,
wo sich's öffnet ist es fort;
zwischen ihm und mir gesponnen
ist was keiner mehr versteht,
mir genommen, mir vernommen,
weiser Sinn erst wenn verweht.

Hand wird flockenleichte Handlung,
Wissen stetes Eingehändnis;
Wand um Wand weicht zur Verwandlung,
Irrtum reicht ins Unbeirrte,
denn zum Wissen-Einverständnis
harrt dort vor dem Türgevierte
eisumkleidet er, der Hirte,
alterslos der Ahn-Gefährte,
mahnend mich zur strengen Reise:
weckte er mich auf zum Greise,
da er mich Entwissen lehrte? - -

Schließt in meiner Sterbestunde
deine Hand die meine ein,
wird mein Lallen dir nicht Kunde,
sondern leere Stummheit sein.

HERMANN BROCH (1946)

Exil — Tote Heimat

AN DIE DEUTSCHEN (1934-45)

Euer Wandel war der meine.
Eins mit euch auf Hieb und Stich.
Unverbrüchlich was uns eine,
Eins das Grosse, eins das Kleine:
Ich war Deutsch und ich war Ich.

Überdaure! Bleib am Steuer!
Selige See lacht, Land ergleisst!
Wo du bist, du Immertreuer,
Wo du bist, du Freier, Freister,
Du der wahrt und wagt und preist –
Wo du bist, ist Deutscher Geist!

ÜBER DIE BEZEICHNUNG EMIGRANTEN

IMMER fand ich den Namen falsch, den man uns gab: Emigranten.
Das heißt doch Auswanderer. Aber wir
Wanderten doch nicht aus, nach freiem Entschluß
Wählend ein anderes Land. Wanderten wir doch auch nicht
Ein in ein Land, dort zu bleiben, womöglich für immer.
Sondern wir flohen. Vertriebene sind wir, Verbannte.
Und kein Heim, ein Exil soll das Land sein, das uns aufnahm.
Unruhig sitzen wir so, möglichst nahe den Grenzen
Wartend des Tags der Rückkehr, jede kleinste Veränderung
Jenseits der Grenze beobachtend, jeden Ankömmling
Eifrig befragend, nichts vergessend und nichts aufgebend
Und auch verzeihend nichts, was geschah, nichts verzeihend.
Ach, die Stille der Stunde täuscht uns nicht! Wir hören die Schreie
Aus ihren Lagern bis hierher. Sind wir doch selber
Fast wie Gerüchte von Untaten, die da entkamen
Über die Grenzen. Jeder von uns
Der mit zerrissenen Schuhn durch die Menge geht
Zeugt von der Schande, die jetzt unser Land befleckt.
Aber keiner von uns
Wird hier bleiben. Das letzte Wort
Ist noch nicht gesprochen.

BERTOLT BRECHT (etwa 1938)

WELT, FRAGE NICHT DIE TODENTRISSENEN
wohin sie gehen,
sie gehen immer ihrem Grabe zu.
Das Pflaster der fremden Stadt
war nicht für die Musik von Flüchtlingsschritten gelegt worden —
Die Fenster der Häuser, die eine Erdenzeit spiegeln
mit den wandernden Gabentischen der Bilderbuchhimmel —
wurden nicht für Augen geschliffen,
die den Schrecken an seiner Quelle tranken.

Welt, die Falte ihres Lächelns hat ihnen ein starkes Eisen ausgebrannt;
sie möchten so gerne zu dir kommen
um deiner Schönheit wegen,
aber wer heimatlos ist, dem welken alle Wege
wie Schnittblumen hin —

NELLY SACHS (1942-44)

WENN WIR DIE HEIMAT ERREICHTEN

Wenn wir die Heimat erreichten
Wär es die Heimat nicht mehr.
Ach, die Jahre bleichten
Unser Haar schon zu sehr.

Wenn wir die Heimat erreichten
Erreichte die Heimat uns nicht.
All ihre Winde, die leichten
Spielen nur durch mein Gedicht.

Wenn wir die Heimat erreichten
Säh sie vor Scham uns nicht an.
All ihre Steine beichten
Was sie uns angetan.

Wenn wir die Heimat erreichten
Wär es die Heimat nicht mehr.
Ach, die Jahre bleichten
Unser Haar schon zu sehr.

SCHALOM BEN-CHORIN (1945)

ICH LIEGE WO AM WEGRAND

Ich liege wo am Wegrand übermattet —
Und über mir die finstere kalte Nacht —
Und zähl schon zu den Toten längst bestattet.

Wo soll ich auch noch hin — von Grauen überschattet —
Die ich vom Monde euch mit Liedern still bedacht
Und weite Himmel blauvertausendfacht.

Die heilige Liebe, die ihr blind zertratet,
Ist Gottes Ebenbild . . .!
Fahrlässig umgebracht.

Darum auch lebten du und ich in einem Schacht!
Und — doch im Paradiese trunken blumumblattet.

ELSE LASKER-SCHÜLER (1943)

KARL WOLFSKEHL · BANN

AUF ERDBALLS letztem Inselriff
Begreif ich was ich nie begriff.
Ich sehe und ich überseh
Des Lebens wechselvolle See.
Ob mich auch Frohsinn lange mied,
Einschläft das Weh, das Leid wird Lied.
Bin ich noch ich? Ich traue kaum
Dem Spiegel, alles wird mir Traum.
Traumlächeln lindert meinen Gram,
Traumträne von der Wimper kam,
Traumspeise wird mir aufgetischt,
Traumwandernden Traum-Grün erfrischt,
Hab auf Traumhellen einzig Acht.
So ward der Tag ganz Traumesnacht,
Und wer mir Liebeszeichen gibt
Der fühle sich, wisse sich traumgeliebt!

HINFAHRT

1

Du bist allein, entrückt, gemieden, sag es
Nur tiefer stets dir in den düstern Sinn.
Du wolltest dich, nur dich, Hiob ertrag es,
Nun unter andern Sternen wirf dich hin

Ins Ungewisse das wie Mondlichtnähe,
Wie Mondlichtwolke farbig fahl dir droht,
Droht oder lockt. Die Nacht ist duftwarm. Spähe
Den leeren Himmel aus von deinem Boot.

Hier ein Geleucht. Ist das ein Stern gleich jenen
Die deiner Väter Gang gewiesen und
Den Edlen Halt und Gunst — uns und Hellenen
Gottschimmer, Kairos, Tucht und Ewigen Bund?

Ein Himmel, sprachst du, hält uns allumfangen.
Ist dem so, Hiob? Neues Firmament,
Abweisend, einsam. Bist zu dir gegangen
In eine Ferne da kein Gott dich kennt.

Weisst du nun, spürst du nun, Hiob, dich selber?
Hast furchtbarn Ringens Preis du dir erbracht?
Schleier und Schlacken schmelzen. Abendgelber,
Wie Sonnenrüste brennst du vor der Nacht.

Umbreite dich als deinen Mantel, innen
Du selbst dir Herzpunkt, rings von dir umwallt,
Und willig einzugehn. Doch nicht verrinnen
Wie Höhnrauch sollst: sink in dich, Nam, Gestalt

Völlig bewahrend, und der Mantel fahre
Spät erst dir nach, den Späten ein Gesicht,
Zeugnis und Abbild langer Leidensjahre,
Bis blauer Meerwind seinen Glimmer bricht.

3

Weh Hiob weh! noch bist du nicht am letzten,
Am einsamst letzten Fels, noch grünt ein Rand
Von Heim und Gestern. Doch sie, die dich hetzten,
Jagen dich weiter an die Schwarze Wand.

Wer steht und droht und brüllt, wes Geifer, Lüsten
Bist du verfalln, wen hast du so erbost,
Dass er dich stosse noch von fernsten Küsten,
Von jedem Fleck, den du zur Rast erlost?

Als ob des ganzen Stamms uralte Sünde
In dir verbüsse bis zum kleinsten Deut,
Bis alles abgetragen, bis die Gründe
Der Schuld ganz ausgejätet sind - dann erst wird Heut!

Hinter mir weit - hoffen, harren, lieben,
Alles was den Menschen Menschen eint.
Auge sticht, als hätt ich diese sieben
Jahre der Verbannung durchgeweint.

Meiner Väter Ruf droht und verpflichtet,
Lauter braust der Sturm im eignen Kern.
Ödem Himmel, wolkenlos verdichtet,
Losch für blinden Blick der letzte Stern.

Scharfer Zug durch Tür und Fenster fährt,
Klamme Finger Griff und Bitte weigern.
Dennoch ists, als sei Alt-Schuld verjährt
Nun da Zeitblatt tickt, entblösst von Zeigern.

Nein, ich fühls, noch viel ist vor dem Ende
Abzutun, ein Sandberg riesengross,
Bis erfüllt Hiobs geheime Sende,
Bis ich endlich von mir selber los.

ULTIMA POETAE

So einsam, so allein, so ganz verlassen
Hock ich, verschlagen unter fremde Sassen,
Dass selbst ein Nachtmahr zur Gesellung freut.
Du würgst mich? Hast dich nicht vor mir gescheut?

Die Hand nicht mehr zu Griff und Halt geweiht,
Das Ohr durchrauscht vom Meer der Ewigkeit,
Das Auge dunkelnd: Seele, sei bereit.

Alle im Exil entstanden

AUF DER FLUCHT ZU DENKEN

Noch einmal atme, noch einmal wisse,
wisse ein einziges Mal noch
am Rande des Unendlichen dein Wissen;
wisse die Blüte des Frühlingszweiges
und den leisen Wind, der sie schneezart herabweht,
wisse noch einmal, eh du vergessen wirst,
die Nähe.

Nur die Nähe ist unendlich, göttlich nur sie;
aber der entgöttlichte Tod der Unvollendeten,
gräßlich vor Unreife, gräßlich unverscheuchbar
in seinem Hiersein,
ist ohne Unendlichkeit, ist ohne Nähe.

Bald wirst du kein Blatt, keine Blüte mehr berühren,
dein Gram wird es dir verbieten und die Scham vor
jenen, deren Hände verwest sind.
Und doch darfst du nicht klagen, denn
Siegesgeschrei und Klagegeschrei kommen gemeinsam
aus dem Schachte der Irrsinnsferne,
aus der Höhle des Tieres.

Undurchschaubar verächtliches Geschehen
trotzdem: es muß sein,
mehr noch: es wird sich einstens enthüllen.
Darum sind wir verpflichtet
zu warten.

Das Göttliche vertan und
vergessen des Ebenbildes
nähelos,
bis ein hingewehtes Blatt
es zurückbringen wird,
erinnerungsnahe du selber.

HERMANN BROCH (1940)

KLAGE

ENTWEIHT ist die heilige Flamme des Opfers,
Das Gefilde heldischen Untergangs,
Und trauernd hat der Göttliche sein Antlitz verhüllt.
Ungesegnet schreiten Geschlechter ins sternlose Dunkel,
Wächst schicksalshaft die Bürde der Ausgestoßenen. —
Eisiger Schauer faßt uns an.
Oh, vergessene Würde des hohen Geistes, der uns erhellte.
Aus rötlicher Wolke starrt
Lähmend das Auge der Gorgo . . .

ALFRED KRÜGER (1941)

FRÜHLING IN MASSACHUSETTS

DIE Vögel haben hier schöne Namen,
Heißen Oriole, Robin und Cardinal,
Aber ich weiß nicht, woher sie kamen
Und wer ihnen zu singen befahl.

Doch Bäche um die moosigen Steine
In Massachusetts fließen so klar
Und um die Forellen in ihrer Reine,
Wie es einst in den Tälern des Schwarzwalds war.

Auch singt es im Ahorn noch fremde Sprache;
Vielleicht werd ich einmal sie ganz verstehn
Und sprechen mit ihnen bei Nacht und Tage,
Und das Dunkle in mir wird vergehn.

Denn grabe ich Beete um mit dem Spaten
Und fühle beim Pflanzen erdige Hand,
Dann ist mir, als habe nichts mich verraten,
Was mich an entschwundene Frühlinge band.

Wie gut ist Erde in allen Ländern;
Der Bauer in China hinter dem Stier
Am Holzpflug ruhig zwischen den Bändern
Der Äcker wird Bruder, ich sah ihn vor mir.

Und Saat und Wachstum über die Breiten,
Unwelkend Grün trotz Schlachten und Wut,
Und drängend immer durch die Zeiten
Sind Heimat, Zeugung und neue Brut.

Die Vögel hier haben seltsame Namen,
Heißen Oriole, Robin und Chikadee.
Wissen wir denn, wo wir selbst herkamen,
Vom See, von den Bergen, vom Lande des Li?

JACOB PICARD (1942)

LEBENSLIED

ÜBERALL die Heimatlosigkeiten
und verwehte Wege überall.
Aber laß dich, Bruder, nicht verleiten!
An den Spuren kommst du hart zu Fall.

Dunkel in den krumm gegrabnen Gängen,
und die Sehnsucht tappt mit blinden Knien.
Zwischen grauen Wolkenbänken hängen
Fetzen von verlornen Melodien.

Nichts zur Rast als endlos kalte Räume,
drinnen glotzt und gähnt die alte Zeit,
und die Fenster der zerbrochnen Träume
sind von starren Tränen ganz verschneit.

Manchmal nur, auf ungeahnten Wegen,
kommt dem nie vergessenen VIELLEICHT,
kommt dir eine Hoffnung halb entgegen,
manchmal hat sie dich sogar erreicht —

Aber laß dich, Bruder, nicht verleiten!
Sieh und wisse, wie es drum bestellt:
Sind ja nur zwei Heimatlosigkeiten,
sind ja nur einander zugesellt.

FRIEDRICH TORBERG (1937)

SONETT VOM GUTEN WILLEN

Aus Nürnberg haben sie bei Sturm und Hagelschlag mich ausgestoßen.
In Hamburg löschten sie mir niederträchtig beide Augen aus.
Mit Lüge haben sie in München meine Seele übergossen.
Den letzten Rest Vernunft, den schlugen sie mir in Berlin hinaus.

So habe ich das Sterben fürchterlich und tausendfach erlitten,
da ich — nicht Mensch noch Tier mehr — stöhnend aufgeschrien,
als sie, die Tollen, mir das Herz in meiner Brust entzweigeschnitten.
War es an jenem Tage der Gewalt im März, war es in Wien?

Ich sah um nichts mich weniger gehetzt im Narrenspiegel von Paris.
Oh, minder nicht gelähmt in Rotterdam, in Basel oder Prag —
und dort, wo Unverstand mir noch das Eingeweide ganz zerstieß.

Nun mag der arge Reigen denn beendet sein, wie dieser Tag.
Wie Licht und Schattenspiel, und so, wie etwas kommt und einmal endet:
Daß sich der Irrtum und die Not und alles, alles wieder wendet.

JESSE THOOR (1940-45)

VI. BRIEF AUS DER MITTERNACHT

Flucht durch Frankreich

Es WAR zu schwer!
Nimm, Nacht, die Last,
Die Du mir aufgebürdet hast!
Es war zu viel! So liebesleer
Ein Dasein: Ich ertrag's nicht mehr.
Es war zu weit! Verlorenes Spiel,
Besiegt im Ernst — weitab vom Ziel . . .
    Ja, mein Talent! Ach, all mein Sehnen:
    Ins hohle Faß geweinte Tränen.

Ägyptisch finster blieb der Tag,
Als »La Nation« im Sterben lag.
Die Marseillaise blies zur Flucht,
Und des Bastillen-Sturmes Wucht
Schlug um — es wankt am Wanderstab

Ein Heer, so stolz es keines gab . . .
Wir zwei, wir doppelt ausgetrieben,
Wir trieben mit, uns treu geblieben.

Grau in dem grauen Elendszug —
Den Himmelsblick zum Bombenflug —
Durch Heimat, die kein Heim mehr hat;
So Stadt und Dorf rollt Rad an Rad
Spurlos — die Würger auf den Spurn . . .
In Wagen reisend, die nicht fuhrn . . .
Lebendige kamen daher in Särgen —
Nichts blieb den Toten, sich zu bergen . .

In Trümmerfeld, wo die Gefahr
Hebamme bei der Schwangern war —
Durch Orléans, das neu im Brand
Frevelnder Scheiterhaufen stand —
Zusammen waren wir, als uns nach
Die Brücke jäh zusammenbrach,
Als zwischen uns der Tod schon wählte
— Zu zweit: gefeit — uns so verfehlte . . .

Auf allem, was dem Feind entrann:
Kanone, Pflug und Heugespann
Samt Hausrat und Familienschatz
Erwinkten wir uns einen Platz . . .
Und Katastrophen-witternd schrie
Landfremd das stallwehkranke Vieh . . .
Sank Abend in die Ackerbräune,
Beschert er uns mit einer Scheune . . .

Im Stroh: wie schien Dein Leib ein Schloß —
Zuhaus, wenn Regen uns umfloß —
Schiff im Orkan — und muttersacht . . .
Die Sonne, nach der tiefsten Nacht,
Durch schwarzes Unheil, das da braut,
Ging leuchtend auf an Deiner Haut . . .
Wie jugendrein kamst Du vom Waschen
In trüben Brunnen — zum Überraschen!

Von kopflos Hastenden umstaubt,
Kein Wald, der Rasten uns erlaubt.
Die Quelle — kaum der Durst gestillt —
Spiegelt des Krieges Schreckensbild . . .

Zur Küste! — Alpdruck-strecken weit!
Schweiß, Lehm und Blut wob uns das Kleid —
    Bis Ausweg sperrend die Pyrenäen
    Am Ende endlos vor uns stehen . . .

Ein ganzes Land ging außer Lands
Ruhm Geld in blankgewetztem Glanz —
Die Werte, die die Welt entzückt:
Verworfen — keiner, der sich bückt . . .
Dem Untergang noch untertan . . .
Zurück spie sie der Ozean.
    Die Sintflut stieg. Zu Land, von Norden
    Wälzt der Morast die Sünd-pfuhl-Horden.

Wir sahen: von Wallfahrt, die nicht glaubt,
Lourdes bis aufs Wunder ausgeraubt —
Der Ablaß, drum der Fromme bat,
Das war ein Paß vom Konsulat —
Kein heiler Fleck an Stadt und Dorf . . .
Am Acker fraß der Hiobs-Schorf . . .
    Weihwasser nicht aus allen Meeren
    Heilte von des Verrates Schwären . . .

Was mein war, selbst mein Wort ward hin:
So ärmer als ein Bettler bin —
Die Fessel, die in Nimes ich trug,
Wog vielfach, weil mich Frankreich schlug —
Der Wahn, in den Europa glitt,
Den ahnend ich längst vorerlitt:
    Nichts kränkte so — nichts tat so wehe,
    Blieb mir noch Alles: Deine Nähe!

Das aber ist zu schwer!
                                        So nimm,
Nacht, von mir diese Last von Grimm!
Daß mich zuletzt noch ins Exil
Die Liebe stieß: das war zu viel!
Das ging zu weit! Noch der Verzicht
Auf Dich! Nein! Ich ertrag es nicht.
    So nimm, Nacht, den schon lebensleeren
    Leib, um mich völlig zu entschweren!

WALTER MEHRING (1940)

LEBEN DER ILLEGALEN

Von Wutanfällen rings umgeben,
Von Elend und von Dummheit roh umstellt:
So führt durch Haß und Angst dein Leben,
Einst hieß man Hölle sie, jetzt heißt sie Welt!

Von Angst umflackert und von Haß umschrien,
Von Mordlust und von Bränden rot umloht,
Mußt du gefährlich deine Straße ziehn.
Führt sie aus dieser Hölle in den Tod?
Einst hieß man Hölle sie, jetzt heißt sie Welt!

Die Einsamkeit ist scharf und der Verdacht,
Es schlägt das Herz sich blutig jeden Tag.
Bei jedem Turmuhrschlag, in der Nacht
Fragst du, wie lang die Hölle sich noch halten mag?
Einst hieß man Hölle sie, jetzt heißt sie Welt!

So führt durch Mord und Not dein Leben,
In das die leise Wache dich gestellt.
Wird es für uns nie einen Himmel geben?
Einst hieß man Hölle sie, jetzt heißt sie Welt!

GÜNTHER WEISENBORN (1940)

DER FALL VON PARIS (14. Juni 1940)

Man hört kein Herz mehr schlagen,
Die Fremde wächst.
Es folgen taube Nächte stummen Tagen,
Die Fremde wächst.
Wir sind es müde, noch zu klagen,
Die Fremde wächst.
Hat es noch Sinn, ein Liebeswort zu sagen?
Die Fremde wächst.
Wir müssen diesen Krieg wie eine Buße tragen,
Die Fremde wächst.
Und alles, was wir lebten, liegt geschlagen,
Die Fremde wächst.

BERTHOLD VIERTEL (1940)

DAS FREMDE GESICHT

Ich weiß: ihr liebt uns nicht.
Wir sind nicht wie die Andern.
Menschen, die ruhn, Menschen, die wandern,
haben ein ganz verschiednes Gesicht.

Ich weiß: ihr liebt uns nicht.
Wir haben zu viele Ströme durchschwommen.
Aber: laßt uns zur Ruhe kommen,
dann haben wir alle das gleiche Gesicht.

GEORG MANNHEIMER (vor 1939)

FÜNFZIGSTER GEBURTSTAG IM EXIL

Vor mir klingt ein Ton,
Früh hört ich ihn schon,
Einer Mutter neugeborner Sohn.
Wars ein Hauch, ein Schrei?
»Gleich ist es vorbei!«
Eine Stimme sagts und bricht entzwei.

Spiel und Kampf und Qual,
Bergeshöh und Tal,
Glück und Leid in abgemeßner Zahl.

In der Morgenluft,
Bald im Abendduft,
Immer ists der gleiche Ton, der ruft.

WERNER BOCK (1943)

VORKLANG

Nicht zuhause zu sein, ist auf der Erde das Schwerste.
Der erste Vogel sang das süßeste Lied.
Der das Lachen vergaß, der lächelt gestorben das erste
Lächeln. Du bist nicht zuhaus. Und das Leben entflieht.

ALBRECHT SCHAEFFER (1942)

ANTWORT KAM

Doch dann, als in den schwersten Schwärzen
mein Tag und alles Licht zerriß,
bis meiner Hoffnung letzte Kerzen
ertranken in der Finsternis

und selbst mein Schmerz zu müde war
zu schrein; wie schon Verdammnis mich
kalt einsog, daß nur der Altar
des fernen Gottes blieb, und ich

ihn bebend frug aus meiner Gruft,
ob noch der alte Bund bestand,
kam Antwort mir und Gnade, kam

auf Abendfittichen ein Duft
traumtrunken aus gelobtem Land
von Myrrhen und von Miriam.

EUGEN BREHM (1945)

TRAUMSTADT EINES EMIGRANTEN

Ja, ich bin recht, es ist die alte Gasse.
Hier wohnt' ich dreißig Jahr ohn' Unterlaß . . .
Bin ich hier recht? Mich treibt ein Irgendwas,
Das mich nicht losläßt, mit der Menschenmasse.

Da, eine Sperre starrt . . . Eh ich mich fasse,
Packt's meine Arme: »Bitte, Ihren Paß!«
Mein Paß? Wo ist mein Paß!? Von Hohn und Haß
Bin ich umzingelt, wanke und erblasse . . .

Kann soviel Angst ein Menschenmut ertragen!
Stahlruten pfeifen, die mich werden schlagen,
Ich fühl' noch, daß ich in die Kniee brach . . .

Und während Unsichtbare mich bespeien,
»Ich hab ja nichts getan,« - hör ich mich schreien -
»Als daß ich eure, m e i n e Sprache sprach.«

FRANZ WERFEL (1938)

EMIGRANTENLIED

Das war der Frieden: du hattest Ruh,
Arbeit hienieden — im Himmel stempelst du.
Dann sind die braunen Wuthunde gekommen
Und haben ein Reich, ein zweites, ein drittes genommen.
Kein Kampf — man hat sich dumpf ergeben,
Schöner als Zwangsrobot schien: im Freien leben.
Aber der Freiheit Licht
Findest du nicht,
Man hat längst in elender Länder Gossen
Sie unverdrossen auf der Flucht erschossen.

Wir kennen Straßengraben, wenig Häuser, viele Lager.
Wir enthinken hager-fremder Klinken Schnallendrücker,
Selbstmörderische Selbstentrücker — der Heimatstube,
Munkeln, fluchen und suchen im Abgrund Wohngrube:
Uns hebt man aus im Dunkeln
Schon das Heldenmassengrab.
Inzwischen irren wir von Tür zu Tür, Land auf, Stadt ab.
O Erde — alte Menschenfalle,
Wer hat uns alle verbannt in die Verbrecherkolonie?
Staat? das ist Stacheldraht!
Armut ist Hochverrat.
O Saat! Knecht schuftet früh und spat.
Der aller Arbeit Not
Im Kot und Kummer lernte,
Nicht ihm gehört die Ernte.
Ernährt mit Schweiß und hartem Schimmelbrot,
Beißt er ins Gras, dann hat er Land — im Tod.

Die Massen rüsten nicht, um euch zu rüsten:
Tyrannen, die sich geil vor Mannen brüsten,
Prassend entrüsten ob der Nachbarn tierwildem Wüsten —
Doch alle Herren sind wie die!
Rüstungsgewinn! Wehr ohne Ehr! Kein Krieg!
Heißt ihrer feigen Selbstsucht Sieg.
Drum ist beschieden uns schon im weißen Frieden
Des Hasses Melodie,
Der Liebe Menschenschlächterei.
Millionen Menschen hetzt Grenzwächterei,
Einheimisch ist nur mehr die Fremdenpolizei.
Wer seine Heimat unterwegs im Straßenstaub verloren,
Wer sein lieb Vaterland durch Naziraub verloren —

Kein Paßpapier? Zurück mit dir!
Visum ins Nichts! Hier bist du nicht geboren!

Für den Raub der unerreichbar Reichen
Stündlich Myriaden Leichen.
Warum die stummen Völker sinken, fallen?
In Arbeitsschlachten weiß man die Armen still zu killen.
Des Handels Wucher, Frohn jagt sie aus süßem
Frieden in zu frühen Sarg. Aus der Genossen
Roter Asche sind blaue Bohnen hochgeschossen
Ins Blut chaotischer Nationen.
Feuer! Und gibt es heute Krieg, blitzt morgen Sieg —
Die Waffen sind von euch, für euch geschaffen.
Erdrosselt endlich eure Drohnen!
Nur so könnt ihr im ewigen Frieden wohnen.
Kapital kapituliert. Faschismus wird faschiert.
Imperien totalitär kastriert. Nationalismus sozialisiert.
Das dritte Reich zerschellt am vierten Stand.
Und dann wird Rat, es werden rote Räte —
Es werde diese ganze Erde
Ein mütterliches Vaterland!

ALBERT EHRENSTEIN (1936-42)

KASSANDRO

KASSANDRO hat man mich im Amt genannt,
weil ich, der Seherin von Troja gleich,
die ganze Todesnot von Volk und Reich
durch bittre Jahre schon vorausgekannt.

So sehr man sonst mein hohes Wissen pries,
von meinem Warnen wollte keiner hören,
sie zürnten, weil ich wagte, sie zu stören,
wenn ich beschwörend in die Zukunft wies.

Mit vollen Segeln jagten sie das Boot
im Sturm hinein in klippenreiche Sunde,
mit Jubelton verfrühter Siegeskunde —
nun scheitern sie — und wir. In letzter Not
versuchter Griff zum Steuer ist mißlungen. —
Jetzt warten wir, bis uns die See verschlungen.

ALBRECHT HAUSHOFER (1944-45)
Im Gefängnis Moabit entstanden

DER LEBENSLAUF

ICH warf meine Kerze in die Nacht,
Das konnte die Nacht nicht entflammen.
Ich dachte mir: bald ist's vollbracht
Und alles ist dunkel mitsammen.

Erst war ein Weg, über den ich sprang,
Aber man geht nicht verloren.
Ich gedenke der Amme, die mir sang,
Sie hatte mich nicht geboren.

BERTHOLD VIERTEL (1942)

SCHMERZ UND HOFFNUNG

WO IST die Zeit, da wir zum Meere schritten,
Den Wind im Haar, die Augen voller Glanz?
Wir haben nicht die Kraft mehr, sie zu bitten;
In unsren Händen gilbt ein welker Kranz.

Und dennoch ist die Jugend nicht zu Ende,
Nur müde sind wir von der fremden Glut
Und warten auf die nahe Schicksalswende.
Ersehnt, geahnt, singt sie in unsrem Blut.

Wir warten auf den Tag, da unser Zeichen
Wie ein Fanal am Himmel sichtbar wird.
Dann wird die Qual aus unsren Stunden weichen,

Die giftig uns wie Ungetier umschwirrt;
Dann wird auch wieder, lauter und entwirrt,
Der Mutterruf der Heimat uns erreichen!

HORATIO (1935)

GEH NICHT NACHHAUS

GEH nicht nachhaus,
es erwarten dich Trümmer.
Schmerzen wachsen empor,
das Unkraut der Leiden.
Geht darüber der Wind,
aus Liebe um jene,
vernimmst du die Seufzer

derer, die darbten,
die wußten und starben,
geöffneten Auges,
unvollendet.

HANS KEILSON (1943)

DIE FREMDE

1

Die Fremde. Bei kleinen Feuern
Schläfern wir. Hinter den Stirnen
Drehen Gesichte der Tage,
Drehen, quälen verzerrt,
Blassen.
Ist denn noch unser
Unter dem Monde die Welt?

2

Bei den Sonnen
Gelbt entflammter Ufersträuche
Sing ich unbekannter Vogel:
Was ihr liebt,
Lieb ich nicht,
Was ihr glaubt,
Glaub ich nicht;
Mein Gesang ist kühl
Und wird euch brennen.

3

Wie sing ich noch?
Verweslicher als Blumen ist
Gesang, befeindet ihn die
Heimatliche Luft.
Im Ewigen
Ist nichts versagt; und tönen
Die Säulen nach vom reinsten Wort,
So hör ich Griechenlaut,
Den meine Zunge traurig stammelt.

EDUARD SAENGER (1936)

DAS ERBE

Ihr Wandernden, ihr ruhelos Gehetzten,
Ihr Wild für alle — durch die Flucht gezeichnet
Mit manchem Fehl und mit jedwedem Leid,
Ihr Heimatlosen, ihr auf allen Straßen
Der Welt verstoßen Irrenden, Verfemten,
Ihr an des Lebens Grenzen nur daheim,
Von keines Bildes Leuchten je bewogen
Zur Umkehr in die Mitte — fortgerissen
Von einer Hoffnung, die kein Pfeil erreicht,
So straff der Bogen spannt — ihr Glaubenden
Und Zweifelnden um eures Glaubens willen,
Ihr grenzenlose, hochgeschwungne Brücke,
Auf der der Mensch zu sich hinüberschreitet
Durch alle Zeit — ihr immer neu Zerstörten
Und Auferbauten, ihr des aus der Asche
Erneuten Wundervogels tödlich Bild,
Zerstört und auferbaut unkenntlich immer —

Nehmt nun, das euer ist, das Menschheitserbe
Das bröckelnde, auf eure schwachen Schultern,
Die schwerste Last, die Menschen je getragen,
Nur einmal noch durch diese große Flut
In eure Arche! — Und der alle Pforten
Verschließt und öffnet, hebe sie empor!

MARGARETE SUSMAN (1935)

TOTE HEIMAT SINGT

Eine bleiche Wolkenflamme,
quillt der Abend. Aus den Fenstern,
überall entladen, hängt Musik.
Hängt um dich herum die Stimme,
einig-tönend,
in den Raum verteilter Geist.
Deine tote Heimat singt,
und du gehst, von ihr umklungen,
wie durch eine dichte Ewigkeit.

EDUARD SAENGER (1947)

SCHICKSALSZUG,
Der mich in die Nacht enttrug.
Räder gleiten, Räder rollen . . .
Bin ich nicht schon längst verschollen?
Keine Heimat. Welches Grauen,
Ziellos in das Nichts zu schauen.
Keine Hand, die nach mir tastet
Und an meinem Herzen rastet —
Wie ein Fahrzeug ohne Steuer,
Dunkel drohen Abenteuer.
Räder gleiten, Räder rollen . . .

ALFRED KRÜGER (1940)

SCHLAFLIED FÜR EIN EMIGRANTENKIND

SCHLAF, mein gutes Kind.
Draußen weht der Wind.
Wind kennt keine Endstation,
Weht durch Lodz und Babylon.
Laß das Wischen an den Scheiben.
Andre wissen, wo sie bleiben,
Andre wissen, wo sie sind.
Schlaf, mein gutes Kind.

Schlaf, mein gutes Kind.
Draußen geht der Wind.
Ging für deinen Vater schon,
Ging durch Lodz und Babylon.
Hier im Schiff hat er gesessen,
Söhnchen hat das nur vergessen.
Denk, wie er und wir, mein Kind,
Hier beisammen sind.

Schlaf, mein gutes Kind.
Morgen wehet noch der Wind.
Morgen weht er deinem Sohn,
Weht durch Lodz und Babylon.
Hier im Schiffchen wird er fahren.
Keiner kanns dem Nächsten sparen.
Schlaf drum, Kind und Kindeskind.
Draußen weht der Wind.

GÜNTER ANDERS (1939)

SCHON ZUR ERINNERUNG . . .

DIESES gefällt mir, dies werd ich oft erinnern:
In durchsonntem straßenstaub
Geräusch eines laufenden hündchens,
Verhaltener atem der gärten
Rechts und links
Und am fahrrad schaukelt dahin der bäckerbursch,
Pfeift sein lied.

Unter erinnerten ländern
Dieses dereinst . . . das wort wird kühl . . .
Und an den ecken der welt
Gestellt zu den großen kindern
Mit auszählreimen zu raten ein fernes land,
Das ich durchwacht,
Sein gedrängtes leben . . .
»Neidig . . . leidig . . . lobesam . . .
Ausgezehrt und prächtig . . .«

Unter erinnerten ländern
Dieses dereinst. durch die kühle des wortes
Der bäckerbursch pfeift sein entfernendes lied.

FRANZ BAERMANN STEINER (1942)

BOTSCHAFT IN DIE FERNE

DA wir die Hoffnung des Frühlings noch teilten
und die erste Süße der Früchte,
winters beim Glück der Gespräche verweilten,
schienen vergoldet des Jahres Verzichte.

Freunde, nun lebt ihr in anderen Breiten,
die einer anderen Sonne erwidern.
Ach! kein gemeinsamer Gruß der Gezeiten
kann unsre Tage einander verbrüdern.

Was auch die Kräfte der Ferne bewirken,
eines ist da, was sie immer gewährten:
in unsrer Sehnsucht reinen Bezirken
sind wir geeint als des Geistes Gefährten.

GERTRUDE URZIDIL (1940)

FÜR DIE EMIGRANTEN,
DIE STARBEN UND VERDARBEN

Die Emigranten sind dem Kaffeehaus verbunden
wie tote Blüten an dürren Bäumen.
Hier in New York,
wo die Subway, Über- und Unterweg,
in klebrigen Kellern
dahinschießt
und die Hunde, hündischer denn sonst,
der Geschichte Unsinn
pissen von Rinnstein zu Rinnstein,
leben sie wieder wie einst im Mai,
und im Prater blühen noch die Bäume.
Von fremden Winden beweht,
von fremden Düften bedrängt,
leben die Emigranten.
Der Schatten der Nacht spuckt sie aus,
der Schatten des Nichts schluckt sie ein.
Hier sind sie wie einst im Mai.
Hier sucht man nicht der Stunde Verweilen
Der Turmuhr Hallen
ist nichts als des Traums
Rasseln in leerer Erinnrung.
Und der Sekunden Ticken ist da
wie Stiche von Herz zu Herz.
Aber im Prater blühn noch die Bäume.
Doch manchmal ists,
als wäre der Wein,
am Vorhemd verschüttet,
ein Strom, wieder belebt,
und ein Schaum des Glücks.
Hier sind sie noch wie einst,
doch mehr jetzt mit der Sonne
härteren Strahlen.
Ahnende ohne Ahnung,
Wollende ohne Wunsch.

RICHARD HÜLSENBECK (im Exil)

DER KOFFER

SCHAU an, es gibt für Dich kein Haus
Und nicht ein Stückchen Boden.
Ich gehe gern mit Dir hinaus
Die Zukunft auszuroden.

Der Weg ist eng und ganz verpaßt
Und jeder Plan zerrissen.
Ich trage alles, was Du hast,
Und bin des Nachts Dein Kissen.

Zwar dieser strauchelt, jener fällt,
Doch wer mich hat, der schätzt es.
Ich bin Dein Heim und Deine Welt
Und an Besitz Dein Letztes.

Wirst endlich Du gestorben sein
Inmitten Deinem Wandern,
Bin heut ich Dein Gedächtnisstein
Und morgen dien' ich Andern.

MIRIAM SCHEUER-GOLDES (1939)

NORDSOMMERNACHT

Nach dem Tag von Lidice am 10. 6. 1942

ICH gehe durch die helle Nacht
dem Meere zu.
Die Flamme, die den Tag entfacht,
kommt nicht zur Ruh.
Sein Grauen, nun verkehrt in Gram,
jagt noch mein Blut.
Was dieser Tag dem Glauben nahm,
wird nie mehr gut.

Doch was mir heute Trost gebracht,
wiegt jetzt auch schwer —
Ich nehm es durch die helle Nacht
mit mir zum Meer —

MELITTA URBANCIC (1942)

EXIL

Es ist so gar nichts mehr dazu zu sagen.
Der Staub verweht.
Ich habe meinen Kragen hochgeschlagen.
Es ist schon spät.

Die Winde kreischt. Sie haben ihn begraben.
Es ist so gar nichts mehr dazu zu sagen.
Zu spät.

HANS SAHL (1938)

AM KAMIN

JEDESMAL, wenn ich die Scheite richte,
Die das Feuer allgemach verzehrt,
Denk ich meiner eigenen Geschichte.

Junger Stamm, aus Waldesgrund entsprossen,
Wuchs ich breit ins sonnenarme Land,
Liebte Dämmerung und Nebelflossen.

Bog der Schneesturm mein Geäst zusammen,
Gab ich mich dem milden Regen hin,
Wärmte mich des kurzen Sommers Flammen,

Immer fand ich mich an meinem Orte,
Jahr um Jahr und Ring um Ring gereift,
Heimat raunte ich, das Wort der Worte.

Die ihr mir den Mutterboden raubtet,
Mich verfluchend, höhnend meine Treu,
In der Fremde bald verdorrt mich glaubtet:

Was ihr tatet, war zu meinem Segen.
In ein andres Erdreich durft ich neu
Meine halberstorbnen Wurzeln legen.

Kraft der jungen Welt durchströmt die Zweige,
Lenz im Herbst: so blüh' ich noch einmal.
Farbenglühend geht mein Tag zur Neige.

WERNER BOCK (1949)

DIE GRAUE ZEIT

Ich fühle, wie die graue Zeit durch mich zieht.
Sie höhlt mich aus.
Sie bleicht meine Träume.
Sie zieht schon lange durch mich.
Ich liege am Strand eines ausgeflossenen Meeres,
am Rand einer ungeheueren Muschel.
Es zerbröckelt, es verwittert um mich
und rinnt in die Tiefe.
Langsam zerfällt der Raum.
Ich liege am Strand eines ausgeflossenen Meeres,
am Rand einer ungeheueren Muschel.
Ein Mond glänzt darin.
Ein großes Auge,
eine große Perle,
eine große Träne glänzt darin.
Ich fühle, wie die graue Zeit durch mich zieht.
Sie zieht schon so lange durch mich.
Sie höhlt mich aus.
Sie bleicht meine Träume.
Ich erschauere und bebe.
Ich verwittere.
Wie verlassene, fahle Bauten stehen meine
Träume am Strand
eines ausgeflossenen Meeres,
am Rand einer ungeheueren Muschel.
Die Monde, Augen, Perlen, Tränen zerfallen.
Ich fühle, wie die graue Zeit durch mich zieht.
Ich träume schon so lange.
Ich träume mich grau in graue Tiefe.

HANS ARP (1939-45)

ÜBER GLITZERNDEN KIES

Könnt ich nach Haus —
Die Lichte gehen aus —
Erlischt ihr letzter Gruß.

Wo soll ich hin?
Oh Mutter mein, weißt du's?
Auch unser Garten ist gestorben! . .

Es liegt ein grauer Nelkenstrauß
Im Winkel wo im Elternhaus.
Er hatte große Sorgfalt sich erworben.

Umkränzte das Willkommen an den Toren
Und gab sich ganz in seiner Farbe aus.
Oh liebe Mutter! . . .

Versprühte Abendrot
Am Morgen weiche Sehnsucht aus
Bevor die Welt in Schmach und Not.

Ich habe keine Schwestern mehr und keine Brüder.
Der Winter spielte mit dem Tode in den Nestern
Und Reif erstarrte alle Liebeslieder.

ELSE LASKER-SCHÜLER (1943)

DIE ILLEGALEN

1

Die Welt erfährt kaum, wie sie heißen.
Sie schweben dahin, dunkel und licht.
Man will den Hut vom Kopfe reißen,
Sie tausendmal grüßen — sie sehn es nicht.
Sie schreiten und gleiten; Stürme tosen,
Manchen packt es, er lebt nicht mehr;
Doch lebt der Bund der Namenlosen,
Das unsichtbare Helferheer.
Die Folter droht, die Qual ist bitter —
Der Kampf geht weiter unbeirrt.
Sie sind die Heiligen und die Ritter
Des Menschenreichs, das kommen wird.

2

Uns ist die Heimat tief entehrt,
Längst hat sich mancher abgekehrt.
Wir sind Verbannte, Leid-Erkorene,
Ein Land erstirbt, ein Traum zerstiebt;
Ihr aber seid das Unverlorene,
Was wir an Deutschland einst geliebt.

Wir heben die Hände zum Lichtrevier.
Deutschland — seid Ihr.

ALFRED KERR (1937)

SOZUSAGEN EIN MAILIED

Manchmal, mitten in jenen Nächten,
Die ein jeglicher von uns kennt,
Wartend auf den Schlaf des Gerechten,
Wie man ihn seltsamerweise nennt,
Denke ich an den Rhein und die Elbe,
Und kleiner, aber meiner, die Spree.
Und immer wieder ist es dasselbe:
Das Denken tut verteufelt weh.

Manchmal, mitten im freien Manhattan,
Unterwegs auf der Jagd nach dem Glück,
Hör ich auf einmal das Rasseln von Ketten.
Und das bringt mich wieder auf Preußen zurück.
Ob dort die Vögel zu singen wagen?
Gibt's das noch: Werder im Blütenschnee . . .
Wie mag die Havel das alles ertragen,
Und was sagt der alte Grunewaldsee?

Manchmal, angesichts neuer Bekanntschaft
Mit üppiger Flora, — glad to see —
Sehnt sichs in mir nach magerer Landschaft,
Sandiger Kiefer, weißnichtwie.
Was wissen Primeln und Geranien
Von Rassenkunde und Medizin . . .
Ob Ecke Uhland die Kastanien
Wohl blühn?

MASCHA KALÉKO (1940)

EINER VON VIELEN

Mit allen, die durch Gassen gehn,
an Ecken spähn, die Schulter drehn,
mit allen, die in Fenster sehn
und froh sind, daß sie draußen stehn
im Dunkel —
bin ich verwandt.

Mit Hunden ohne Heim und Herrn,
Zigeunern — hat sie einer gern? —
mit Sturm in Nächten ohne Stern,
mit Schiffen mutterhafenfern
im Dunkel —
bin ich verwandt.

Mit allen ohne Lieb' und Land,
mit allen ohne Bruderhand,
mit Hetzer, Ketzer, Emigrant,
verkannt, verbannt und ungenannt
im Dunkel —
bin ich verwandt.

JOSEF LUITPOLD (1935)

Wo suchst du hin?
Wo ist dein Halt?
Ist dir nicht kalt?
Ich weiß es nicht und weiß mich nicht,
ich seh der Welten Ungesicht
und suche Richtung, suche Sinn
in einem Sein, das ich nicht bin,
das du nicht bist,
das trotzdem Ziel und Spiegel ist,
ein Schimmern künftiger Gestalt,
Aufgabe noch und doch schon Halt,
ein dunkles Suchen noch und doch schon Tag —
oh Hand, die in der meinen lag,
ist dir nicht kalt?

HERMANN BROCH (1949)

ERAHNTE INSEL

Erahnte Insel du, in fernen Meeren,
Die meiner harrt, aus Flut emporzusteigen,
Umstarrt von Klippen, die der Zufahrt wehren,
Umbraust von schwarzer Wetter Wirbelreigen — —
N i e wird mein Boot an deinen Strand mich tragen,
Es weht nur Wind, der weg von dir mich weht,
Kein Schiffer weiß die Fahrt zu dir zu sagen,
Sternbild erlischt, eh es den Weg verrät —
»Laß ab!« umkreischt mich böser Vögel Schrei! —
Ich l a ß nicht ab! Das Steuer eingestellt,
Dorthin, woher Ruf — rätselvoll — an mich ergeht!
Es schlägt der Sturm das Steuer mir entzwei,
Es knickt der Mast, es birst mein Boot, zerspellt,
Geschnürt an Planken treib ich in der Flut,
Erstarrt, von salziger Lauge wundgebrannt,
Aufbrüllend wirft mich Woge wolkenwärts,
Hinab speit mich gischtender Woge Wut —
Im Strudel kreis ich mit des Bootes Trümmern —
Da — — aus der Tiefe hebt sichs: sanfter Düne Sand,
Der zärtlich meinem Leib entgegenschwillt — —
Sturm, Brandung ruht! —
Duft schwebt aus nahem Blühn — im Osten wird ein Schimmern,
Durch Wipfel über mir, haucht Wehn der Frühe mild — —
Ich atme tief! —
Herz — ungebärdiges — sag,
Kamst du zur Ruhe hier, wohin dichs rief?
Ist dirs nun Seligkeit, an solchem Strand zu scheitern?
Jungfräulich: Land, Luft, Quell! All-erster Schöpfungstag
Will wieder friedvoll leuchtend dich umheitern!

Mein Werk! — Erahnte Insel du — an deren Küste
Manchmal — für kurze Frist — gnädig Geschick mich warf — —
Strand, daran mein Wille — n i e als Sieger l a n d e n —
Daran — in Ohnmacht nur — ich selig s c h e i t e r n darf!

RICHARD BEER-HOFMANN (1936)

Trost – Tröstung

SPRUCH (1940)

Die wir ein Licht in Händen tragen,
Von Wind bedroht,
Wir wollen Liebes zueinander sagen
In dieser Not.
Es sollen unsre Lichter fackelgleich
Zusammen schlagen für das eine Reich.
So sei in allertiefster Weltennacht
Ein neues Licht am ew'gen Licht entfacht.

JOHANN OHNELAND ENTDECKT DEN ENGEL

Ich fiel aus Sterngefunkel
Der Sohn des Altair
Und fühl nun Erdendunkel
Dumpf angestaut in mir

Die Kuh des Himmels brüllet
Stürzt Wolkgebirg und Damm
Mein Aug ist angefüllet
Mit eklem Elendschlamm

Zwischen zwei engen Hüften
Wurde mein Stern gesät
Nun tief aus Erdengrüften
Schreit menschliches Gebet

Aus so versunkner Grotte
Entbindet sich das Leid
Und leiht dem nackten Gotte
Ein fleischgewirktes Kleid

So mietet sich die Seele
Ein mageres Skelett
Um in der Rippenhöhle
Zu wachsen froh und fett

Doch meine Seele tastet
Über den Kontinent
Die harte Straße hastet
Zum Tode ohne End

Und Brüder seh ich eilen
Und säumen ohne Wahl
Als ob die tausend Meilen
Nicht endeten in Qual

Den göttlichen Gefahren
Des Lichtes abgewandt
Bedacht den Staub zu wahren
In dem sie sich erkannt

Ich strauchle auf der glatten
Straße die mich besiegt
Wenn nur ein Schwalbenschatten
Mein Wandern überfliegt

Und wenn die Lerchenschwester
Auch meine Stirne liebt
In meine Augennester
Sich bettet und sich wiegt

Pickt sie aus ihren Tiefen
Der Sterne Körnergold
Die seit eh in mir schliefen
Als eines Gottes Sold

Ein magisches Entschweben
Macht selig mich und matt
Ein Fittich will sich heben
An meinem Schulterblatt

In meiner Körperenge
Fühl ich mich wild durchbraust
Ist es der hohe Engel
Der heimlich in mir haust?

YVAN GOLL (1937-39)

GEDENKEN

Der Tag ist wie mit Fäden
stillgehalten.
Noch glühen Rosen,
überzeitlich, ungebeugt.

Und ihr seid ausgetilgt
und hin, ihr Lieben?
Wer sagt noch, einer lebt,
ein andrer schwand?

Rosen, erscheinende,
fortglühendes Gedenken . . .
und stillgehalten wie mit Fäden
ist der Tag.

EDUARD SAENGER (1946)

WEIHNACHTSLIED IM KRIEGE

Nun ruht doch alle Welt und
ist still und jauchzt fröhlich.
Auch freuen sich die Tannen.
Jesaja 14, 7-8

NUN ruht doch alle Welt.
O Herz, wie willst du's fassen?
Die Erde liegt im Streit,
Von allem Heil verlassen,
Ist friedlos weit und breit
Und wider dich gestellt.

Doch der die Erde schuf
Hat deine Angst gesehen
Und hat sich aufgemacht,
Will dir zur Seite stehen,
Ein Helfer voller Macht.
Hell klingt sein Friedensruf.

Wie wird die Welt so still.
O Herz, wie sollst du's glauben?
Du trägst so schwere Last.
Die Welt will alles rauben,
Was du so heiß umfaßt.
Des Leidens ist kein Ziel.

Doch der das A und O,
Der Anfang und das Ende
Tritt heut' in deine Zeit
Und legt in deine Hände
Das Pfand der Seligkeit.
Das macht dich reich und froh.

Die Welt jauchzt fröhlich auf.
O Herz, wie kann's dich wecken?
Dich hat die Not versteint.
Der Erdkreis hat viel Schrecken
Zu deiner Qual vereint.
Und türmt sie dir zu Hauf.

Doch der das Leben gab,
Den Mund mit Odem füllte,
Spricht selbst dir Tröstung zu.
Kein Schmerz, den er nicht stillte!
Kein Werk, das er nicht tu!
Dein Heiland kommt herab! —

Die Tannen freuen sich.
Die Hirten auf dem Felde
Erhellt ein klarer Schein.
Komm, Engel, komm und melde:
Was bricht zur Nacht herein?
Kommst du und meinst auch mich?

Gott Lob! In deinem Licht
Darf ich das Licht erschauen,
Das Kind, den Herrn der Welt!
Ihm will ich mich vertrauen.
Er ist es, der mich hält
Und rettet im Gericht.

JOCHEN KLEPPER (1939-41)

AMOR FATI III

Sei wach den Stimmen die von ringsher tönen
Dem Augenblicke lerne Dich versöhnen:
Echo der Frühe tönt sein Tritt — ihn krönen
Künftge Gesichte — dunkle und die schönen —

Und führen Dich die reichen kühnen Pfade
Alles ist Hier und Jetzt und alles Gnade.
— Gestrüpp um Deinen Fuß? — Er biegt es grade
Gehend im schmalen Strahl vom Sonnenrade.

Aus Nebeln Hände? — Dein Griff weiß den Rat
Der Sumpf bleibt links. Was tot um Leben bat
Versinkt. Wo sich Finger krümmt zur Saat
Den müdesten labt Ähre noch und Mahd.

Alles ist Tat! Auch Muße auch der Traum —
Du liegst im Gras schaust durch den runden Baum
Sonne und Mond zugleich im blauen Raum —
O Erde trächtiger Rausch von Saum zu Saum.

GERTRUD KANTOROWICZ (1943)
In Theresienstadt geschrieben

NACH DEM ENTSCHEID

WIR haben die Willkür erkoren.
Wir haben die Schande bejaht.
Wir haben das Echte verschworen,
Bekräftigt Gemeinheit, Verrat.

Wir würdigten, die uns bestahlen.
Wir küßten die Hand, die uns schlug.
Wir fanden das Nein nicht zu Qualen,
Zu Unrecht und hämischem Fug.

Keine Probe ward schlechter bestanden.
Wir haben uns selbst widersagt.
Wir schmückten die Schmach mit Girlanden.
Wir jubelten, wo man beklagt.

WILHELM SZABO (1938)

DAS VOLK DER TAUSENDJÄHRIGEN ZUVERSICHT

WENN soviel Jammer auf der Erde ist,
Wie soll ich da mein eignes Los beklagen!
Laß mich gefaßt die Bürde weiter tragen,
Soweit das Schicksal meinen Pfad bemißt.

Als kleines Kind schon — was man nicht vergißt —
Hört ich des Todesengels Schwingen schlagen;
Mich traf das Schwert in meinen Kriegertagen;
Ich stöhn, weil Schwermut mir am Herzen frißt.

Und Lahmheit schlug mich, Armut und Exil,
Und wie im Mächtespiel der Würfel fiel,
Fast immer stand ich, wo ich mitverlor —

Doch flüstert eine Stimme mir ins Ohr:
»Kannst du denn nicht die Zuversicht bewahren?
Dein Volk hat sie seit dreimal tausend Jahren.«

ERNST WALDINGER (1940)

FÜR VIRGINIA

Von diesen Kindern mußten wir erst lernen,
wie man Gemeinschaft übt und darin lebt
und wie sich keiner von den anderen entfernen
und scheiden darf; denn nicht allein die Not verwebt,

was grundgemeinsam eine Sprache spricht.
Sich freuen über ein Geringes, das dem Einen
gelang, das gilt uns Allen und ist jeglichem Gesicht
gegeben als ein Widerscheinen

des Herzens, miterhoben, mitbeglückt.
Und wer aus unsrer eignen Kindheit von den Jahren
so weit hinausgebunden war und so entrückt

ins Fremde, wie ein Rauch, der mit dem Wind entschwebt:
Jetzt wieder läßt er sich so aufgetan erfahren,
wie eine Melodie, die nie veraltet, nie vergeht.

PAUL ZECH (1945)

TEMPORA MEA IN MANIBUS TUIS

Psalm 31, 16

Wem angehöre ich? Den Meinen? Nein!
Die Meinen, die ich meine, sind nicht mein.
Der Nächste selbst bleibt kalt und fremd wie Stein.

Wem angehör ich? Einem Volke? Nein!
Nur Furcht und Trunkenheit treibt zum Verein,
Und unter Tausend bin ich tausendmal allein.

Wem angehöre ich? Mir selber? Nein!
Wer ist Ich selbst? Ein finster Fleisch und Bein,
In dem die Ampel schwankt mit Totenschein.

Wem angehör ich also? Ich bin sein,
Denn Sein ist sein, und schmieg mich, nun ich wein',
In seine offne Vaterhand hinein.

FRANZ WERFEL (1935)

GELÖBNIS

WELCHEM Ziel wir sterben?
Nicht dem Vaterland.
Nicht, daß die Enkel und Erben
Von neuem Länder erwerben,
Mit des Hasses grüngiftigen Schwaden
Von neuem die Seele beladen,
Von neuem die Seele beladen
Mit patriotischem Tand.

Welchem Glauben wir leben?
Uns ward dies Land zu klein.
Die in Panzern verbrannt und in Gräben
Verschüttet, die uns umschweben,
Die Toten, hüben und drüben,
Was woll'n sie, als daß wir begrüben
Den bewaffneten Wahn und endlich,
Endlich Brüder sei'n.

ALBRECHT GOES (1943)

DISTEL

WIEVIEL Feindschaft mußt
du erfahren haben.
Schützt die Blütenbrust
vor den wilden Raben

mit gezähntem Kelch,
scharfen Blätterkrausen,
schon seit Ur und Elch
in der Wildnis hausen.

Blaue Blüte ruht
weich im Kelch gebettet.
Leib verströmt sein Blut.
Seele wird gerettet.

Wilde Distel blüht
in der Lagerheide.

Mittagssonne glüht
wie auf rauher Seide.

Ob kein Staub und Wind,
ob kein Huf sie schone,
ihre Formen sind
Zacken einer Krone.

Gut paßt Stacheldraht
zu den Distelköpfen.
Freunde, folgt dem Rat:
lernt auch Schönheit schöpfen

aus dem trübsten Bild,
auch aus Staub und Kohle!
Malt ins Lagerschild:
Distel, Draht und Dohle.

ARTHUR ZANKER (1941)
Im IT Huyton (England) entstanden

LEGENDE

Die männer sind fortgezogen
Das vieh starb am brand.
Nur die tyrannen und priester loben
Unser bleiches verwüstetes land.

Die felder verderben
Im garten wächst fingerhut.
Geister kommen und erben
Aus den wolken fällt blut.

Und die mädchen legen die stirne
An die pfosten aus rotem holz.
Über den giebeln steigen gestirne.
Stein sind die herzen und ohne stolz.

Mütter kauern an kleinen feuern
Manche tragen wunden am hals
Und sie heben die weißen und teuern
Hände zum krug mit salz.

WOLFGANG CORDAN (1940)

DIE HEILSAMEN LORBEEREN VON TEMPE

Dort wandern
Die Schweigenden.

Genug gelitten!

Dort gehen sie
Mit ihren erhabenen
Gedanken, reden
Das zu innerst
Göttliche.

Ruhen aus das
Leiden, die
Not der Götter.

Genug gestritten!

CHOR

Und abermals:

Durch Kreuz zur
Krone.

Durch Finsternis
Zum Licht.

Durch Tat
Zum Lohne.

Frage nicht:
Warum?

Das ist das
Ganze Dunkel
Schon.

Frage nicht:
Warum die
Finsternis?

Warum das
Kreuz, die
Tat?

Selbst die
Lösung
Weiß nicht
Rat.

Die Priester
Reden irgendeins
Vom Aufstieg
Hoher Seelen
Oder vom Lohne.

Nimms hin
Und laß es
Segen werden:
Durch Tat
Zum Lohne.
Durch Finsternis
Zum Licht.
Durch Kreuz
Zur Krone.

ARNO NADEL (1940-42)

EPITAPH

Den Tigern entrann ich
Die Wanzen ernährte ich
Aufgefressen wurde ich
Von den Mittelmäßigkeiten.

BERTOLT BRECHT (1946)

NEUE WELT

WAR dies der Sinn der Qualen,
Das Ziel der Fahrt?
Um in dir aufzustrahlen,
Blieb ich bewahrt?

Kann hier ein Frühling blühen?
Die alte Welt
In herbstlichem Verglühen
Welkt und zerfällt.

Ich muß die Augen senken:
Das neue Land
Will sich als Heimat schenken
Durch deine Hand.

WERNER BOCK (1940)

DER ABEND DER WELT

WIE ein Haus den Ahnherrn, den Erbauer,
Überdauert, seine Söhn' und Enkel:
So (meint heut die Trauer) hat die Erde
    Gott überlebt, lang.

Schufen Engel nicht auf Nebelberghaupt
Ruhegruft dem Urpropheten? Und haben
Sie die sanfte Christin nicht mit seligen
    Händen bestattet?

Spät in grau erloschner Sonne senkten
Sie den toten Vater in die Tiefe
Seines Himmels, wohin keine Klage,
    Nie das Gebet reicht.

Und der ungebeugte Mensch trägt nicht mehr
Scheu vor stummem Antlitz edler Tiere,
Die ihn mahnen an der Hirtengeschlechter
    Werkdienst und Ehrfurcht.

FELIX BRAUN (1938)

VON GUTEN MÄCHTEN

Von guten Mächten treu und still umgeben,
behütet und getröstet wunderbar,
so will ich diese Tage mit euch leben
und mit euch gehen in ein neues Jahr.

Noch will das alte unsre Herzen quälen,
noch drückt uns böser Tage schwere Last,
ach, Herr, gib unsern aufgescheuchten Seelen
das Heil, für das Du uns bereitet hast.

Und reichst Du uns den schweren Kelch, den bittern
des Leids, gefüllt bis an den höchsten Rand,
so nehmen wir ihn dankbar ohne Zittern
aus Deiner guten und geliebten Hand.

Doch willst Du uns noch einmal Freude schenken
an dieser Welt und ihrer Sonne Glanz,
dann wolln wir des Vergangenen gedenken,
und dann gehört Dir unser Leben ganz.

Laß warm und still die Kerzen heute flammen,
die Du in unsre Dunkelheit gebracht,
führ, wenn es sein kann, wieder uns zusammen.
Wir wissen es, Dein Licht scheint in der Nacht.

Wenn sich die Stille nun tief um uns breitet,
so laß uns hören jenen vollen Klang
der Welt, die unsichtbar sich um uns weitet,
all Deiner Kinder hohen Lobgesang.

Von guten Mächten wunderbar geborgen,
erwarten wir getrost, was kommen mag.
Gott ist mit uns am Abend und am Morgen
und ganz gewiß an jedem neuen Tag.

DIETRICH BONHOEFFER (1944)

ENTFREMDET IST DAS VOLK MIR

ENTFREMDET ist das Volk mir, nur sein Leiden
Bedrängt mich nachts, und furchtbar drückt die Not,
Daß ich nicht spreche nach des Herrn Gebot
Und schweigend seh' das Heilige verscheiden.

Ob aller Augen sich am Glanze weiden
Seh ich die Nacht, das Unheil und den Tod,
Und wie der Untergang im Siege droht
Und sich im falschen Ruhm Verderber kleiden.

Verkehrt sind alle Zeichen, stumm die Dichter;
Es bannt das Wort nicht mehr die Todesmächte,
Die deine Seele, Volk, in Fesseln schlagen.

Mein Volk, mein Volk, wie wird der ewige Richter
Dereinst uns wägen nach dem ewigen Rechte,
Wenn er nicht zählte, was wir stumm getragen!

REINHOLD SCHNEIDER (1937)

FÜR HANS MARCHWITZA

KAMST zu uns aus dem Schacht
Hast du heimgefunden?
Haben wir Trost dir gebracht?
Oder öffnet die Wunden
Alter Einsamkeit die Nacht?

Fandest noch tiefre Nacht,
Dunkleres Geschick.
Wir sind alle im Schacht —
Doch aus deinem Trauerblick
Liebe, Haß und Glaube lacht.

WIELAND HERZFELDE (1945)

GENESIS

Und fürchterlich entschlossen steht der Große,
der Unbekannte, Namenlose,
und gibt sich schöpfend in die eigne Hand,
zerfleischt sich selbst mit ungeheurem Stoße
und reißt aus dem entsetzten Schoße,
aus Blut und Kot den Feuerbrand.

Und zischend fährt der ungefüge Ball
gleich einem scharlachroten Kloße
und triefend durchs gequälte All,
der Jahrmillionen hehre Reise,
der Universen feste Kreise
zerstörend im Zusammenprall.

Und alles birst in Purpurkrämpfen;
umwölkt von schwefelgelben Dämpfen
stirbt Stern um Stern in schrillem Fall.
Bis, keuchend aus den letzten Kämpfen,
die Sieger neue Bahnen ziehn,
aus Chaos Ordnung neu gebären —
und dem Geschrei geschundner Sphären
entzittern neue Harmonien.

EUGEN BREHM (1945)

AN DEN EINZIGEN ÜBERLEBENDEN DER MEINEN

Jetzt eben war es mir, du kämst ins Zimmer
zu mir, aus deiner Ferne, zu Besuch.
Wie oft schon wars mir so, doch immer, immer
war es ein Selbstbetrug!
Ich rüstete im Geiste schon die Speisen,
ich rüstete mich festlich zum Empfang.
Du wirst nicht kommen. Nur im Geiste reisen
wir zueinander — Dank, auch dafür Dank!

WERNER BUKOFZER (1946)

Den Beter nur kann Gott erretten
In dieser Zeit der größten Not,
Da alles abzusinken droht,
Sprengt eine Kraft nur unsre Ketten.

Denn das heißt beten: sich in Demut fassen,
Heißt Kräfte sammeln, Maß gewinnen,
Absagen törichtem Beginnen,
Sich höchster Führung überlassen;

Heißt: dieses Ich, daß wir vermessen
Zu unsres Daseins Mitte schufen
Auf seinen wahren Stand zu stufen
Und alle Eigensucht vergessen.

Mensch oder Volk, es wird bemessen
Nach diesem Maßstab unser Stand.
Erfaß ihn, teures Vaterland,
Und Rettung wird dir, aller Not vergessen.

OTTO CARL KIEP (1944)
Geschrieben vor der Verhaftung

DIE AMSEL

Durch offne Fenster strömt herein die Nacht
Wie hinter dunklen Falten eine Kerze
Steht des verhangnen Mondes Silberpracht,
Spärlich durchrieselnd ihre blaue Schwärze.

Kein Tier gibt Laut. Kein Beet darf seinen Duft
Dem Abendwind zu leichtem Spiele gönnen.
Nur Glockentöne wehen durch die Luft
Von Türmen, die durchaus nicht schlafen können.

Todmüde schleicht die graue Zeit vorbei. —
Von Kranken, die mit mir das Zimmer teilen,
Fragt einer flüsternd mich, wie spät es sei,
Und klagt, wie langsam seine Wunden heilen.

Ich tröste ihn, bis er beruhigt schweigt.
Doch eh' ich selber mich zurechtgefunden,

Kommt Unrast jagend über mich und zeigt
Mir endlos Glück und Leid vergangner Stunden.

Die andern schlafen. Selten nur im Traum
Lacht einer, murmelt Worte, stöhnt vor Sorgen.
Nach Jahren erst wirds wieder hell im Raum,
Und alle Dinge rüsten sich für morgen.

Die sammeln ein, was sich in Nacht verlor,
Und gürten straff mit Linien ihre Falten.
Das Gestern wächst nur einmal noch empor,
Und Neues fühlt noch heimisch sich im Alten.

Und alles wartet! Ist dies schon der Tag,
Dies kalte Licht, das trüb ist wie geronnen?
Da plötzlich jubelt einer Amsel Schlag!
Die Welt holt Atem! Großes hat begonnen.

Die Straße, die im Tal der Häuser schlief,
Wacht auf vom Takt der Schritte und der Lieder,
Und Botschaft, die hinaus die Amsel rief,
Hallt im Gezirp von tausend Spatzen wieder.

Die Sonne kam, es kam der junge Tag! —
Von Kranken, die mit mir das Zimmer teilen,
Sagt einer lächelnd: Obs auch dauern mag,
Heut fühle ich, daß meine Wunden heilen.

BRUNO ROSENBERG (1944)
In Theresienstadt entstanden

ZUSPRUCH

MAN lebt, doch nie nach eigner Wahl und Kür,
Man stirbt, jedoch man stirbt niemals wofür.
Es kann den Bettler nicht, nicht den Propheten
Ein andrer seinesgleichen stellvertreten.
Wer stirbt, der lebt! Er hat in sich die Dauer,
Und trauern wir, so ists nicht seine Trauer.
Und suchen wir nach Trost, wir finden keinen,
Doch er küßt uns die Stirnen als den Seinen.

OSKAR LOERKE (1940)

DU SING DEIN LIED

UND ob der graue Boden kreist,
Und Steg und Zaun und Brücke bricht,
Und alle Hallen stehn verwaist,
Du sing dein Lied und bange nicht!

Die Stunde geht, der Schrei verweht,
Der Hammer fällt im Zeitgericht,
Jedoch das Menschenherz besteht
Und Erdenjahr und Himmelslicht.

Und keinem wird es Schande sein,
Der einst zu seinem Frager spricht:
Ich sah in Nacht und Tod hinein,
Und sang mein Lied und bangte nicht.

BRUNO FRANK (1934)

DER SPIEGEL

VERNICHTUNG ließ und Weltenbrand
den Spiegel an der Trümmerwand,
die der Zerstörung widerstand,
in dem sich nun der Mond besieht,
eh ihn die Wolke zu sich zieht
und mit ihm in das Dunkel flieht.

Fremd hängt der Spiegel, ganz allein,
nichts Eitles blickt in ihn hinein,
bis jäh darin der Widerschein
der frevelhaften Flammenschrift,
wenn wieder Mord die Nacht durchschifft,
mit Gottes Glanz zusammentrifft.

Denn, ist verwüstet auch sein Haus
und gingen alle Lichter aus,
verkroch im Dunst sich Mensch und Maus:
ein Stern tritt aus dem Nebelflor
doch immer wieder hell hervor,
wenn schon das Herz den Mut verlor.

Und schützt uns, bis der Morgen glüht
und sich der Tag von neuem müht
und aus Ruinen Frühling blüht
und, wer den Schrecken überstand,
die Zauberkräfte wiederfand
des Spiegels an der Trümmerwand.

»Spieglein, Spieglein, an der Wand,
wann kommt der Friede diesem Land?«

MAX HERRMANN-NEISSE
Letztes Gedicht 18. 3. 1941

TROST

KURZ sind die Wintertage, und sie jagen,
als ob jemand sie peitsche, schnell dahin.
Ich ziehe wochenlang den gleichen Wagen,
müd ist mein Arm und müder noch mein Sinn.
Es ziemt sich nicht, darüber laut zu klagen.
Vielleicht wächst aus der Not sogar Gewinn.
Mich dünkt, daß ich in diesen dunklen Tagen
gleichsam zum zweitenmal geboren bin.

HANS HARBECK (1944)
Im Gefängnis entstanden

BETRACHTUNG

NICHTS geht verloren. Alles bleibt bestehn:
Ein Blatt; ein Flötenspiel; ein Wiedersehn.
Die Kerkerwand; der schale Bodensatz.
Das Mohnfeld neben einem Hafenplatz.

Der Liebe Ruf; der Hand bedachter Trost,
Sie warten, bleiben, werden ausgelost
In Städten, Scheunen, Spiegelmeeren . .
Nichts geht verloren. Alles will gehören.

ILSE BLUMENTHAL-WEISS (1945)

SONETT IM HERBST

Wie oft muß ich noch, daß Gott erbarm — ein stiller Gast,
an fremden Tischen dankbar meinen kahlen Schädel neigen?
Ich lege ihn am Abend hin — auf Federn, Strohsack oder Bast,
wie ich ihn schon am Morgen hob; zum Trauern nur und Schweigen.

Denn wieder blühn in Deutschland Wicken, Astern und Zyklamen.
Ich weiß, da gehn die Alten schweren Schrittes vor das Haus.
Und wieder pocht der Herbst an Tür und Fensterrahmen,
und bläst die Lampe flackernd in den engen Stuben aus.

In diesen Nächten werden viele einsam durch die Straßen gehn.
Und wird es nur der Wind, ein Frösteln sein in Baum und Strauch?
»Vielleicht, vielleicht bringt uns der März ein Wiedersehn?«

Und allen wünsch ich und auch mir die Kraft, nach altem Brauch,
daß wir den Frost, die Kälte und den Hunger überstehn.
Und alles Unheil und die tiefe Schande der Tyrannen auch.

JESSE THOOR (1938)

DIE ZUVERSICHT

Freilich, das Feld ist zerstampft. Des grimmigen Hagels Gekörne
Schlug vor der Ernte den Halm, gab der Verwesung die Frucht.
Gift auch legte der Feind, der Feind im eigenen Lande.
Fiebernd taumelt ein Schwarm wilder Insekten im Sumpf.
Aber am östlichen Hang, wo eh das Feuer gewütet,
Prangt wie vor Jahren und neu weißen Holunders Geleucht.
Blieb ein einziger Keim. Doch bei dem einzigen Keime
Erd und nährendes Salz, Himmels erquickende Flut
Zuversicht heischend. Und also, mit nicht geringerem Worte
Ruft über Stunde und Tag dich der lebendige Geist.

ALBRECHT GOES (1947)

ZEUGHAUS

Die Ampeln brennen über den Kanonen.
Die alten Fahnen hängen stumm im Lichte;
doch nicht zum Fest: sie werden zum Gerichte.
Sie rauschten in den Schlachten und vor Thronen.

Vor ihnen gilt kein Leugnen und kein Schonen.
Vor ihrem Wissen wird der Trug zunichte.
Zerfetzt von allen Leiden der Geschichte,
verdammen sie und weigern sich, zu lohnen.

Sie, die einst brausend in die Zukunft wehten,
sind wie das Schweißtuch eines Todgeweihten
und allen Schwüren dieser Welt entnommen.

Von Liedern schweigend, zeugend von Gebeten,
erkennen sie nur die fürs Kreuz Bereiten
und rufen nur noch, die als Beter kommen.

JOCHEN KLEPPER (1940)

DIE ALTEN

Wir leben hier am Orte der Gehetzten,
Wo Schicksalsläufe, Wirken und Beginnen
Zu formenlosem Elendsgrau gerinnen.
Wir leben in der Welt der Ausgesetzten

Wir haben uns schon fast am Ziel gesehen,
Da rief man uns und kam, uns aufzustören.
Wir mußten in ein Leben wiederkehren,
Das wir nicht wollen, das wir nicht verstehen.

In grauen Staub versickert unsre Klage,
Von Heim und Welt getrennt durch Steingemäuer.
Zu leicht befunden auf des Schicksals Waage,

Verbüßen wir in diesem Fegefeuer
Die kargen Reste unsrer bangen Tage
Und zahlen dem Jahrhundert unsre Steuer.

BRUNO KÖNIG (1943)
In Theresienstadt geschrieben

BLUT IN DER ZEIT

ROT IST der Wein:
Blut in der Zeit.
Versunken sind Friede
und Engelheit.
Dämon im Blut:
rot ist der Wein:
zetere, schrei dich
Ins Leben hinein!

So ist die Wandlung:
Wein ist das Blut.
Rollend und schäumend,
anschwellend zur Flut,
reißend, satanisch,
wälzt es sich fort.
Becher des Leibes
faßt rote Glut.

Fließt nicht der Wein
allmählich zur Ruh?
Entschwellen entbluten
die Fluten ihr Sein?
Gibts nicht die Wandlung
im göttlichen Schein,
werden nicht Friede
und Engelheit sein?

Rot ist der Wein:
Blut in der Zeit.
Friede und Engelheit,
weit sind sie, weit,
weit, himmelweit.
Mensch, du, knie nieder,
knie nieder in dir,
wachse empor
aus dem ewigen Tier.

Kelch du des Leides,
Mensch an der Wende,
erbete das Ende
der blutenden Zeit.
Rot fließt der Wein

Blut der Gemordeten
(aller, seit Kain
Abel erschlug)
strömt heiß in dich ein.
Rot fließt der Wein.

Gibts nicht die Wandlung
im göttlichen Schein?

MAX RODEN (1944)

TROSTLIED

STILL! Der Engel
wird unser Tor verschonen.
Zwischen Sternen und Gras
beten Millionen.

Schlaf. Der Engel wird müd
vom Blut gegen Morgen.
Zwischen Wolken und Gras
bist du geborgen.

Träum. Und vertrau
den Gezeiten, die über dir walten:
Im Kreise Gras-Omega-Gras
bleibst du erhalten.

ALFRED GONG (im Exil)

MENSCHEN

DIE erdedurchwandelnden Menschen.
Woher, wohin?
Vom Himmel in den Himmel,
Damit sie überm Leide Götter werden.

ARNO NADEL (1940-42)

IN DER FINSTERNIS

IN DEN TRAUM —: *Einbruch der Wirklichkeit — ? —*
In die Wirklichkeit —: Einbruch des Traums — ? —

— Hinter mir gelassen: Germania! —
— Hinter mir gelassen: Italia! —
— Hinter mir gelassen: Graecia! —
Helvetia! — Aigyptos!
Matterhorn! — Ätna!
Die Meere der Erde!

Doch schmolz ich sie alle ein in Geist —

Jetzt aber schau' ich mein Land —
jetzt schau' ich meine Stätte —:
Ich schaue die Zelte der Finsternis —:
Ich schaue den diamantenen Glanz der Pforten
der Toten-Welt — —

BARACKEN-WINTER-FINSTERNIS

FANTOM aus Wahn-Geschichte:
wolltest wider mich streiten!
streitest wider mich!
Willst zerstören mich: das Sinn-Bild!

— Wider den Ariel? — der ist der Feuer-Herd Gottes? —
Ekler Skorpion —
umkriechst Ariel mit deinem geilen Stachel - ! -

Siehst bald über dir mich stehen:
in Händen schwinge ich dann
die doppelschneidige, gezahnte Richt-Axt —

Dämon: dich stößt mein Bann hinaus
aus den Seligkeit-Kreisen der Gestirne —
hinaus — hinaus — aus den Parabeln,
den Hyperbeln der Kometen
hinaus —

Zerhämmere dich mein Gelächter! —
Zerstampfe dich mein Gelächter! —
Hohn dir — Gelächter! —

Ächter des Kristall-Geistes:
Seiner Herrlichkeiten Ahnung-Loser:
Zerstörer-Dämon der Bild-Welt —:
auf dich blas' ich Asche der Verfluchung,
der Verschmachtung, der Veraasung,
in Spiegeln der Hölle leide die Verzerrung
deiner wüsten Dämon-Flacker-Flamme . . .

Gericht kommt! — Ende-Gericht! —
Schon starrt es dich an!! —

Aufhalten werd' ich nicht das große letzte Gericht!! -

Chaos-Kot — dem Morast des Todes
entkrochener eitriger Drachen —
wälztest heran an meinen kastalischen Quell —
vor der erglühten Götter-Burg
jauchst du um meinen Garten der Hesperiden —
— Die Geißel dir! — dir Fraß — und dann Feuer! -

Nacht-Asche auf den Lippen —
bitter — bitter —
aber Triumph im Geist.

BARACKEN-WINTER-FINSTERNIS

Lange währt die Stunde
einer Chaos-Nacht —

Einem lebt' ich zu, dem zuzuleben
ewig unausdenkbar blieb —:

Doch ich tat es —:
Und Er weiß es.

Eine Blume — sprossende Asia-Blüte
machte mich weinen, mich den Armen —
Aber Er: Er weint niemals:
hat Er doch alle — alle Blumen —

Aufging mir der Tag in ihren Augen;
aus ihren Haaren sank mir herzu die Nacht —

»Dich sah ich, und die Seele glänzte
entwölkt der Qual.

Du trugst des ewigen Lebens
Wonne in mein tiefstes Tal« —

In meine tiefste Qual.
Einst so sang ich,
da ich Schöpfer noch war —

Sie spielt wieder mit ihm:
die Zauber-Herrin Erinnerung -

HIMALAYA-JUNGFRAU: oh unsere Stunden! —
Zauberblühte der Himalaya-Gärten:
jedes Jahrtausend einmal kam ich zu dir.

Du Verklärte ums Haupt wandest mir
Kränze der Morgenröte —

In den Welten draußen: dort hieß ich der Alte.
Aber bei d i r blühte mir meine Jugend.
Blühten meine seligen Gedanken,
die du hütetest als Gärtnerin,
bis ich sie pflanzte hinaus in die Räume,
in meine Zeiten — in meine Helden —

— Aber mir um den Leib als Kranz die Kette
schlang jetzt in Baracken-Finsternis
Satan: Ketten-Dämon —

Gelächter innen schnellt mir empor:
Dämon — der Tücke Dämon
gegen den Magier des Chaos —

Gegen Mich: den Herrn
mächtig Lichtes und der Finsternis:
der Höhen Einwohner
— Eis um Himmel-Glut! —
mit den Pauken-Schällen, den großen! —

Mich zerrt Dieser in die Schatten-Grube,
will Dieser abdrängen in die Öde verlorene —

Keraunios! — Keraunios! —
Stunde! — Sieg! — und Blitz! —

BARACKEN-WINTER-FINSTERNIS

Finsternis umwölkt mich . . .
Es entschwebten Elohim-Licht-Welten —
zurück blieben asiatische Götter-Litaneien . . .

Schatten ummurmeln mich . . .
Schatten umdröhnen mich . . .

Schweberin — oh über den Welten:
Immer mir treu bleibst du: o göttliche Klage . . .

— weil den Abgrund ich zu sehr einst liebte? —
— weil der Abgrund mich jetzt wieder liebt? —
Oh Abyssus! — Abyssus! —

Nacht-Asche auf den Lippen —
bitter — bitter —
aber Triumph im Geist —

Knieend vor Dir, o Adrasteia . . .
Du nur, du lebst . . .
Gieb — oh immer mir gieb
πάντα δῶρα δαιμόνων . . .

Wisset: Ich bin: Der lebt den irdischen Schatten . . .

Nacht-Asche auf den Lippen —
bitter — bitter —
aber Triumph im Geist —

BARACKEN-WINTER-FINSTERNIS

— Flüstert mir ins Ohr eine Stimme —
helle Stimme — göttliche Stimme —
einer Gigantin? — einer Titanide? —
oder ist es Fantasias Stimme? —
ist's Tionas — ist's Okormas Stimme? —
Ist's die Stimme der Zauber-Herrin Erinnerung? —

Sink' auf mich, oh Liebe der Welten! —
Da wandeln sie in ihrer großen Schönheit.
Durch die Schatten Verlorener

im Glanze blühend, tanzend —
schreiten heran die Göttinnen —
sehen mich nicht —
schreiten über mich hinweg,
über mich den Schatten —
über mich die Asche —
über mich, den Staub —

ALFRED MOMBERT (1941)
Im Lager Gurs entstanden

AM ZIEL

LATERNEN funkeln bleich und grün,
Und Wolkenwiesen blühn,
Und Sterne stehn . . .
Ich aber muß vergehn.
Grab wird die stille Wohnung sein,
Verwesung mich
Von Heimwehnot und Irrungen
Befrein . . .

ALFRED KRÜGER (1952)
Letztes Gedicht als Grabschrift

SEDES CARITATIS

Fronleichnam, 4. 6. 1942

Es ist kein Thron so nah an uns gerückt,
als der der Liebe. Aller Menschen Sorgen
gehn hier zur Ruh. Gesegnet, wem genügt,
zu wissen, daß er ewiglich geborgen.

In stiller Demut schweigt mein preisend Wort,
denn Stille ziemt, wem Gott das Herz entbrennt.
In ferner Sehnsucht nach dem heilgen Ort
ruft mich die Andacht hin zum Sakrament.

HANNSGEORG VON HEINTSCHEL-HEINEGG (1942)
Strafgefängnis Anrath bei Krefeld

AN DIE WOLKE

Du dort oben — ich hier unten,
Du so leicht — und ich voll Schwere,
Windlied du von fernem Meere,
Flaum am hohen Himmel schwebend,
Ich in dumpfem Dämmern lebend
Raumgefangen — zeitgebunden.

Du, geliebt von allen Lüften,
Ich, von Licht und Lenz gemieden,
Du, dein eigen Freund und Frieden,
Schöne unschuldvolle Seele,
Ich im dunklen Selbstgequäle
Grübelnd zwischen grauen Grüften.

Und doch bist du mir verschwistert,
Gleicher Liebe wir entstammend,
Gleiche Sehnsucht uns entflammend,
Gleicher Gnade wir verbunden,
Du dort oben — ich hier unten:
Silben Gottes — hauchgeflüstert.

JOSEPH DREXEL (1941)

TOCHTER DES TAGS

So welkst Du und der Schritt der Stunden altert.
Kein Lachen säumt mehr unserer Wochen Ernst
Daß Du die dunklen Gänge gehen lernst
Die lebend Licht und Blume nur umfaltert.

Tochter des Tages! nun Du Dich entfernst
Unwissend folgend dem erhabenen Müssen
Greisin die Du den Augenblick besternst,
Wie still wir die beringten Finger küssen

Und decken Dich mit Falten seidnen schweren
Gestickten Rankwerks — Vogel Schilf und Wald —
Verwandlung greift nach Dir: groß die Gestalt
Gelassen droht Dein Mund — und wir verehren.

GERTRUD KANTOROWICZ (1943)
In Theresienstadt geschrieben

AN UNSERE MÄRTYRER

SCHMERZEN, unsägliche, litt der griechische Heros, bevor er
Sterben durfte, und die erlösende Flamme noch schmerzte.
Meine Helden, geliebte, ihr littet schwerer als jener.
Schmachvoll, gemartert, verhöhnt, von keinem Freunde getröstet.
Ihr, die das Leben gabt für des Volkes Freiheit und Ehre,
Nicht erhob sich das Volk, euch Freiheit und Leben zu retten.
Ach wo seid ihr, daß wir eure Wunden mit Tränen der Reue
Waschen, und eure bleichen Stirnen mit Lorbeer krönen?
Weilt ihr jetzt auf der Insel in ferner, seliger Bläue,
Wo die Sirenen des Meers euch mit Gesängen umschwärmen?
Oder droben im reinen himmlischen Äther? Ihr wandelt
Herrlich wie das Gestirn seine melodische Bahn.
Wir aber wollen Male richten euch zum Gedächtnis.
Wo auf Hügeln stürmische Eichen grünen, wo die
Silberne Buche ragt und die rötliche Kiefer am Meere
Stehe der Marmor und glühe die Flamme der heiligen Namen.
Dort, ihr Glorreichen, wollen wir euer gedenken und schwören,
Tapfer wie ihr zu sein, dem Recht und der Freiheit zu dienen,
Niemals treulos und feige den Gott in der Brust zu verleugnen,
Der uns zu lieben treibt und im Kampf mit dem Bösen zu sterben.
Wir vergessen euch nicht. Oft wird euer tragisches Opfer
Unser Gespräch sein, den Enkeln künftig ehrwürdige Sage.
Über den Trümmern weht die schwarze Fahne der Trauer.
Aber dereinst, wenn eure Male bemoost und verwittert,
Möge Lebendiges neu erwachsen und, wie auch gestaltet,
Unsern heimischen Boden bestreun mit goldenen Früchten.

RICARDA HUCH (1944)

Rückkunft — Wende?

STANZE DER ÜBERLEBENDEN (1946)

Der Welt, in die wir gläubig eingeboren,
erlebten wir den grellen Untergang.
Wir haben alles — außer uns — verloren,
selbst unsre Wiederkunft und den Empfang.
Wie vorsintflutlich gehn wir aus den Toren
in immer neue Fremde, ohne Dank.
Und nur der Sinn in unseren Gebärden:
ein **Grundstein** einer neuen Welt zu werden.

DAS ENDE UND DER ANFANG

Am Tage, da die Freiheit kam,
Ganz still und aufgelöst vor Gram,
Da standen wir verstört und stumm
Und trugen sie mit uns herum

Wie eine ungewohnte Last,
Wie Kleidung, die für keinen paßt,
Wie Nahrung, die den Leib erstickt,
Wie Gabe, die zu Boden drückt.

Sie roch nach Pulver und nach Brand,
Nach Moder und nach Schuppenwand.
Und wo sie kam und wo sie ging,
Verwandelte sich Mensch und Ding.

Sie hat den blassen Mund benetzt,
Hat neben Tote sich gesetzt
Und hat gewacht, mit uns gewacht
In dieser letzten, langen Nacht,

Da zwischen Pfahl und Stein und Schlamm
Das Jahrzeitlicht im Nebel schwamm.
Nun weht der fahle Flackerschein
Der Freiheit schmale Wegspur ein.

ILSE BLUMENTHAL-WEISS (1948)*

WER WILL DIE REINEN VON DEN SCHULDIGEN SCHEIDEN?

Wer will die Reinen von den Schuldigen scheiden?
Und welcher Reine hat sich nicht befleckt?
Es wird die Sichel Kraut und Unkraut schneiden,
wenn sie des Erntetages Spruch vollstreckt.

In jedem Torweg steht geheim ein Rächer.
Uns allen ist der Bittertrunk gemein.
Schlagt mich ans Kreuz! Es soll der Schächer
mit Ihm im Paradiese sein.

WERNER BERGENGRUEN (1944)

WIDMUNG

Die Zeit, die Zeit kann sich von dir entfernen,
du kannst zur Fremde Heimat sagen lernen,
doch die Erinnerung kann nie verblassen,
weil sie erlernte, kürzer sich zu fassen.

Dann siehst du nicht mehr alle Einzelheiten
der zu den Sternen aufgeflognen Zeiten
und unvergeßbar tritt ihr ganzer Schimmer
aus Wenigem nachträglich in dein Zimmer.

Du denkst an die Gespräche, deren Worte
verschollen bleiben an entferntem Orte.
Doch etwas, das viel mehr war als die Sätze,
begleitet dich um dieses Erdballs Plätze.

FRIEDRICH BERGAMMER (1954)

DIE RÜCKKEHR

War ich denn jemals fort?
War es denn jemals anders?
Nichts
was ich nicht wüßte
und nichts
wessen sich Sehnsucht und Angst, wessen sich Herz und Blick
nicht schon versehen hätten, eh daß ich kam.
Kam ich denn überhaupt?
Einen irren Atemzug lang
stehen die Kreise still,
bröckelt und bricht
aus ihrem Ablauf die Zeit.
Lautlos
schlägt über mir Erstarrtem das Firmament zusammen.
Und jetzt erst,
jetzt, da die Zeit sich wieder in eins fügt,
da dem Ablauf ich eingefügt bin,
löst sich die Starre,
löst sich der Schritt.

Aber wo ich auch gehe,
flattern die dunklen Gewänder der Toten um mich.

FRIEDRICH TORBERG (1950)

MAHNUNG

SPRECHT nicht von Wende, weil ihr die Embleme wechselt,
weil ihr durch Gossen die entthronten Wappen schleift,
und Umkehr meint nicht, weil man neu die Worte drechselt,
die als sein Kleingeld rasch der Tag ergreift!

Nicht Aufbruch wird, nicht Besserung schon geschehen,
weil ihr die Farben eurer Fahnen tauscht.
Kein Wunder wirkt es und kein Auferstehen,
daß auf dem Platz nicht mehr das Fest des Gegners rauscht.

Der Wechsel schafft euch um kaum an den Rändern.
Breit setzt sich Wahn an alten Wahnes Statt,
und schuldig bleibt ihr, klein euch dort zu ändern,
wo Ändrung ihren tiefen Ursprung hat.

Ging denn in einem nur von uns zur Rüste
der alte Adam, Dünkel, Habsucht, Neid?
Schon Wandel wärs. Und näher dämmerte die Küste,
die unerreichbar ferne wahrer Menschlichkeit.

WILHELM SZABO (1945)

UND JEREMIA FLUCHTE EINEM UNGERÜHRTEN

. . . Und es soll geschehen: Wenn du dieses Buch gelesen hast,
dann binde einen Stein daran und wirf es mitten in den Euphrat!
Jeremia 51, 63

EIN Zeuge bin ich nur, der deine Toten sah,
Und Zeugen führen mich. Nicht kann ich es ertragen,
Daß du mit uns nicht weinst. Wir wollen mit dir klagen.
Vergeben hast du längst, was dir nicht selbst geschah.

Vom Blute nahm ich Blut, das auf dem Felde rann,
Wo Gott sein Kleid zerriß. Sein Kleid ist noch zerrissen,
Und Asche färbt Sein Haupt. Gott stöhnt an roten Flüssen.
Sein Zorn vergißt nicht den, der leicht vergessen kann.

Vom Blute nahm ich Blut. Und zitternd schrieb ich dir
Das Lied Vergessener. Ein Toter zog mir Zeilen.
Er führte meine Hand. Doch wollte er nicht weilen.
Ein Toter sang das Lied. Mein Lied ist nicht von mir.

In Krügen schäumt dir Wein. Bis deine Seele stirbt,
Berauschst du dich vor Gott. Gefüllt hat Er dir Krüge.
Um Ihn schweigt Traurigkeit. Dein Mitleid nennt Er Lüge.
Um dich träumt Finsternis, Betäubung, die verdirbt.

Ein Mahnender ist Gott, der auszusprechen sucht,
Was du nicht hören willst. Denn du bist ein Verführter
Des dunkeln Augenblicks. Du bleibst ein Ungerührter.
Vergessenheit trinkst du. Und Gott hat sie verflucht.

Des Volkes Blut weint auf. Den Irrweg geistert Not.
Der Haß versperrt den Pfad. Den Mörder willst du lieben.
Das Opfer liebst du nicht. Allein sind wir geblieben.
Sie Seelen gaben wir. Doch du gibst nicht das Brot.

Wir standen in der Glut. Dann trieb uns das Geschick,
Das mächtig war wie Furcht. Der Himmel schien gerötet.
Gott sang ein Totenlied. Gott hat uns nicht getötet.
Er führte uns zu dir. Nun tötet uns dein Blick.

Dein Schweigen tötet uns, dein unverschämter Mut
Zur Unbekümmertheit. So kann dich Gott erhören,
Wie du Verfolgte hörst. Wer litt, darf Gott beschwören.
Aus dir singt süßer Wein. Vor Gott verklagt dich Blut.

Verbittert singen wir. Uns wird das Wort zum Pflug.
Wir pflügen mit dem Wort. Oft trotzt der Pflug den Steinen.
Oft trotzt dem Pflug der Stein. Oft lachst du, weil wir weinen.
Du hast von allem viel. Von uns hast du genug.

Vergeben soll uns Gott, weil Er zum Pflug uns jagt,
Der scharf und blutig ist. Und Gott soll uns vergeben,
Wenn dich die Blindheit schlägt. Du willst verblendet leben.
Gott aber segne dich, wenn dich Erkenntnis plagt.

Beschwere dieses Blatt, das ich dir geben muß.
Und atme unbeschwert. Sollst du am Schmerz dich weiden,
Der andere zerquält? Gott leidet weil wir leiden.
Verlache, was ich schrieb. Und wirf es in den Fluß.

Was ist dein Lied dir wert, aus dem der Wehlaut bricht,
Mit dem dein Bruder starb? Dich drückt sein Schmerz nicht nieder,
Den er vor dir erlitt. Noch liebst du frohe Lieder.
Dich stört des Nächsten Schrei! Sein Leid betrübt dich nicht!

HERMANN ADLER (1946)

UND DENNOCH SIND WIR DA!

VON je vertrieben, immer vom Sturm erfasst —
War denn auf Erden schwerere Lebenslast?
Hat je ein Joch Nacken schwieliger gebogen,
Dunkler Führung Pflug Furchen tiefer gezogen?
War irgend Tod und Grausen je so nah?
Und dennoch sind wir da!

Und dennoch hob die Stirn sich wieder und wieder,
Und dennoch stiegen Gebet, Lobsang und Dankeslieder.
Drang nur ein Spalt Luft Licht in stickigen Kerker:
Er fand uns überm Buch, an Gottes Werken Werker.
Nie brach das Herz entzwei, was auch geschah:
Und dennoch sind wir da!

Furchtbarer Fug du der Tränen und Würgergier,
Alle Tage durch kauerst du, dräuend im Winkel stier,
Alle Nächte lang stehst du knirschend an unserm Lager.
Auf Wehruf, Schwur und Flehn warst stets du der Antwortsager.
Nichts sprach uns zu als wilden Hasses Ha-
Und dennoch sind wir da!

Ja dennoch sind wir da und müssen bleiben,
Saugend am Drangsal als wie an Honigscheiben.
Hingehn die Andern, dürfens. Unsre Stunde
Blüht einmal aus gebärerischer Wunde.
Dann wissen wir warum Er unsre Qualen sah,
Dann, dann in des Posaunenschalles heilgem Ja,
Dann sind wir da!

KARL WOLFSKEHL (1931)

SONETT XXXV

Einst, wenn der Dämon, der die Herden peinigt,
Aus den verirrten Völkern ausgefahren,
Und wenn die Erde von den Janitscharen
Des Völkermords entsühnt ist und gereinigt,

Wenn jedes Volk nicht Frieden bloß bescheinigt,
Nein, Liebe! Wenn Tribunen nicht, noch Zaren
Euch stacheln, — ach, da werdet Ihr gewahren,
Daß Ihr zweitausend Jahre uns gesteinigt.

Dann werdet Ihr ob Euer selbst erschrecken.
Die Sendung Judas werdet Ihr entdecken,
Die heil'ge Sendung voll von Tod und Grämen,

Wie es, getreu urväterlich Geloben,
Mit wunden Schultern Euch emporgehoben. —
Und Eurer Ahnen werdet Ihr Euch schämen.

ARNOLD HAHN (1935)

Wie kann ein Land noch Früchte bringen,
das Zeuge ist von solcher Qual,
wie kann ein Vogel jemals singen
in irgendeinem weiten Tal,

aus dem der Erde Spuren gähnen,
vom Grauen noch nicht abgekühlt,
noch aufgeweicht von euren Tränen
und eurer Ströme Blut durchspült.

Nie werden die Geschicke trennen,
was dunkel uns mit euch verband,
solang muß eure Wunde brennen,
bis wir uns selbst daran verbrannt.

HELLGA GRIMM (1945)

O DASS DER STUMME ZEUGE REDEND WERDE

Dem Gott zu zeugen Amt und Stimme gab
Und ihn das Leid der Zeit zu nennen hieß,
Darf er erstarren in dem Qualverließ? —
Ist auch die Welt nur noch ein Massengrab,
In das ein ungeheurer Wirbelsturm
Myriaden Leichen reißt — noch steht ein Turm,
Aus Glauben, Hoffnung, Liebe aufgebaut.
Und millionenfachen Herzschlags Laut
Formt sich zur Frage nach des Heils-Turms Ort.
Das Antwort sagte, das ersehnte Wort,
Liegt schon als Flüstern auf entrücktem Mund
Von Tausenden. Doch aller Höllen Grund
Ist Lärm geworden; ward ein Schrei, so wild
Und triumphierend, daß des Schöpfers Bild,
Im Vorhof seiner Himmel aufgestellt,
Vom Grauenshauch der todversehrten Welt
Getroffen, mählich zu verblassen droht.
Angst und Entsetzen, Zorn und Zweifels Not
Vermochten nicht, den starren Fragemund
Zu öffnen, dessen schriller Gegenschrei
Den Lärm bestritte aus der Hölle Schlund
Und spräche, spräche, daß Genug es sei!
Des Tods genug, der unfaßbaren Schmach,
Die uns vergessen ließ die Äcker, brach,
Auf denen unsres Menschseins Reichtum grünte . . .
Doch keiner spricht das Wort, das uns entsühnte,
Das ungesagte, fern geahnte Wort.
Fortrast der Sturm, fegt alles Leben fort,
Der Hoffnung Glanz und alles Glück der Erde . . .
O, daß der stumme Zeuge redend werde!

LEO SCHMIDL (1943)

Aber, es ist uns in der Fremde
eine Freundin geworden: die Abendsonne.
Eingesegnet von ihrem Marterlicht
sind wir geladen zu ihr zu kommen mit unserer Trauer,
die neben uns geht:
Ein Psalm der Nacht.

NELLY SACHS (1942-44)

PASSION

Auf seiner Stirn stand nichts von Haß geschrieben,
denn seine Züge waren rein und mild,
ward doch den Weg der Rebellion getrieben,
auf den das Blut des Leidenstodes quillt.

Er war die Straße des Triumphs geschritten,
an ihrem Ende lag Gethsemane,
dort hat er an Verlassensein gelitten,
Verleugnung und Verrat, an Angst und Weh.

Umzischt von Pfeilen der Beschuldigungen,
betrübte ihn gar manch vertraut Gesicht,
vor Tagen noch umtost von Huldigungen
und nun ein Ausgestoßner vor Gericht.

Was wogte wohl in seiner Seele Tiefen?
Das Mitleid, die Verachtung und die Scham?
Wenn seine Blicke Gottes Beistand riefen,
so schien es, daß Verzagtheit aus den Schmerzen kam.

Doch in die Quellen sah nur Gottes Strenge,
der wußte, welch ein Sieger blutend reift,
daß ihn die Glut der Güte ganz versenge,
eh er der Kronen reinste Kronen greift.

JULIUS ZERFASS (1941)

VOR DER EINKEHR

Und alle sind allein mit ihren Schmerzen
Und tragen in den vieldurchwehten Herzen
Die stille Trübnis, Leid auf Leid.
Die Einkehr ist ihr Feierkleid.

Und in den wallend armen Tagen,
Gesalbt in hundert heissen Plagen,
Vergessen sie und wollen nicht mehr denken,
Nur froh einander eitle Dinge schenken.

Wenn sie vergessen, ist es nicht ihr Sein:
Ihr echtes Leben singen sie allein;
Den meisten bleibts ein ewig-dunkler Drang
Und ferner Schönheit stillverwehter Klang.

HANNSGEORG VON HEINTSCHEL HEINEGG (1942-44)

FRAGMENT 1938

WOHIN — wenn von Todesgeschossen verfinstert
die Sonne uns nicht mehr erscheint
wohin fliehen die Friedliebenden
Unerfahrnen der Feindschaft

Welcher weiseste Wald — welches schicksalgehärtetste Holz
schenkt ihnen den tiefverknoteten Stab
zum zähesten Aushalt —

Wo steht die erhabene Säule — zu deren unverrückbaren Fuße
Knieende überdauern dürfen das Gnadenlose dieser Frist.

Ausbrechen aus bewährten Verstecken die witternden Tiere

Fremde Gefahr weht in der Zugluft!

Aufgehört hat die Schonzeit der Mütter
zurück in den Schoß drängen die Neugeborenen —
Eingeebnet von Sekunden-Gewalt sind die granitenen Türme
Eingeäschert der Ahnen Gesetzwerk
Bloßgelegt dem hämischen Streiflicht: der Katakomben
geheiligte Dämmerung

Umgegraben die greisesten Gräber
aus alten und jungen Gebein baut sich Gegenwart auf
gestaltet aus Knochengerüst — ragt schon der Dom unsres Jahrhunderts

des Hasses gigantisches Denkmal!

Entsetzen entstellt das vertrauteste Antlitz
ausgepreßt zum Tranke der Bitternis die Fruchtsäfte der Herzen —

Verfemt die Gebärde der Güte
gebunden die Hände der Hilfe
bestraft die Träne des Mitleids!

der unersättliche Werwolf der Völker —
Masken schützen nicht länger vor jener Vergiftung — die ätzend
das Innerste angreift —
Um sich fressend durchschweift die Fluren der Menschheit

Ungeheuer zerstampfen den zart gezogenen Frühling
Kein Geistiges sammelt sich mehr in also zerschlagener Form

Brüder — beordert zur Feldschlacht — grüßen uns noch
mit klarblickenden Augen — darinnen wir trübe uns spiegeln

Kinder nur ducken sich nicht — wenn über sie hinsaust
das grimmig geworfene Wurfseil — gewunden in der Werkstatt
[des Todes
uns aber zwingts in die Kniee —

Stumm noch die Sprache der Schrecken!
Das uneingestandene Vorrecht der Ältesten

verwiesen in die Zellen des Wahnsinns
verbannt in die Baracken des Krebses
der Unheilbaren Privileg!

Einheimischen unseres Fleisches

Aber schon stöhnt aus klaffendem Erdbauch
gierig empor der lang verleugnete Urlaut
gellt die Fanfare geheim gehaltenen Übels

sonst nur erlaubt im Theater

Freigegeben nunmehr vom obersten Kriegsrat
brüllt es sich aus auf dem Weltplan
Übt sich modernes Orchester am gesteigerten Rhythmus

Fluchtragende Vögel vergeuden ihr Gut
über verdunkelten Städten
Helden erhellen mit flammenden Absturz
die höllischen Himmel —

selber verhangen
im allgemeinen Verhängnis —

Dieses wähntet ihr nicht — ihr Rosenliebenden
die ihr aufwuchset unter dem feurigen Fittich des Lichts
daß ihr umirren würdet im schaurigen Nachtraum
Schlafstatt suchend zwischen den leeren ausgebrannten
Gewölben des Lebens — schattenhaft hungrig wie die Eule
sich umtreibt — erschreckend am eigenem Aufschrei

In der geschändeten Kirche der Kindheit
hält einsam ein Christus sich selber das Hochamt

immer aufs Neue zum alten Opfer bereit!

PAULA LUDWIG (1943)

WANN KOMMT DIE ZEIT?

Nun bist du tot,
tot wie die Freunde sind.
Ach, euer Bild
treibt blutentstellt im Wind,
die Zukunft, euer Traum,
ward höhnische Gegenwart:
Es grünt kein Baum,
wo euch der Feind verscharrt.

Wann kommt die Zeit,
die eure Gräber sucht
und euer Wort,
das längst verwehte, bucht?
Wann wird man eure
stummgewordenen Kinder lehren,
als die verlorene Vorhut
euch zu ehren?

WIELAND HERZFELDE (im Exil)

ZEITUNGSNACHRICHT

» . . . einige Kinder aber schlugen um sich,
als man sie aus Buchenwald befreite.«

Bin geborn in Buchenwald.
Glaub, ich bin zehn Jahre alt.
Bitte, laßt mich hier!
Hab mir immer vorgestellt,
Wo wir sind, da ist die Welt.
Und die Welt sind wir.

Wußte zwar so ungefähr,
Es gibt noch was, da kommt man her,
Doch die Welt sind wir.
Wo man haust, da hängt man halt,
Selbst an Tränen und Gewalt.
Laßt mich hier in Buchenwald,
Bitte, laßt mich hier!

GÜNTHER ANDERS (1945)

BESINNLICHE STUNDE

Tag ging wetterwild bewegt.
Mildes Glühen legt
sich auf Bucht und Hügelkranz.
Eingebettet in den Glanz
ruht die Stadt, von Licht umhegt.

Jedes Wesen sucht nun Rast.
Viele drückt die Last.
Sturm der Welt macht sie verwirrt.
Mancher ohne Zuflucht irrt,
als des Unglücks müder Gast.

Daß dich Stille noch beglückt,
Leid noch nicht erdrückt,
das ist viel in dieser Zeit,
die nach einem Frieden schreit,
der das Grauen überbrückt.

JULIUS ZERFASS (1944)

HEIMKEHR

Unsere Mütter sind gestorben.
Unsere Frauen sind alt.
Unsere Häuser sind verdorben.
Überall war Gewalt —

Wo sollen wir sitzen und speisen?
Was ist unser Vaterland?
Ein Boden aus Blut und Eisen
und ein Himmel voll Brand.

Wenn wir unsern Kindern begegnen,
sie werden uns nicht mehr verstehn.
Wir wollen sie schweigend segnen
und weitergehn — —

FRANZ THEODOR CSOKOR (1944)

DER ANDEREN GESCHICK

NIEMAND erfährt seinen eigenen Tod,
Tod ist der Anderen großes Geschick;
Wie er auch ständig das Leben bedroht,
Niemals umfängt ihn der brechende Blick.

Aber solang uns der Alltag noch eint,
Wissen wir nicht, was einer hier gilt.
Den nur erkennt man, den man beweint.
Was ist Wahrheit? Die Träne, die quillt.

GERTRUDE URZIDIL (1942)

SCHLAFLIED FÜR DANIEL

WIR fahren durch Deutschland, mein Kind.
Und es ist Nacht.
Die Scheiben klirren im Wind,
da sind die Toten erwacht,

die Toten von Auschwitz, mein Sohn.
Du weißt es nicht
und träumst von Sternschnupp' und Mohn
und Sonn- und Mondgesicht.

Wir fahren durch Deutschland, mein Kind.
Und es ist Nacht.
Die Toten stöhnen im Wind:
viel Menschen sind umgebracht.

Du darfst nicht schlafen, mein Sohn,
und träumen von seliger Pracht.
Sieh doch! Es leuchtet der Mohn
wie Blut so rot in der Nacht.

Wir fahren durch Deutschland, mein Kind.
Und es ist Nacht.
Die Toten klagen im Wind —
und niemand ist aufgewacht . . .

SIEGFRIED EINSTEIN (1945)

MEMENTO

Vor meinem eignen Tod ist mir nicht bang,
Nur vor dem Tode derer, die mir nah sind.
Wie soll ich leben, wenn sie nicht mehr da sind?

Allein im Nebel tast ich todentlang
Und laß mich willig in das Dunkel treiben.
Das Gehen schmerzt nicht halb so wie das Bleiben.

Der weiß es wohl, dem gleiches widerfuhr;
— Und die es trugen, mögen mir vergeben.
Bedenkt: den eignen Tod, den stirbt man nur,
Doch mit dem Tod der andern muß man leben.

MASCHA KALÉKO (1956)

VORFRÜHLING

Lass uns nun vergessen die Qual
Des langen Winters und die Totenklage!
Stehn auch die Wälder noch kahl,
Gekommen sind die braunen Veilchentage.

Du siehst noch nichts Grünes ringsum,
Du hörst noch nicht der Lerche junge Lieder
Und nicht der Bienen Gesumm,
Nur Krähen krächzen traurig hin und wieder.

Doch blüht es schon gelb und blau
Aus welken Buchenblättern, faulig feuchten,
Die Lüfte sind weich und lau,
Und an den Stämmen hängt ein schwaches Leuchten.

Noch zittert das wunde Herz, —
Wir waren allzu schwer, zu tief getroffen.
Vergiß nun, vergiß! Es ist März,
Der Schmerz verklingt, wir werden wieder hoffen!

RICARDA HUCH (1945)

MELANCHOLIE

BANG sitzen wir im Gitter
Und zählen die Dinge auf.
Krone und goldner Knauf
Sinkt vor der letzten Zither.

Wir zählen noch einmal die Frauen
Und Sterne feierlich nach,
Bis der Galgenvogel im Dach
Lang und laut schreit: »Grauen!«

Und die Spieluhr der Welt tickt
Schneller und schneller und hörbar.
Hunderttausend stehn wehrbar
Um den Weltbaum, der knickt.

Und Stund um Stund
Flattert ein schwarzes Band.
Hinten im traurigen Land
Geht die Sonne zu Grund.

EUGEN G. WINKLER (1934-35)

DE PROFUNDIS

DU lastest mir des Hasses Grauen auf,
Daß nicht zu leicht mein Wort der Liebe wiege,
Und mitten in des Wahns Gewaltenhauf
Erhärt ich mein Vertraun zu deinem Siege.

Ummauert vom gegossenen Verrat,
Von jeder Stunde Geißelhieb getroffen,
Gelähmten Armes lobe ich die Tat,
Geschlagenen Munds verstumme ich ins Hoffen.

So darf ich nun, des Untergangs gewiß,
Erst gültig feiern, die dem Aufgang leben,
Und darf aus segenloser Finsternis
Den Segen zu den Sternen heben.

LUDWIG STRAUSS (1937)

DIE RETTUNG

Und eines Tages war die Flucht zu Ende,
an neuen Ufern fand ich mich, gerettet.
Gerettet? ! — — — Nur noch unlösbarer bin ich
mit jenen drüben schicksalshaft verkettet.

Kann der gerettet sein, dem immerwährend
das grenzenlose Leid vor Augen steht,
der überdauern muß, wie Stück für Stück
von seiner Welt versinkt und untergeht? !

So wie Odysseus in des Riesen Höhle
selbst noch den Schlaf der Teuersten bewacht,
mit jedem Pulsschlag das Entsetzen spürend
und unerbittlich schaun muß, Tag und Nacht;

so wie der Gläubige den Blick nach Mekka
nicht nur im täglichen Gebete nimmt,
— wie dieses Ziel zuletzt sein ganzes Wesen
von innen her beleuchtet und bestimmt;

so hat auch alles, was ich tu und treibe,
nur EINEN Sinn noch, Sinn von IHREM Leben,
darf ich nur atmen mehr und weiterkämpfen,
an ihren Abgrund schaudernd hingegeben.

Steh ich in jedem Lebensaugenblicke
vor ihrem Jammer, ihrer Not geneigt:
in einer Qual, die alles überbietet,
in einer Scham, die nichts mehr übersteigt.

ALFRED FARAU (1940)

FÜR ULE

Mein lieber Sohn:
Du großes, spätes Glück,
So laß ich dich vaterlos zurück?
Ein ganzes Volk — Nein, das ist viel zu klein —
Das Menschenvolk wird dir dein Vater sein.

ADAM KUCKHOFF

Am 5. 8. 1943 unmittelbar vor
der Hinrichtung geschrieben

WANN WIRD FRIEDE SEIN . . .

So LANGE Menschen im Namen des Rechts getötet werden
So lang behäbige Geschworene und ehrbare Richter
Ihre enterbten Brüder hinter Eisengitter sperren —
Wird kein Friede sein.

So lange toter Besitz Macht verleiht ohne Pflicht
So lange Freund den Freund um Eigentum verrät
So lang der Heilige Eros als legitimes Bankgeschäft blüht —
Wird kein Friede sein.

So lang der Kampf der Geschlechter in haßvollem Schachern tobt
So lange Mann und Frau sich vor Tribunalen begeifern
Während ihre Kinder in den Schluchten der Elendsstraßen kriechen —
Wird kein Friede sein.

So lang Vermassung als höchster Götze thront
Und stumpfes Gehorchen als höchste Tugend
So lang hungrige Lehrer in teuren Schulen im Nicht-Denken unterrichten –
Wird kein Friede sein.

So lang mit Büro-Maschinen regiert wird anstatt mit Weisheit
So lang der Mensch nicht mehr bedeutet als eine gelochte Karte
So lang Uniformen erlaubt sind und Uniformierung —
Wird kein Friede sein.

So lang sich Mörder finden, die freundliche Tiere schlachten
So lange es Menschen gibt, die ohne Ekel
Sich von Leichenteilen unsrer stummen Freunde nähren —
Wird Krieg sein.

So lang ein Mensch es wagt, einem Menschen zu befehlen
So lang ein Denkender gezwungen werden kann
Für die Überzeugung anderer in den Tod zu gehen —
Wird Krieg sein . . .

Es wird ewig Krieg sein . . .

KARL VOLLMÖLLER (im Exil)

CHOR DER GERETTETEN

WIR Geretteten,
Aus deren hohlem Gebein der Tod schon seine Flöten schnitt,
An deren Sehnen der Tod schon seinen Bogen strich —
Unsere Leiber klagen noch nach
Mit ihrer verstümmelten Musik,
Wir Geretteten,
Immer noch hängen die Schlingen für unsere Hälse gedreht
Vor uns in der blauen Luft —
Immer noch füllen sich die Stundenuhren mit unserem
tropfenden Blut.
Wir Geretteten,
Immer noch essen an uns die Würmer der Angst.
Unser Gestirn ist vergraben im Staub.
Wir Geretteten
Bitten euch:
Zeigt uns langsam eure Sonne.
Führt uns von Stern zu Stern im Schritt.
Laßt uns das Leben leise wieder lernen.
Es könnte sonst eines Vogels Lied,
Das Füllen des Eimers am Brunnen
Unseren schlecht versiegelten Schmerz aufbrechen lassen
Und uns wegschäumen —
Wir bitten euch:
Zeigt uns noch nicht einen beißenden Hund —
Es könnte sein, es könnte sein
Daß wir zu Staub zerfallen —
Vor euren Augen zerfallen in Staub.
Was hält denn unsere Webe zusammen?
Wir odemlos gewordene,
Deren Seele zu I h m floh aus der Mitternacht
Lange bevor man unseren Leib rettete
In die Arche des Augenblicks.
Wir Geretteten,
Wir drücken eure Hand,
Wir erkennen euer Auge —
Aber zusammen hält uns nur noch der Abschied,
Der Abschied im Staub
Hält uns mit euch zusammen.

NELLY SACHS (1945)

FAHRTLOS

Mein Leben kennt nicht überblaute Sunde
nach glatter Meerfahrt, wo die Golfe sind
die Fracht zu bergen der geglückten Funde
von andern Küsten — Inseln ohne Wind.

Ich hißte früh die überhöhten Segel.
Der erste Sturmstoß trug das Kartenblatt
davon — und unbekannt mit Grad und Pegel
fuhr ich voran. Kein Segel setzt' ich matt.

Von solcher Fahrt kann keine Rückkehr werden
mit bis zum Bord gehäufter Ladelast.
Nur Trümmer landen irgendwo auf Erden
von Bohlen, Balken und geborstnem Mast.

GEORG KAISER (1944)

LASS BROT MICH SEIN . . .

Lass Brot mich sein — ich habe Brot gegessen
Und trank vom Wein und aß von Frucht und Fleisch.
Ich habe tausendfach die Welt besessen —
Mir ward ein übervolles Maß gemessen . . .
Nun mache du mein Feld an Garben reich.

Noch einmal schenk mir deine Mittagstille,
Beschwingter Falter bunten Flügelschlag,
Das nimmermüde Zirpen einer Grille
Und eine Wolke ohne Weg und Wille —
Dann reiß mich hoch zu deinem Erntetag.

Durchglüh mein Blut mit deinen heißen Strahlen
Und reife mich wie Baum und Busch und Halm —
Die große Mühle dieser Welt will mahlen! —
Laß hundertfältig mich die Schuld bezahlen
In deiner Ernte goldenschwerem Psalm.

BRUNO SCHÖNLANK (1940)

HEIMKEHR

WEINET, denn wir werden wiederkehren
Und es wird nicht mehr so sein.
Fremde aus der Fremde gehn wir weise
Und verzichtend immer wieder auf die Reise,
Ach, es wird gewiß nie mehr so sein.

Weinet, denn wir werden wiederkehren
Und kein Mensch wird mehr so sein,
Daß wir ihm im Schweigen etwas sagen.
Unser Schicksal ist das ewige Fragen
Und das Tragen. Denn es muß getragen sein.

Weinet, denn wir werden wiederkehren
Und wir werden Menschen sein.
Aber zwischen Mensch und Menschen liegen
Welten. Und nicht: — wer wird einmal siegen? —
Ist die Frage — — Wer wird menschlich sein?

Weinet, denn wir werden wiederkehren,
Jugendwege wiedersehn.
Und dort gehen wieder junge Leute
Wie einst wir. Doch dieses neue Heute
Fürchte ich — wir werdens nicht verstehn.

Nur das Land, das unverwandelbare,
Wird in Liebe um uns sein,
Wird uns mit geheimen Kräften halten,
Und sein ewiges Gesetz wird walten,
Und wir werden in der Heimat sein.

Himmelszeichen, Jahreslauf und Erde
Bleiben und sie werden sein.
Heilt das einmal, was in uns zerrissen?
Nur das Herz sagt gegen bessres Wissen
Ja. Vielleicht wirds wieder ähnlich sein.

GUIDO ZERNATTO (1939)

HEIMWEH

Auf dem Berg steht mein Haus
leicht zu sehn von der See
Seine Wände sind Wunden

Auf dem Berg steht mein Haus
auf dem Berg ohne Brunnen
ohne Trunk für den Durst
Seine Fenster sind Fieberaugen

Auf dem Berg steht mein Haus
eine Fahne im Land
aber dürr aber krank
Seine Fenster sind durstige Augen
Seine Treppen sind pochende Pulse

Auf dem Berg steht mein Haus
in der zornigen Sonne
Wenn der Wind Funken trägt
muß es verbrennen
Wenn der Wind Flocken trägt
muß es erfrieren
Eine kranke Fahne
ist mein Haus auf dem Berg

Auf dem Berg steht mein Haus
daß ich es sehe
Pochende Pulse sind seine Treppen
die ich nicht steige
Durstige Augen sind seine Fenster
die ich nicht öffne

Wenn der Wind Flocken trägt
fühl ich mich frieren
Wenn der Wind Funken trägt
fühl ich mich brennen
leicht zu sehn von der See
krank eine dürre Fahne
in meinem Haus auf dem Berg
wo ich nicht bin

ERICH FRIED (1946)

FRÜHLING 1946

HOLDE Anemone,
bist du wieder da
und erscheinst mit heller Krone
mir Geschundenem zum Lohne
wie Nausikaa?

Windbewegtes Bücken,
Woge, Schaum und Licht!
Ach, welch sphärisches Entzücken
nahm dem staubgebeugten Rücken
endlich sein Gewicht?

Aus dem Reich der Kröte
steige ich empor,
unterm Lid noch Plutons Röte
und des Totenführers Flöte
gräßlich noch im Ohr.

Sah in Gorgos Auge
eisenharten Glanz,
ausgesprühte Lügenlauge
hört ich flüstern, daß sie tauge
mich zu töten ganz.

Anemone! Küssen
laß mich dein Gesicht:
Ungespiegelt von den Flüssen
Styx und Lethe, ohne Wissen
um das Nein und Nicht.

Ohne zu verführen,
lebst und bist du da,
still mein Herz zu rühren,
ohne es zu schüren —
Kind Nausikaa!

ELISABETH LANGGÄSSER (1946)

NEUER PSALM

Tot sind sie alle, Gott, die Dich einst lobten,
und anderer Stimmen sind gebannt in Schweigen.
Ich sehe, daß sich nur die Bäume neigen,
wenn Deine Stürme Wurz und Erdreich probten.

Wirfst keinen Schatten mehr? Bewegen Deine
Kräfte gesetzbietend Lauf an andrem Ort?
Schon tragen weißer Vögel Schwärme
mit sich die Wolken auf den Flügeln fort.

Verborgen ist mir Deiner Schöpfung Anfang,
doch um das Ende trag ich große Sorge.
Wie ich mir Mut für jeden Tag nur borge.
Der Weg zu Deinem Abend ist so lang.

HANS KEILSON (1933)

DURCH TODESSCHATTEN

Durch Todesschatten nähert sich die Stunde,
Da heilige Wahrheit spricht zu Schuld und Wahn
Und unterm Licht, das strahlend aufgetan,
Die Quellen brechen aus erstorbnem Grunde.

Dann steht kein Thron mehr auf dem Erdenrunde
Als höchster Liebe lodernder Altan,
Der Dämon stürzt aus nachtverhangner Bahn
Und Friede kommt aus einem heiligen Munde.

Und wie der Schuld entsetzensvolle Male
Noch immer in der dunklen Erde bleichen,
Daß alle schaudern, die an Gräbern knien,

Da krönt das Leid mit unentweihtem Strahle
Des Dulders Stirn, dem unter Christi Zeichen
Des Weltversöhners heilig Amt verliehn.

REINHOLD SCHNEIDER (1941)

GEDENKSTEIN

MAN sagt, es starben viele um das Recht.
So merkt es euch: sie sind ums Recht gestorben.
Vergeßt es nicht! Sonst war ihr Sterben schlecht,
Und nur am Unrecht wären sie verdorben.

Man sagt, für Freiheit gaben sie ihr Blut —
Ein Tauschgeschäft, das sie nicht überleben.
Ihr, die ihr überlebt, merkt es euch gut:
Für Freiheit haben sie ihr Blut gegeben.

Der Zukunft opfernd ihre Gegenwart —
Und mehr hat keiner, mehr nennt keiner sein.
Die ihr es später lest, bedenkt es hart,
Denn eurer Gegenwart gilt dieser Stein.

BERTHOLD VIERTEL (1945)

NEU BEGINNEN

Für H. L.

WAR es ein Übermaß, kaum noch zu tragen,
was uns an Leid geschah, in dem Jahrzehnt
der Wanderung, so, daß wir immer wieder fragen,
müde an einen fremden Baum gelehnt:

Wann endlich kommt der Stein der letzten Meile
in diesem beinah schon geschlossenen Kreis
des Lebens? Wie ein Brocken Eis
ist alles anzufühlen, was vor einer Weile

noch voller Blut war und uns hingegeben.
Das Herz war längst schon auf den Herbst gefaßt,
auf einen milden, aber nicht auf diese Last,

die uns so grau gemacht hat vor der Zeit,
als passe haargenau zu uns das graue Kleid
der Einsamkeit in diesem aufgeregten Leben.

PAUL ZECH (1945)

SAPPHISCHE ODE

Ring' die Hände nicht, denn es rettet keinen,
Aber frag dein Herz, unter Tränen frag es!
Such in dir! Du findest die nicht erkannte
Schuld aller Mütter.

Warst du einst die Mutter aus Sparta nicht und
Warfst die Söhne selbst in den blutgen Handel,
Stolz nur, wenn als Sieger sie heim dir kehrten
Oder als Tote?

Selber, Mutter, halfst du den Sohn zu töten!
Wandelt endlich sich das verhärtete, un-
Mütterliche Herz, das in falschem Stolz nur
Mörder noch liebte?

Mord ist draußen nur, wenn das Herz den Mord sinnt.
Welten dunkeln, steht keine Frau mehr auf, zu
Kämpfen wider trostlosen Hetzetag als
Mutter des Menschen. —

Dieses dacht ich, siehe, da schlug mir plötzlich
An mein Fenster nächtens die Eule, ange-
Lockt vom Lichte, brachte als Gruß das Ja ge-
Fallener Söhne.

Alles wird zuerst in den Müttern reif, ge-
Tragen unterm schlagenden Herzen mondlang.
Ach, von Gott erflehst du vergebens dir den
Ewigen Frieden.

Retten sei dein Ziel, und erretten sollst die
Söhne du, die wieder dem Schein verfallen,
Tiefstes suchen, aber vorm Letzten dennoch
Störrisch sich bäumen.

Ach, dein Sohn, o fand er dich endlich wieder?
Bist die Mutter du, die ihn mahnt, erinnert:
Immer bleibt nur das, was ein Herz gefühlt und
Wieder kann fühlen.

Sieh ihn stehn und schwanken und wisse du, mit
Dir im Bunde muß er den Kampf bestehn, und

Immer, Mutter, immer gedenk der Gräber,
Dran du einst weinest!

Stolz und Hoffart, diese zertritt in dir und
Lösch sie aus im Blute, daß nicht im Sohn sie
Aufstehn wieder. Dann erst zum letzten Male
Rangst du die Hände.

ERNST SCHÖNWIESE (1948)

MARS

SEPTEMBER — schrieben die Buchen.
Im Park abecete der Lehrer,
als plötzlich auftrat der Fremde
klirrend.
Weil der Lehrer erbleichte,
johlten die Kinder.

Mars ging durch die Stadt
und multiplizierte die Fahnen
und nahm den Trinkspruch entgegen.
(Besonders gefiel ihm das Wörtchen »gerecht«)
Ein Friseur stutzte ihn unentgeltlich,
unentgeltlich beschlug ihn ein Schmied.

Mars nahm im Rathaus Quartier:
er schwärmte für Türme
und schätzte Karteien besonders.
Er sammelte Lumpen- und Alteisensammler
und schlug sie zum Ritter und Rat.
In der Falte seines Rockes verborgen,
harrte der Heuschreck.

Strengste Verdunklung — befahl er
und knirschte den Mond an,
als jener seinen Befehl
ab und zu nur befolgte.

ALFRED GONG (im Exil)

IN EINER REGENNACHT

DER Regen schlägt so fordernd an,
es schlagen Mörder mir ans Fenster,
versammelt ist ein Feme-Clan — —
mein Herz, du hörst Gespenster.
Schlaf ein, mein Herz, schlaf ruhig ein:
diesmal wirds nur der Regen sein.

WERNER BUKOFZER (im Exil)

ZWEIFEL

DANN aber wird doch alles wieder ähnlich sein . . .
Vergessen Kampf und Opfer und Beschwerde . . .
Sie werden wieder spielen mit dem Schein
und wieder auf der blutgedüngten Erde
die Mißgunst säen, um den Grenzstein streiten,
auf freien Türmen bunte Fetzen hissen,
verstricken sich in tausend Kleinigkeiten . . .
Von Not, die wir ertrugen, nichts mehr wissen —
ertrugen gläubig, Bahnen zu bereiten.

Staub wird sich legen über unsre Spuren.
Erkenntnis, die wir schwer erschunden haben,
wird jene kaum erschüttern. Sie erfuhren
nunmehr ja leicht, und wir sind längst begraben. —
Lehrt sie die Qual, die Pein, die wir erlitten?
Ach — Leiber wesen rasch. Die tiefsten Wunden,
die größten Grauen fälscht die Zeit nach Sitten.
Und wieder wird der alte Haß entbunden.
Denn die sich höher rangen, sind geglitten.

Der weite Himmel weiß nichts von dem Beben.
Der Wind verweht die Seufzer wie das Hoffen.
Aus andern Augen blickt das nächste Leben.
Wie gut! Sie senkten sonst sich oft betroffen.
Wie gut? Wie drückend doch für die Gefällten!
Ihr Schluß — Beginn? Ihr Wunsch — ein Traum? — Dennoch:
Mut! Muß dem Tag auch neues Ringen gelten,
Reißt Dunkel nieder — Licht lockt wieder hoch!
Dennoch: Zum Bessren streben stets die Welten!

RICHARD ZACH (1941-43)

AN DIE NACHGEBORENEN

I

WIRKLICH, ich lebe in finsteren Zeiten!

Das arglose Wort ist töricht. Eine glatte Stirn
Deutet auf Unempfindlichkeit hin. Der Lachende
Hat die furchtbare Nachricht
Nur noch nicht empfangen.

Was sind das für Zeiten, wo
Ein Gespräch über Bäume fast ein Verbrechen ist
Weil es ein Schweigen über so viele Untaten einschließt!
Der dort ruhig über die Straße geht
Ist wohl nicht mehr erreichbar für seine Freunde
Die in Not sind?

Es ist wahr: ich verdiene noch meinen Unterhalt.
Aber glaubt mir: das ist nur ein Zufall. Nichts
Von dem, was ich tue, berechtigt mich dazu, mich sattzuessen.
Zufällig bin ich verschont. (Wenn mein Glück aussetzt bin ich
Man sagt mir: Iß und trinkt du! Sei froh, daß du hast! [verloren.)
Aber wie kann ich essen und trinken, wenn
Ich dem Hungernden entreiße, was ich esse, und
Mein Glas Wasser einem Verdurstenden fehlt?
Und doch esse und trinke ich.

Ich wäre gerne auch weise.
In den alten Büchern steht, was weise ist:
Sich aus dem Streit der Welt halten und die kurze Zeit
Ohne Furcht verbringen.
Auch ohne Gewalt auskommen
Böses mit Gutem vergelten
Seine Wünsche nicht erfüllen, sondern vergessen
Gilt für weise.
Alles das kann ich nicht:
Wirklich, ich lebe in finsteren Zeiten!

II

In die Städte kam ich zur Zeit der Unordnung
Als da Hunger herrschte.
Unter die Menschen kam ich zur Zeit des Aufruhrs
Und ich empörte mich mit ihnen.
So verging meine Zeit
Die auf Erden mir gegeben war.

Mein Essen aß ich zwischen den Schlachten.
Schlafen legte ich mich unter die Mörder.
Der Liebe pflegte ich achtlos
Und die Natur sah ich ohne Geduld.
So verging meine Zeit
Die auf Erden mir gegeben war.

Die Straßen führten in den Sumpf zu meiner Zeit.
Die Sprache verriet mich dem Schlächter.
Ich vermochte nur wenig. Aber die Herrschenden
Saßen ohne mich sicherer, das hoffte ich.
So verging meine Zeit
Die auf Erden mir gegeben war.

Die Kräfte waren gering. Das Ziel
Lag in großer Ferne.
Es war deutlich sichtbar, wenn auch für mich
Kaum zu erreichen.
So verging meine Zeit
Die auf Erden mir gegeben war.

III

Ihr, die ihr auftauchen werdet aus der Flut
In der wir untergegangen sind
Gedenkt
Wenn ihr von unsern Schwächen sprecht
Auch der finsteren Zeit
Der ihr entronnen seid.

Gingen wir doch, öfter als die Schuhe die Länder wechselnd
Durch die Kriege der Klassen, verzweifelt
Wenn da nur Unrecht war und keine Empörung.

Dabei wissen wir doch:
Auch der Haß gegen die Niedrigkeit
Verzerrt die Züge.
Auch der Zorn über das Unrecht
Macht die Stimme heiser. Ach, wir
Die wir den Boden bereiten wollten für Freundlichkeit
Konnten selber nicht freundlich sein.

Ihr aber, wenn es soweit sein wird
Daß der Mensch dem Menschen ein Helfer ist
Gedenkt unsrer
Mit Nachsicht.

BERTOLT BRECHT (1938)

Dokumentarischer Teil

Schrifttum

Biographien
Bibliographien

Inhaltsangabe

Die kurzen Biographien beschränken sich auf die wichtigsten Angaben. Bis 1933 mögen sie als Stationen des persönlichen Werdeganges verstanden sein, die ausführlicher berichteten Schicksale nach 1933 müssen jedoch als Schlaglichter auf die mit allen Mitteln versuchte Zerstörung des deutschen Geistes angesehen werden. Die empfangenen Auszeichnungen seien ein Hinweis mehr, wie der jeweilige Autor in normalen Zeiten geachtetes und geehrtes Mitglied der Gemeinschaft ist. Bücherverbrennungen und Ausbürgerungen dürfen in diesem Zusammenhang ohne Bedenken als »Auszeichnung« gewertet werden.

Grundsätzlich wurde bei dem Werkverzeichnis die Angabe aller selbständigen literarischen Publikationen angestrebt, was aus Raummangel nicht immer durchgehalten werden konnte. Verzeichnet sind dann alle Gedicht-Bände, alle Veröffentlichungen zwischen den Jahren 1933 und 1945 (hier mit Erscheinungsort), sowie die nach 1945 erschienenen Bücher, in denen die Jahre 1933 bis 1945 behandelt werden. Zur genauen Quellenangabe erhielten die Bände, denen Gedichte entnommen wurden, vor dem Titel Sternchen (*), die mit denen hinter den einzelnen Gedichten korrespondieren und hier auf die genaue Seitenzahl verweisen. Nach Möglichkeit wurde der Ort der Erstveröffentlichung angegeben. Alle bereits gedruckten Gedichte wurden mit Genehmigung der jeweiligen Verlage übernommen, wofür hier nochmals gedankt sei.

Zwar wurden die Angaben des biographischen Teils nach mehreren Lexika, die Veröffentlichungen aufgrund der Jahres-Bücherverzeichnisse zusammengestellt und den Autoren oder Nachlaßverwaltern zur Überprüfung und Ergänzung übersandt, dennoch kann für eine absolute Richtigkeit, vor allem der Titel- und Erscheinungsdaten, nicht garantiert werden. Die einzige Sicherheit bietet eine Nachprüfung der einzelnen Bände, die im Rahmen der Arbeit an der Anthologie nicht durchzuführen war, zumal die meisten Bücher in Deutschland nicht greifbar sind. Da dieser Versuch einer genau gearbeiteten Bio-Bibliographie als selbstverständliche Ehrerweisung gegenüber den Autoren verstanden sein will, bitten wir die Leser, notwendige Verbesserungen uns mitzuteilen.

Zur anschließenden, allgemeinen Bibliographie sei auf den ersten Teil mit Nachdruck hingewiesen. In ihm sind die uns am wichtigsten erscheinenden und zum großen Teil im Buchhandel erhältlichen Darstellungen über die Jahre 1933—45 aufgeführt. Die Editionen, Zeitungen und Zeitschriften des zweiten und dritten Teils wurden durchgearbeitet und dienten neben den oftmals nach dem Kriege erschienenen Gedicht-Bänden als Quellenunterlage.

Abweichend von allgemein gebräuchlichen und leicht entzifferbaren Abkürzungen wurden folgende Buchstaben für Worte gesetzt:

Anth.	Anthologie	Mchn.	München
Aphor.	Aphorismus, Aphorismen	Ms.	Manuskript
Betr.	Betrachtung(en)	Msk.	Moskau
Biogr.	Biographie	Mystsp.	Mysterienspiel
Bln.	Berlin	N	Novelle (n)
Br.	Briefe	ND	Nachdichtung
BRD	Bundesrepublik Deutschld.	ÖGB	Österreichischer Gewerkschaftsbund
BRÖ	Bundesrepublik Österreich	P	Prosa
D	Dichtung	PD	Privatdozent
DA	Deutsche Akademie für Sprache und Dichtung, Darmstadt	Preuss. Akad.	Preussische Akademie d. Künste, Sektion Dichtung
Dr.	Drama, Dramen	Ps.	Pseudonym
Dst.	Darmstadt	R	Roman
dt.	deutsch	Sat.	Satire
Dt. R.	Deutsche Rundschau	SBZ (DDR)	Sowjetisch besetzte Zone (Deutsche Demokratische Republik)
e.	erschien	Sch.	Schauspiel
erw.	erweitert	SDS	Schutzverband der Schriftsteller deutscher Sprache im Ausland
Erz.	Erzählung	Spr.	Sprechchor
Ess.	Essay	SSV	Schweizerischer Schriftsteller Verein
Fbg.	Freiburg i. Brsg.	Stgt.	Stuttgart
Ffm.	Frankfurt a.M.	Strbg.	Straßburg
frz.	französisch	Tr.	Tragödie
G	Gedichte	Üb.	Übersetzung
gek.	gekürzt	ü. d. J.	über die Jahre
Gr.Vd.Kreuz	Großes Verdienstkreuz	u. d. T.	unter dem Titel
Hbg.	Hamburg	urgf.	uraufgeführt
Hdbg.	Heidelberg	V	Veröffentlichung
Hsp.	Hörspiel	Vlg.	Verlag
IT	Internierungslager	v.	verfaßt
Jgdb.	Jugendbuch	Volksbdg.	Volksbildung
KL	Konzentrationslager	Wiss. Schr.	Wissenschaftliche Schrift
Kom.	Komödie	Zt.	Zeitung (en)
Ldn.	London	Zs.	Zeitschrift (en)
Leg.	Legende (n)		
Lpz.	Leipzig		
Lsp.	Lustspiel		
M	Märchen		

I. ALLGEMEINE DARSTELLUNGEN

DAS DRITTE REICH. Von L. Poliakov u. J. Wulf, Bd. I Das Dritte Reich und die Juden, Bd. II Das Dritte Reich und seine Diener, Bd. III Das Dritte Reich und seine Denker, arani-Vlg., Bln. 56 ff.

DAS GEWISSEN STEHT AUF. 64 Lebensbilder aus dem dt. Widerstand 1933—45, ges. v. Annedore Leber (m. W. Brandt u. D. Bracher), Mosaik-Vlg., Bln. 54.

DER LAUTLOSE AUFSTAND. Berichte ü. d. Widerstand d. dt. Volkes 1933—1945, n. d. Material v. R. Huch, hrsg. v. G. Weisenborn u. Walter Hammer, mit ausführl. Bibliographie, Rowohlt-Vlg. 53, verb. Aufl. 55.

DER NATIONALSOZIALISMUS. Dokumente 1933—1945, hrsg. u. kommentiert von Walther Hofer, Fischer-Bücherei 172, Ffm. 57.

DER RUF DES GEWISSENS. Der österr. Freiheitskampf 1938—1945, Beiträge zur Geschichte d. österr. Widerstandsbewegung, von Otto Molden, Vlg. Herold, Wien-Mchn. 58.

DER SS-STAAT. Von Eugen Kogon, Europ. Vlgs-Anst., Ffm. 47.

DEUTSCHER WIDERSTAND, v. Rudolf Pechel, Rentsch Vlg., Erlenbach 57.

DIE FLUCHT IN DEN HASS. Die Ursache der deutschen Judenkatastrophe, von Eva Gabriele Reichmann (m. gutem Literatur-Verzeichnis), Europ. Vlgs.-Anst., Ffm. 56.

DIE HUMANISTISCHE FRONT, Einführung in die dt. Emigranten-Literatur, 1. Teil: Von 1933 bis zum Kriegsausbruch 1939, v. *Walter A. Berendsohn*, Europa-Vlg., Zürich 46; 2. Teil ungedr., einzusehen in d. Deutschen Bibliothek, Ffm.

DIE VERHEIMLICHTE WAHRHEIT. Theresienstädter Dokumente, v. H. G. Adler, Vlg. J. C. B. Mohr, Tübingen 58.

GEIST DER FREIHEIT. Der 20. Juli. v. Eberh. Zeller (Lit.-Verz.), Vlg. H. Rinn, Mchn. 54.

HITLER IN UNS SELBST, von Max Picard, Rentsch-Vlg., Zürich 46.

SCHRIFTSTELLER IM EXIL. Zwei Jahre deutsche literarische Sendung am Rundfunk in New York, von Peter M. Lindt, Willand Publishing Comp., New York 44.

THE GERMAN OPPOSITION TO HITLER. An appraisal, by Hans Rothfels, Hinsdale Ill. 48, in dt. Spr.: Die deutsche Opposition gegen Hitler. Eine Würdigung, Scherpe Vlg., Krefeld 49, Fischer Bücherei 198, Ffm. 58[2].

THERESIENSTADT 1941—1945. Das Antlitz einer Zwangsgemeinschaft, von H. G. Adler, Vlg. J. C. B. Mohr (Paul Siebeck), Tübingen 55, verb. Aufl. 60.

II. ANTHOLOGIEN

a) Bände mit Emigrationsdichtung u. Gedichten aus Lagern u. Gefängnissen

DAS WORT DER VERFOLGTEN (G, P, Briefe, Aufrufe). Hrsg. von Oswald Mohr (Ps. f. Bruno Kaiser u. Wolfgang Langhoff). Bd. 5 d. Schriftenr. Erbe u. Gegenwart, Mundus Vlg., Basel 45, Vlg. Volk und Welt, Bln. 48[2].

DENK ICH AN DEUTSCHLAND IN DER NACHT. Anthologie dt. Emigranten-Lyrik, hrsg. von Erich Grisar, Vlg. Volk und Zeit, Karlsruhe 46.

DE PROFUNDIS. Deutsche Lyrik in dieser Zeit, eine Anthologie aus zwölf Jahren. Hrsg. von Gunter Groll, Vlg. Kurt Desch, Mchn. 46.

DE STEM VAN EUROPA. Stimme Europas, hrsg. von Heinz Wielek, dt. Beitr. v. Haushofer, Bruegel, Brecht, Weisenborn, Bergengruen, Vlg. van Ditmar, Amsterd. 48.

DIE VERTRIEBENEN. Dichtung der Emigranten, 37 Gedichte von Emigranten aus Österr., der Tschech. u. Dtschl., publ. by Free German League of Culture, Ldn. 41.

DEIN HERZ IST DEINE HEIMAT. (Eine Sammlung österr. Lyrik, besonders a. d. J. 1933—45, m. kurzen biogr. Angaben), hrsg. von Rudolf Felmayer, Amandus Vlg., Wien 55.

GESANG AUF DEM WEGE. Anthologie m. Widerstandsgedichten. Schriftenreihe Über die Grenzen, Aehren Vlg., Affoltern 45.

KINDERZEICHNUNGEN UND GEDICHTE AUS THERESIENSTADT 1941— 1944, red. Hanna Volavlova, Stàtni Zidovské Museum, Prag 59.

KLEINE SAMMLUNG (G, Erz.). Deutsche Schriftsteller in England, Ldn. 46.

MUT, Gedichte junger Österreicher, hrsg. von Fritz Walter, Vlg. Jugend voran, Ldn. 43.

NIE STIRBT DAS GEDICHT. Lyrik aus den gnadenlosen Jahren. Hrsg. von Marianne von der Vring, Ed. Pan, Wildbad i. Schw. 48.

VERBANNTE UND VERBRANNTE, Anthologie (G, Ess.), Freier dt. Kulturb., Ldn. 42.
VERSE DER EMIGRATION. Hrsg. von Heinz Wielek, Bd. 1 der Schriftenr. Braunes Deutschland, Vlgsanst. Graphia, Karlsbad 35.

VOM SCHWEIGEN BEFREIT (1. Samml. n. d. Kriege). Hrsg. von R. Schwachhofer, Bln. 48.

WIR VERSTUMMEN NICHT. Gedichte in der Fremde (Jo Mihaly, Lajser Ajchenrand, Stephan Hermlin), Posen Vlg., Zürich 45.

ZEHN JAHRE KULTURBARBAREI IM DRITTEN REICH. Zehn Jahre freie dt. Kultur (G, P, Ess. von 35 Autoren im Exil), Ldn. 43.

ZWISCHEN GESTERN UND MORGEN. Neue österr. Gedichte, Ldn. 42.

b) Anthologien, die nur zum Teil Dichtung zum Thema dieses Bandes enthalten oder solche, die Veröffentlichungen mehrerer hier vertretener Autoren aufweisen.

AHNUNG UND AUFBRUCH. Expressionistische Prosa, hrsg. u. eingel. von Karl Otten, Luchterhand Vlg., Dst. 57 (darin Beitr. v.: Blass, Ehrenstein, Goll, Herrmann-Neisse, Lasker-Schüler, Loerke, Otten, Paquet, Schickele, Strauss, v. Unruh, Werfel, Wolfenstein, Zech u. a.).

AUCH UNSER LIED SOLL ZEUGEN. Christliche Zeitdeutung im Gedicht, hrsg. von Werner Kohlschmidt u. Johannes Maassen, Vlg. Herder, Fbg. 47.

DAS BUCH DER FREIHEIT. Büchergilde Gutenberg, Ffm. 56, vgl. unter Zerfass.

DAS LEERE HAUS. Prosa jüdischer Dichter, hrsg. von Karl Otten, Cotta Vlg., Stgt. 59 (darin Beitr. v.: Blass, Ehrenstein, Kolmar, Kronberg, Otten u. a.).

DEUTSCHE LYRIK DER GEGENWART, hrsg. v. Günther Birkenfeld, Pädagogischer Verlag B. Schulz, Bln.-Hannover 50.

DEUTSCHER FREIHEITSKALENDER, f. d. Leser u. Freunde der »Zukunft«. Paris 40.

DU HAST MICH HEIMGESUCHT BEI NACHT. Abschiedsbriefe und Aufzeichnungen des Widerstandes 1933—1945 (darunter vereinzelt Gedichte), hrsg. von Helmut Gollwitzer, Käthe Kuhn, Reinhold Schneider, Chr. Kaiser Vlg., Mchn. 54.

FREIHEIT. Zeugnisse d. dt. Geschichte, hrsg. von Bruno Curth, Lessing Vlg., Bln. 46.

JÜDISCHES SCHICKSAL IN DEUTSCHEN GEDICHTEN. Eine abschließende Anthologie, ges. u. hrsg. von S. Kaznelson, Jüdischer Vlg., Bln. 59.

LICHT DER WELT. Eine Sammlung mit christl. Lyrik, hrsg. von Otto Freiherr von Taube, Chr. Kaiser Vlg., Mchn. 46.

MENSCHHEITSDÄMMERUNG. Ein Dokument des Expressionismus. Mit Bio- und Bibliographien neu hrsg. von Kurt Pinthus, Rowohlts Klassiker der Lit. v. d. Wiss. 55/56, Hbg. 59.

MORGENRÖTE. Ein Lesebuch (G, P) von Heinrich Mann, hrsg. v. d. Gründern d. Aurora Vlgs., E. Bloch, B. Brecht, F. Bruckner, A. Döblin, L. Feuchtwanger, O. M. Graf, W. Herzfelde, H. Mann, E. Waldinger, B. Viertel u. F. C. Weiskopf, Aurora Vlg., New York 47.

STIMMEN AUS BÖHMEN. Eine Sammlung, hrsg. von Paul Reimann, Rudolf Popper, red. v. Anna Maria Jockl, Vlg. der Einheit, Ldn. 44.

ZU UNRECHT VERGESSEN. Eine Anthologie, hrsg. u. eingel. von Paul Hühnerfeld, Marion von Schröder Vlg., Hbg. 57 (darin G von E. Blass, J. Haringer, L. Strauss u. a.).

III. Periodica

a) Zeitungen und Zeitschriften der Emigration

(Vgl.: K. O. Paetel, Bibliographie der Zss. u. Zt. d. dt. polit. Exils 1933—48, in Politische Studien IX. 98, S. 425 ff.)

AUFBAU. Unabhängige Wochenschrift (An indepent weekly journal to serve the interests and the americanization of all imigrants and to combat racial intolerance), hrsg. von Manfred George im Auftr. d. deutsch-jüdischen Vereinigung, New York, als Monatsbl. s. Dez. 34, s. Febr. 39 Halbmonatsbl., s. Nov. 39 Wochenschrift.

DAS ANDERE DEUTSCHLAND. (La otra Alemania. Organo de los alemanes libres de America del Sur), hrsg. von August Siemsen. Zuerst Monats-, dann Halbmonatsblatt, B. Aires Juli 37—49.

DAS NEUE TAGEBUCH. Wochenschrift, hrsg. von Leopold Schwarzschild, Paris-Amsterd. Juli 33—Mai 40 (früher DAS TAGEBUCH).

DAS BUCH. Bibliographische Übersicht, vierteljährlich hrsg. von Intern. Sozialist. Kampfbund, Prag 34—38, m. d. Untertitel: Zs. f. unabhängige dt. Literatur, Paris 38—39.

DAS WORT. Literarische Monatsschrift Red. v. B. Brecht, L. Feuchtwanger u. W. Bredel, Moskau 1936—39. Ging dann auf in: Internationale Literatur (s. dort).

DEMOKRATISCHE POST. Antinationalsoz. Halbmonatsschrift, Red. R. Fürth-Feistmann, später H. Baumgarten, Mexiko ab Aug. 1943 ff.

DER SIMPLICIUS, später: Der Simpl., Prag, Juli 34—35.

DEUTSCHE BLÄTTER. Monatszeitschrift für ein europäisches Deutschland, gegen ein deutsches Europa, hrsg. von Udo Rusker u. Albert Theile, Santiago de Chile, Januar 43—Dezember 46 (s. 1945 Zweimonatsschrift).

DIE NEUE WELTBÜHNE. Wochenschrift für Politik, Kunst u. Wirtschaft, Forts. d. ‚Weltbühne' ab 1932. Begr. v. Siegfr. Jacobsohn, hrsg. von H. Budzislawski, red. v. Gustav Jellinek, Prag—Zürich—Paris, April 32—August 39.

DIE SAMMLUNG. Literarische Monatsschrift unter dem Patronat von A. Gide, H. Huxley u. H. Mann, hrsg. von Klaus Mann, Querido Vlg., 2 vols., Amsterd. 34—35.

DIE ZEITUNG. Tageszeitung, später: unabhängige Wochenzeitung von Deutschen f. Deutsche, begr. v. Hans Lothar, red. v. Wolfg. v. Einsiedel, Ldn. März 41—Juni 46.

DIE ZUKUNFT. Unabhängige Wochenzeitung, hrsg. von W. Münzenberg, (ab 2. Jg. Organ d. deutsch-französischen Union), Edition S. Brant, Paris, Okt. 38—Mai 40.

FREIE DEUTSCHE KULTUR. Mitteilungsbl. d. dt. Kult. Bds. in Engl., Ldn. Sept. 41—Okt. 44.

FREIE DEUTSCHE ZEITUNG, Santiago de Chile, Sept. 43—Nov. 44.

FREIE TRIBÜNE. Antinationalsoz. Halbmonatsschrift, Organ d. freien deutschen Bewegung in Groß-Britannien, Ldn., August 43—November 46.

FREIES DEUTSCHLAND. Antinationalsoz. Wochenschrift, begr. von E. E. Kisch u. F. C. Weiskopf, Chefred. Alex Abusch, Mexiko, Nov. 41—Dez. 45, danach u. d. T. NEUES DEUTSCHLAND bis Ende 1946.

INTERNATIONALE LITERATUR (Deutsche Blätter), verantw. Red. ab Mai 33 J. R. Becher, Vlg. f. schöne Literatur, Moskau, Jan. 31—Dez. 45.

MASS UND WERT. Zweimonatsschrift für freie deutsche Kultur, hrsg. von Thomas Mann u. Konrad Falke, red. v. Ferd. Lion, später Golo Mann, Zürich, Okt. 37—Nov. 40.

NEUE DEUTSCHE BLÄTTER. Monatsschrift f. Literatur u. Kritik, Prag, Sept. 33—März 35.

PARISER TAGEBLATT 33—34, später PARISER TAGESZEITUNG, Paris 37—40.

ORIENT. Unabhängige Wochenschrift f. Zeitfragen, Kultur u. Wirtschaft, u. Mitarb. v. A. Zweig u. W. Yourgrau, Haifa, 39—43.

b) Andere Zeitungen und Zeitschriften, denen Gedichte entnommen wurden.

ARIEL, eine Vierteljahresschrift, hrsg. von Walter Euler, Dst. 56—60, Heft 3, 56. — Darin Beitr. v. H. Adler, L. Bernstein, I. Blumenthal-Weiss, J. Katzenelson, G. Kantorowicz, R. Klüger, G. Kolmar, N. Sachs.

CASTRUM PEREGRINI, begr. u. d. Patenschaft von C. A. Klein, W. Fraenger u. L. Helbing u. hrsg. von J. E. Zeylmans van Emmichoven, Amsterd. 50 ff.

CHRIST UND WELT. Wochenschrift, Chefred. Giselher Wirsing, Stgt. 48 ff.

DER KURIER. Berliner Abendzeitung, hrsg. von E. Lemmer, Berlin, Nov. 45 ff.

DER MORGEN, Monatszeitschrift d. Juden in Deutschland, begr. von Prof. Julius Goldstein, Bln.-Dst. 25—38. Jg. 1—14.

DIE NEUE RUNDSCHAU, Vierteljahresschrift 1889—1944 Berlin, ab 1945 Stockholm, 1950 ff. Ffm.

DIE WANDLUNG, Monatsschrift, hrsg. von K. Jaspers, A. Weber u. W. Krauß, red. v. D. Sternberger, Hdbg., Nov. 45—Dez. 49.

HAKIDMAH. Halbmonatsschrift, red. von W. Lichtenthal, Tel Aviv. April 50 ff. als Wochenbl., ab Mai 60 als Monatbl.

HORTULUS, Illustrierte Zweimonatszeitschrift für neue Dichtung, hrsg. von Hans Rudolf Hilty, St. Gallen 50 ff.

SOZIALDEMOKRAT, Tageszeitung, hrsg. v. S. Taub, Prag 20—38.

VORAN. Mitteilungsblätter d. Nationaldemokratischen Partei Deutschlands, Berlin 46 ff.

IV Bibliographische Hilfsmittel

Für den Anhang wurden außer den Hilfsmitteln der Bibliotheken folgende Bände benutzt:

AUTORENLEXIKON DES 20. JAHRHUNDERTS, von Karl August *Kutzbach*, H. Bouvier Vlg., Bonn 52.

BIBLIOGRAPHIE DER DEUTSCHEN LITERATURWISSENSCHAFT, hrsg. von Hanns *Eppelsheimer*, Bd. I S. 422 ff., Bd. II S. 295 ff., Bd. III S. 194 ff., Ffm. 60.

DEUTSCHE DICHTER UND SCHRIFTSTELLER UNSERER ZEIT. Einzeldarstellungen zur Schönen Literatur in dt. Sprache von Franz *Lennartz*, 8. Aufl., A. Kröner Vlg., Stgt. 59.

DEUTSCHES LITERATUR-LEXIKON. Biographisches und bibliographisches Handbuch von Wilhelm *Kosch*, 2. neubearb. u. erw. Aufl., Bd. I—IV, Francke- Vlg., Bern 59.

DEUTSCH-JÜDISCHES SCHICKSAL IN DIESER ZEIT. Wegweiser durch das Schrifttum der letzten 15 Jahre 1945—1960, hrsg. von Joseph Melzer, J. Melzer Vlg., Köln 60.

EXPRESSIONISMUS, Literatur und Kunst 1910—1923, Katalog Nr. 7 d. Schiller-National-Museums, hrsg. von B. Zeller, red. von P. Raabe u. H. L. Greve, Marbach 60 (darin ausführl. Bio-Bibliographien).

GERMAN JEWRY, Its History, Life and Culture, hrsg. von The Wiener Library, Catalogue Series 1—3 (Eine Bibliographie), Ldn. 52—58.

GERMAN LITERATURE IN EXILE, The concern of the poets, von W. K. Pfeiler, University of Nebraska Press, Lincoln 57.

KÜRSCHNERS DEUTSCHER LITERATUR-KALENDER 1958, hrsg. von W. Schuder, Vlg. W. de Gruyter, Bln. 58, u. frühere Aufl.

LEXIKON DEUTSCHER EXIL-LITERATUR. Biographie, Bibliographie, bearb. von Wilhelm Sternfeld u. Eva Tiedemann im Auftr. der DA, erscheint voraussichtlich 1962. (Konnte nur bis zum Buchstaben F eingesehen werden.)

PERSECUTION AND RESISTANCE UNDER THE NAZIS. The Wiener Library (Wallenstein-Mitchell), Ldn. 60 (genaue Bibliographie bis 1958).

UNTER FREMDEN HIMMELN. Ein Abriss der deutschen Literatur im Exil 1933—1947, von F. C. Weiskopf, Dietz Vlg., Bln. 47.

VERBOTEN UND VERBRANNT, Deutsche Literatur zwölf Jahre unterdrückt, hrsg. von Richard Drews u. Alfred Kantorowicz, H. Kindler-Vlg., Bln.-Mchn. 47.

HERMANN ADLER · Diosek/Pressburg 2.10.1911. Aufgewachsen in Nürnberg. Als Lehrer f. Schwererziehbare in Schlesien. 1941 in das Ghetto Wilna eingewiesen, später Mitkämpfer beim Warschauer Aufstand. Wurde 1945 aus Bergen-Belsen befreit. Lebt als freier Schriftsteller in Basel. Ausz.: Preis d. Stadt Zürich 1947. Lyrik, Essay, Hörfolge, Übersetzung.

V (alle): * *Gesänge aus der Stadt des Todes, (illegal v. Jüd. Hilfskomitee, Budapest, dgl. in Hebräisch u. d. Namen Z'wi Nesher, Tel Aviv 43 ersch.), Vlg. Oprecht, Zürich—N. York 45;* Ostra Brama (Leg.) 45; Balladen der Gekreuzigten, Auferstandenen, Verachteten 46; ** *Fieberworte von Verdammnis und Erlösung (G), Vlg. d. jüd. Rundschau Maccabi, Basel 48;* Bilder nach dem Buche der Verheißung 50; *** *Vater, vergib! (G. aus d. Ghetto), Ausw. u. Nachwort v. K. Thieme, Christian Vlg., Bln.-Wilmersdorf 50;* Das Lied vom letzten Juden, v. J. Katzenelson (Nachd.) 51. — Die »Gesänge . .« und »Ostra Brama« wurden a. d. Lager geschmuggelt. Die Gedichte der anderen Bde. wurden im KL konzipiert, konnten aber erst später niedergeschrieben werden.

H. G. ADLER · Prag 2.7.1910. Studium der Musik- und Lit.-Wiss. 1935 Dr. phil. 1935—38 Sekretär einer Volkshochschule. 1941—45 in fünf Lagern (Theresienstadt, Auschwitz, zuletzt Langenstein-Zwieberge bei Halberstadt). Seit Februar 1947 freier Schriftsteller u. Privatgelehrter in London. Lit. Tätigkeit auf versch. Gebieten.

V (alle): Theresienstadt 1941—45, Das Antlitz einer Zwangsgemeinschaft, 55, verb. u. erg. 60²; Die verheimlichte Wahrheit, Theresienstädter Dokumente 58; Der Kampf gegen die »Endlösung der Judenfrage« 58; Die Juden in Deutschland — Von der Aufklärung bis zum Nationalsozialismus 60; Der Führer ins Nichts, Eine Diagnose Adolf Hitlers (Beitr. v. H. Buchheim, E. Eucken-Erdsiek, G. Buchheit und H. G. Adler) 60. — Die Gedichte entstanden in den Lagern und sind bisher ungedruckt.

GÜNTHER ANDERS · Breslau 12.7.1902. Promotion 1925 (Dr. phil.) bei Husserl. Philosophischer Autor. 1933 Ausbürgerung u. Flucht n. Frankreich. 1936 n. den USA, wo er die verschiedensten »jobs« vom Fabrikarbeiter bis zum Dozenten d. Philosophie ausfüllte. 1950 Rückkehr nach Europa. 1958 Reise nach Japan (Hiroshima). Lebt heute in Wien-Mauer. Lyrik, Novelle, Roman, Philosophische Prosa

V (alle): Über das Haben (Ontol. Studie) 27; Pathologie de la Liberté (Ess.), Paris 36; Der Hungermarsch (N), Amsterd. 36; The Pseudo Concreteness of Heidegger's Philosophy (Ess.) 45; Kafka pro und contra, 52; Die Antiquiertheit des Menschen, 56; Der Mann auf der Brücke, 59, George Grosz (Ess.) 61; Gewissen — off limits (Br.) 61; in Vorb.: Die Frist (phil. Beitr.), Der sanfte Terror (phil. Beitr.).

STEFAN ANDRES · Dröhnchen, Kr. Trier 26.6.1906. Zum Priester bestimmt. Germanist. Studien in Köln, Jena u. Berlin. 1933 erste Reise nach Positano. 1934 Ägypten u. Griechenland. Ab 1935 wg. s. antinationalsoz. Haltung u. s. halbjüd. Frau Rundfunkverbot. 1937 zog St. A. nach Positano, seit 1949 wieder in Deutschland (Unkel a. Rh.). Ausz.: Preis d. Abraham-Lincoln-Stift. 1932, Rhein. Lit.-Preis 1949, Lit.-Preis v. Rheinl.-Pfalz 1952, Gr. Kunst-Preis v. Nordrh.-Westf. 1954, Dramatiker-Preis d. Stadt Oldenburg 1957, Gr. Komtur-Kreuz d. Rep. Italien 1956, Gr. Vd.-Kreuz d. BRD 1959. Lyrik, Roman, Erzählung, Novelle, Drama.

V: Die Löwenkanzel (G), Köln 33; Bruder Luzifer (Autobio.), Jena 33; Die unsichtbare Mauer (R), Jena 34; Eberhard im Kontrapunkt (R), Köln 34; El Greco malt den Großinquisitor (N), Lpz. 35; Der ewige Strom (Orat.) 35; Vom heiligen Pfäfflein Domenico (Erz.), Lpz. 36; Utz, der Nachfahr (N), Saarbrücken 36; Moselländische Novellen, Lpz. 37. u. d. T.: Gäste im Paradies, 49²; Der Mann von Asteri (R), Mchn. 39; Das Grab des Neides (N), Mchn. 40; Der Olympische Frieden (Erz.), Lpz. 40; Die Liebesschaukel (R), Mchn. 40, früher u. d. T.: Der gefrorene Dionysos; Wirtshaus zur weiten Welt (N), Jena 42; Das goldene Gitter (Erz.), Bln. 43; Wir sind Utopia (N), Mchn. 43; Hochzeit der Feinde (R ü. d. dt.-frz. Verständigung) 47; Requiem für ein Kind (D) 48; Ritter der Gerechtigkeit (R ü. d. J. 1933—45) 49; Die Sintflut (R-Tril. ü. d. J. 1933—45) Bd. I Das Tier aus der Tiefe, 49 — Bd. II Die Arche, 51 — Bd. III Der graue Regenbogen, 60; * *Der Granatapfel. Oden, Gedichte, Sonette, Piper Vlg., Mchn. 50;* Sperrzonen (Drama ü. d. J. 1933—45) 58; Toleranz (Rede ü. d. J. 1933—45) 58.

HANS ARP · Straßburg 16.9.1887. 1905—07 Besuch d. Weimarer Kunstakademie. In München enge Verbindung m. d. 'Blauen Reiter'. Gründete 1916 in Zürich mit R. Hülsenbeck, H. Ball, T. Tzara und M. Janco die Dada-Bewegung. Heirat mit Sophie Taeuber (1922). Zog 1926 n. Meudon b. Paris. Flüchtete als Unerwünschter, dessen Werke in Deutschl. verboten und z. T. verbrannt wurden, 1940 von Meudon nach Grasse im unbesetzten Frankreich, 1942 in die Schweiz, wo s. Frau in Zürich starb. N. Kriegsende Rückkehr n. Meudon (Val-Fleury). Lebt m. Locarno wechselnd dort. Seit 1959 m. M. Hagenbach verheiratet. Ausz.: Gr. Kunstpreis f. Bildhauerei, Venedig (27. Biennale). Lyrik, Prosa.

V (alle literarischen): Der Vogel selbdritt (G) 20; Die Wolkenpumpe (G) 20; Der Pyramidenrock (G) 24; Weißt du schwarzt du (G) 30; Konfiguration (G) 30; Muscheln und Schirme (G), Meudon 39; Poèmes sans prénoms (G), Grasse 41; Rire de coquille (G), Amsterd. 44; 1924—1925—1926—1943 (G), Bern-Bümpliz 44; Le Siège de l'Air (G i. frz. Sprache 1926—1945) 46; On my Way (G u. P) 49; Onze Peintres vus par Arp (P u. G) 49; Auch das ist nur eine Wolke (D) 51; Wegweiser — Jalons (P) 51; Dreams and Projects (P u. 28 Holzschnitte) 52; Die Engelsschrift (G) 52; Behaarte Herzen — Könige vor der Sintflut (G) 53, * *Wortträume und schwarze Sterne (ausgew. G 1911—52), Limes-Vlg., Wiesbaden 53;* Auf einem Bein (G) 55; Unsern täglichen Traum . . ., Erinnerungen (a. d. J. 1914—54) 55. Worte mit und ohne Anker (G) 57. Le Voilier dans la Fôret (G) 57; Mondsand (G) 59; Zweiklang (P u. G) 60. Vers le Blanc infini (G) 60; Gesammelte Dichtungen (3 Bde.) 61 ff.

MAX BARTH · Waldkirch/Brg. 22.1.1896. Journalist. 1933 Hrsg. d. unabh. polit. Wochenzt. 'Die Richtung' (Stgt.). Veröffentlichte dort 1933 e. Artikel mit Aufforderung zum Generalstreik gegen Hitler-Regierung. Darauf Einleitung e. Hochverrats-Verfahrens. Flucht i. d. Schweiz. Dort Aufenthaltsverweigerung. Abreise nach Frankreich (1933—34). 1934—35 in Spanien. Abschiebung nach Frankreich. Illegal durch Frankreich, Schweiz, Österreich in die Tschechoslowakei (1935—38). Über Polen nach Oslo (1938—40). Nach deutscher Invasion Flucht nach Schweden. Dort sofort. Einsperrung im Lager Loka-brunn, dann Smedsbo. Später frei. 1941 Abreise über Moskau nach USA. Seit 1950 wieder in Deutschland. Lebt in Waldkirch. Lyrik, Essay, Kurzgeschichten. — Gedichte, Artikel in Zt. u. Zss. versch. Länder.

JOHANNES (ROBERT) BECHER · München 22.5.1891. Sohn e. OLG-Präs. Gymnasium, Studium d. Philos. u. Medizin. Abbruch d. Studiums. Freier Schriftsteller. 1918 Mitgl. d. Spartakus-Bds. d. USPD. Flüchtete 1933 n. Prag, Wien, Frankreich. 1934 Ausbürgerung. 1935—45 Chefred. d. »Internationale Literatur« in Moskau. N. d. Krieg Rückkehr n. Berlin. Präs. d. Kulturbds. 1954 Minister f. Kultur. Starb am 11.10. 1958 in Berlin. Ausz.: National-Preis d. SBZ (DDR) 1949, 1950; Dr. h. c. d. Humboldt-Univ. Berlin 1951; Lenin-Friedens-Preis 1952; Ehrensenator d. Univ. Jena 1958. Nachl.: J. R. Becher-Archiv, Bln. Lyrik, Roman, Drama, Erzählung, Essay, Pamphlet. — Daß Beiträge im Rahmen dieser Anthologie (s. Vorwort) fehlen müssen, wird zu verstehen sein.

V (nur d. Bde. d. J. 1933—45): Neue Gedichte, Msk. 33; Deutscher Totentanz (G) Msk. 33; Es wird Zeit (G), Msk. 33; An die Wand zu kleben (G), Msk. 33; Der verwandelte Platz (Erz., G) Msk.-Zürich 34; Deutschland, ein Lied vom Köpferollen und von den nützlichen Gliedern, Msk.-Zürich 34; Der Mann, der alles glaubte (D), Msk.-Paris 35; Ausgewählte Gedichte, Kiew 35; Der Glücksucher und die sieben Lasten. Ein hohes Lied, Msk.-Ldn. 38; Die Bauern von Unterpeissenberg. G aus dem bäuerl. Leben, Engels 38; Der Welt-Entdecker (ausgew. G), Kiew 38; Gewißheit des Siegs und Sicht auf große Tage (Ges. Son. 35—38), Msk. 39; Ges. ep. Dichtungen, Kiew 39; Wiedergeburt (D), Msk. 40; Die sieben Jahre (D), Msk. 40; Abschied. Einer dt. Tragödie erster Teil, 1900—1914 (R), Msk. 40; Deutschland ruft (G), Msk. 42; erw. Stockh. 44; Dank an Stalingrad (D), Msk. 43; Deutsche Sendung (Aufr.), Msk. 43; Die hohe Warte (D) Msk. 44, erw. Bln. 46; Deutsche Lehre (Ess.), Ldn. 44; Dichtung (Ausw. a. d. J. 1939—43), Msk. 44; Winterschlacht (Dr.), Bln. 45; Ausgew. Dchtung a. d. Zet der Verbannung, 45; Ausgew. Werke n 6 Bdn., hrsg. v. W. Rilla, 52 ff, — Bibliogr. in: Menschheitsdämmerung; zweites Sonderheft J. R. Becher, Sinn und Form, Berlin 1959.

ULRICH BECHER · Berlin 2.1.1910. Sohn e. Berliner Anwaltes. Jurastudium in Berlin u. Genf. Im Berliner George-Grosz-Kreis. Flieht 1933 n. Wien. Bücherverbrennung u. Bühnenverbot. Beim Einmarsch d. Deutschen in Österr. Flucht über d. Schweiz, Frankreich, Spanien n. Brasilien. Dort Mitarb. an bedeut. Zt. u. Zss. 1945 n. New York, 1948 Rückkehr n. Europa. Lebt als freier Schriftsteller in Basel. Ausz.: Dramatiker-Preis d. dt. Bühnenv. 1955. Drama, Erzählung, Roman, Lyrik.

V (alle): Männer machen Fehler (Kurzgesch.) 32, erw. z. 19 N, Untertitel: Geschichten der Windrose, 58; Niemand (Myst. Sp.) Mähr.-Ostrau 34; Die Eroberer (N), Zürich 36; Das Märchen vom Räuber, der Schutzmann wurde, Moritaten, Rio 42; Reise zum blauen Tag (G) Vlg. Volksstimme, St. Gallen 47; Die Frau und der Tod (N) 49; Brasilianischer Romanzero (Vers-Erz.) 49; Der Bockerer (Posse zus. m. P. Preses) 49; Samba (Sch.) 50; Nachtigall will zum Vater fliegen (N) 50, gek. u. d. T. Die ganze Nacht, 55; Der Pfeifer von Wien (Posse zus. mit P. Preses) 50; Feuerwasser (Tr.) 51; Mademoiselle Löwenzorn (Kom.) 53; Die Kleinen und die Großen (Posse) 55; Spiele der Zeit, 57; Der Herr kommt aus Bahia (Sch.) 57; Kurz nach 4 (R) 57; der schwarze hut (N) 57; Das Herz des Hais (Erz.) 60.

RICHARD BEER-HOFMANN · Wien 11.7.1866. Sohn e. Rechtsanwalts. Studium in Wien (1890 Dr. iur.). Freier Schriftsteller. Daneben Insz. am »Burgtheater«, in Salzburg u. am »Deutschen Theater«. 1933 Bücherverbrennung. 1939 Emigration ü. d. Schweiz n. d. USA. S. Gattin stirbt auf d. Reise. Vorl. an amerik. Univ. Erhält 1945 d. amerik. Staatsbürgerschaft. Stirbt am 26.9.1945 in New York. Ausz.: Schillerpreis 1905; Award d. Institut of Arts and Letters, New York 1945. Nachl.: Miriam Beer-Hofmann-Lens, New York. Lyrik, Drama, Novelle.

V (alle): Das Kind, Camelias (N) 93; Schlaflied für Mirjam (G) 98; Der Tod Georgs (P) 1900; Der Graf von Charolais (Tr.) 05; Gedenkrede auf W. A. Mozart, 06; Die Historie von König David. Eine Trilogie: Jaácobs Traum — Ein Vorspiel (dram. D) 18; Der junge David (dram. D), Ffm. 33; Vorspiel auf dem Theater zu König David, Wien 36; * *Verse. Vlg. Bermann-Fischer, Stockh. — New York 41;* Herbstmorgen in Österreich, a. d. Fragment

Paula, New York 44; Paula, ein Fragment, New York 49; Jaâcobs Traum, Gedichte, Gedenkrede auf Mozart (S. Fischer-Schulausg.) 56. Gesamtausgabe in Vorb. (S. Fischer Vlg.). — Bibliographie in: O. Oberholzer, Werk u. Weltbild R. B.-H. (Diss.), Bern 46.

SCHALOM BEN-CHORIN (Fritz Rosenthal) · München 20.7.1913. Studium in München. 1934 Publikationsverbot. 1935 Auswanderung n. Jerusalem. Lebt dort als freier Schriftsteller. Ab 1940 Mitgl. d. Red. d. Tageszt. »Jedioth Chadaschoth«. Hrsg. e. Schriftenreihe, »Niru-Nir«, zu relig. Gegenwartsfragen. 1956 u. 1959 Vortragsreisen in Deutschland, Schweiz u. England. 1960 Leo-Baeck-Preis. Lyrik, theol. Schriften, auch in hebr. Sprache.

V (alle): Die seltsame Gemeinde (Leg.) 31; Das Messiasspiel 32; Die Lieder des ewigen Brunnens (G), Wien—Lpz. 34; Das Mal der Sendung (G), Mchn. 35; Die Ernte, e. Sammlung jüd. Lyrik (Hrsg. m. A. Chajes), Jerus. 36; Jenseits von Orthodoxie und Liberalismus, Tel Aviv 39; Jerusalem black out, Jerus. 40; Menora, e. Auswahl lit. Schaffens in Erez-Israel (Hrsg. m. G. Stern), Tel Aviv 41; * *In dieser Zeit (G a. 9 Jahren als Ms. vervielf.) Jerus. 42;* Max Bodenheimer (Biogr., hebr.), Jerus. 46; David Frankfurter (Biogr., hebr.) 48; Jerusalem (G-Zykl.), Castrum Peregrini XII, 52; Die Antwort des Jona (theol. Ess) 56; Juden und Christen (theol. Ess.) 60. Mitarb. an zahlreichen Zt., Zss., theol. Lexicen.

FRIEDRICH BERGAMMER (F. Bergammer-Glueckselig) · Wien 18.12.1909. 1926—1931 in Paris. Emigrierte im Dezember 1938, n. e. kurzen Aufenthalt in e. nat. soz. Gefängnis, n. d. USA. Lebt als Kunstexperte in New York. Wurde von Hofmannsthal in s. liter. Schaffen ermutigt. Lyrik in versch. Zt. u. Anth.

V (alle): Aus meiner Einsamkeit (G) 26; * *Von Mensch zu Mensch (G), Vlg. K. Desch, Mchn. 55;* ** *Die Fahrt der Blätter (G), Bergland Vlg., Wien 59.*

WERNER BERGENGRUEN · Riga 16.9.1892. Sohn e. Arztes aus balt. Familie. Bis 1914 Studium in Marburg, Berlin u. München. Soldat im 1. Weltkrieg. Dann Journalist u. Übersetzer. Ab 1924 freier Schriftsteller. Lebte von 1927—36 in Berlin, bis 1942 bei München, dann in Tirol. 1933—45 Verbot mehrerer Bücher. 1937 Ausschluß a. d. Reichsschrifttumskammer. Siedelte 1946 n. Zürich über. Lebt jetzt in Baden-Baden. Erhielt 1947 den Wilhelm-Raabe-Preis (Braunschweig), 1958 Dr. phil. h. c. (Univ. München), 1957 Gr. Vd. Kreuz d. BRD, 1958 Pour le Mérite (Friedensklasse). Lyrik, Roman, Novelle, Reisebuch, Biographie, Übersetzung. Die hier veröffentl. Gedichte wurden als Manuskript während des Krieges illegal verbreitet.

V: Capri (G) 30; Der Wanderbaum (G) 32; Die Feuerprobe (N), Lpz. 33; Der Teufel im Winterpalais (Erz.), Lpz. 33; Die Ostergnade (N), Bln. 32; Schimmelreuter hat mich gossen (N), Bielefeld 33; Deutsche Reise, Bln. 34; Die Rose von Jericho (G), Berlin 34; Des Knaben Plunderhorn (P), Bln. 34; Der Großtyrann und das Gericht (R), Hbg. 35; Herzog Karl der Kühne oder Gemüt und Schicksal (R-Neufass.), Mchn. 30, erw. Fass., Hbg. 43; Die Schnur um den Hals (N), Bln. 35, unter dem Titel: Die Heiraten von Parma (N), Hbg. 40; Die drei Falken (N), Dresden 36; Die Wölfin (Erz.), Bln. 36; * *Der ewige Kaiser (G), anonym, Verlag Schmidt-Dengler, Graz 37, 2. Auflage 51 unter: Werner Bergengruen;* Die verborgene Frucht (G), Bln. 38; Der Starost (Neubearbeitung des Romans: Der große Alkahest 26), Hbg. 38; Der Tod von Reval (N), Hbg. 39; Die Leidenschaftlichen (N), Hbg. 39; E. T. A. Hoffmann (P), Stgt. 39; Am Himmel wie auf Erden (R), Hbg. 40; Begebenheiten (Erz.), Bln. 40 (z. T. früher e.); Der spanische Rosenstock (N), Tüb. 41; Das Hornunger Heimweh (Erz.), Lpz. 42; Schatzgräbergeschichte (N), Gütersloh 43; Lebensgeschichte Pfeffermanns des Jüngeren (N)- Gütersloh 44; ** *Dies irae (G), Vlg. Die Arche, Zürich 45;* Der hohe Sommer (G) 46; Lobgesang (G) 46; Zauber und Segenssprüche (G) 46; Dir zum guten Jahrgeleit (G) 49; Lombardische Elegie (D) 51;** *Die heile Welt (G), Vlg. Die Arche, Zürich 50;* Das Geheimnis verbleibt (Aufz. u. Bekenntnisse ü. d. J. 33-45) 52; Mit tausend Ranken (G) 56; Privilegien des Dichters (P), darin vollst. Bibliogr.; Figur und Schatten (G) 58.

ELSA BERNSTEIN (Else Porges, Ps.: Ernst Rosmer) · Wien 28.10.1865. Erst Schauspielerin, dann wg. e. Augenleidens Schriftstellerin. 1891 Heirat m. Dr. Max Bernstein. Erste Dramen b. Otto Brahm aufgef. Wurde 1942 m. ihrer Schwester n. Theresienstadt verschleppt. Dort starb ihre Schwester, der das hier wiedergegebene Gedicht gewidmet ist. E. B. lebte nach 1945 bis zu ihrem Tod am 12.7.1949 in Hamburg. Nachl.: Eva Hauptmann, Hamburg. Schauspiel, Novelle, vereinzelt Lyrik.

V (alle): Wir drei (Dr.) 1893; Madonna (N) 1894; Dämmerung (Sch.) 1894; Die Königskinder (D, v. Humperdinck vertont) 1894; Tedeum, 1896; Themistokles (Tr.) 1897; Mutter Maria. Ein Totengedicht in 5 Wandlungen (Tr.) 1900; Johannes Herkner (Tr.) 04; Nausikaa (D) 06; Maria Arndt (Sch.) 08; Achill (Tr.) 10. — Die Jahreszahlen der Urauff. oder Veröffl. waren nicht zu erfahren von folgenden Werken: Dagny (Sch.); Merete (Dr.); Erkennung (Kom.); Michael (N); Ehe (Sch.); Schicksal (Sch.); Requiem (dram. Scene); Johannes Kepler (Dr.); Erlebnis (N).

WOLFGANG BERTHOLD · Düsseldorf 22.4.1914. Gymnasium. Kurze Zeit a. d. Düsseldorfer Akademie. 1934 in Heidelberg, ganz s. dichterischen Arbeit ergeben. Begegnung m. Angeh. d. Stefan George-Kreises. Strikter Militärgegner. Flüchtete am Tage des Stellungsbefehls v. d. Verhaftung i. d. Schweiz. N. dreimonat. Verhören flieht sein Freund, ein Arzt, nach Holland. Dort Zusammentreffen u. gemeins. Flucht d. viele Länder Europas: Frankreich, Norwegen, Portugal, Italien, Jugoslawien. 1940 Verhaftung u. Auslieferung an d. SS. Selbstmordversuch d. beiden Freunde. Mißhandlungen in jugosl. u. österr. Gefängnissen. 1940 Verurteilung z. 5 Jahren Zuchthaus. 4 Jahre »Moorsoldat« im Lager Esterwege. 1944 »freiw.« z. Strafkompanie a. d. Ostfront. Dort seit 7. Mai 1944 vermißt.

Außer d. Gedenkbd. XXII—XXIII d. Zs. Castrum Peregrini, hrsg. v. J. E. Zeylmans van Emmichoven, Amsterdam 1955, liegt vor: Gaspard de la nuit (Ausw. in dt. Üb.) 54.

ERNST BLASS · Berlin 17.10.1890. Jurastudium u. Promotion (1915) in Berlin u. Heidelberg. Schon früh Lesung s. Gedichte im express. Kabarett »Gnu« in Berlin. Veröffentl. in versch. Zss. In s. Heidelberger Zeit Hrsg. d. Zs. »Die Argonauten«. Seit 1924 Lektor im P. Cassirer-Vlg. Schweres Augenleiden führt zu fast völliger Erblindung. 1933 Schreibverbot u. Überwachung. Starb am 23.1.1939 im Jüd. Krankenhaus in Berlin an Tuberkulose. Nachl.: Frau Edith Glaser, Haifa. Lyrik, Erzählung, Übersetzung.

V (alle): Die Straßen komme ich entlang geweht (G) 12; Die Gedichte von Trennung und Licht, 15; Die Gedichte von Sommer und Tod, 18; Der offene Strom (G) 21; Über den Stil Stefan Georges. Dialogische Abhandl., 20; Das Wesen der neuen Tanzkunst, 21; Kain (Byron Üb.), Bln. 38; Der Blinde (Erz.), in: Das leere Haus.

ILSE BLUMENTHAL-WEISS · Berlin-Schöneberg 14.10.1899. Ausbildung als Sportlehrerin. 1920 Heirat mit Dr. Herbert Blumenthal. 1921—25 Briefwechsel mit R. M. Rilke. September 1937 nach Holland emigriert. Ihr Mann in Auschwitz vergast.

Ihr Sohn in Mauthausen ermordet. Sie selbst seit April 1943 in den KL's von Westerborg (Holland) u. Theresienstadt. Lebt seit 1947 in New York. Lyrik, Essay, Vorträge, Hörbilder. — Die folgenden Gedichte sind unmittelbar nach der Rückkehr aus Theresienstadt entstanden, „sie sind der Niederschlag meiner dort gesammelten Erfahrungen, Erlebnisse und Gedanken".

V (alle): Gesicht und Maske (G) 29; Das Schlüsselwunder (G) 54; * *Mahnmal, Gedichte aus dem KZ, hrsg. v. d. Akad. d. Wiss. u. Lit., Mainzer Reihe, Bd. 8, Christian Wegner Vlg., Hbg. 56, jetzt Luchterhand Vlg. — Vorträge u. Aufsätze am Rundfunk, in Zt. u. Zss.*

Jahrzeit (V,2) ist der jüd. Gedenktag an dem Todestag e. nahen Verwandten. Es ist jüd. Brauch, am Jahrzeittage oder zur Jahrzeit, wie es allg. heißt, ein Licht zu entzünden. Das Jahrzeitlicht brennt 24 Stunden.

WERNER BOCK · Gießen 14.10.1893. Sohn d. hess. Volksschriftstellers Dr. h. c. Alfred Bock. Studien in Gießen u. München. 1919 Dr. phil. Im 1. Weltkrieg Frontoffizier. 1934 Ausschluß a. d. RSK. 1939 Emigration n. Argentinien, vorher 6 Wochen Haft in Les Milles. Ausgebürgert. Argentin. Staatsangehöriger. 1946 Prof. an d. Univ. Montevideo. Trug in d. südamerik. Ländern Wesentliches z. Verständnis beider Kulturen bei. Seit 1958 in Losone b. Ascona. Ausz.: Gr. Vd. Kreuz d. BRD, Ehrenbürger der Univ. Gießen, Goethe-Plaketten d. Stadt Frankfurt u. d. Landes Hessen, Goldne Jean-Paul-Medaille, Ehrenbinde d. argent. SVbs. Lyrik, Erzählung, Essay.

V (alle): Das ewige Du (G) 31; El eterno Tú (Erz.), B.-Aires 43; Der Pudel der Frau Barboni (R), B.-Aires 44; Morir es nacer (Erz.), B.-Aires 47; Blüte am Abgrund (Pr.-Ausw.), B.-Aires 51; * *Tröstung (G-Ausw.), Erato Vlg., B.-Aires 51;* Idea y Amor (Ess.), B.-Aires 52; Lenz im Herbst, Festschr. z. 60 Geb., 54; Poesías Selectas (G), B.-Aires 55; Wenn ich Staub bin (G) 56; Momento y Eternidad (Ess.), B.-Aires 57; ** *Ausgewählte Gedichte, Limes Vlg. Wiesbaden 58;* Tagebücher von Alfred Bock (Hrsg.) 59; Ausgewählte Prosa, 61.

DIETRICH BONHOEFFER · Breslau 4.2.1906. Studium d. ev. Theologie. Seit 1931 PD u. ev. Studentenpfarrer an d. TH Berlin. 1936 Entzug d. Dozentur. Wurde am 5.4.1943 wg. s. Auftretens gg. d. Nationalsoz. verhaftet. Nach s. Verschleppung aus d. Gefängnis Prinz-Albrecht-Straße (Berlin) wurde er am 9.4.1945 im KL Flossenbürg ermordet. Nachl.: Eberh. Bethge, Rengsdorf (Neuwied). Lyrik, Theol. Schr. — Die hier abgedruckten Gedichte wurden von e. Wärter aus d. Gefängnis herausgeschmuggelt u. in e. Garten vergraben, wo sie später aufgefunden wurden.

V: * *Auf dem Wege zur Freiheit (G u. Br. aus d. Haft), hrsg. v. E. Bethge, Vlg. Lettner, Bln 46;* Widerstand und Ergebung, Br. u. Aufz. aus d. Haft, 51; Gesammelte Schriften, hrsg. v. E. Bethge, 4 Bde. 58. — Vgl. Inserat am Schluß d. Bandes.

WOLFGANG BORCHERT · Hamburg 20.5.1921. Buchhändler u. Schauspieler. Soldat im 2. Weltkrieg. 1942 verwundet aus Rußland zurück. Wg. "defaitistischer" Äußerung verurteilt. Nach achtmonatiger Haft zur 'Bewährung' an d. Ostfront. Als Schwerkranker 1943 entlassen. In d. Garnison Jena aufgrund e. Denunziation zum 2. Mal verhaftet. Zu 9 Monaten Haft m. Frontbewährung verurteilt. 1945 Regie-Ass.

am Hamburger Schauspielhaus. Kurzer Kuraufenthalt i. d. Schweiz, wo er am 20.11.1947 e. Tag v. d. Urauff. von 'Draußen vor der Tür' in Basel starb. Nachl.: Frau Hertha Borchert, Hamburg. Lyrik, Drama, Erzählung, Satire.

V (alle): Laterne, Nacht und Sterne (G) 46; Die Hundeblume (Erz.) 47; An diesem Dienstag (Erz.) 47; Draußen vor der Tür, 47; Im Mai, im Mai schrie der Kuckuck, 48; Hundeblumen-Geschichten, 48; * *Das Gesamtwerk, m. e. Lebensbild v. Bernh. Meyer-Marwitz, Rowohlt-Vlg., Hbg. 49;* Draußen vor der Tür und Ausgewählte Erzählungen, 56.

HANS DAVID BRASCH · Berlin 26.3.1892. Gymnasium. Studium an d. TH Charlottenburg. Im Kreis um Stefan George. PD in Dresden u. Hamburg. Ging 1933 nach Alexandria, 1938 n. Melbourne. Dort Lektor an d. Univ. Starb am 3.11.1950 in Melbourne. Nachl.: Walter Jablonski, Bristol. Lyrik, fachwiss. Schr.

V (alle literarischen): * *Zwölf Gedichte, aus d. Nachl. hrsg. v. Walter Jablonski, Pvdr. Blaschker, Bln. 54.* Veröffentlichungen in der Zs. Castrum Peregrini 52. — Vgl. R. Boehringer, Mein Bild von Stefan George, 51.

FELIX BRAUN · Wien 4.11.1885. Germ. u. kunstgesch. Studien u. Promotion (Dr. phil 1908) in Wien. Schriftleiter d. »Berliner Nationalzeitung« u. Verlagslektor. Von 1928—37 PD a. d. Univ. Palermo, später in Padua. Emigrierte 1938 n. England, dort Dozent an Volkshochschulen. 1951 Rückkehr n. Österr. Dozent am Reinhardt-Seminar u. an d. Akad. f. angew. Künste, Wien. Lebt heute in Wien. Ausz.: 1947 Preis d. Stadt Wien, 1951 Gr. österr. Staatspreis f. Dichtkunst, 1955 Adalbert-Stifter-Medaille, 1955 Ehrenring d. Stadt Wien. Lyrik, Roman, Erzählung, Essay, Drama, Herausgabe.

V: Gedichte, 09; Novellen und Legenden, 10; Das neue Leben (G) 13; Die Träume des Vineta (Leg.) 19; Hyazinth und Ismene (dr. G) 19; Das Haar der Berenike (G) 19; Attila (Leg.) 20; Das innere Leben (G) 25; Laterna Magica (Erz. u. Leg.) 32; Ein indisches Märchenspiel, Wien 34; Ausgewählte Gedichte, Wien 36; Kaiser Karl V (Tr.), Wien 36; Das Licht der Welt (Autobiogr.) 49; * *Viola d'Amore, Ausgew. G aus den Jahren 1903—1953, Vlg. Otto Müller, Salzburg 53.*

BERTOLT BRECHT · Augsburg 10.2.1898. Studium d. Medizin in München. 1918 Sanitätssoldat. Dramaturg u. Regiss. in München. 1933 Bücherverbrennung. Flucht üb. Prag u. Wien n. Zürich, später nach Kopenhagen. Auslieferungsgesuch wird abgelehnt. Schrieb für versch. Emigranten-Zss. Am 8. Juni 1935 offizielle Ausbürgerung. Viele Aufführungen in europ. Ländern. 1940 Flucht vor dt. Truppen nach Finnland. Über Moskau, Wladiwostok nach Santa Monica. Aufenthalt in New York. 1947 Rückkehr nach Zürich. 1948 Einreiseverweigerung n. Westdtschld. Über die ČSR nach Ost-Berlin. Dort Übernahme d. General-Intendanz d. Deutschen Theaters. Gründung d. »Berliner Ensemble«. 1950 österr. Staatsbürger. Starb am 14.8.1956 in Berlin. Ausz.: Kleist-Preis 1922; National-Preis der SBZ (DDR) 1951; Stalin-Preis d. UDSSR 1954. Nachl.: B. Brecht-Archiv, Berlin. Lyrik, Drama, Roman, Erzählung, Essay, Übersetzung, Herausgabe.

V: Taschenpostille (G) 26; Hauspostille (G) 27; Die Songs der Dreigroschenoper, 29; Lieder, Gedichte, Chöre, Paris 34; Dreigroschenroman, Amsterd. 34; Die Horatier und die Kuratier, v. 34, e. 38; Fünf Schwierigkeiten beim Schreiben der Wahrheit, Paris 34, in Dtschl. illegal verbreitet; Furcht und Elend des III. Reiches (24 Szenen), v. 35—38, New York 45; Die Rundköpfe und die Spitzköpfe oder Reich und Reich gesellt sich gern (Greuelm.), Moskau 36; Die Gewehre der Frau Carrar (Sch.), Ldn. 37; Ges. Werke, Bd. 1. 2. Ldn. 38; Leben des Galilei, v. 38; e. (Versuche 14) 55; Der gute Mensch von Sezuan, v. 38, e. (Versuche 12) 53; Weite und Vielfalt der realistischen Schreibweise, v. 38, e. (Versuche 13) 54; Svendborger Gedichte, Ldn. 39; Das Verhör des Lukullus, v. 39, e. 51; Mutter Courage und ihre Kinder, v. 39, e. (Versuche 9) 49; Herr Puntila und sein Knecht Matti, v. 40, e. (Versuche 10) 50; Studien, v. 40, e. (Versuche 11) 51; Die Straßenszene, v. 40. e. (Versuche 10) 50; Neue Technik der Schauspielkunst, v. 40, e. (Versuche 11) 51; Der aufhaltsame Aufstieg des Arturo Ui, v. 41, e. (Stücke 9) 57; Die Gesichte der Simone Machard, v. 42—43, e. (Stücke 9) 57; Der kaukasische Kreidekreis, v. 44—45, e. (Stücke 10) 57; Schweyk im zweiten Weltkrieg, v. 44—45, e. (Stücke 10) 57; Sieben Lieder zu Mutter Courage und ihre Kinder, 49; Neun Lieder, 49; * *Hundert Gedichte 1918—1950, Aufbau Vlg. Bln. 51;* Herrnburger Bericht (D zus .m. P. Dessau) 51; Die Erziehung der Hirse (G) 51; Stücke (Sammelbde.) 1—12, 53—59, darin Bd. 6—10 Stücke a. d. Exil; Gedichte, 55; ** *Gedichte und Lieder, Ausw. v. Peter Suhrkamp, Ffm. 56;* Lieder und Gesänge von B. B. u. P. Dessau, 57; Ges. Ausgaben im Vlg. Suhrkamp, davon etwa 6 G-Bde, u. im Aufbau-Vlg begonnen; Ausgewählte Gedichte, m. e. Nachw. v. W. Jens, 60; Genaue Bibliogr.: W. Nubel, in Sinn und Form, 2. Sonderheft B. B., 57; B. B. in Selbstzeugnissen u. Dokumenten, hrsg. v. M. Kesting, 59.

EUGEN BREHM · Ulm 4. 10. 1909. Buchhändler. Als Kriegsgegner März 1933 in »Schutzhaft«. Illeg. Tätigkeit bis zur Flucht (1935) n. Prag. Von dort n. London. Im Exil rege schriftstell. Betätigung. Während des Krieges an der BBC. Wählte 1948 die brit. Staatsbürgerschaft. Lebt b. Reading (England). Lyrik, Essay.

V (alle): Südosteuropa — Form und Forderung (u. d. Ps. Max Herb), Paris 38; Towards a New German Foreign Policy, Ldn. 44. G u. Ess. in Zt. u. Zss.; Sibyllenlieder (G) in Vorb.

HERMANN BROCH · Wien 1.11.1886. Sohn e. Textilfabrikanten. Wollte Mathematiker werden. Vorz. Abbruch s. Studien. 1908—28 in leitender Stelle i. d. Textilbranche. 1928—31 nochm. Aufn. s. mathem.-philos. Studien. 1928—32 Fertigstellung d. Romantrilogie »Die Schlafwandler«. Zog sich 1933 in d. steierischen Berge zurück, wo er b. Einzug d. SS 1938 inAltaussee verhaftet wurde. Im Gefängnis wird »Der Tod des Vergil«konzipiert. James Joyce u. a. Freunde verhalfen z. Emigration ü. d. Schweiz, England n. d. USA. Erhielt Guggenheim- u. Rockefeller-stipend. u. e. Forsch.-Stelle f. psych.-soziol. Studien in Princeton. Starb am 30.5.1951 in New Haven. Nachl.: Yale University, New Haven. Lyrik, Drama, Roman, Erzählung, Essay, wiss. Beiträge.

V (alle): Die Schlafwandler (R-Tril.) Bd. I Pasenow oder die Romantik 1888, 31 — Bd. II Esch oder die Anarchie 1903, 31 — Bd. III Huguenau oder die Sachlichkeit 1918, 32; Die unbekannte Größe (R), Bln. 33; Pathmos (D) 35; Tod des Vergil (R), v. 37—41, e. 45; Die Schuldlosen (R in 11 Erz.) 50; *Ges. Werke in 10 Bänden, Rhein-Vlg., Zürich 53, * Bd. 1 Gedichte, eingel. v. Erich von Kahler;* Nur das Herz ist das Wirkliche (Ausw. v. E. Schönwiese mit Bio-Bibliogr.) 59.

FRITZ BRUEGEL · Wien 13.2.1897. Studien in Prag u. Wien (Dr. phil.). Lebte bis 1934 in Wien. Ausbürgerung. Emigrierte in die Tschechoslowakei, von dort nach Frankreich. Anfang 1941 kam er über Spanien, Portugal n. England, wo er in der tschech. Exilregierung mitarbeitete. 1945 stellvertr. Chef d. tschechoslow. Militärmission in Berlin. 1949 Bruch mit der kommunist. Partei. Flüchtete nach London, wo er am 4.7.1955 starb. Nachl.: Frau Erica Kalmer, London. Lyrik, Erzählung, Roman, Übersetzung, Herausgabe.

V (alle): Zueignung (G) 23; Agamemnon (ND) 23; Die Totenspenderinnen (ND) 24; Die Rächerinnen (ND) 24; Ruchlosigkeit der Schrift „Das Buch gehört dem König" (neu hrsg.) 26; Die Perser (n. Aischylos) 27; Aus d. Anfängen d. dt. sozial. Presse (Ess.) 29; Klage um Adonis (G) 31; Führung und Verführung. Antwort an R. Borchardt (Ess.) 31; Lese buch des deutschen Sozialismus (Hrsg.) 31; Februarballade (G), Prag 35; Deutsche Freiheit an der Wolga, Moskau 37; * *Gedichte aus Europa, Vlg. der Aufbruch, Zürich 37;* Gedichte des Episthenes, Zürich 40; Die Verschwörer (R) 51.

Flüsterlied (Das Wort, I 36, * 40) 55 Warten (* 68) 206
Scheinwerfer (Das Wort, IV 38) 93

WERNER BUKOFZER · Berlin 22.4.1903. Reinhardt-Schule, Berlin. 1924—25 Schauspieler u. Rundfunkrezitator. Später am jüd. Kulturbund u. am Theater d. jüd. Schulen. 1939 Auswanderung nach Palästina. Als illeg. Einwanderer sechs Monate Haft. Ab 1940 in Tel Aviv. Versuchte sich in versch. Berufen. Ab Mitte 1948 Staatsbeamter im israel. Sicherheitsministerium. Lebt in Tel Aviv. Lyrik, Essay.

V (alle): Dank an Oskar Loerke, Bln. 34; * *Der Wanderer Namenlos. G aus Palästina 1940—48 (Ausw.), Wedding Vlg., Bln. 49. Mitarb. an versch. Zss.,* Anth. u. a. Rundfunk.

An den einzigen Überlebenden (* 64) 269
Sommerkorso 1945 (* 60) 217
In einer Regennacht (Hakidmah, 27.3.53) 312

PAUL CELAN · Czernowitz 23.11.1920. Sohn dt.-sprachiger Eltern. Abitur 1938. Während d. Krieges in Wien. Dort erste G-Veröfftl. Lebt seit 1948 in Paris. Ausz.: Lit.-Preis d. Stadt Bremen 1957; Georg-Büchner-Preis, Darmstadt 1960. Lyrik, Übersetzung.

V (alle): Der Sand aus den Urnen (G) 48; * *Mohn und Gedächtnis (G), Dt. Vlgs.-Anst., Stgt. 52;* Von Schwelle zu Schwelle (G) 55; Das trunkene Schiff, v. A. Rimbaud (Üb.) 58; Sprachgitter (G) 59; Die Zwölf, v. Alexander Block (Üb.) 59; Gedichte, v. Ossip Mandelstamm (Üb.) 59; Die junge Parze, v. P. Valery (Üb.) 60; Gedichte von Serge Jessenin (Üb.) 61; Der Meridian (Rede) 61.

Espenbaum (* 15) . . . . 194 Todesfuge (* 37) 136

WOLFGANG CORDAN (Ps f. Hendrik van Horn) · Berlin 3.6.1909. Emigrierte im März 1933 n. Holland. Mitglied d. holländ. Resistance 1940—45. Seit 1947 freier Schriftsteller. Lebt in Mexico. Lyrik, Roman, Archäol. Berichte, Übersetzung (Niederl. Dichtung d. 80er Bewegung, Fläm. Dichtung), Herausgabe (d. Zs. »Centaur Revue intern. des arts et des sciences« 42—48).

V (alle): Landschaften und Entrückungen, 31; De Wyzen von Zion (R), Amsterd. 34; Essai over her Surrealisme (Ess.), Amsterd. 35; Das Jahr der Schatten (G), Amsterd. 39; Das Muschelhorn (G), Amsterd. 41; Orion Lieder (G), Amsterd. 42; Stefan George in Locarno (Ess.), Amsterd. 43; Besinnung auf Mallarmé (Rede) 45; Tag- und Nachtgleiche (G) 46; Verwandlungen (G) 47; Narziss (Erz.) 47; Wein der Götter (Übers.) 48; Julian der Erleuchtete (R) 49; * *Ernte am Mittag (G), Heliopolis Vlg., Tüb. 51;* Medea (R) 51; Das Mittelmeer (Arch. Schr.) 53; Israel und die Araber, Versuch e. Anschauung (R) 54; Mexico, Versuch über das Unzerstörbare, 55; Der Nil. Geschichte eines Flusses in Bildern, 56; Geheimnis im Urwald (Arch. Schr.) 60; Mayakreuz und rote Erde (R) 61; Das Buch des Rates. Schöpfungsmythos und Heldensagen der Maya (Üb.) 61.

331 Legende (* 41) 263

FRANZ THEODOR CSOKOR · Wien 6.9.1885. Im 1. Weltkrieg Soldat. Dann freier Schriftsteller, Dramaturg u. Regisseur. Protestierte auf d. PEN-Kongress in Dubrovnik gg. d. Verfolgung dt. Kollegen. In Deutschland keine Publikationsmöglichkeit. Bücherverbrennung. Floh 1938 von Österr. n. Polen, später n. Rumänien u. Jugoslawien. Von Tito-Partisanen 1943 n. Italien übergesetzt. Dienst b. d. Alliierten (BBC). 1946 Rückkehr nach Wien. Seit 1947 Präsident d. öst. PEN-Clubs. Prof. h. c. 1953. Weitere Ausz.: Julius-Reich-Preis 1913; Preise d. Stadt Wien 1925, 1953 u. 1955; Grillparzer-Preis 1937; Burgtheaterring 1937; Gold. Lorbeer d. Rep. Polen 1937; Österr. Staatspreis f. Dichtung 1955; Gr. Vd. Kr. d. BRD, 1961. Lyrik, Drama, Roman, Erzählung, Hörspiel, Übersetzung, Herausgabe, Mitarb. an europ. u. amerik. Zt. Die vorliegenden Gedichte wurden auf der Flucht verfaßt.

V (alle wichtigen): Die Gewalten, 12; Der große Kampf (Mysp.) 15; Dolch u. Wunde (G) 16; Der Baum der Erkenntnis (Myth.) 16; Die Sünde wider den Geist (Tr.) 19; Die rote Straße (dr. Sch.) 19; Ballade von der Stadt (dr. D) 25; Schuß ins Geschäft, 25; Ewiger Aufbruch (Ges. Ball.) 26; Gesellschaft der Menschenrechte. Stück um Georg Büchner, 29; Besetztes Gebiet (hist. Sch.) 30; Die Weibermühle (Kom.) 31; Gewesene Menschen (Sch.) 32; Das Thüringer-Spiel von den zehn Jungfrauen, Bln. 33; Dritter November 1918, Wien 36; Über die Schwelle (Erz.), Wien 37; Gottes General, Bilthoven 39; Als Zivilist im Polenkrieg (Ber.), Amsterd. 40, enth. in: Auf fremden Straßen (Biogr.) 55; Der verlorene Sohn (Tr.) 46; Kalypso (Sch.) 46; * *Das schwarze Schiff (G), Vlg. W. Verkauf, Jerus. 44, Wien 46;* Als Zivilist im Balkankrieg (Ber.) 47, enth. in: Auf fremden Straßen, v. in d. Emigration, 55; ** *Immer ist Anfang (G), Österr. Vlgsanstalt, Innsbruck 52;* Der Schlüssel zum Abgrund (R) 54, Pilatus (Dr.) v. 44, 55; Cäsars Witwe (Dr.) v. 44, 55; Du bist gemeint (Ausw. m. Bibliogr.) 59; Treibholz (Dr.) 59; Der zweite Hahnenschrei (N) 59; Ges. Dramen, 59ff; Briefe a. d. Exil, in Vorb. — Mehrere Dramen aus d. Zeit 33—45 nicht e.

LUDWIG DERLETH · Gerolzhofen (Unterfranken) 3.11.1870. Studium d. Philosophie, Altphilologie u. Chemie in München. Erste Veröffentl. im »Pan«, nach s. Begegnung mit Stefan George in den »Blätter für die Kunst«. 1924 Ehe mit Christine Ulrich. Lebte in München, Rom, Basel u. Perchtoldsdorf b. Wien. 1935 übersiedelte er nach San Pietro di Stabio (Tessin), zwar freiw., aber aus »innerer Ahnung«. Wandte sich mehr myth. Themen zu, da er glaubte, nur so » sich der wachsenden Bedrohung der geistigen Freiheit« entziehen zu können. Starb am 13.1.1948 im Tessin. Nachl.: Frau Christine Derleth-Ulrich, Darmstadt. Dichtung.

V (alle): Die Proklamationen, 04, erw. Auflage 19; Der Fränkische Koran. Des Werkes erster Teil, (D) 32; Die Lebensalter (Ausw. a. d. Fränk. Koran), Kassel 37; Seraphinische Hochzeit (D), Salzb. 39; Der Tod des Thanatos (D) 46; Ludwig Derleth-Gedenkbuch, Bio-Bibliographie, 58. — Edition des Gesamtwerkes in etwa 6 Bänden vorgesehen.

JOSEPH DREXEL · München 6.6.1896. Studium in München (b. Max Weber) u. Erlangen, Promotion (Dr. rer. pol.). Tätigkeit im Ausw. Amt (Abt. X) u. in verschiedenen Wirtschaftsverbänden. Mitarbeit an mehreren Zeitungen und Zeitschriften. Dem Kreis um Ernst Niekisch eng verbunden. 1937—39 Inhaftierung im Gefängnis Moabit. 1939 vom Volksgerichtshof zu Zuchthaus verurteilt. 1941 aus Bayern ausgewiesen, lebte in Stuttgart. Nach dem 20. Juli erneute Verhaftung u. Einweisung in das KL Mauthausen. Seit 1945 Hrsg. der »Nürnberger Nachrichten« in Nürnberg. Lyrik, Essay, Journalistik. Die hier veröffentlichten Gedichte entstanden während der Haftzeit.

ALBERT EHRENSTEIN · Wien 22.12.1886. Sohn ungar. Eltern. Studien in Wien, Dr. phil. 1920. Dann in Berlin als freier Schriftsteller. Schloß sich dort früh d. Kreis um d. Zs. »Der Sturm« an. Reisen durch Afrika u. Asien. Emigrierte 1932 n. Zürich, 1941 n. d. USA (New York). Kehrte nach d. Kriege für kurze Zeit nach Europa zurück. Starb in völliger Armut am 7.4.1950 in New York. Nachl.: Jüdische National- und Universitätsbibliothek, Jerusalem. Lyrik, Prosa, Essay, Übersetzung, Herausgabe (d. Reihe »Die Gefährten«, später »Der neue Dämon«).

V (alle): Tubutsch, 11; Der Selbstmord eines Katers (Erz.) 12, u. d. T.: Bericht aus einem Tollhaus, 17; Die weiße Zeit (G 1900—13) 14; Nicht da, nicht dort (P) 16; Der Mensch schreit (G) 16; Die rote Zeit (G) 17; Den ermordeten Brüdern (Ess.) 19; Zaubermärchen, 19; Dem ewigen Olymp (G u. N) 19; Die Gedichte, 20; Karl Kraus (Ess.) 20; Die Nacht wird, 20; Wien (G) 21; Die Heimkehr des Falken, 21; Briefe an Gott (G) 22; Schi-king (Nachd. chin. G) 22; Pe-Lo-Thien (Nachd. chin. G) 23; Herbst (G) 23; China klagt, Nachd. revol. chines. Lyrik aus 3 Jtsd., 24; Po-Chü-I (Nachd.) 24; Lukian (Üb.), o. J. (25); Ritter des Todes (Erz. 1900—19) 26; Menschen und Affen (Ess.) 26; Räuber und Soldaten, Roman frei nach d. Chinesischen, 27; Mörder aus Gerechtigkeit (R) 31; Mein Lied (G 1900—31) 31; Das gelbe Lied (Üb.), Bln. 33; Der Selbstmord eines Katers, Wudandermeer (Erz.), in: Das leere Haus, hrsg. v. K. Otten. 59; Essays, hrsg. v. M. Y. Ben-gavriel, v. d. DA, Dst.-Hdbg. 61; Gedichte und Prosa. Eine Auswahl, hrsg. u. eingel. v. Karl Otten, Luchterhand Vlg., Dst. 61.

SIEGFRIED EINSTEIN · Laupheim (Württ.) 30.11.1919. Bereits in d. Schule als Jude verpönt. Wanderte 1934 n. d. Schweiz aus. Dort von 1940—45 in Arbeitslagern. Verlor viele Angehörige in Auschwitz. 1953 Rückkehr nach Deutschland (Lampertheim). Neuerliche antisem. Ausfälle veranlassten ihn, s. Wohnort zu wechseln. Lebt in Mannheim. Lyrik, Novelle, Essay.

V (alle): * *Melodien in Dur und Moll (G), Vlg. Beer u. Co, Zürich 46;* Sirda (N), Zürich 48; Thomas und Angelina (Erz.), St. Gallen 49; Das Schilfbuch (Erz.), St. Gallen 49; ** *Das Wolkenschiff (G), Vlg. Beer u. Co., Zürich 50;* Legenden, 51; Eichmann, Chefbuchhalter des Todes (Ber.) 61.

ALFRED FARAU · Wien 10.12.1904. Studium in Wien (Dr. phil.). Mitarb. von Prof. A. Adler. Vor s. Emigration nach USA (1940) Mitarb. an versch. Zt. In Dachau 1938—39. In den USA bis zur Wiederaufnahme s. psychotherap. Praxis (1944) in versch. Berufen tätig. Lebt in New York als psychol. Dir. u. Vizedekan d. Alfred-Adler-Instituts. Lyrik, Roman, Hörspiel, Wiss. Beitr., Kinderbuch.

V (alle): Pudel Muck (Kinderb.) 29; Das Märchen vom kleinen Opichi (Hrsp.) 31; Der Ruf der Sterne (Hrsp.) 33; * *Das Trommellied vom Irrsinn (G), Wr. Service Center, New York 43;* Wo ist die Jugend die ich rufe (G), New York 46; Geschichte der Tiefenpsychologie, 53; Zurück in die Zukunft (R) in Vorb.

BRUNO FRANK · Stuttgart 13.6.1887. Sohn e. Bankiers. Jura-Studium. Promotion in Tübingen (Dr. phil.). Soldat im 1. Weltkrieg. Viele Reisen. Lebte als freier Schriftsteller in München. 1933 Flucht n. Österr., in d. Schweiz, von dort n. Frankreich u. England. 1937 n. Californien. 1938 Ausgebürgert. Starb am 20.6.1945 in Beverly Hills (Calif.). Nachl.: Frau Liesl Frank-Mittler, München. Lyrik, Drama, Novelle, Roman, Übersetzung.

V (alle): Aus der goldnen Schale (G) 05; Gedichte, 07; Im dunklen Zimmer (N) 06; Nachtwache (R) 09; Flüchtlinge (N) 11; Gustav Pfizers Dichtungen (Diss.) 12; Die Schatten der Dinge (G) 12; Requiem (G) 13; Strophen im Krieg (Flugbl.) 15; Die Fürstin (R) 15; Der Himmel der Enttäuschten (Erz.) 16; Die treue Magd (Kom.) 17; Die Schwestern und der Fremde (Sch.) 18; Abenteuer in Venedig (N) 19; Trenck. Roman e. Günstlings, 18; Der Magier (N) 19; Die

Kelter (G-Ausw.) 20; Von der Menschenliebe (Rede) 19; Die Trösterin (Sch.) 19; Gesichter (Ges. N) 20; Tage des Königs (3 Szenen) 20; Bigram (Erz.) 21; Das Weib auf dem Tiere (N) 21; Leidenschaften u. a. Geschichten, 21; Die Melodie (Erz.) 24; Erzählungen, 26; Zwölftausend (Sch.) 27; Ein Konzert (N) 27; Perlenkomödie, 28; Politische Novelle, 28; Sturm im Wasserglas (Kom.) 30; Nina (Kom.) 31; Der General und das Gold (Sch.) 32; Alkmene. Aus Tage des Königs (Szene) 32; Cervantes (R), Amsterd. 34; Die Monduhr (N), Amsterd. 35; Chamfort erzählt seinen Tod (R-Fragm.), Amsterd. 37; Aus vielen Jahren, Amsterd. 37; Der Reisepass (R), Amsterd. 37; Sechzehntausend Francs (N), Amsterd. 40; Die Tochter (N), Stockh. 43; Der Goldene (Erz.) 52; Die verbotene Stadt (Sch.) 54; * *Ausgewählte Werke, m. e. Vorw. v. Th. Mann, Rowohlt-Vlg., Hbg. 57.*

Alleinsein (* 463) 75
Du sing dein Lied (Die Sammlung, II, 5, 35) 272

KURT FRANKENSCHWERTH · Berlin 14.10.1901. Lehre in e. Werkzeugfabrik. Trat später i. d. väterl. Firma ein, für d. er ausgedehnte Auslandsreisen unternahm. Nach d. Vaters Tod besuchte er Kunst- und techn. Schulen. Dann Innenarchitekt u. Konstrukteur. Verließ 1937 Deutschland. Lebt in London als Industrieberater u. Konstrukteur. Lyrik.

V (alle): * *Seid Ihr wach (G), Vlg. Kurt Desch, Mchn. 48.*

Nacht (* 24) . . . . 208 Schweigen (* 17) 155
Über den See (* 36) . . . 213

RUTH FREUND-JOACHIMSTHAL · Dresden 5.12.1914. Auswanderung nach Palästina 1933. Siedlungsarbeit im Jordantal. 1937 zus m. ihrem Gatten, der s. Rabbiner-Amt in Erfurt nicht aufgeben wollte, nach Deutschland zurück. Verhaftung u. Verhöre. 1939, n. ihrer u. ihres Gatten Freilassung a. Buchenwald, Rückkehr n. Jerusalem. Seit 1948 im israel. Staatsdienst. Seit 1953 Bibliothekarin in Jerusalem. Mitarb. an versch. Zt. Gedichtband als Ms. gedruckt 1942.

Geistliches Lied (Ms.) 132

ERICH FRIED · Wien 6.5.1921. 1938 Emigration nach England. Angehörige in d. KL's ermordet. Anfänglich Fabrikarbeiter, Milchchemiker, Bibliothekar, Glasarbeiter, später Übersetzer, Journalist u. freier Schriftsteller. Seit 1951 Mitarb. d. Deutschen Abt. d. Londoner Rundfunks. Lebt in London. Lyrik, Roman, Hörspiel, Übersetzung.

V (alle): Deutschland (G), Ldn. 44; Österreich (G), Ldn.-Zürich 45; Dylan Thomas (Üb.), 4 Bd., 54; * *Gedichte, Vlg. Claassen, Hbg. 58;* T. S. Eliot, Ein verdienter Staatsmann (Üb.) 59; Ein Soldat und ein Mädchen (R) 60.

Heimweh (* 70) 306

RICHARD FRIEDENTHAL · München 9.6.1896. Studium der Lit., Kunstgesch. u. Philos. in München, Berlin u. Jena. Dr. phil. Früh. Leiter d. Knaur-Vlgs. 1938 Emigration n. England. Freundschaft mit Stefan Zweig. Von 1943—1951 Mitarb. des BBC, von 1945—1950 Leiter d. Londoner Redaktion d. »Neuen Rundschau«. 1947 brit. Staatsbürgerschaft. Lebt in London. Lyrik, Novelle, Roman, Essay, Herausgabe (Stefan Zweig), Übersetzung.

V (alle): Tanz und Tod (G) 18; Demeter (Son.) 24; Der Fächer mit der goldenen Schnur (N) 24; Der Heuschober (N) 24; Marie Rebscheider (N) 27; Das Erbe des Columbus (N) 28; Der Eroberer (R) 29; Knaurs Konversationslexikon (Hrsg.) 31; Brot und Salz (G), Ldn. 43; Stefan Zweig u. d. humanitäre Gedanke (Ess.) 48; Das Erbe des Kolumbus (Ausg. N) 50; Englische Kultur (Ess.) 51; Die Welt in der Nußschale (R) 56; Die Party bei Herrn Tokaido (R) 58; Georg Friedrich Händel, 59; Leonardo (Bildbiogr.) 59; London zwischen Gestern und Morgen, 60.

Kassandra (D. N. Rundschau, 45—46, S. 332) 25

PAVEL FRIEDMANN · Prag 7.1.1921. Am 26.4.1942 n. Theresienstadt deportiert u. am 29.9.1944 in Auschwitz ermordet. Nähere Daten unbekannt.

RUDOLF FUCHS · Podjebrad b. Prag 5.3.1890. Beamter. Lebte in Prag. Flüchtete 1939 nach London, wo er durch e. Verkehrsunfall am 17.2.1942 starb. Kommt vom Expressionismus her. Mitarb. an der »Aktion«, »Weiße Blätter«. Nachl.: Henry Fox, London. Lyrik, Prosa, Übersetzung.

V (alle): Das Meteor (G) 13; Karawane (G) 18; Ein Erntekranz aus 100 Jahren (tschech. D, Üb.) 26; Schlesische Lieder v. Petr Bezruc (Üb.) 26; Aufruhr im Mansfelder Land (Dr.) 28; Kanitverstan (P) 29; Gedichte aus Reigate, Selbstvlg., Ldn. 41; * *Ein wissender Soldat (G a. d. Nachl.) Vlg. Die Einheit, Ldn. 43.*

KARL GEROLD · Giengen (Brenz) 29.8.1906. Lehrzeit in Fabrikschlosserei. Wander- u. Arbeitsjahre in Deutschl. Veröffentl. von Gedichten, Kurzgesch. u. Berichterstattungen in Zt. 1933 aus pol. Gründen Flucht n. Basel durch den Rhein. 1939 Ausbürgerung. Illeg. Tätigkeit i. d. Widerstandsbewegung 1945 Rückkehr nach Deutschland. Heute Hrsg. u. Chefred d. »Frankfurter Rundschau« Lyrik, Essay, Novelle.

V (alle): Es lohnt sich noch (G), Paris 36; Die Schmuggler von Plivio (P), Zürich 37; * *Gedichte, Vlg. d. AZ-Presse, Aarau 43;* Die graue Gruft (G), Aarau 45; ** *Aus dunklen Jahren (G), Gert Hatje Vlg., Stgt. 46.* Veröfftl. in Zt., Zss. u. Rundfunk.

ALBRECHT GOES · Langenbeutingen 22.3.1908. Wurde wie s. Vater ev. Pfarrer. Gehörte der Bekennenden Kirche an u. war, wie er schrieb, »streng beäugt, aber nicht eigentlich verfolgt«. Seit 1938 Pfarrer in Gebersheim b. Leonberg. Als Pfarrer i. 2. Weltkrieg a. d. Ostfront. Seit 1953 freier Schriftsteller. Lebt in Stuttgart. Ausz.: Lessing-Preis (Hamburg) 1953, Gr. Vd.-Kreuz d. BRD 1959. Lyrik, Erzählung, Essay.

V: Der Hirte (G), Mchn. 34; Die Hirtin (Laiensp.), Mchn. 34; Heimat ist gut (G), Hbg. 35; Die Roggenfuhre (Laiensp.), Mchn. 36; Lob des Lebens (Betr.), Stgt. 36; Vergebung (Laiensp.) Mchn. 37; Über das Gespräch (Ess.), Bln. 38; Der Zaungast (Laiensp.), Mchn. 38; Mörike (Biogr.), Stgt. 38; Leuchter und Laterne (Erz.), Bln.-Spandau 39; Begegnungen (Erz.), Bln. 39; Der Nachbar (G), Bln. 40; Der Weg zum Stall (Sp.), Mchn. 40; Die guten Gefährten (Ess.), Stgt. 42; Die Herberge (G) 47; Von Mensch zu Mensch (Aufs.) v. 1937—48, e. 49; Unruhige Nacht (Erz. ü. d. J. 1933—45) 49; * *Gedichte 1930—50, S. Fischer Vlg., Ffm. 50;* Das Brandopfer (Erz. ü. d. J. 1933—45) 54; St. Galler Spiel (G) 59.

YVAN GOLL · St. Dié (Frankreich) 29.3.1891. Nach d. Tode d. Vaters (1898) siedelte d. Mutter n. Metz über. Y. G. besuchte dort d. dt. Gymnasium. 1912 Studium u. Promotion in Straßburg (Dr. phil.). Bei Ausbruch d. 1. Weltkrieges in Zürich. 1917 Begegnung m. Claire Studer, Freundschaft mit St. Zweig u. J. Joyce. 1919 siedeln Y. G. u. C. G. n. Paris über. 1939 Flucht n. New York. 1947 Rückkehr n. Paris. Starb am 27.2.1950 an Leukämie. Y. G. schrieb seit 1930 fast nur französisch. Nachl.: Frau Claire Goll, Paris. Lyrik, Drama, Roman, Erzählung, Essay, Übersetzung, Herausgabe (u. a. d. Zss. »Hemisphäre«, New York 43-46, »Poetés Messages«, New York 40).

V (alle dt. u. ins dt. üb. G- u. D-Bde u. alle V d. J. 33—48): Lothringische Volkslieder, 12; Der Panamakanal (D u. Ps. Iwan Lassang) 12; Films (G u. d. Ps. Tristan Torsi) 14; Requiem für die Gefallenen von Europa (D) 17; Felix (Dithyr.) 17; Der Torso (Stanzen u. Dithyr.) 18; Der neue Orpheus (D) 18; Astral (D) 19; Die Unterwelt (G) 19; Dithyramben (D) 19; Noemi (D) 19; Paris brennt (D) 21; Der Eiffelturm (Ges. D) 24; Die siebente Rose (G) 28; Lucifer vieillisant (R), Paris 33; Chansons Malaises (G), Paris 34, u. d. T.: Malaiische Liebeslieder (üb. v. Claire G.) 52; Métro de la Mort (G), Brüssel 36; Chansons de Jean sans Terre (D), Paris 35—38—39, vollst. Ausg. 58; Chansons de France-Poet's messages (G), New York 40; Fruit from Saturn (G), New York 46; Atom Elegy, New York 46; Love Poems (m. Claire G.), New York 47; Le mythe de la roche percée (D), New York 47, frz.-dt., üb. v. Claire G., 56; ** *Traumkraut (G u. d. Ps. Tristan Thor), Mainz 48, um G aus d. Nachl. vermehrt u. unter: Y. G., Limes Vlg., Wiesb. 51;* Zehntausend Morgenröten (G einer Liebe, m. Claire G.) 52; Abendgesang (G a. d. Nachl.) 54; Pariser Georgica (G, frz.-dt., üb. v. Claire G.) 56; Melusine (lyr. Dr.) 56; Duo d'Amour (G m. Claire G.) 59; * *Dichtungen (G, P, Dr.), hrsg. v. Claire G., Luchterhand Vlg., Dst. 60.* Bibliogr. in: Menschheitsdämmerung.

ALFRED GONG · Czernowitz (Bukowina) 14.8.1920. Studium d. Romanistik u. d. vergl. Lit. Filmjournalist. Erlebte als Grenzlandbewohner doppelte Verfolgung. S. Familie wurde n. Sibirien verschleppt. Er selbst v. Deutschen ins Ghetto Czernowitz gebracht, darauf n. Transnistrien verschickt. Von e. dt. Hauptmann z. Flucht n. Odessa verholfen, mit falschen Papieren untergetaucht. 1946 vor d. Kommunisten über Österreich, Deutschland, Frankreich n. USA geflüchtet. Lebt seit 1951 als Übersetzer in New York. Lyrik.

V (alle): * *Gras und Omega (G), Vlg. Lambert Schneider, Hdbg. 60* Veröffentl. in Zt., Zss. u. Anthologien. G-Bde u. Dramen in Vorb.

OSKAR MARIA GRAF · Berg (Obb.) 22.7.1894. Sohn e. Bäckers. Erlernte d. väterl. Handwerk. Reisen durch d. Schweiz u. Italien. Beteiligte sich an d. Eisner-Revolution in München. Mitarb. am »Simplizissimus« u. a. Zt., Zss. 1933 verbat er sich öffentl. d. »Unehre«, geduldet zu werden. Daraufhin Bücherverbrennung u. Ausbürgerung. 1933 Emigration n. Wien u. in d. Tschechoslowakei, 1938 schließlich n. USA. Lebt in New York. Ausz.: Dr. h. c. der Wayne State Univ., Detroit. Lyrik, Novelle, Roman, Kunstbuch, Drama, Übersetzung.

V (alle): Die Revolutionäre (G) 17; Amen und Anfang (G) 20; Maria Uhden (Kunstb.) 20; Ua-Pua . . .! (Indianer D) 21; Frühzeit-Jugenderlebnisse, (Autobiogr. I. Teil) 22, u. d. T.: Wir sind Gefangene (I./II. Teil) 27; Zur freundlichen Erinnerung (N) 22; Georg Schrimpf (Kunstb.) 23; Bayerisches Lesebücherl, 24; Die Traumdeuter (Erz.) 24; Chronik von Flechting (R) 25; Finsternis (Erz.) 25; Licht und Schatten. Eine Sammlung zeitgenössischer Märchen, 27; Im Winkel des Lebens (Gesch.) 27; Die Heimsuchung (R) 28; Bayerisches Dekameron, 28; Wunderbare Menschen. Heitere Chronik einer Arbeiterbühne neben meinen drolligen und traurigen Erlebnissen daselbst, 28; Kalendergeschichten, 2 Bde., 29; Notizbuch des Provinzschriftstellers Oskar Maria Graf, 30; Dorfbanditen. Erlebnisse aus meinen Schul- u. Lehrlingsjahren, 30; Bolwieser (R) 32; Einer gegen alle (R) 32; Der harte Handel (R), Amsterd. 34; Der Abgrund. Ein Zeitroman, Prag-Ldn. 36; Anton Sittinger (sat. R), Prag-Ldn. 37; Der Quasterl (Erz.), Moskau 38, erw. New York 45, dt. u. d. T.: Mitmenschen, 48; The Life of my Mother (R), New York 40, dt. u. d. T.: Das Leben meiner Mutter, 46; Unruhe um einen Friedfertigen (R), New York 47; Das Aderlassen. Kalendergeschichten, 47; Die Eroberung der Welt (R) 48; Kleinstädtische Ballade (Sch. n. d. R. Bolwieser) 48; Menschen aus meiner Jugend auf dem Dorfe (3 Erz.) 53; Der ewige Kalender (G) 54; Die Erben des Untergangs (R), v. 40, e. 58; Die Flucht ins Mittelmäßige (R) 59; An manchen Tagen (Ess.) 60.

FELIX GRAFE · Humpoletz (Böhmen) 9.7.1888. Kam früh n. Wien, wo er fortan lebte. Studien in München u. Wien. Freundschaft mit Wedekind, Kubin u. a. Hrsg. der express. Zeitschrift »Der Anbruch«. Bankbeamter, später Kunstexperte e. Wiener Auktionshauses (Dorotheum). Schrieb 1941 e. Gedicht gegen Hitler, das sozusagen Programm e. österr. Widerstandsgruppe wurde (leider verloren). Wurde daraufhin verhaftet u. am 18.12.1942 in Wien hingerichtet. Nachl.: Elisabeth Grafe, Wien. Lyrik, Prosa, Übersetzung.

V (alle): Idris (G) 10; Ruit hora (G) 16; Die Ballade von Reading Gaol (Wilde-Übertragung) 17; Almaide (Jammes-Üb.) 19; * *Gesammelte Dichtungen (G, P, Üb.), hrsg. u. eingel. v. Joseph Strelka, Bergland Vlg., Wien 61.*

Wenn die große Trösterin Nacht (* 194) 39

HELLGA GRIMM · Münster 11.5.1914. Schauspielschule in Münster u. Berlin. Freie Rezitation. Daneben versch. andersartige Arbeiten. Half während d. Krieges vielen Verfolgten. Wurde arbeitszwangsverpflichtet. Lebt heute als freie Lyrikerin in Schlangenbad (Taunus). Veröffentlichte erstmals in der Reihe: Das andere Deutschland.

Und nicht ein Stern (Ms.) . . 139 Wie kann ein Land (Ms.) . . 291

PETER GRUND · Begann erst n. s. Verdrängung aus der Universitätslaufbahn (Rechtsphilosophie, Staats- und Völker-Recht) ab 1933 im Ausland Dichtung zu veröffentlichen. 1933—39 in Paris, dann in Südfrankreich interniert. 1941 gelang es ihm, nach USA zu entkommen. Lebt heute in New York. Lyrik, Essay, Roman, Drama.

V (alle): * *Der zärtliche Vorstoß (G), Les Presses Modernes, Paris 39;* Unveröfftl. u. a.: Die Eroberung des Geschlechts (Ess.), Prometheus (R), Das böse Spiel (G) u. mehrere Dramen.

Die Heimat wurde gestern Feindesland (* Nr. 28) 86
Frühling rüstet auf (* Nr. 25) 208
Und wer mich einst im Wald begräbt (* Nr. 48) 192

ALFRED GRÜNEWALD · Wien 17.3.1884. Stud. d. Architektur; Angest. in e. Arch. Büro. März 1938 mißglückter Selbstmordversuch; nach s. Genesung n. Dachau verschleppt. 1939 entlassen. Flucht über d. Schweiz u. Italien n. S.-Frankreich. 1940 IT Fort d'Antibes; später n. Nizza entlassen. Kümmerliches Emigrantendasein bis Herbst 1942: im Auftr. d. Gestapo verhaftet u. ausgeliefert. Wahrscheinlich in d. Osten verschleppt u. in d. Gaskammern von Auschwitz oder Treblinka ermordet. Nachl.: über Oskar Jan Tauschinski, Wien, oder Leo Schmidl, Paris. Lyrik, Drama, Libretto.

V (alle): Vom Lachen und vom Müdesein (G) 06; Sonnenpeter (Dr.) 06; Mummenschanz des Todes (Ball.) 09; Gezeiten der Seele (G) 12; Spiele (3 Einakter) 14; Urians Lendenschmuck (Spiel) 19; Das Vöglein Süzelin (G) 18; Dithyrambischer Herbst (G) 20; Sonette an einen Knaben, 20; Mutter (Requiem) 20; Karfunkel (Ball.) 20; Pavor nocturnus (5 Einakter) 21; Ergebnisse (Aphor.) 21; Renatos Gesang. Ein Buch der Einsamkeit (G) 21; Die Streiche des Herrn Sassaparilla (Schwänke) 22; Der Teufel von Wien (Ball.) 23; Tröstliche Kantate (G) 28; Ausgewählte Gedichte, 31; * *Gebet um Lieder (G), Darmstädter Vlg., Dst. 35;* Die brennende Blume (G), Wien 37.

Im Volkston (* 51) 171

HUBERT GSUR · Wien 27.9.1912. Medizin-Studium. Wg. häuslicher Konflikte Aufgabe d. Studiums. Techniker, daneben intensive Pflege lit. u. musik. Interessen. Im 2. Weltkrieg kurzer Militärdienst m. baldiger Freistellung aus Berufsgründen. Seit 1941 in e. Widerstandsgruppe. Aufgrund Verrates 1943 verhaftet. Gestapo-Verhöre. Durch e. Volksgerichtshof wg. Hochverrat zum Tode verurteilt. Am 5.12.1944 im Wiener Landesgericht hingerichtet. Aus d. Gefängnis gelangten einige Gedichte zu Freunden. Das Gedicht »Abschied« entstand n. d. Urteilsverkündung u. dürfte s.

letztes Gedicht sein. Nachl.: über Rudolf Felmayer, Wien. — Außer in d. Anthologie »Dein Herz ist Deine Heimat« keine Veröffentlichungen.

Abschied (Dein Herz ist deine Heimat, 236) 97

MARTIN GUMPERT · Berlin 13.11.1897. Sanitätssoldat im 1. Weltkrieg. Studium in Berlin u. Heidelberg (Dr. med.). Vor 1933 Chefarzt u. Schriftsteller. Emigrierte 1936 in d. USA, wo er als Arzt tätig war. Starb am 18.4.1955 in New York. Nachl.: Frau Maria Leiper, New York. Lyrik, Essay, Med. Beiträge.

V (alle): Verkettung (G) 17; Heimkehr des Herzens (G) 21; Morand, ouvert la nuit, 26; Hahnemann (Arzt-R), Bln. 34; Ein Leben für die Idee (Ess.), Bln. 35; Dunant, Story of Red Cross (Biogr.), Ldn. 38; Hölle im Paradies (Autobiogr.), Stockh. 39; Heil Hunger Health under Hitler (R), New York 40; First Papers (Ess.), New York 41; You are younger than you think (Aufs.), New York 44, dt.: Du bist jünger als du denkst 53; * *Berichte aus der Fremde (G), New York 37, Vlg. Die Arche, Zürich 48;* Der Geburtstag (R) 50; Anatomy of Happiness, 51; Patient und Arzt (R) 54.

Euch fehlt die Phantasie, Auszug 2.—8., 13. Strophe (Aufbau 29.9.44) . . . 34

ARNOLD HAHN · Koloves-Domazlice (CSR) 28.8.1881. Studium u. Promotion (1907) in Berlin. Dir. d. chem. Lab. d. jüd. Krankenhauses in Berlin. Mitarb. a. »Simplizissimus«, an d. Ullstein- u. Mosse-Blättern. 1934 Flucht nach Prag. Dort Mitarb. an versch Zt. u. Zss. 1939 Flucht nach England. Lebt heute in London. Lyrik, Roman, Satire, Essay, Philos. Abhandlung.

V (alle): Die Bibse (Satire) 21; Grenzenloser Optimismus (Ess.) 47; Use your Mind, 29; * *Das Volk Messiah, sieben mal sieben Sonette zum Ruhme der Juden, Prag 41, V. Gollancz Vlg., Ldn. 43²;* Vor den Augen der Welt — Warum starb Stephan Lux. Leben — Tat — Briefe, Prg. 36, 50; Beitr. in Zt. u. Zss. (So d. R: Abenteuer eines schönen Mannes). Olivier Omnis (R) in Vorb. Ungedr.: Über den Ursprung der menschlichen Sprache.

Sonett XXXIII (* 18) . . . 176 Sonett XXXV (* 21) . . . 291

HERMANN HAKEL · Wien 12.8.1911 Mittel- u. Kunstgewerbeschule. 1931 in Rumänien. 1933 u. 1936 in Italien u. Frankreich. Seit 1938 verfolgt u. zweimal verhaftet. 1939 Flucht n. Italien, dort in versch. ital. »campi concentramenti«. 1945 nach Israel. 1947 Rückkehr nach Wien. Vorst. Mitgl. d. österr. PEN. Ltg. d. Aktion zur Förderung junger österr. Autoren. Lyrik, Essay, Herausgabe (Zss. u. Anth.).

V: Ein Kunstkalender in Gedichten (G), Wien-Lpz. 36; Und Bild wird Wort (G) 47; An Bord der Erde (G) 48; Zwischenstation (P) 49; * *Ein Totentanz, Gedichte 1938—45, Vlg. Willy Verkauf, Stgt.-Wien 50;* Zwischen Nacht und Nacht (Hsp.) 52; Wien von A — Z (Hrsg.) 53; Hier und dort (G) 55; Schnorrer (P) 57; Die Bibel im dt. Gedicht d. 20. Jhdts. (Hrsg.) 59.

Jüdisches Kind 1945, Auszug 1. u. 2. Strophe (* 87) 165
Selbstporträt 1939 (* 21) . . 194 Strophen (* 11) . . . 64, 180

HANS HARBECK · Eckernförde 25. 12. 1887. Studium d. Philologie u. d. Kunstgesch. (Dr. phil.). Ab 1918 Dramaturg u. Schauspieler. Seit 1922 freier Schriftsteller. Von 1935—44 Arbeitsverbot. 1944—45 'Schutzhaft'. Die hier vorgelegten G wurden im Gefängnis niedergeschrieben. Lebt als Schriftsteller in Hamburg. Lyrik, Herausgabe.

V: Revolution (G) 18; Der Vorhang (G) 20; Rund um den Hund (G) 21; Die Jungfrau (G) 23; Sonette an Sonja, 24; Tumult im Tintenfaß (G) 30; Ein Autor fährt Auto (G) 33; Glückseliges Flötenspiel (G), Lpz. 38; * *Verse aus dem Gefängnis, Hammerich u. Lesser Vlg., Hbg. 46;* Kaktus u. Kolibri (G) 46; Glück d. Freiheit (G) 47; Flitzbogen u. Flöte (G) 53; Gustav Sack (Hrsg.) 57.

Festnahme (* 12) . . . . . 111 Trost (* 53) 273
Vision der Gefangenen (* 40) . 120

(JAN) JACOB HARINGER · Dresden 16. 3. 1898. Gymnasium, Studium u. Promotion (Dr. phil.) in Königsberg. Lebte später in Aigen b. Salzburg. 1925 Gerhart-Hauptmann-Preis, 1926 Kleist-Preis. 1933 Emigration nach Österreich. 1936 Ausbürgerung. 1938 Flucht in d. Schweiz. Im Zuchthaus Bellechasse (nicht nur aus polit. Gründen) inhaftiert. Flucht u. Herberge bei Schweizer Freunden. Nach Aufhebung des Haftbefehls in Köniz bei Bern. Starb in völliger Einsamkeit u. Armut am 3.4.1948 in Zürich. Lyrik, Prosa, Übersetzung, Herausgabe.

V (alle): Tobias (G) 16; Das Marienbuch (G) 17; Gesänge, 19; Die Kammer (G) 19; Hain des Vergessens (G) 19; Abendbergwerk (G) 19; Das Gebetbuch des Jakob Haringer (G), Pvdr.; Das Räubermärchen, 25; Die Dichtungen Bd. I, 25; Weihnacht im Armenhaus, 25; Kind im grauen Haar (G) 26; Chinesische Strophen, Pvdruck, 26; Verse nach du Bellay, Pvdr., 26; Verse nach Samain, Pvdr., 26; Verse von den Salomo-Inseln, Pvdr., 26; Verse nach Ronsard, Pvdr., 26; Verse nach Regnier, Pvdr., 26; Verse für einen Freund, Pvdr., 26; Chinesische Strophen, II. Teil, Pvdr., 27; Verse für die tote Hilde Reyer, 28; Verlorner Abend, Pvdr., 28; Leichenschauhaus der Literatur oder Über Goethe, 28; Heimweh (G) 28; Verse in der Nacht, 29; Arme Reisende, Pvdr., 29; Ufer im Regen (G) 29; Rimbaud, Pvdr., 29; Kleine Prosa, Pvdr., 29; Schwarzer Kalender (G) 29; Das Schnarchen Gottes (G) 29; Abschied (G) 30; Ein altes Nest, 31; Kleine Abendgalerie, 31; Deutsche Latrinen-Inschriften, 31; Der Reisende oder die Träne (G) 32; Andenken (G), Amsterd. 34; Vermischte Schriften (G, Nachdicht., Aufs.), Salzburg—Lpz. 35; * *Souvenir (G), Vlg. Brundel, Amsterd.—Paris 38;* Notizen (P), Paris 38; ** *Das Fenster (G), Pegasus Vlg., Zürich 46;* Epikur, Fragmente, Lebenskunst (Hrsg.) 47; Der Orgelspieler (G-Ausw.) 55; Das Rosengrab (Ausgew. G) 60. Vertr. in: Zu Unrecht vergessen, hrsg. v. P. Hühnerfeld, Hbg. 57.

ALBRECHT HAUSHOFER · München 7.1.1903. Sohn d. Prof. Karl H., d. durch s. Geopolitik zu d. geistigen Wegbereitern d. Nationalsozialismus wurde. Studium in München. Seit 1933 PD f. polit. Geographie in Berlin. Versuchte in dieser Stellung d. Nationalsoz. entgegenzuwirken. Mitgl. d. Widerstandsbewegung d. 20. Juli. 1941 erste Verhaftung. Aller Ämter enthoben. Am 27.12.1944 erneut verhaftet, am 23.4. 1945 in Moabit erschossen. In d. Hand d. Toten fand man ein Heft mit d. »Moabiter Sonette«. Nachl.: Dr. Heinz Haushofer, Pähl (Obb.). Lyrik, Drama, Wiss. Beiträge.

V (alle): Römische Trilogie (polit. Dr.): Scipio, Bln. 38 — Sulla, Bln. 38— Augustus, Bln. 39; Englands Einbruch in China (Wiss. B.) Bln. 40; Makedonen (Sch.) Bln. 44; * *Moabiter Sonette, Blanvalet-Vlg., Bln. 46;* Chinesische Legende (dr. D) 49; Allgemeine politische Geographie und Geopolitik (Wiss.) 51.

JENS HEIMREICH · Hamburg 13.6.1912. Studium d. Philosophie, Theaterwiss. u. Geschichte in München u. Berlin (Dr. phil.). Mitgl. e. Berliner Widerstandsgruppe. Seit 1940 Soldat a. d. Ostfront. 1943 verwundet u. seit 1944 in Rußland verschollen. Nachl.: Dr. M. M. Heimreich, Hamburg. Lyrik, Essay, Roman. Die beiden Gedichte entstanden während d. Krieges u. wurden illegal verbreitet.

V (alle): Die Mondentrommel (G), Bln. 35; Geist und Sprache (Ess.), Mchn. 36; Ufer der Frühzeit (G), Bln. 37; Die Teufelsbrücke (R), Wiesb. 39; Die Koren (G), Bln. 39. Ungedr.: Romane, Gedichte, Essays über d. Sprache.

HANNSGEORG VON HEINTSCHEL-HEINEGG · Kneschnitz (Böhmen) 5.9.1919. Jugend in Wien. Priesterweihe. An der Führung d. »österr. Freiheitsbewegung« beteiligt. 1940 von der Gestapo verhaftet. Nach Verurteilung durch d. Volksgerichtshof am 5. 12. 1944 im Wiener Landgericht hingerichtet. Nachl.: Frau A. Goldschmidt-Heintschel, Wien. Lyrik. Über ihn: Der Ruf des Gewissens (allgem. Darst. S. 319).

V (alle): * *Vermächtnis (G), Querschnitt Vlg., Graz 47.*

STEPHAN HERMLIN (Ps. f. Rudolf Leder) · Chemnitz 13.4.1915. Trat 1931 e. kommun. Jugendvb. bei. 1936 KL Sachsenhausen. Bis zu s. Emigration (1936) in d. illeg. Widerstandsarbeit tätig. 1936 nach Palästina, später nach Ägypten, England, Schweiz. Dort interniert. 1945 in Frankfurt a. M., seit 1947 in Ost-Deutschland. Beitritt zur SED (»Mutter aller unserer Siege«). Lebt heute als Schriftsteller in Bln.-Niederschönhausen. Ausz.: Heine-Preis 1948, Nationalpreise d. SBZ (DDR) 1950 u. 1954, F. C. Weiskopf-Preis 1958. Lyrik, Novelle, Essay, Übersetzung. Im Zusammenhang mit der Idee dieses Buches mußten wir leider auf Beiträge von St. H. (vgl. Vorwort) verzichten.

V (alle): Zwölf Balladen von den großen Städten, 45, erw. zu 22 Balladen, 47; Wir verstummen nicht (G m. J. Mihaly, L. Ajchenrand) 45; Der Leutnant York von Wartenburg (Erz.) 46; Die Straßen der Furcht (G) 46; Zwei Erzählungen, 47; Reise eines Malers in Paris (Erz.) 47; Ansichten über einige Bücher und Schriftsteller (zus. m. H. Mayer) 47; Russische Eindrücke (Aufs.) 48; Stalin (D) 49; Die Zeit der Gemeinsamkeit (Erz.) 49; Mansfelder Oratorium, 50; Die erste Reihe (Ber.) 51; Der Flug der Taube (G) 52; Der Kampf um e. dt. Nationaliteratur (Ess.) 52; Die Zeit der Einsamkeit (Ess.) 52; Die Sache des Friedens (Aufs.) 53; Ferne Nähe (China-Bericht) 54; Dichtungen (Ausw. 1940—53) 56; Nachdichtungen (Üb.) 57.

MAX HERRMANN-NEISSE · Neisse 23.5.1886. Lebte außer s. Studienzeit in Breslau, München (Studium d. Lit. u. Kunstgesch.) bis 1916 in Neisse. Nach d. Tod s. Eltern nach Berlin (1917). Dort Mitarb. an mehreren Zt. u. Zss. (u. a. d. »Aktion«). Nach d. Reichstagsbrand Flucht über Zürich, Holland, Paris nach London. 1938 Ausbürgerung. Litt furchtbar unter d. Exil, in dem er am 8.4.1941 starb. Ausz.: Eichendorff-Preis 1927, Gerhart-Hauptmann-Preis 1933. Nachl.: Frau Helene Herrmann, London. Lyrik, Roman, Erzählung, Essay.

V (alle): Ein kleines Leben (G) 06; Das Buch Franziskus (G) 11; Porträts des Provinztheaters (G) 13; Sie und die Stadt (G) 14; Empörung, Andacht, Ewigkeit (G) 17; Verbannung (G) 19; Die Preisgabe (G) 19; Joseph der Sieger (Dr.) 19; Die Laube der Seligen (Kom.) 19; Cajetan Schaltermann (R) 20; Hilflose Augen (N) 20; Der Flüchtling (R) 21; Die bürgerliche Literaturgeschichte u. das Proletariat, 22; Der letzte Mensch (Kom.) 22; Im Stern des Schmerzes (G) 24; Die Begegnung (Erz.) 25; Der Todeskandidat (Erz.) 27; Einsame Stimme (G) 28; Abschied (G) 28; Musik der Nacht (G) 32; *** *Um uns die Fremde (G), Oprecht Vlg., Zürich 36;* * *Letzte Gedichte, hrsg. v. Leni Herrmann, Vlg. Barmerlea Book, Ldn.—New York 42;* Mir bleibt mein Lied (G), Ldn.—New York 42; Erinnerung und Exil (G), Zürich 46; Heimatfern (G-Ausw.), Bln. 46; Einf. in s. Werk u. Ausw. v. F. Grieger, Verschollene und Vergessene, 51; ** *Im Fremden ungewollt zu Haus (G-Ausw.), hrsg. v. Herbert Hupka, Langen-Müller Vlg., Mchn. 56;* **** *Lied der Einsamkeit (Ausw.) Ausg. v. Friedrich Grieger, Vlg. Langen-Müller, Mchn. 61.*

WIELAND HERZFELDE · Weggis (Schweiz) 11.4.1896. Reichsdt. Herkunft. Im 1. Weltkrieg Frontsoldat. Gründ. 1916 die Zs. »Neue Jugend«, 1917 d. Malik-Vlg., d. 1933 n. Prag u. 1936 n. London verlegt wurde. 1919—20 Hrsg. d. Zs. »Die Pleite«,

1919—23 d. Zs. »Der Gegner«. Wanderte 1933 n. Prag aus, dann Flucht üb. London n. USA. Mithrsg. d. »Neue deutsche Blätter« (1933—35 zus. m. A. Seghers u. O. M. Graf). 1934 Ausbürgerung. Lebte von 1949—58 als Prof. in Leipzig, seitdem in Berlin. Drama, Lyrik, Erzählung, Essay, Übersetzung, Herausgabe (Tolstoi u. a., Almanache, Aurora-Bücherei).

V (alle): Sulamith (G) 17; Schutzhaft (G) 19; Tragigrotesken der Nacht (Erz.) 20; Gesellschaft, Künstler und Kommunismus (Ess.) 21; Die Kunst ist in Gefahr (Ess. zus. m. G. Grosz) 25; Immergrün, Merkwürdige Erlebnisse und Erfahrungen eines fröhlichen Waisenknaben (Erz.) 49; Das steinerne Meer — Ungewöhnliche Begebenheiten (Erz.) 55; * *Im Gehen geschrieben, Verse aus 44 Jahren, Aufbau Vlg., Bln. 56;* Johannes R. Becher — ein Mensch unserer Zeit (Darst.) 61; Unterwegs. Blätter aus 50 Jahren, 61.

CAMILL HOFFMANN · Kolin (Böhmen) 31.10.1878. Pressechef u. Gesandschaftrat der Tschechoslowakei in Berlin (bis 1938). Gehörte zu d. führenden österr. Lyrikern zu Beginn d. Jahrhunderts im Kreise um Hofmannsthal. Redig. e. zeitlang d. »Zeit«. Mitarb. u. Übers. Masaryks. 1942 n. Theresienstadt, am 28.10.44 n. Auschwitz, wo er Ende 1944 ermordet wurde. Nachl.: Frau Yapou-Hoffmann, Jerusalem, Lyrik, Übersetzung, Herausgabe.

V (alle): Adagio stiller Abende (G) 02; Die Vase (G) 11; Dt. Lyrik aus Österr. (Hrsg. Anth.) 12; Briefe der Liebe (G) 13; Glocken meiner Heimat (G), Prag 36 — Nachlass: Erzählungen u. Tagebücher.

RUTH HOFFMANN (Ruth Scheye) · Breslau 19.7.1893. Lyzeum. Breslauer Kunstakad. (Malerei u. Grafik). 1929 Heirat. Im Frühjahr 1936 Publikationsverbot, da sie es ablehnte, sich von ihrem jüd. Gatten E. Scheye zu trennen. Verhöre u. Verhaftung durch d. Gestapo, Ermordung ihres Gatten in Auschwitz. Ausweisung aus ihrer Wohnung. Verlor viele Angehörige in deutschen KL's. Lebt heute als freie Schriftstellerin (PEN) in Berlin. Roman, Erzählung, Schauspiel, Lyrik.

V (alle): Pauline aus Kreuzburg (R), Lpz. 35; * *Dunkler Engel (G), Paul List Vlg., Lpz. 46;* Meine Freunde aus Davids Geschlecht (Erz.) 47; Das goldene Seil (G) 47; Franziska Lauterbach (R) 47; Das reiche Tal (Sch.) 48; Umgepflanzt in fremde Sommerbeete (Erz.) 48; Der verlorene Schuh (R) 49; Die Zeitenspindel (Erz.) 49; Die Schlesische Barmherzigkeit (R) 50; Abersee oder Die Wunder der Zuflucht (R) 53; Poosie aus Washington (Jgdb.) 53; Poosie in Europa (Jgdb.) 54; ** *Der Zwillingsweg (R), Lettner Vlg., Bln. 54;* Ich kam als Henker zu Johnny Giovanni (R) 54; Zwölf Weihnachtsgeschichten, 54; Die tanzende Sonne (Erz.) 56; Poosie entdeckt Amerika (Jgdb.) 56.

MARTHA HOFMANN · Wien 29.8.1905. Studium in Wien, Berlin, Heidelberg (Dr. phil.). Mittelschullehrerin in Wien. Professor. 1938 Emigration über England n. Palästina. 1946 Rückkehr in d. Schweiz, 1949 nach Wien. Bis 1957 im Höheren Schuldienst. Seither freie Schriftstellerin. Ausz.: 1932 Kurzgesch.-Preis d. österr. Presse, 1954 Ehrengabe d. österr. Trakl-Preises. Lyrik, Drama, Novelle, Essay.

V (alle): Das blaue Zelt (G), Wien 34; Der junge Herzl (Ess.), Jerusalem 40; Dinah und der Dichter (N), Tel Aviv 43; On the Crossroad (Sch.), Ldn. 45; * *Die Sternenspur (G), Vlg. Oprecht, Zürich 48;* Persephone und sieben Kapitel vom Schöpfungsende, 50; ** *Wandelsterne (G), Jupiter-Vlg., Wien 54;* Nomadenzüge (zykl. D) 57.

HORATIO · Alle Daten unbekannt. Veröffentl. in mehreren Exil-Zt. u. in der Anthologie »Verse der Emigration«.

Schmerz und Hoffnung (Verse der Emigration, 89) 242

RICARDA HUCH · Braunschweig 18.7.1864. Studium in Zürich (Gesch. u. Philos.). 1892 Promotion (Dr. phil.) als e. d. ersten Frauen. Ehe m. d. ital. Zahnarzt Dr. E. Cecconi. 1907 zweite Ehe m. Richard Huch, v. d. sie sich 1910 wieder trennte. Trat im April 1933 m. Protest a. d. Preuss. Akad. aus. In der Folgezeit Angriffen u. Verhören ausgesetzt. Verteidigte öffentl. Käthe Kollwitz. Kurz v. ihrem Tod Übersiedlung v. Jena n. Frankfurt, wo sie am 17.11.1947 starb. Ausz.: 1924 Ehrensenator d. Univ. München, 1931 Goethe-Preis d. St. Frankfurt, 1944 Wilhelm-Raabe-Preis Braunschweig, 1946 Dr. h. c. d. Univ. Jena. Nachl.: Frau Marietta Böhm, Frankfurt. Lyrik, Erzählung, Roman, rel. u. hist. Darstellung, Biographie.

V (alle G-Bände, wichtigste R u. Darst., sowie d. Ersch. d. J. 33—45): Gedichte (u. Ps. Richard Hugo) 91, u. R. H. 94; Blütezeit der Romantik, 99 — Ausbreitung und Verfall der Romantik, 02 (beide Bde. in e. Bd. u. d. T.: Die Romantik, 51); Erinnerungen von Ludolf Urs Leu dem Jüngeren (R) 93; Aus der Triumphgasse (Lebensskizzen) 02; Vita somnium breve (R) 03, u. d. T.: Michael Unger, 135; Von den Königen und der Krone (R) 04; Die Verteidigung Roms (hist. R) 06—07, u. d. T.: Garibaldi, 60; Neue Gedichte, 07, u. d. T.: Liebesgedichte, 13; Der große Krieg in Deutschland (Bd. 1—3) 12—14; Alte und neue Gedichte, 20; Im alten Reich. Lebensbilder deutscher Städte, 2 Bde, 27—29, 3 Bde 33—34, i. e. Bd. 60; Gesammelte Gedichte, 29; Alte und neue Götter. Die Revolution des 19. Jahrhunderts in Deutschland, 30; Römisches Reich deutscher Nation (Bd 1 d. Dt. Gesch.) Bln. 34; Das Zeitalter der Glaubensspaltung (Bd. 2 d. Dt. Gesch.), Zürich 37; Frühling in der Schweiz (Autobiogr.), Zürich 38; Weiße Nächte (N) Zürich 43; * *Herbstfeuer (G) Insel Büch. 144, Lpz. 44, erw. Wiesb. 47;* Mein Tagebuch, 46; Urphänomene, 46; Der falsche Großvater (Erz.) 47; Untergang des Römischen Reiches deutscher Nation (Bd. 3 d. Dt. Gesch.) v. 41, e. 49; Briefe an die Freunde, 55; Vollst. Bibliogr.: Marie Baum, Leuchtende Spur, 50; Elsa Hoppe, R. H. Weg-Persönlichkeit-Werk, 36 erw. v. H. Ruppert, 57.

An unsere Märtyrer (De profundis, 177, * 72) 284
Den namenlosen Toten (* 60) . 186   Vorfrühling (* 75) 299

RICHARD HUELSENBECK (Charles R. Hulbeck) · Frankenau 23.4.1892. Sohn e. Apothekers. Studium d. Medizin, German., Kunstgesch. u. Philosophie in Zürich, Berlin, Greifswald, Münster u. München (Dr. med.). 1924—27 Reisen in Asien, Afrika u. Amerika. Begründ. 1916 m. H. Arp u. T. Tzara in Zürich d. Dada-Bewegung. Wanderte 1936 nach d. USA aus. Lebt heute als amerik. Staatsbürger u. Facharzt f. Psychiatrie in New York. Lyrik, Roman, Essay, wiss. Beiträge.

V (alle): Phantastische Gebete (G) 16; Schalaben, Schalaben, Schalamezomai (G) 16; Azteken oder die Knallbude (N) 18; Die Verwandlungen (N) 18; Dada siegt (Ess.) 20; En avant Dada (Gesch. d. Dadaimus) 20; Deutschland muß untergehn! (Ess.) 20; Der neue Mensch (Manif.) 20; Dadaistisches Manifest (Dada Manifest gegen den Expressionismus), 20; Dada-Almanach (Hrsg.) 21; Doktor Billig am Ende (R) 21; Die freie Straße (Manifest) 21; Das Geld unter die Leute (Kom.) 24; Afrika in Sicht (Ber.) 28; Der Sprung nach Osten (Reiseb.) 28; China frißt Menschen (R) 30; Warum lacht Frau Balsam (Kom. zus. m. G. Weisenborn) 32; Schweinfurth (Biogr.) 33; Der Traum vom großen Glück (R) 33; * *Die New Yorker Kantaten (dt. u. frz.), Gal. Berggruen, Paris 52;* Die Antwort der Tiefe (G) 54; Die Geburt des Dada. Dada und die existentielle Philosophie (Ess.) 57; Mit Witz, Licht und Grütze (e. Gesch. d. Dadaismus) 57 (darin genaue Bibliogr.); Sexualität und Persönlichkeit (Wiss. Beitr.) 59.

Für die Emigranten, Kantate III (* 17) 247

HUGO JACOBI · Straßburg 14.11.1882. Studium u. Promotion (Dr. iur.). Reg. Rat in Potsdam. 1933 a. s. Amt entfernt, bis 1938 als freier Schriftsteller in Berlin. Ging e. Tag vor der „Kristallnacht" nach Paris, kam dort 1939 in ein frz. Lager, aus d. er durch Intervention von Freunden befreit u. nach Amerika gerettet wurde. Lebte in New York. Starb am 14.12.54 in Zürich. Nach 1947 mehrere Reisen durch Europa. Stiftete durch Testament den Hugo-Jacobi-Dichter-Preis. Nachl.: Pablo Jacobi, Ascona. Lyrik.

V (alle): Ich weiß nicht, wer noch lebt (G) 15; Die Ahnenden (G) 25; Nefretete (G) 32; Venezianische Spiegelungen (G) 51; Sun Valley Songs (G) 52; * *Gedichte, Vlg. Kiepenheuer u. Witsch, Köln 52.*

Das Fremde (* 25) . . . . 66 Emigration (* 36) 57

OSKAR JELLINEK · Brünn 22.1.1886. Studium in Wien und Promotion (Dr. iur.). Justizdienst. Offizier im 1. Weltkrieg, dann kurz Richter. Emigrierte 1938 aus Wien üb. Brünn n. Frankreich, 1940 n. Los Angeles, wo er am 12.10.1949 starb. Nachl.: Literaturarchiv d. Schiller-National-Museums, Marbach, Lyrik, Erzählung, Novellen.

V (alle): Das Burgtheater eines Zwanzigjährigen (Ess.) 07; Der Bauernrichter (N) 25; Die Mutter der Neun (N) 26; Der Sohn (Erz.) 28; Das ganze Dorf war in Aufruhr (N) 30; Die Seherin von Doroschitz (N) 33; Die Geistes- u. Lebenstragödie der Enkel Goethes, Zürich 38; Valnocha, der Koch (N) 48; Gesammelte Novellen, Wien 50; Das Reich der zwölffachen Ernte (G ü. d. J. 1933—45) in: Dt. R. 55, II; * *Gedichte und kleine Erzählungen, m. e. Nachwort v. R. Thieberger, Vlg. Paul Zsolnay, Wien 52;* M. Stornigg, Leben u. Werk, 56. Unveröfftl.: Dramen, Romanfragmente, Tagebücher.

Nicht allein Worte (* 264) 70

ANNA JOACHIMSTHAL-SCHWABE · Varel b. Oldenburg 8.7.1892. Lebte seit ihrer Heirat mit Hans Joachimsthal (heutiger Name: John M. Steele) in Dresden. Veranst. mit vielen bekannten Autoren Rezitationsabende in ihrem Hause. Nach 1933 des öfteren b. christl. Freunden v. Verhaftungen versteckt. Starb am 2.2.1937 in Berlin. Nachl.: John Steele, London. Lyrik.

V (alle): *Gedichte, Philo Vlg., Bln. 37* * *erw. Aufl. Pvdr. Ldn. o. J. (58).* Gedichte und Kurzgeschichten in Zt. u. Zss.

An den Gott Israels (* 84) . . 180 Verzweiflung (* 69) 95

GEORG KAFKA · Teplitz-Schönau 15.2.1921. Wurde im Sommer 1942 nach Theresienstadt verschickt. Folgte am 15.5.1944 s. Mutter freiw. nach Auschwitz. Wurde von dort in das Lager Schwarzheide überführt, wo er Ende 1944 starb. Mit Franz Kafka weitläufig verwandt. Nachl.: H. G. Adler, London (siehe Theresienstadt, S. 198).

Werke: Der Tod des Orpheus, szenisches Gedicht; Märchen vom Regen und vom goldenen Kipferl; Alexander in Jerusalem. Alle in Theresienstadt entstanden, ungedruckt.

Segen der Nacht (Ms.) . . . 220 Totengebet (Ms.) 211

GEORG KAISER · Magdeburg 25.11.1878. Sohn e. Kaufmanns, schrieb als 17-jähriger s. ersten dram. Versuch »Schellenkönig«. Lebte von 1921—1938 in Grünheide b. Berlin. Flüchtete nach s. Ächtung in Deutschland (18.2.1933 Theaterskandal, Ausschluß aus d. Preuss. Akad., Aufführungs- u. Druckverbot) am 21.8.1938 in d. Schweiz. Schrieb insgesamt 74 Dramen u. in d. letzten Lebensmonaten mehr als 150 Gedichte. Starb am 4.6.1945 in Ascona. Nachl.: Georg-Kaiser-Archiv (Dr. W. Huder), Berlin. Drama, Roman, Lyrik.

V: Das Los des Ossian Balvesen (Kom.), v. 34, urgf. Wien 36; Adrienne Ambrossat (Sch.), v. 34, urgf. Wien 35; Agnete (Sch.), v. 35, urgf. Mannh. 49; Rosamunde Floris (Sch.), v. 36, Zürich 40, urgf. Stgt. 53; Der Gärtner von Toulouse (Sch.), v. 37, Amsterd. 38, urgf. Mannh. 45; Vincent verkauft ein Bild (Sz.), v. 37; Napoleon in New Orleans (Kom.), v. 37; urgf.

Karlsr. 50; Xenia (Film), v. 38; Alain und Elise (Sch.), v. 38, Zürich 40, urgf. Ffm. 54; Pferdewechsel (Sch.), v. 38; Der Schuß in die Öffentlichkeit (Sch.), v. 38, Amsterd. 39, urgf. Magdeb. 49; Die Insel der tausendjährigen Menschen (Erz.), v. 38, 60; Das gordische Ei (Lsp.), v. 38; urgf. Marb. a. d. L. 58; Villa Aurea (R), Ldn.—New York 39; Der Dombaumeister (Sch.), v. 38—43; Vorspruch zum Spiel vom »Kleinen Sündenfall«, Zürich 39; Der Soldat Tanaka (Sch.), Zürich 40; Klawitter (Kom.), v. 39, urgf. Brandenb. 49; Der englische Sender (4 Akte), v. 40; Das Floß der Medusa (Sz.), v. 40—43, urgf. Basel 45; Die Deutschen oder Der Sklavenaufstand in der Kultur (Aph.), v. 41; Maria Zimmermann (R), v. 41—44; Die Spieldose (Sch.), v. 42, urgf. Basel 43; Zweimal Amphitryon (Sch.), v. 43, urgf. Zürich 44, e. 48; Pygmalion (Sch.), v. 43, e. 48, urgf. Mchn. 53; Bellerophon (Sch.), v. 44, e. 48, urgf. Saarbr. 53; * *Das Werk Gedichte, hrsg. v. W. Huder, Vlg. Kiepenheuer u. Witsch, Köln, 61/62.* — Gesamtbibliogr.: H. H. Fritsche, Fbg. 56.

MASCHA KALÉKO (Mascha Kaléko-Vinaver).

Anstatt der üblichen Statistik
Gönnt der Autorin etwas Mystik.
Die ganz privaten Lebensdaten
Wird euch ihr Grabstein einst verraten.
Doch mögt ihr, (wollt ihr sie beschenken)
Am siebten Juni an sie denken.

Kinderjahre in Marburg a. L. Schul- und Studienjahre in Berlin. Von Monty Jacobs für d. »Vossische Zeitung« entdeckt, wo sie, sowie im »Berliner Tageblatt«, Gedichte u. Prosa veröffentlichte. Ihre Bücher waren bis zum Buchverbot »bestseller«. Seit 1938 lebt M. K. mit ihrem Gatten, dem Dirigenten u. Komponisten Chemjo Vinaver, in New York. 1956 erster Deutschlandbesuch n. d. Kriege. Lyrik, Satire, Kritik.

V (alle): Das lyrische Stenogrammheft (G) 32; Kleines Lesebuch für Große (G), Bln. 35, bd. Bde. vereinigt: Rororo No. 175, Hbg. 56; * *Verse für Zeitgenossen (G) Cambridge 45, erw.: Rowohlt-Vlg., Hbg. 58²;* Der Papagei, Die Mamagei . . und andere komische Tiere. Ein Versbuch für verspielte Kinder sämtlicher Jahrgänge, 61; Anthologie of 20th Century, German Poetry (Hrsg. u. Üb. ins Engl.) 61; weitere Bände in Vorb.

GERTRUD KANTOROWICZ · Posen 9. 10.1876. Studium der Kunstgesch., Archäol. u. Philosophie in Berlin. Erste Gedichte unter Ps. Gert Pauly in den »Blättern für die Kunst«. Befreundet mit Georg Simmel. Trotz Bedrohung konnte sie manche aus dem KL befreien, so Ernst Gundolf. 1942 b. Versuch, mit drei älteren Damen die Schweizer Grenze zu überschreiten, verhaftet. Nach Theresienstadt gebracht. Dort Pflegerin in einem Siechenheim. Tod durch Entkräftung am 19.4.1945. Nachl.: Frau Eva Kantorowicz, Stockton (Calif.). Lyrik, Archäol. Schriften.

V (alle): Über den Meister des Emmausbildes in San Salvatore in Venedig (Wiss.) 04; Über den Märchenstil der Malerei u. die Sienesische Kunst im 14. Jahrh. (Wiss.) 10; * *Verse aus Theresienstadt, Privatdruck 48;* ** *Vom Wesen griechischer Kunst, hrsg. u. m. Nachwort v. Michael Landmann, 24. Bd. der DA, Vlg. Lambert Schneider, Hdbg. 61.*

GOTTFRIED KAPP · Mönchen-Gladbach 27.3.1897. Vorzeitig unterbrochene Ausb. als Lehrer (1915). Wanderjahre. Ab 1919—23 als freier Schriftsteller in Lippstadt. Bis 1930 in Berlin. Reisen in Italien. Von 1932 bis zu s. Tode in völliger Zurückgezogenheit in Mammolshain u. Kronberg (Taunus). Seit 1936 Haussuchungen. In der „Kristallnacht" 1938 wird er u. seine jüd. Frau überfallen u. verhaftet. Freilassung n. 5 Tagen, erneute Verhaftung, weil die Haussuchung antifasch. Schriften ans Licht bringt. Am 21.11.1938 fand er bei e. Verhör d. Gestapo den Tod. Nachl.: Frau Luise Kapp, Lissabon. Lyrik, Roman, Erzählung.

V (alle): Melkisedek (Erz.) 28; Das Loch im Wasser (R) 29, 61²; Das Abendopfer (Erz.) 30; Posth.: Die Mutter vom Berge (Erz.) 56; Peter van Laac (R) 60; Wandellose Götter Tagebuch a. Italien 60; Gedichte, 61; Vollst. Bibliogr.: In deinem Namen, v. Luise Kapp, Dülmen 60.

Es wächst die Nacht (Ms.) 36

KURT KAPPER · Prag 5.2.1899. Dr. med. Zahnarzt. Kam am 14.12.1941 nach Theresienstadt u. am 15.12.1943 n. Auschwitz, wo er am 16.2.1945 noch nach der Befreiung durch die Sowjet-Armee starb. Das Gedicht wurde in Theresienstadt verfaßt u. uns durch das Stâtni Zidovské Museum in Prag übermittelt. Nähere Angaben unbekannt.

Sonette von Theresienstadt (Ms.) 113
Was kommt denn noch (Ms.) 124

JIZCHAK KATZENELSON · Lodz. Professor u. Direktor d. städt Gymnasiums in Lodz. Im Warschauer Ghetto inhaftiert. Im Januar 1943 in d. KZ Vittel (Frankreich) deportiert. Dort vergrub d. Dichter drei Flaschen, in denen er d. »Lied vom letzten Juden« verbarg. Am 29.4.1944 wurde er nach Auschwitz gebracht u. ermordet. Nähere Daten waren nicht zu ermitteln.

V: ** Das Lied vom letzten Juden, Nachd. a. d. Yiddischen von Hermann Adler, Vlg. Oprecht, Zürich 51.* Die untergehende Sonne (Dr.) ungedr.

Botschaft an die sieben Himmel (* 57) 158

HANS KEILSON · Bad Freienwalde 12.7.1909. Sportlehrer. 1934 ärztliches Staatsexamen. Später bis 1935 a. d. jüd. Schulen in Berlin. Sept. 1936 Flucht n. Holland, dort bis 1943 untergetaucht. Als Arzt in d. holländ. Widerstandsbewegung. Nach d. Krieg Ausb. als Nervenarzt. Lebt in Bussum. Lyrik, Roman, Erzählung, Essay, wiss. Schriften.

V (alle): Das Leben geht weiter (R), Bln. 33; Komödie in Moll (Erz.) 47; Der Tod des Widersachers (R) 59; Mitarb. a. Gedenkbuch f. K. Mann, an versch. Zss. u. Anthologien.

Geh nicht nachhaus (Ms.) . . 242 Neuer Psalm (Der Morgen, Mai 34) 308

ALFRED KERR (früher Alfred Kempner) · Breslau 25.12.1867. Studium u. Promotion in Berlin, Breslau (Dr. phil.). Reisen in Europa u. Amerika. 1909—19 Theaterkritiker am »Tag«, seit 1920 am »Berliner Tageblatt«. Hrsg. d. Halbmonatszs. »Pan«. Bücherverbrennung. 1933 Ausbürgerung. Flucht ü. d. Schweiz n. Paris, 1935 n. London. 1948 Reise n. Deutschland im Auftrage d. English. Foreign Office. Erlitt am Tage d. Ankunft e. Schlaganfall u. starb drei Wochen später am 12.10.1948 in Hamburg. Nachl.: Julia Kerr, Berlin. Lyrik, Drama, Erzählung, Essay.

V: Die Harfe (G) 17; Capriccio (G) 25; Die Welt im Drama (5 Bde.) 1904—17; Die Welt im Licht (2 Bde.) 20; Walter Rathenau (Erinn.), Amsterd. 35; ** Die Diktatur des Hausknechts (Aufs. u. G), Brüssel 34;* Verse der Emigration, Karlsbad 35; *** Melodien (G), Ed. Nouvelles Internationales, Paris 38;* Cagliostro (Film), Moskau 38; **** Gedichte, Vlg. Kiepenheuer u. Witsch, Köln-Bln. 55.*

Das Judenbewußtsein (** 79) . 175 Das Schlimmste (** 77) . . . 65
Sehnsucht (** 168) . . . . 64 Verworrene Welt (* 59) . . . 155
Die Illegalen (Neue Weltbühne, 24.6.37, *** 80) 251

PETER KIEN · In einer mährischen Kleinstadt am 1.1.1919 geboren. Kam 1941 n. Theresienstadt, wo er eine ziemlich bedeutende Rolle im kulturellen Lagerleben führte. Wurde am 16.10.1944 nach Auschwitz verschleppt u. dort wahrscheinlich ermordet. Er war Maler u. Dichter. Gedrucktes liegt nicht vor. Nachl.: H. G. Adler, London. Vgl. auch: Die verheimlichte Wahrheit (S. 321).

Er verfasste: Der König von Atlantis oder Der Tod dankt ab (Leg. in 4 Bildern); Die großen Fünf (M); Sabbatai Zwi (Dr.).

Die Peststadt I-III (Die verheimlichte Wahrheit, 257) 126

OTTO KARL KIEP · Saltcoats (Schottland) 7.7.1886. Sohn e. dt. Konsuls. Trat nach Studium u. Promotion in London (Dr. iur.) i. d. Dienst d. Ausw. Amtes. 1927 Botschaftsrat in Washington, ab 1930 Generalkonsul in New York. Scheidet 1933 freiw. a. d. dipl. Dienst aus. Als Leiter e. Wirtschaftsdelegation geht O. K. K. 1934 nach Südamerika. Von 1937—39 dt. Vertreter im Londoner Nichteinmischungsausschuß f. Spanien. 1939 Rückkehr aus London. Als Reserveoffizier Tätigkeit im OKdW, Abt. Ausland. Dort in d. Widerstandarbeit, Solfkreis. Vom Volksgerichtshof z. Tode verurteilt. Am 26.8.1944 in Berlin-Plötzensee hingerichtet. Über Veröffentl. waren keine Angaben zu erhalten.

Den Beter nur kann Gott erretten (Du hast mich heimgesucht, 273) . . 270

OTTO KLEPETAR · Prag 21.3.1888. Studium u. Promotion (Dr. iur.) in Prag. Bis 1918 Offizier. Später Rechtsanwalt. Bis 1939 Mitarb. an versch. Zt. u. Zss. Als Iurist Mitarb. an e. antinationalsoz. Organisation. Nach Einmarsch Hitler's in Prag Emigration n. Palästina. Lebt als freier Schriftsteller in Tel Aviv. Lyrik, Roman.

V (alle): Die goldene Zeit (R) 50; Die große Wende (R) 50; * *Leid und Aufschwung, Lieder aus Israel, m. e. Vorw. v. M. Brod, Ed. Olympia, Tel Aviv 50;* Die Fersola (R ü. d. J. 1933—45) 58. Mehrere Bände in Vorber.

Entweihung (Ms.) 198

JOCHEN KLEPPER · Beuthen i. Schlesien 22.3.1903. Sohn e. ev. Pfarrers. Studierte ev. Theologie. War dann freier Schriftsteller. Lebte in Berlin. Als 1942 die bereits zugesagte Ausreisegenehmigung für s. jüdische Stieftochter Renate verweigert wurde, nahm er sich mit s. Familie am 11.12.1942 in Berlin das Leben. Nachl.: Frau Hildegard Klepper, Berlin. Lyrik, Roman.

V (alle): Der Kahn der fröhlichen Leute (R), Stgt. 33; Der Vater (R), Stgt. 37; Du bist als Stern uns aufgegangen (D), Bln.-Stegl. 37; In tormentis pinxit. Briefe und Bilder des Soldatenkönigs Friedrich Wilhelm I., König von Preußen, Stgt. 38; Der König und die Stillen im Lande (Ber., Br. u. Gespräche), Bln.-Stegl. 38; * *Kyrie (geistl. Lieder), Eckart-Verlag, Bln.-Stegl. 38, Witten 48;* ** *Gedichte, Christl. Zeitschriften-Vlg., Bln. 47;* Das ewige Haus, Geschichte Katharina von Bora (R, hrsg. v. K. Pagel) 51; Unter dem Schatten Deiner Flügel, a. d. Tagebüchern der Jahre 1932—42, hrsg. v. H. Klepper, 56; Der Sand soll blühen (Auszüge a. d. Tagebüchern) 57; Überwindung. Tagebücher und Aufzeichnungen a. d. Kriege 58; Nachspiel (Erz., Aufs., G) 60; Gast und Fremdling. Briefe an Freunde, 60; Die Gedichte aus dem Nachlaß, 61.

Der König III (** 29) . . . 156 Zeughaus (** 20) 275
Weihnachtslied im Kriege (* 36) 258

RUTH K. KLUEGER (— Angress) · Wien 30.10.1931. In Theresienstadt u. im KL Auschwitz inhaftiert. Zwangsarbeit in Christiansstadt. Vater und Bruder ermordet. Wanderte am 15. 10. 1947 n. USA aus, wo sie als Bibliothekarin in Richmond (Calif.) lebt. Seit 1948 verheiratet. Gelegentliche Veröffentlichungen.

Das Gedicht Auschwitz wurde uns erst nach der Drucklegung vollständig bekannt. Es hat sechs Strophen, wovon dieser Vierzeiler die 5. Strophe bildet.

Auschwitz. Auszug (Ariel, 3) . 123 Der Kamin (Ariel, 3) . . . 121

ALMA JOHANNA KOENIG · Prag 18.8.1887. Tochter e. österr. Offiziers. Kam in frühester Jugend n. Wien. Reisen n. Afrika, dort mehrere Jahre in Algier. Wurde am 27.5.1942 ins KL Minsk verschleppt. Seitdem verschollen. Ausz.: Lit. Preis d. Stadt Wien 1925. Nachl.: Oskar Jan Tauschinski, Wien. Lyrik, Novelle, Roman.

V (alle): Die Windsbraut (G) 18; Schibes (N) 20; Die Lieder der Fausta (G) 22; Der heilige Palast (R) 22; Die Geschichte von Half dem Weibe (R) 24; Gudrun (Jgdb.) 28; Liebesgedichte, 30; Leidenschaft in Algier (R) 32; * *Sonette für Jan, I. Luckmann Vlg., Wien 46;* Der jugendliche Gott (R) 47; Sahara (Erz.) 51; Gute Liebe — Böse Liebe (P u. G Ausw.) hrsg. v. O. J. Tauschinski, 60.

BRUNO KÖNIG · Prag 14.8.1900. Beamter in Prag. Kam am 24.4.1942 n. Theresienstadt. Im KL Kaufering am 16.12.1944 gestorben. Nähere Daten unbekannt. D. Gedicht wurde von e. Überlebenden d. Ghettos überliefert u. uns durch Herrn Dr. Adler, London, mitgeteilt.

HANS KOLBEN · Prag 1921. Kam 1943 nach Theresienstadt. Im Herbst 1944 nach Auschwitz, von da nach Kaufering, wo er, von Flecktyphus geschwächt — 1945 verhungerte. Nähere Angaben waren nicht zu erfahren. Vgl. H. G. Adler, Theresienstadt. Nachl. (teilweise): H. G. Adler, London.

V (soweit feststellbar): Die Nordpolfahrer, 1944 entstanden (ungedr.).

GERTRUD KOLMAR (Gertrud Chodziesner) · Berlin 10.12.1894. Tochter e. Strafverteidigers. Sprachlehrerin. Dolmetscher-Examen (Engl., Franz., Russ.). Blieb nach 1933 in Deutschland, um ihren greisen Vater nicht zu verlassen, der nach Theresienstadt verschleppt wurde. Zwangsarbeit in e. Kartonagenfabrik. G. K. wurde in e. Vernichtungslager ermordet. Tag u. Ort ihres Todes sind nicht bekannt. Ausz.: Berliner Kunstpreis (posth.) 1956. Nachl.: Frau Hildegard Wenzel, Intragna (Tessin). Lyrik, Prosa.

V (alle): Gedichte, 17; Preussische Wappen (G), Bln. 34; Die Frau und die Tiere (G), Bln. 38; * *Welten (G), Suhrkamp-Vlg., Ffm. 47;* ** *Das lyrische Werk, 6. Bd. d. DA, Vlg. Lambert Schneider, Hdbg. 55, erw.: Kösel-Vlg., Mchn. 60;* Susanna (R), in: Das Leere Haus.

THEODOR KRAMER · Nieder-Hollabrunn (NdÖst.) 1.1.1897. Im 1. Weltkrieg als Soldat schwer verwundet. Buchhändler, später freier Schriftsteller. N. Einmarsch Hitlers Arbeits- u. Berufsverbot. 1939 Emigration nach England, dort a. d. Insel Man interniert; seit 1942 Bibliothekar in Guildford. 1957 Rückkehr nach Wien, wo er am 3.4.1958 starb. Ausz.: Lyrik-Preis der Stadt Wien 1928, J. Reich-Preis der Univ. Wien 1929, Theodor-Körner-Preis 1957, Preis d. Stadt Wien 1958. Nachl.: Erwin Chvojka, Wien. Lyrik.

V (alle): Die Gaunerzinke (G) 29; Kalendarium (G) 30; Wir lagen in Wolhynien im Morast (G) 31; Mit der Ziehharmonika (G), Wien 36; Verbannt aus Österreich (G), Ldn. 43; Die untere Schenke (G) 46; * *Wien 1938 — Die grünen Kader (G), Globus Vlg., Wien 46;* ** *Vom schwarzen Wein (G-Ausw. v. M. Guttenbrunner), Vlg. Otto Müller, Salzburg 56;* Einer bezeugt es . . . (G-Ausw. v. Erwin Chvojka) 60.

SIMON KRONBERG · Wien 26.6.1891. Sohn e. Rabbiners. Frühzeitige Hinneigung z. d. versch. künstl. Berufen. Schauspielunterricht. Erste Veröffentl. in »Die Aktion« u. »Die Dichtung«. Wanderte 1934 n. Israel aus. Arbeitete dort als Schuster, später als Stimmbildner. Starb am 1.11.1947 in Haifa. Lyrik, Drama, Autobiographie. — Bedauerlicherweise versagten d. Nachlaßverw. ihre Mithilfe. Da wir auf e. Beitrag v. S. K. nicht verzichten wollten, sei hier das leider einzig veröffentl. G aus d. J. 33—45 wiedergegeben.

V (alle): Schimen in der Stille (Dr.) 20—23; Chamlam (D) 21, enth. in: Das Leere Haus; Die Stadt (D) 24.

Der Freund (Das Leere Haus, 613) 210

ALFRED KRÜGER · Leipzig 27.8.1887. Studium in Freiburg u. Heidelberg. Promotion (Dr. iur.) in Straßburg. 1923—35 Hauptberichterstatter des »Berliner Tageblatt« f. d. Rheinland. 1935 Inhaftierung. Anfang 1938 Ausbürgerung u. Flucht nach Stockholm. Wenige Jahre darauf bis zu s. Tode am 6.11.1953 ständig. Mitarb. der »Basler Nationalzeitung« f. Schweden u. Finnland. Nachl.: Frau Lucy Jourdan-Krüger, Stockholm. Lyrik.

V (alle): Die Seele im Schatten (G) 11; * *Gedichte, hrsg. v. Lucy Jourdan Krüger, Limes Vlg., Wiesb. 54.*

Am Ziel (* 81) 282
Aufschrei (* 66) 181
Schicksalszug (* 78) 245
Anklage (* 32) 103
Klage (* 29) 232

ADAM KUCKHOFF · Aachen 30.8.1887. Studium d. Philos. u. German. in Freiburg, München, Berlin u. Halle. 1912 Dr. phil. 1913—17 Mitarb. d. Kölnischen Zeitung u. d. Frankfurter Zeitung. Dann Spielleiter u. Intendant an versch. Theatern (Elberfeld, Frankfurt). Freier Schriftsteller. Dramaturg am Staatstheater Bln. Red. »Die Tat«. Als Sozialist im Kreise um H. Schulze-Boysen u. A. Harnack. Angeklagt wegen Hochverrat, am 3.2.1943 zum Tode verurteilt u. a. 5.8.43 in Plötzensee hingerichtet. Nachl.: Frau Greta Kuckhoff, Berlin. Lyrik, Roman, Erzählung, Drama.

V (alle): Disziplin (Lsp.) 17; Zwergnase (M-Sp.) 19; Till Eulenspiegel — Ein Spiel in sieben Bildern, 26; Georg Büchner, hrsg. m. e. Einl. 27; Scherry — Eine Begegnung (R) 31; Der Deutsche von Bayencourt (Dr.), Bln. 35; Strogany und die Vermißten (R zus. m. Peter Tarin), Lpz. 41; Theorie des Films (Aufs.), Bln. 41; * *Nachgelassene Gedichte u. Ausw. a. d. Gesamtwerk, in: Adam Kuckhoff zum Gedenken, hrsg. von Greta Kuckhoff, Aufbau-Vlg., Bln. 47.* Während d. Haft entst.: Gedanken zu einer neuen Ästhetik, ungedr.

Für Ule (*) 301

HERMANN KÜKELHAUS · Essen 1.8.1921. Während d. Schulzeit z. Westwallbau wg. aufrührerischer Schul-Aufsätze strafversetzt. Zum Abitur erst nach Strafdienst in e. Kattowitzer Bergwerk zugelassen. Dann als Soldat in Rußland. Schwer verwundet. Gehörte zum Kreise um Graf Schulenburg, Graf York usw. Starb am 31.1.1944 in e. Berliner Lazarett. Nachl.: H. Kükelhaus, Soest. Lyrik, Prosa.

V (alle): * *Gedichte, E. Stichnote Vlg., Potsdam 47.* — Sammelband (G u. P) Druck: etwa 1962.

Das Reich (* 106) 163
Der Spuk (* 14) 23

ELISABETH LANGGÄSSER · Alzey 23.2.1899. Lehrerin bis 1929. Von 1929—48 in Berlin. Verheiratet m. d. Augustin-Forscher Dr. Wilhelm Hoffmann. 1936 Schreibverbot. Tochter Cordelia am 10. März 1944 über Theresienstadt nach Auschwitz gebracht. 1946 wieder Nachricht von ihr. Sie selbst in e. Kabelfabrik zwangsverpflichtet. Mitarb. an versch. Zss. (u. a. an »Die Kolonne«). Starb an multipler Sklerose am 25.7.1950 in Rheinzabern. Ausz.: Lit. Preis d. dt. Staatsbürgerinnen-Verbandes, 31; Georg Büchner-Preis, Darmstadt 50. Nachl.: Wilhelm Hoffmann, Köln. Lyrik, Erzählung, Roman.

V (alle): Wendekreis des Lammes (christl. Hymnus) 24; Das Triptychon des Teufels. Ein Buch v. d. Haß, d. Börsenspiel u. d. Unzucht (Erz.) 32; Grenze. Ballade eines Landes (Erz.) 32; Proserpina (Erz.), 32; Herz zum Hafen (Frauen-G zus m. I. Seidel) Lpz. 33; * *Die Tier-*

kreisgedichte, Lpz 35; Der Gang durch das Ried (R), Lpz. 36; Rettung am Rhein (Erz.), Salzbg.-Lpz. 38; Das unauslöschliche Siegel (R) 46; Der Torso (18 Kurzgesch.) 47; ** *Der Laubmann und die Rose (G) 47;* Kölnische Elegie, 48; Das Labyrinth (Erz.) 49; Märkische Argonautenfahrt (R) 50; Geist in den Sinnen behaust (Nachl.) 51; Metamorphosen (G) 51; ... soviel berauschende Vergänglichkeit, Briefe 1926—1950, (im Anhang Bibliographie) 54; *** *Gesammelte Gedichte, 4. Bd. d. Gesamtausg., Claassen-Vlg., Hbg. 54;* Mithras (G u. Pr.), 59; Das Christliche der christlichen Dichtung (Vortr. Br.) 61.

ELSE LASKER-SCHÜLER · Elberfeld 11.2.1869. Enkelin e. Rabbiners. 1894 Heirat m. Dr. Berthold Lasker. 1900 Geburt d. geliebten Sohnes Paul, der 1927 starb. 1901—11 zweite Ehe mit Herwarth Walden (Hrsg. d. »Sturm«). Nach 1925 wenige Veröffentl. 1932 Kleistpreis. 1933 Publikationsverbot. Flucht i. d. Schweiz. 1934 f. kurze Zeit n. Jerusalem, wo sie seit 1937 b. z. ihrem Tode am 18.1.1945 in größter Armut lebte. Gründete dort die Vortragsgemeinschaft »Der Kraal«. Nachl.: Manfred Sturman, Jerusalem. Lyrik, Drama, Erzählung, Essay, Herausgabe. — Die Entstehungsdaten der Gedichte sind die der letzten Fassung.

V (alle): Styx (G) 02; Der siebente Tag (G) 05; Das Peter Hille Buch, 06; Die Nächte Tino von Bagdads (Erz.) 07; Die Wupper (Sch.) 09; Meine Wunder (G) 11; Mein Herz (R) 12; Hebräische Balladen, 13; Essays 13; Gesichte (Ess. u. Erz.) 13; Der Prinz von Theben (Erz.) 14; Die Gesammelten Gedichte, 17; Der Malik (Kaisergesch.) 19; Die Kuppel (G) 20; Gesamtausg. in 10 Bdn., 19—20; Briefe (Hille-Lasker) 21; Der Wunderrabbiner von Barcelona (Erz.) 21; Theben (D u. Lithogr.) 23; Ich räume auf, Anklage gegen meine Verleger, 25; Arthur Aronymus (Erz.) 32; Arthur Aronymus und seine Väter (Sch.) 32; Konzert (P u. G) 32; Das Hebräerland (G) Zürich 37; * *Mein blaues Klavier (G), Jerusalem Press, Jerus. 43;* Dichtungen und Dokumente (G, P, Sch., Briefe u. a.) 51; Gesammelte Werke in 3 Bdn., Kösel Vlg., Mchn.: ** *Gedichte von 1902—43, hrsg. v. Friedhelm Kemp, 59;* *** *Verse und Prosa aus dem Nachlaß, hrsg. v. Werner Kraft (3. Bd.) 61;* Prosa und Schauspiele, hrsg. v. F. Kemp (2. Bd.) 62; Briefe an Karl Kraus, 59. — Einführung in ihr Werk u. e. Ausw. v. W. Kraft, Verschollene u. Vergessene, 51.

TONY LASNITZKI (geb. Simon-Wolfskehl) · Mainz 12.4.1898. Lebte bis 1934 in Berlin. Folgte ihrem Mann 1940 nach Frankreich. Wurde verhaftet u. nach Calais gebracht. Ein großes Bombardement »befreite« sie. Tauchte 1942 in Belgien unter, ohne ihren Mann wieder aufgefunden zu haben, der in einem KL umgekommen ist. Seit 1945 in St. Idesbald s. mer (Belgien).

V: Gelegentliche Veröffentl. in Zeitungen.

RUDOLF LEONHARD (Ps.: Robert Lanzer) · Lissa (Posen) 27.10.1889. Jur. Studium in Berlin. 1914 Kriegsfreiwilliger, jedoch bald als Kriegsgegner angeklagt. Teilnahme an d. revol. Ereignissen 1918—19. Freier Schriftsteller. 1927 Übersiedlung n. Paris. Gründete d. »Schutzverband dt. Schriftsteller im Exil«. Auf d. 2. Ausbürgerungsliste. 1939 interniert (Le Vernet, später Castres). Vor s. Auslieferung an d. Gestapo entkommen. Lebte illegal in Marseille u. war dort in d. frz. Untergrundbewegung tätig. Kam 1950 nach langer Erkrankung n. Berlin zurück, wo er am

19.12.1953 starb. Nachl.: Deutsche Akademie d. Künste, Berlin. Lyrik, Drama, Erzählung, Essay, Film, Übersetzung.

V: Angelische Strophen (G) 13; Der Weg durch den Wald (G) 13; Barbaren (Balladen) 14; Über den Schlachten (G) 14; Beate und der große Pan (lyr. R) 18; Polnische Gedichte, 18; Katilinarische Pilgerschaft (G) 19; Briefe an Margit (G) 19; Das Chaos (G) 19; Gedichte über das Thema 'Mutter', 20; Spartakus-Sonette, 21; Die Prophezeiung (G) 22; Die Insel (G) 23; Die Ewigkeit dieser Zeit, e. Rhapsodie gegen Europa 24; Das nackte Leben (Son.) 25, 48[2]; Confiance en Hitler? (Ess.), Paris 34; Führer & Co, (Pol. Kom.), Paris 36; 24 Gedichte (illegal n. Deutschl. im nachgedruckten Umschl. e. Reclam-Bd. Nr. 7248), Paris 36; Spanische Gedichte und Tagebuchblätter, Paris 38; Der Tod des Don Quijote. Gesch. aus d. span. Bürgerkrieg, Zürich 38; El Hel. Wolf Wolff (P), Msk. 39; Deutschland muß leben (u. d. Ps. Robert Lanzer), Marseille 44; Geiseln (Tr.), Lyon 45; Deutsche Gedichte, 47; Unsere Republik (Aufs. u. G) 51; Banlieue (G) 53; * *Gedichte aus dem Lager Le Vernet. Akademieausg. Bd I Vlg. d. Nation. — Bibliogr.: Menschheitsdämmerung.*

OSKAR LOERKE · Jungen (Westpr.) 13.3.1884. A. bäuerl. Familie. Studium d. Germanistik, Philosophie u. Musik in Berlin. Ab 1917 bis z. s. Tode im S. Fischer Vlg., s. 1925 als Nachfolger Moritz Heimanns Lektor. Ab 1926 Mitgl. u. Sekr. d. Sektion f. Dichtkunst d. Preuss. Akad. 1933 wurde ihm d. Amt genommen. Er blieb von Verfolgungen verschont. In s. Werk werden die »Jahre des Unheils«, die »Hölle der Zeit« transparent u. in s. Testament erklärte er s. Tod, »weil eine jegliche Krankheit, selbst jede Disposition zu einem Unglücksfall, durch die feindlichen Handlungen und Anschauungen veranlaßt worden ist in langen Jahren«. O. L. starb am 24.2.1941 in Berlin. Ausz.: Kleist-Preis 1917. Nachl.: Hermann Kasack, Stuttgart. Lyrik, Erzählung, essayistische Prosa, Herausgabe.

V (alle): Vineta (Erz.) 07; Franz Pfinz (Erz.) 09; Der Turmbau (R) 10; Wanderschaft (G) 11; Gedichte, 16, u. d. T.: Pansmusik 29[2]; Das Goldbergwerk (N) 19; Die Chimärenreiter (N) 19; Der Oger (R) 21; Die heimliche Stadt (G) 21; Der längste Tag (G) 26; Atem der Erde (G) 30; ** *Der Silberdistelwald (G), Vlg. S. Fischer, Bln. 34;* Das unsichtbare Reich (Ess ü. J. S. Bach), Bln. 35; Das alte Wagnis des Gedichts (Ess.), Bln. 35; *** *Der Wald der Welt (G), S. Fischer Vlg., Bln. 36;* Anton Bruckner. Ein Charakterbild, Bln. 38; Magische Verse (Ausw.), Bln. 38; Hausfreunde (Charakterbilder), Bln. 39; Der Steinpfad (G), Lpz. 41; 10 Gedichte, in: Das Gedicht (Bl. f. Dichtk.), Hbg. 41; **** *Die Abschiedshand (G a. d. Nachl.), hrsg. v. H. Kasack, Suhrkamp Vlg., Ffm. 49;* Gedichte (Ausw.), 54; Tagebücher 1903—39,hrsg. v. H. Kasack, 5. Bd. d. DA, 55; Reden und kleinere Aufsätze, hrsg. v. H. Kasack, 56; * *Gedichte und Prosa, 2 Bde., hrsg. v. P. Suhrkamp, Vlg. Suhrkamp, Ffm. 58;* Reisetagebücher, hrsg. v. H. Ringleb, 22 Bd. d. DA, 60.

PAULA LUDWIG · Altenstadt (Österr.) 5.1.1900. Entstammt einer Arbeiterfamilie. Lebte seit 1914 in Deutschland. Erhielt 1931 ein Stipendium d. Abraham Lincoln Stiftung. 1933 Flucht aus Berlin nach Österreich, 1938 in die Schweiz u. nach Paris. Ausbürgerung. 1940 Flucht über Portugal nach Brasilien. 1953 Rückkehr nach Deutschland. Lebt in Wetzlar. Lyrik, Prosa.

V (alle): Die selige Spur (G) 19; Der himmlische Spiegel (G) 26; Dem dunklen Gott (G) 31; Traumlandschaft (P), Bln. 35; Buch des Lebens (Erinn.), Lpz. 36; Gedichte, Hbg. 37; Gedichte (Ausw.) 58.

JOSEF LUITPOLD (J. Luitpold Stern) · Wien 16.4.1886. Jur. Studium in Wien Promotion in Heidelberg (Dr. phil.). Theaterkritiker u. Regisseur. Rektor d. Wiener Arb. Hochschule. Leiter d. Arb. Bildungszentrale. 1938 Emigration i. d. Tschechoslowakei, n. Frankreich, später i. d. USA. Dozent in Philadelphia u. am Quaker College, Pendle Hill. 1948 Rückk. n. Österr. Rektor d. Arb.-Bildgs.-Heimes (Schloß Weinberg). Lebt heute in Wien. Ausz.: Preis d. Stadt Wien f. Volksbdg., 1949, Ehrenring d. St. Wien 1956, Österr. Staatspreis f. Volksbdg. 1957, Prof. h. c. Lyrik, Drama, Erzählung, Essay, Übersetzung, Herausgabe.

V (alle): Handbuch f. Arb. Bibliothekare, 1914; Glitzert Pleijaden (G) 17, = 1. Bd, d. Gesamtausg. (s. u.); Herz im Eisen (G) 17, = 2. Bd. d. Gesamtausg.; Klassenkampf u. Massenschulung, 23; Die Rückkehr des Prometheus (G) 27, = 3. Bd. d. Gesamtausg.; Der entwurzelte Baum (G) 27; Die neue Stadt (G) 27; Der Arbeiter und die Kultur (Ess.) 30; Die hundert Hefte. Gedichte e. Lebens, Wien ab 35 (bis 55 = 70 Hefte ersch.); * *Das Josef Luitpold Buch, ausgew. v. A. Zohner, Vlg. d. Wiener Volksbhdg., Wien 48;* Das Sternbild. Ges. Werke in 7 Bde. (1.—3. s. o.; 4. Babylonisches Entzücken (Nachd.); 5. Europäische Tragödie (Sch.); 6. Der Schrei der Opfer (Erz.); 7. Kampf und Ehrfurcht (Rede, Br. Aphor.) 54; Es lebe der Trotz und die Kraft (G, P Ausw.) 60; Genius des standhaften Herzens (Ball.) 61.

DAVID LUSCHNAT · Insterburg 13.9.1895. Soldat im 1. Weltkrieg. Nach 1918 versch. Berufe. Publizierte in Zss. vor dem Krieg. Flüchtete 1933 vor s. Verhaftung n. Frankreich. Bücherverbrenung. 1933 in Paris e. d. Begründer d. Schutzvb. dt. Schriftsteller im Ausland. Als Schriftführer im Vorstand. Seit 1958 wieder in der BRD. Lebt in Frankfurt. Lyrik, Erzählung,Essay.

V (alle): Kristall der Ewigkeit (G) 26; Die Reise nach Insterburg (Autobio. N) 27; Die Sonette der Ewigkeit, 28; Abenteuer um Gott (P) 29; Aufbruch der Seele (G), Ascona 35; Schriftsteller und Krieg (Ess.) 47; Sonette vom Weg und Sinn, 49; Inflation der Worte — Magie des Wortes (Ess.) 57.

GEORG MANNHEIMER · Wien 10.5.1887. Studium der Rechtswissenschaft, Dr. iur. Red. d. dt. Zt. »Bohemia« und Mithrsg. d. Wochenschrift »Die Wahrheit«. Mit Martha Singer verheiratet. Starb am 22.4.1942 an Entkräftung im KL Dachau. Lyrik, Schauspiel, Roman, Übersetzung.

V (vermutl. alle): Der Landstreicher aus Atlantis (Sch.) 23; Palästina (Sch.) 28; Der Mann, der durch den Traum lief (Lustsp.) 29; Masaryk in Genf (Erz.) 30; Das Tagebuch eines Babys, Potsd. 33; * *Lieder eines Juden, Neumann Vlg., Prag 37;* Die Ballade vom Zeitungspapier, Prag 38; Fünf Minuten vor XII, Prag 38; Ein Jude kehrt heim (R in V.), Prag 39.

PAUL MAYER · Köln 1.11.1889. Studium in München, Freiburg, Bonn. Promotion 1915 in Greifswald (Dr. jur.). Von 1919 bis 1936 Lektor des Rowohlt-Verlages. Verließ Deutschland im Herbst 1939. Lebt seitdem in Mexico-City. Lyrik, Erzählung, Essay, Übersetzung.

V (alle): Wunden und Wunder (G) 13; Masken und Martern (G) 14; Die Erweckung (N) 19; Vox humana (G) 20; Der Kreuzzug (G) 22; Der getrübte Spiegel (N) 24; Recht und Politik im Fall Fechenbach (zus m. P. Dreyfuß) 25; * *Exil (G), Ed. El libro libre, Mexico 44;* Wanderer ohne Ende (G), Bln. 48.

WALTER MEHRING · Berlin 29.4.1896. Vom Gymnasium wg. unpatriot. Verhaltens verwiesen. Abitur extern. 1914—15 Studium d. Kunstgesch. Mitarb. am »Sturm«. In d. Dada-Bewegung. Von 1920—33 Mitarb. an »Weltbühne«, »Tagebuch, »Zukunft«. Lebte von 1924—28 in Paris. Danach a. d. Piscator-Bühne in Berlin tätig. Am 27.2.1933 Flucht aus s. v. SA umstellten Wohnung nach Paris. Ausbürgerung. 1938 v. SS a. d. Schweizer Grenze gefaßt, aber wieder entkommen. 1939 in Frankreich interniert. Bis 1941 in versch. Gefängnissen f. feindl. Staatenlose. 1941 m. knapper Not v. d. Auslieferung gerettet. Nach USA gebracht. Dort Berufseinschränkungen. Wohnt seither in versch. Städten Amerikas u. Europas, zur Zeit in Ascona. Lyrik, Satire, Pamphlet, Drama, Erzählung, Herausgabe.

V: Das politische Cabaret (G) 19; Das Ketzerbrevier (G) 21; Europäische Nächte (G) 26; Die Gedichte, Lieder und Chansons des W. M., 29; Neues trostreiches Liederbuch (G) 31; Arche Noah SOS (G) 32; Und euch zum Trotz . . ., Paris 34; Müller, Chronik e. dt. Sippe, von Tacitus bis Hitler, Wien 34; Die Nacht des Tyrannen (R), Zürich 36; No Road Back (G), New York 44; Edgar Degas, George Grosz, N. Y. 46; The Lost Library (Kulturgesch.), New York 51; **Arche Noah SOS, alte und neue Gedichte, Lieder, Chansons, Rowohlt-Vlg., Hbg. 51; ** Der Zeitpuls fliegt, e. Ausw. d. Prosa u. Gedichte, rororo 282, Hbg., 58;* Morgenlied eines Gepäckträgers (G) 59; Kulturpolitische Beiträge (z.B.: Berlin Dada, 59).

HILDE MEISEL (- H. Monte) · Wien 31.7.1914. Bei Ausbruch d. Krieges in England. Versuchte n. Deutschland zu gelangen, um dort a. d. Widerstandsbewegung teilzunehmen. Im Frühjahr 1945 (am 17.4.) wurde sie bei dem Versuch, die österr. Grenze zu überschreiten, von e. SS-Patrouille erschossen. Trat in vielen sozialist. Zt. für dt. Widerstandsbewegung ein. Nachl.: Frau Rosa Meisel, Berlin. Lyrik, Journalistik.

V (alle): How to Conquer Hitler, Ldn. 40; Help Germany to revolt, Ldn. 42; The Unity of Europe, Ldn. 43; Where Freedom perished, Ldn. 47; ** Gedichte a. d. Nachlaß (zus. m. Hans Lehnert), Europ. Vlgsanst., Hbg. 50.*

MAX JOSEF METZGER (Bruder Paulus) · Schopfheim (Baden) 3.2.1887. Studium u. Promotion (D.) in Freiburg. Empfing 1911 die Priesterweihe. Schon im 1. Weltkrieg führender Kopf des kath. Pazifismus. Gründ. 1919 die »Societas Christi Regis« (Christkönigsgesellschaft). Mehrmalige Verhaftung. 1943 Memorandum an d. Erzbischof von Upsala über möglichen Friedensvertrag. Am 14.10.1943 zum Tode verurteilt u. am 17. April 1944 im Zuchthaus Brandenburg hingerichtet. Nachl.: Christkönigsgesellschaft, Meitingen b. Augsburg. Lyrik, Geistliche Beiträge.

V (alle): Zwei karolingische Pontifikalien vom Oberrhein, 14; ** Gefangenschaftsbriefe, eingel. u hrsg. v. Matthias Laros, Kyrios-Vlg., Meitingen 47;* Gefangenschaftsberichte, eingel. u. hrsg. v. Hannes Bäcker, 48; Was trennt uns Christen (Br.) 48; Zahlreiche Schriften in versch. Zss. u. Anth., so u. a. in: Du hast mich heimgesucht bei Nacht.

JO MIHALY (Elfriede Steckel) · Schneidemühl (Westpr.) 25.4.1902. Ausbild. als klass. Balleteuse u. im modernen Ausdruckstanz. Solotänzerin am Stadttheater Beuthen, später an d. »Großen Volksbühne«, Berlin. 1927 Heirat. Eigene Tanzabende an d. »Konzertbühne«. Durch Ausbürgerung ihres Mannes u. ihrer Tochter Emigration in d. Schweiz. Dort Leiterin u. Mitbegr. d. »Kulturgemeinschaft d. Emigranten in Zürich«. 1945 Rückkehr nach Frankfurt, dort am kultur. Aufbau beteiligt. Seit 1949 wieder in d. Schweiz (Ascona). Ausz.: Ehrenpreis d. Stadt Zürich 1948, 1958; Schauspielwettbewerb Zürich 1960. Lyrik, Novelle, Essay.

V (alle): Kasperltheater (Erz.) 26; Die Ballade vom Elend (Epos) 27; Michael Arpad und sein Kind (R) 27; Hüter des Bruders (R), Zürich 39; * *Wir verstummen nicht (G zus. m. L. Ajchenrand u. St. Hermlin), Posen Vlg., Zürich 40;* Die Steine (R) 45; Das Leben ist hart (N) 56; Der weiße Zug (N) 57; Bedenke, Mensch (Epos) 58; Weihnachten auf der Hallig (N) 58; Ländliche Madonnen im Tessin (Ess.) 59; Luzifers Kleid (Schöpfungsmythos) in Vorb. Das Schiff legt nicht an (Sch.) Mitarb. an versch. Zt.

Einzig die Tat (* 20) 99

ALFRED MOMBERT · Karlsruhe 6.2.1872. Studium in Heidelberg, Leipzig, München, Berlin. Dr. iur. 1897. Sieben Jahre Rechtsanwalt in Heidelberg. Ab 1906 freier Schriftsteller. Kriegsteilnehmer 1915—18. 1933 Ausschluß aus d. Preuss. Akad. Wollte s. Land nicht verlassen. Wurde 1940 von d. SS in d. KL Gurs verschleppt, aus dem er durch Schweizer Freunde 1941 errettet wurde. Starb am 8.4.1942 in Winterthur. Nachl.: Klara Vogel, Llandaff-Cardiff (Engl.). Lyrik, Epische Dichtung.

V (alle): Tag und Nacht (G) 1894, erw. 02, u. d. T.: Gedichte einer Jugend, 22; Der Glühende, 1896, erw. 02; Die Schöpfung (G-Zykl.) 1897, veränd. 02; Der Denker (G-Zykl.) 01; Die Blüte des Chaos (G-Zykl.) 05, veränd. 20; Der Sonne-Geist (myth-D) 05; Aeon, Dram. Trilogie: Aeon der Weltgesuchte, Aeon zwischen den Frauen, Aeon vor Syrakus, 07—11; Der himmlische Zecher (G-Ausw.) 09, 22 veränd. 51; Musik der Welt (G-Ausw.) 15; Der Held der Erde (G-Zykl.) 19; Der Thron der Zeit, 25; Atair (G-Zykl.) 25; Aiglas Herabkunft (Dr.) 29; Aiglas Tempel (Dr.) 31; Sfaira der Alte (myth. D), Bln. 36; * *Sfaira der Alte (2. Teil), Pvdr., Winterthur 42;* A.M., Einf. in s. Werk u. Ausw. v. H. Hennecke, Verschollene u. Vergessene, 52; Briefe an Richard u. Ida Dehmel, hrsg. von H. Wolffheim, 56; ** *Sfaira der Alte, 1. u. 2. Teil mit e. Nachw. v. Richard Benz, 14. Bd. d. DA, Vlg. Lambert Schneider, Hdbg. 58;* Briefe. Veröfftl. d. DA, vorauss. 62. — Ausf. Bibliogr. in: E. Herberg, Die Sprache Alfred Momberts, Diss., Hbg. 59. Ges. Ausgabe in Vorber.

In der Finsternis (* 121 ff, ** 235, 256, 259) 278

ERICH MÜHSAM · Berlin 6.4.1878. Kindheit u. Jugend in Lübeck. War erst Apotheker, seit 1901 freier Schriftsteller. Neben rein lit. Tätigkeit aktive Betätigung am polit. Geschehen. Red. u. Hrsg. versch. Zss.: »Der arme Teufel«, 1902; »Wegruf«, 1905; »Kain, Zeitschrift für Menschlichkeit«, 1911—15, N. F. 1918—19; »Fanal«, 1926—31. Als Mitgl. d. bayer. Rätereg. zu 15 Jahre Zuchthaus verurteilt, aber vorzeitig entlassen. 1933 sofort arretiert. Nach langer Folterung in Oranienburg am 10.7.1934 ermordet. Nachl.: Deutsche Akad. d. Künste, Berlin. Lyrik, Pamphlet, polit. Schriften, Erinnerungen.

V (alle): Die Wüste (G) 04; Ascona. Eine Broschüre, 05; Die Psychologie der Erbtante, Eine Tantologie aus 25 Einzeldarstellungen als Beitrag zur Lösung der Unsterblichkeitsfrage, 05; Die Hochstapler (Lsp.) 06; Die Jagd auf Harden, 08; Der Krater (G) 09; Kain-Kalender für die Jahre 1911—14 (nur Beitr. v. E. M.); Die Freivermählten (Polemisches Sch.) 14; Wüste-Krater-Wolken (ges. G) 14; 1919, Dem Andenken Gustav Landauers, 19; Brennende Erde. Verse eines Kämpfers, 20; Judas (Arb.-Dr.) 21; Das Standrecht in Bayern, 23; Alarm. Manifeste aus zwanzig Jahren, 25; Revolution. Kampf-, Marsch- und Spottlieder, 25; Seenot (D) 25; Gerechtigkeit für Max Hölz, 26; Staatsräson. Ein Denkmal für Sacco und Vanzetti (Dr.) 28; Sammlung 1898—1928 (Ausgew. Werke) 28; Von Eisner bis Leviné. Die Entstehung d. bayerischen Räterepublik, 29; Unpolitische Erinnerungen, 31, Bd. 2 d. Ges.-Ausg. 58; Die Befreiung der Gesellschaft vom Staat. Was ist kommunistischer Anarchismus, 32; * *Gedichte, 1. Bd. d. Ges.-Ausg., Vlg. Volk u. Welt, Bln. 58.*

Requiem (* 217) **193**

ERNST MUNZINGER · Riga 6.7.1887. Kaufmann. Oberstleutnant der Reserve. Wurde im Zusammenhang mit dem 20. Juli in der Nacht des 23. April 1945 in Berlin erschossen. Nähere Angaben waren leider nicht zu erfahren.

 Versprich mir eins (Du hast mich heimgesucht, 127) 122

ARNO NADEL · Wilna 3.10.1878. In Königsberg musik. Ausbild. 1895 Student a. d. Lehrerbildungsanstalt, später Religionslehrer u. Chordir. d. Jüd. Gemeinde in Berlin. Forsch.-Auftr. z. Erstellung e. Kompendiums d. Synagogalmusik. 1933 verlassen s. beiden Töchter Dtschl. A. N. bleibt bis 1943 in s. Amt, wird aber s. Wohnung verwiesen. Am 10.3.1943 folgte er s. verhafteten Frau freiw. nach. Beide wurden wahrsch. in Auschwitz ermordet. Nachl.: Frau Detta Okun, Forest Hills (USA). Lyrik, Roman, Essay, Drama, Komposition, wiss. Herausgabe, Übersetzung.

V (alle): Aus vorletzten und letzten Gründen (G) 09; Cagliostro und die Halsbandgeschichte (Sch.) 13; Um dieses alles (G) 14; Adam (Dr.) 17; Siegfried und Brunhilde (Tr.) 18; Sonne (P) 19; Hymne auf Beethoven, 20; Der Sündenfall (bibl. Sz.) 20; Das Jahr der Juden (G) 20; Rot und glühend ist das Auge des Juden (G) 20; Der Ton (G-Stücke) 21; Laotse und Konfutse (G) 23; Heiliges Proletariat (G) 24; Tänze und Beschwörungen des weissagenden Dionysos (G) 25; Orpheus (Myst.) 28; Für Brigitte und alle Welt (R) 32; Drei Augen-Blicke (N) 32; Das Leben des Dichters (G), Bln. 35; * *Der weissagende Dionysos (G), hrsg. m. e. Nachwort u. Bibliogr. v. Friedhelm Kemp, 16. Bd. d. DA, Vlg. Lambert Schneider, Hdbg. 59.*

ALFONS (HERMANN) PAQUET · Wiesbaden 26.1.1881. Lehre in London u. Mainz. Studium d. Geographie u. Volkswirtsch. Reisen in Amerika u. Asien. Seit 1904 Mitarb. d. »Frankfurter Zeitung«. 1908 Dr. phil. in Jena. 1933 demonstr. Austritt aus d. Preuss. Akad. Verzichtete auf Emigration, obwohl Verbot u. Verbrennung vieler s. Bücher, Nichtaufnahme in d. Schrifttumskammer d. Grundlage s. Bleibens entziehen. Schließl. Mitgl. d. Red. d. »Frankfurter Zeitung«. 1935 im Zug verhaftet. Gefängnis Prinz-Albrecht-Straße. FZ u. Ausw. Amt erwirken Freilassung. Stirbt während e. Luftangriffs in Frankfurt M. am 8.2.1944. Zuvor Haussuchungen, Gestapo-Verhöre, trotzdem Möglichkt., Bedrängten zu helfen. Ausz.: Preis d. Goldnen Rose 1900. Nachl.: Paquet Archiv, Frankfurt M. Lyrik, Roman, Essay, Herausgabe.

V: Lieder und Gesänge (G) 02; Held Namenlos (G) 12; Limo, der große beständige Diener (dr. G) 13; Die Botschaft des Rheines (Ball.) 22; Drei Balladen, 22; Amerika (G) 25; Das Siebengestirn (G) 32; Freiherr vom Stein (Chor-D), Bln. 33; Und Berlin (Ess.), Ffm. 34; Weltreise eines Deutschen, Bln. 34; Fluggast über Europa (R), Ffm. 35; Der Kiel im Land (Ess.), Ffm. 35; Ballade von George Fox, B. Pyrmont 36; * *Der Reiter von Damaskus (G) Bad Pyrmont 37;* Der Frankfurter Rundhorizont, Ffm. 37; Amerika unter dem Regenbogen (Reiseber.), Ffm. 38; Erwähnung Gottes (G), B. Pyrmont 39; Gaswelt (Ess.), Köln 40; Spiel mit der Erdkugel (Ess.), Lpz. 40; Der Rhein (Ess.), Düsseldorf 40; Die Botschaft des Rheins (G), Ratingen 41; Das Goldene Mainz (Ball.), Mainz 41; Ode vom Rhein, Mainz 41; Frankfurt am Main (Ess.), Ffm. 43; ** *Gedichte, 8. Bd. d. DA, Vlg. Lambert Schneider, Hdbg. 56;* Bibliogr.: A. P., Eine Bibliographie, Woeller Vlg., Ffm. 58. Viele Veröffl. d. Jahre n. 1933 sind in der Regel kleine Privatdrucke.

HUGO WOLFGANG PHILIPP · Dortmund 2.2.1883. Gymnasium. Studium d. Kunstgesch., German. u. Philosophie in Berlin. 1915 Frontsoldat. 1923 Oberspielleiter, 1927—33 Intendant am »Alberttheater«, Dresden. Aufführungen s. Dramen in vielen Städten Europas. Emigrierte 1936 in die Schweiz, lebt seitdem in Zürich. Ausz.: 1923 Hamburger Hebbelpreis. Lyrik, Drama, Roman, Erzählung.

V (alle): Herr in Grün (N) 17; Peter Sigmair (Tr.) 18; Todeslegende (Tr.) 19; Welt im Blickpunkt, e. Kosmosophie, 20; Sonnenmotor (phant. Erz.) 21; Das glühende Einmaleins, ein Sommertagstraum (Lsp.) 22; Bocksprünge (N) 23; Der Clown Gottes (grot. Tr.) 24; Die Bacchantinnen (Tr.) 25; Die Schlacht am Birkenbaum, ein Sang von der Zeitenwende (G) 32; Auf den Hintertreppen des Lebens (R) 45; * *Melodie der Fremde (G) Oprecht Vlg., Zürich 46;* Melodie der Heimkehr (G) 47; Grammatik der Schauspielkunst, eine Funktionslehre d. Sprache, Bd. I 48, Bd. II 55; Urform der Zauberflöte (Ess.) 49; Cherub des Unheils (Tr.) 55; Apoll Lehmann (R) 61.

JACOB PICARD · Wangen am Bodensee 11.1.1883. Studium in München, Berlin, Heidelberg (Dr. iur.), Rechtsanwalt in Konstanz, Köln. Seit 1933 freier Schriftsteller. Schon früher Mitarb. an fast allen großen liberalen Zt. Entkam 1940 über Rußland, Korea, Japan nach USA. Stellenloser, »scholarship« in Haverford, Gärtner in Mass., Hilfsarbeiter in Boston und New York. Später Forschungsstipendium für e. Biographie d. dt.-amerik. Freiheitshelden Franz Sigel. Seit 1946 Mitarb. an mehreren dt.-amerik. Zt. Lebt in New York u. Holland. Lyrik, Erzählung, Essay, Darstellung.

V (alle): Das Ufer (G) 13; Erschütterung (G) 20; Das Opfer (Erz.), Köln 34; Der Gezeichnete (N), Bln. 36; Franz Sigel, Bürger und Soldat (Biogr.) 50; The Marked One (IV) 56; * *Der Uhrenschlag (G), Vlg. Eremitenpresse, Stierstadt i. T., 60.*

HEINZ POLITZER · Wien 31.12.1910. Studium in Wien. Promotion in Prag (Dr. phil.). Freier Schriftsteller. Mitarb. Max Brod's a. d. ersten Kafka-Ausg. 1938 Emigration nach Jerusalem, dort Student d. Hebr. Univ. Gleichz. Reg. Beamter u. Bibliothekar a. Archäolog. Museum. 1947 nach USA. Prof f. Sprache u. Lit. in Berkeley (Calif.). Lyrik, Prosa, Drama, Übersetzung, Wiss. Beiträge, Herausgabe.

V (alle): Franz Kafka, Ges. Schriften (Hrsg. m. M. Brod), Bln.—Prag 35; Fenster vor dem Firmament (G), Lpz.—Mähr.-Ostrau 36; Die goldene Gasse (Leg.), Wien 36; Das Fräulein Paradies (Dr.), v. 38; **Gedichte, Ed. Dr. Peter Freund, Jerus. 42;* Amerika erzählt (Hrsg. u. Üb.) 58; ** *Die gläserne Kathedrale (G), Bergland Vlg., Wien 59;* Mehrere Beiträge über Kafka in Zss.

PAULA VON PRERADOVIC · Wien 12.10.1887. Enkelin d. kroat. National-Dichters u. österr. Generals P. v. Preradović. Lebte in Wien. Mit Dr. E. Molden verheiratet. Teilnahme an d. österr. Widerstandsbewegung. In d. Jahren 1944—45 zus. m. ihrem Gatten verhaftet. Verfasserin d. Textes d. jetzigen österr. Nationalhymne. Starb am 25.5.1951 in Wien. Nachl.: Otto Molden, Wien. Lyrik, Roman, Novellen.

V (alle): Dalmatinische Sonette (G) 23; Südlicher Sommer (G) 29; Lob Gottes im Gebirge (G) Salzburg 36; Pave und Pero (R), Salzburg 40; Ritter, Tod und Teufel (Ball.) 46; Königslegende, 50; Die Versuchung des Columba (N) 51; *Das Gesamtwerk, Österr. Verlags-Anst., Innsbruck, jetzt Wien 51—52:* Bd. I Verlorene Heimat, * *Bd. II Schicksalsland,* Bd. III Gott und das Herz; P. v. P., Porträt einer Dichterin (Biogr. v. E. Molden u. nachgel. Schriften) 55.

MARIANNE REIN · Genua 2.1.1911. Lebte in Würzburg. Wurde a. 27.11.1941 nach Riga verschleppt u. ist seitdem verschollen. In der jüd. Zs. »Der Morgen« (Berlin) erschienen zuweilen Gedichte. Nähere Angaben waren leider nicht zu erfahren. Das hier mitgeteilte Gedicht verdanken wir Herrn Jacob Picard, der es erstmals in »Christ und Welt« veröffentlichte.

HANS REINOW (Hans J. Reinowski) · Bernburg 28.1.1900. Politisch u. journalistisch tätig. 1933 Flucht n. Kopenhagen, später n. Schweden. 1938 Ausbürgerung. Seit Dezember 1945 Redakt d. »Deutschen Nachrichten« (Kopenhagen). Übernahm Anfang 1947 die Herausg. u. Chefred. d. Tageszt. »Darmstädter Echo«. Lyrik, Bericht, Roman.

V (alle): Ein Mann aus Deutschland besucht Onkel Sam (Ber.) 58; * *Lied am Grenzpfahl (G), Oprecht Vlg., Zürich 40, Reba-Vlg., Dst. 60²;* Heimat, Pflugschar, Schwert und Brücke (Ber. ü. Israel) 60. — Vgl. Inserat am Schluß d. Bds.

Wohin (* 71) 50

MAX RODEN · Wien 21.7.1881. Als Kind 6jähriger Aufenthalt in China. Schulzeit in Deutschland. Matur in Wien. Studium der Mathematik, Physik, Chemie. 1906 i. d. Red. d. »Österreichische Volkszeitung«. Viele Reisen. 1939 Flucht aus Österreich über Frankreich u. Belgien n. New York, wo er heute lebt. 1944 amerik. Staatsbürgerschaft. Lyrik, Erzählung, Übersetzung.

V (alle): Frühlingsgarten (G) 06; Aventüre (G) 09; All meine Liebe (G) 17; Brücken der Sehnsucht (G) 18; Anrufung (D) 19; Drei Leben (Sz.) 19; Zwischen den Stimmen (dr. Miniaturen) 19; Erlösendes Lied (G) 22; Bathseba (Dr.) 22; Magie (G) 29; Rede des Schaffenden (G) 30; Worte ins Ewige (G) 30; Sterners Weg zu Angeline (Erz.), Wien 33; Sang der Zeit (G), Wien 34; Dies ist die Stimme (D), Wien 35; Vom Urgrund her (G), Wien 35; Siebenheit (D), Wien 35; Immer und immer (D), Wien 35; Spiegelungen (Aphor.) 51; * *Tod und Mond und Glas (G), Bergland Vlg., Wien 59.*

Blut in der Zeit (* 7) . . . 276 Erste Tage (* 19) 82

BRUNO ROSENBERG · Berlin 1.3.1874. Dr. med. Theaterarzt in Berlin. Am 14.10.1942 nach Theresienstadt deportiert. Starb dort i. Frühjahr 1944. Das Gedicht wurde uns von Herrn Dr. H. G. Adler, London, mitgeteilt. Nähere Angaben unbekannt.

Die Amsel (Ms.) 270

ELSE RÜTHEL · Köln 3.8.1899. Schauspielerin a. d. »Münchner Kammerspiele« u. als Kabarettistin am »Simplizissimus«. Später als Rezitatorin am Rundfunk in Berlin u. Stuttgart, daneben eigene Vortragsabende. Beitr. in gr. europ. Zt. Im Frühjahr 1933 Emigration nach Estland, schließlich n. Brünn. Starb am 19.7.1938 in Brünn. Nachl.: Will Schaber, Leonia (New Jersey). Lyrik.

V (alle): Gedichte, 26; * *Anbruch des Tags (G), Vlg. B. Kilian, Prag—Brünn 36.*

Der Liebe Angesicht (* 16) 142

ARTHUR ERNST RUTRA (Ps. für Arthur Pleißner. Weitere Ps.: Arthur Arten, Heinz von Königsbrück) · Wien 18.9.1892. Studium u. Promotion (Dr. phil.) in Wien. Wurde 1918 Lektor im Georg Müller Verlag, später Mitarb. an mehreren Münchner Verlagen. Seit dem 2.4.1938 in Dachau, seit dem 9.10.1939 in Buchenwald inhaftiert. Am 5.10.1942 durch die Gestapo Wien nach Minsk verschleppt. Weiteres Schicksal unbekannt. Lyrik, Prosa, Drama, Übersetzung (meist russisch).

V (alle): Aus Österreich (Kriegslieder) 15; Russensturm (G) 15; Golgatha (Myst.) 18; Gericht (P) 19; Der österreichische Wert (P) 19; Barrikade (Sch.) 19; Die Lüge Mensch, Eine Briefschaft mit Robert Müller, 20; Die Tat (Sch.) 20; Herr Titan trägt Zinsen (Kom.) 25; Der fremde Mann (Erz.) 26; Denkrede auf Robert Müller, 25; Zoo (Erz.) 27; Der Sport siegt (Spiel) 27; Der Kronprinz (Tr.) 28; Genosse Geld (Sch.) 28; Werkspionage (Kom.) 30; Die Brüder (Tr.) 30; Sei schön durch Liebe (Kom.) 31; Spiel am Abgrund (Streitschr.) 31; Herr von Balzac macht Schulden (Kom.), 36; * *Einsamer Weg (G), Vlg. Dr. Werner, Wien 37.*

Die Toten (* 8) 206

MARTHA SAALFELD · Landau (Pfalz) 15.1.1898. Studium d. Kunstgesch. u. Philosophie, später d. Chemie u. Botanik in Heidelberg. 1918 Heirat m. d. Maler u. Grafiker W. vom Scheidt. 1933—45 Veröffentlichungsverbot. 1934—45 Assistentin in Apotheken, seitdem wieder freie Schriftstellerin. Lebt in Bergzabern. Ausz.: Lit.-Preis Rheinland-Pfalz 1950; Lit.-Preis d. Bayer. Akad. d. Schönen Künste 1955. Lyrik, Roman, Erzählung, Drama. — Das hier wiedergegebene Gedicht erschien zuerst i. d. Bd. Das Zigeunerbuch v. Otto Pankok, 43.

V (alle): Gedichte, 31; Der unendliche Weg (Son.) 32; Staub aus der Sahara (Sch.) 32; Beweis für Kleber (Tragikom.) 32; Deutsche Landschaft (G) 46; Idyll in Babensham (N) 47; Das süße Gras (Kurzgesch.) 47; Der Maler von Eschenloh (Erz.) 47; Der Wald (Erz.) 49; O sieh Ophelia (G) 50; Pan ging vorüber (R) 54; Anna Morgana (R) 56; * *Herbstmond (G), Vlg. Kurt Desch, Mchn. 58;* Mann im Mond (R) 61.

NELLY SACHS · Berlin 10.12. 1891. Stand seit ihrem 15. Lebensjahr im Briefverkehr mit Selma Lagerlöf, auf deren Fürsprache sie sich nach »7 Jahren unter Hitler's Schreckensherrschaft«, die ihr viele Freunde u. Verwandte raubte, kurz vor der »Verschickung« n. Schweden (über Dänemark u. Norwegen) retten konnte. Ausbürgerung. Veröffentl. in Zt. u. Zss. (u. a. im »Morgen«). Lebt heute in Stockholm. Ausz.: Lit. Preis d. Vb. schwedischer Lyriker 1958; Lit.-Preis d. Bd. Vb. d. dt. Industrie, 1959; Droste-Preis, Meersburg 1960. Lyrik, Schauspiel, Übersetzung, Herausgabe.

V (alle): * *In den Wohnungen des Todes (G), Aufbau Vlg., Bln. 47;* ** *Sternverdunkelung (G), Bermann-Fischer Vlg., Amsterd. 49;* Eli (Mystsp.) 50; Welle und Granit (Anth. schwed. G, hrsg. u. üb.) 57; Aber auch diese Sonne ist heimatlos (Anth. schwed. G) 57; Und niemand weiß weiter (G) 57; Der Schattenfischer, G v. Joh. Edfelt (Üb.) 58; Flucht und Verwandlung (G) 59; Der magische Tänzer (lyr. Sp.) Hortulus 41, 59; Fahrt ins Staublose (Ges. G) 61.

EDUARD SAENGER · Berlin 17.4.1880. Im Alter von drei Jahren in die USA. 1888 Rückkehr nach Deutschland. Studium in Berlin (Dr. phil.). Soldat im 1. Weltkrieg. 1935 nach England. Dort auf das dt. Kulturzentrum »Freier dt. Kulturbund« beschränkt. Ohne Deutschland wiedergesehen zu haben, starb E. S. am 22.3.1948 in London. Nachl.: Ilse Saenger, London. Lyrik, Übersetzung, Essay.

V (alle): Sonette Shakespeare (Üb.) 09; Der Pfad (G) 13; Weg und Wesen (G) 22; Nichts und Alles (phil. Ess.) 23; Catull (Üb.) 26; Griechische Anthologie, 27; Ekkehard v. St. Gallen (Üb.) 28; Aesopische Fabeln (Üb.) 29; Fragmente d. Empedokles (Üb.) 30; Mira (Erz.), Ldn. 48; * *Die fremden Jahre (G aus d. Emigration) hrsg. v. Freimut Schwarz, 19. Bd. d. DA, Vlg. Lambert Schneider, Hdbg. 59.*

HANS SAHL · Dresden 20.5.1902. Studium d. Kunstgesch., Lit., Philosophie u. Archäol. in München, Leipzig, Berlin, Breslau (Dr. phil. 1924). Dann Film- u. Theaterkritiker in Berlin. 1933 Emigration nach Prag, Zürich, Paris; in Frankreich

1939—40 interniert; 1941 Flucht nach Amerika, dort ab 1947 Theater- u. Kunstkritiker d. »Neuen Zürcher Zeitung«, d. »Süddeutschen Zeitung«, der »Welt«. Ausz.: Vd. Kr. d. BRD. Lyrik, Roman, Essay, Übersetzung (Wilder, Williams, Osborn).

V (alle): Vincent, Szenenfolge über van Gogh, Paris 38; Jemand (Chorwerk), Zürich 38; * *Die hellen Nächte, Gedichte aus Frankreich, Vlg. Barthold Fles, New York 42;* Die Wenigen und die Vielen (R) 59.

ALBRECHT SCHAEFFER · Elbing (Westpreussen) 6.12.1885. Sohn e. Geh. Baurats. Studium in München, Marburg, Berlin. Seit 1919 in Neuenbeuern (Inn), später am Chiemsee. Wanderte 1939 »freiwillig« nach den USA aus. Gründete dort ein Heim f. Emigranten-Kinder. Litt schwer unter d. Emigration. Starb drei Monate nach seiner Rückkehr am 4.12.1950 in München. Lit.-Preis d. Lds. Niedersachsen 1950. Nachl.: Walter Ehlers, Hamburg. Lyrik, Versepik, Roman, Novelle, Drama, Essay, Herausgabe, Übersetzung.

V: Amata — Wandel der Liebe (G) 11; Die Meerfahrt (Epos frei n. d. Odysse) 12, u. d. T.: Der göttliche Dulder, 20; Heroische Fahrt (D) 13; Der Mischkrug (G) 13; Attische Dämmerung (G) 14; Des Michael Schwertlos vaterländische Gedichte (Balladen) 15; Saalborner Stanzen, 17; Raub der Persephone (Epos) 20; Gevatter Tod (Epos) 21; Parzival (Vers-R) 22; Das Kleinod im Lotos (Epos) 23; Die Marienlieder, 24; Gedichte aus den Jahren 1915—1930, 31; Der Roßkamm von Lemgo (R), Potsd. 33, neu bearb. u. d. T. Janna du Coeur, 49; Der General (Erz.), Ffm. 34; Das Haus am See (2 Tril.), Hbg. 34; Cara (R), Ffm. 36, neubearb. 48; Aphaia — Der Weg der Götter, Völker, Zahlen (myth. Dicht.), Potsd. 37; Ruhland, Lebensbild e. Mannes (R), Potsd. 37; Heile heile Segen (Kinderb.), Potsd. 37; Kaniswall (N), Potsd. 38; Die Geheimnisse (Erz.), Potsd. 38; Von Räubern und Riesen (M), Potsd. 38; Rudolf Erzerum oder Des Lebens Einfachheit (R), Stockh.—Ffm. 45; * *Gedichte-Amerika, krit. Ausw., als Ms. in 100 Expl. verv., Hbg. 54.* Vollst. Bibliogr. bis 1935: das Werk A. Sch's., hrsg. v. W. Ehlers, Hbg. 35. Nachtrag: Jhb. d. Akad. d. Wiss. u. d. Lit. Mainz 51.

RICHARD SCHEID · Koblenz 11.5.1876. Ursprünglich Apotheker. Dann im Arbeiterbildungswesen tätig, richtete Gewerkschafts-Bibliotheken in Nürnberg u. München ein. Arbeitete viel für die Völkerverständigung. Nach d. Ermordung Eisner's übernahm er vorübergehend d. bayer. Militärministerium. 1933 erste Verhaftung. Als Mitgl. e. Widerstandsgruppe mehrere Jahre in Dachau Dunkelhaft u. Strafkompanie. Lebt heute in München. Lyrik.

V (alle): Madonna (G) 1900; Gedichte an Frauen (Privat-Dr., illeg. erschienen), Mchn. 41; Gedichte der Verfolgung, 59.

MIRIAM SCHEUER-GOLDES · Teplitz-Schönau (Böhmen) 19.1.1899. Studium d. Medizin in Prag (Dr. med.). Praktizierte in ihrem Heimatort bis 1938. Dann Emigration nach Israel, wo sie heute als Zahnärztin lebt. Lyrik, Übersetzung.

V: Aus neuer hebräischer Lyrik (Üb.) 49; In versch. Zss.

RENÉ SCHICKELE · Oberehnheim (Elsass) 4.8.1883. Begr. 1902 m. Stadler u. Flake die Zs. »Der Stürmer«. Studium d. Nat. Wiss. u. Philos. in Straßburg, München, Paris, Berlin. Reisen in Europa u. Asien. Seit s. Heirat (1904) freier Schriftsteller. Hrsg. d. »Weißen Blätter« (1915—1919). Unablässig um dt.-frz. Versöhnung bemüht. Seit 1920 in Badenweiler, ab 1932 an d. frz. Riviera. 1933 Ausschluß aus d. Preussischen Akademie. Leistete große Hilfe für Emigranten. Starb am 31.1.1940 in Vence. Nachl.: Frau Anna Schickele, Badenweiler. Lyrik, Roman, Drama, Essay, Übersetzung, Herausgabe (»Der Stürmer« s. o., »Der Merker« zus. m. O. Flake, Straßbg. 03, »Das neue Magazin« Bln. 04, »Die weißen Blätter« s. o.).

V: Sommernächte (G) 02; Pan (G) 02; Mon Repos (G) 05; Der Ritt ins Leben (G) 06; Weiß und Rot (G) 11, erw. 20; Die Leibwache (G) 14; Mein Herz, mein Land (Ausg. G) 15; Himmlische Landschaft (G u. P), Bln. 33; Die Witwe Bosca (R), Bln. 33; Liebe und Ärgernis des D. H. Lawrence (Ess.), Amsterd. 35; Die Flaschenpost (R), Amsterd. 37; Le Retour -Souvenirs inédits (Ess.), Paris 38; Die Heimkehr (Üb. v. F. Hardekopf), Straßb. 39; Das Vermächtnis (Anth. v. Walther v. d. Vogelweide bis Nietzsche), Amsterd. 40 (bis auf 7 Bde von Gestapo vernichtet), 48²; Das Gesamtwerk, 3 Bde., hrsg. v. Hermann Kesten zus. m. A. Schickele, 61 — Ausf. Bibliogr.: P. Ackermann, Bulletin of Bibliography, Cambridge, 56.

LEO SCHMIDL · Budapest 17.12.1904. Als freier Schriftsteller bis 1938 in Wien. Lehnte Beitritt z. Reichskulturkammer ab. 1938 verließ er Wien und ging nach Paris. 1940—42 in den IT's von Récébidou, Argelès u. Rivesaltes. Entging nur dank der Hilfe frz. Widerstandskämpfer der Verschickung in dt. Vernichtungslager. Lebt in Paris. Lyrik, Essay.

V (alle): Liebesbuch (G) 28; Monolog ins Leere (G) 36; Grundsätzliches über Dichtkunst und Dichter (Ess.) 37; * *Das Ebenbild — L'Image, (Ausg. G 1937—54) frz. u. dt., La table ronde, Paris 1955.*

REINHOLD SCHNEIDER · Baden-Baden 13.5.1903. Bis 1928 Auslandskorrespondent u. i. d. Landwirtschaft tätig. Viele Reisen durch Europa. Lebte lange in Potsdam u. ließ sich 1938 in Freiburg nieder. In der Folgezeit teilw. Publikationsverbot. Trotzdem verbreitete er in großer Anzahl illegal Sonette u. Traktate. Anklage wegen Vorber. z. Hochverrat. Oftmals Hilfe für Verfolgte. Starb am 6.4.1958 in Freiburg. Ausz.: 1946—47 Dr. iur. et. phil. h. c., Droste-Preis u. Longfellow-Preis 1948, Orden pour le Mérite (Friedensklasse) 1952, Friedenspreis d. dt. Buchhandels (»dem Deuter geschichtlichen Geschehens« und »Helfer Ungezählter inmitten der Barbarei«) 1956. Schriftl. Nachl.: Bad. Landesbibl., Karlsruhe. Lyrik, Erzählung, Essay, Herausgabe.

V (nach 45: nur Sammel- u. Lyrikbände) Die Hohenzollern. Tragik u. Königtum (P), Lpz. 33; Auf Wegen deutscher Geschichte. E. Fahrt ins Reich (P), Lpz. 34; Das Inselreich. Gesetz u. Größe d. brit Macht (P), Lpz. 36; Kaiser Lothars Krone, Lpz. 37; Las Casas vor Karl V. (Sz.), Lpz. 38; Corneilles Ethos in der Ära Ludwig XIV (Ess.), Lpz. 39; Elisabeth Tarakanow (Erz.), Lpz. 39; Sonette, Lpz. 39; Theresia von Spanien, Mchn. 39; Der Jüngling (P), Fbg. 40; Macht und Gnade. Gestalten, Bilder u. Werte in d. Geschichte, Lpz. 40; Der Katarakt (ü. N. Lenau), Würzbg. 40; An den Engel in der Wüste (ü. C. v. Brentano), Würzbg. 40; Der Pilger (ü. J. v. Eichendorff), Würzbg. 40; Zur Zeit der Scheide zwischen Nacht und Tag (ü. A. v. Droste), Würzbg. 40; St. Odilien (P), Kolmar 41; Das Münster in der Sternennacht (P), Kolmar 41; Das Vaterunser — Nach dem großen Kriege (P), Kolmar 41; Der Abschied der Frau von Chantal — Der Überwinder (Erz.), Kolmar 41; Das Antlitz des Mächtigen (Ess.), Fbg. 41; Das Gottesreich in der Zeit, als Ms. gedruckt, 42; Der Kreuzweg (Ess.), Kolmar 42; Die dunkle Macht (7 Erz.), Kolmar 43; Jetzt ist des Heiligen Zeit (G), Kolmar 43; Laß uns zur Stimme deiner Liebe werden. Worte an e. Gefallenen (Ess.), Kolmar 43; Die Stunde des heiligen Franz von Assisi (Aufs.), Kolmar 43; Ehrwürdiges Alter — Weltgericht (2 Bildbde), Fbg. 43; Der Dichter vor der Geschichte (Ess.), Hdbg. 44; Stimme des Abendlandes. Reflexionen zur abendl. Geschichte (Ess.), Kolmar 44; Der dunkle Ort (P), als Ms. gedruckt, Speyer 44; Die Waffen des Lichts (G), Kolmar 44; Was ist Geschichte? (Ess.), Kolmar 44; Die letzten Tage (Son.), Kolmar 44; Das Gebet in der Zeit. Ein Volk der Beter und Büßer (Ess.), Fbg. 45; Erscheinung des Herrn (Son.) 46; Apokalypse (Son.) 46; Die neuen Türme (Ausgew. Son.) 47; Vom Erdenrande (G) 47; Stern der Zeit (Son.), 48; Dreissig Sonette, Pvdr. 49; Herrscher und Heilige (Aufs. a. d. J. 35—52) 53; Das getilgte Antlitz (Aufs. a. d. J. 29—42) 53; Der fünfte Kelch (Aufs. a. d. J. 36—42) 53; Über Dichter und Dichtung (Aufs. a. d. J. 38—53) 53; * *Die Sonette von Leben und Zeit, dem Glauben und der Geschichte, Vlg. J. Hegner, Köln-Olten 54;* Verhüllter Tag (Aufs. ü. d. J. 33—45) 54; Pfeiler im Strom (Erinn. z. T. ü. d. J. 33—45) 58; R. Sch. Leopold Ziegler. Ein Briefwechsel (1935—56) 60. — Vollst. Bibliogr.: Hans Urs von Balthasar, R. Sch. Sein Weg und sein Werk, Köln-Olten 53.

ROMAN KARL SCHOLZ · Mährisch-Schönberg 16.1.1912. Gymnasium. 1930 Eintritt in d. Chorherrenstift Klosterneuburg. 1936 Priesterweihe, nach zweijähriger Tätigkeit als Kaplan in Heiligenstadt Berufung an d. Theol. Hauslehranstalt d. Chorherrenstiftes Klosterneuburg als Prof. d. christl. Philosophie. Schon 1939 in der Widerstandsbewegung. Im Juni 1940 verhaftet, am 23.2.1944 zum Tode verurteilt u. am 10.5.1944 im Landgericht I Wien hingerichtet. Nachl.: Chorherrenstift, Klosterneuburg, Österr. Lyrik, Prosa, wiss. Beiträge.

V (alle): Feine ferne Dinge (G), Klosterneuburg o. J. (1936); Goneril, Geschichte einer Begegnung (P) 47.

BRUNO SCHÖNLANK · Berlin 31.7.1891. Versch. Berufe: Landwirt, Fabrikarbeiter, Buchhandlungsgehilfe. Freier Schriftsteller seit 1914. Schuf nach 1918 mit vielfach aufgef. Sprechchören e. neue Form d. dichterischen Aussage. Von Anfang an Gegner Hitler's. Sprach noch im Mai 1933 in Massenversamml. gegen s. Politik. Bücherverbrennung. 1933 nach Zürich, wo er noch heute lebt. 1938 Ausbürgerung. Publikationsmöglichkeit anfangs in d. Schweiz beschränkt. Lyrik, Drama, Roman, Sprechchor. — Das Gedicht »Weihnachtsgebet« wurde illegal in Dtschl. verbreitet.

V (alle): In diesen Nächten (G) 17; Ein goldner Ring, ein dunkler Ring (G) 18; Blutjunge Welt (G) 19; Sonniges Land (G) 19; Gesänge der Zeit (G) 19; Erlösung (Spr.) 20; Verfluchter Segen (Dr.) 20; Großstadt (Spr.) 22; Moloch (Spr.) 23; Der gespaltene Mensch (Spr.) 24; An die Erde (Spr.) 24; Sei uns du Erde (G) 25; Ein Frühlingsmysterium (dr. Chorw.) 25/26; Seid geweiht (Spr.) 27; Das Bergwerk (Kant.) 29; Agnes (R) 29; Fiebernde Zeit (Ges. Spr.) 34; Forel, Aus meinem Leben (Hrsg.), Zürich 35; Schweizer Märchen (Hrsg.), Zürich 38; * *Laß Brot mich sein (G), Vlg. Oprecht, Zürich 40;* Mein Tierparadies (G) 50; Wir schaffen alle Hand in Hand (Spr.) 52; Vom König Dampf zur Atomkraft (Spr.) 54; Heraus, heraus aus Hof und Haus (G) 55; Funkenspiel (G) 55.

ERNST SCHÖNWIESE · Wien 6.1.1905. Realgymnasium. Studien in Wien. 1924 Promotion (Dr. phil.). Redakteur, Volkshochschullehrer, später freier Schriftsteller. 1935—37 u. 1947 ff. Hrsg. d. Zs. »das silberboot«. 1939 Emigration n. Ungarn. Schreibverbot. S. 1945 in verantw. Position b. österr. Rundfunk, herausg. Tätigkeit. Vorstandsmitglied d. ö. P. E. N. Lebt in Wien. Ausz.: 1937 Julius Reich-Preis d. Uni. Wien. Lyrik, Erzählung, Hörspiel, Übersetzung, Herausgabe.

V (alle): Pathmos (G-Anth.), Wien 35; Der siebenfarbige Bogen (G) 47 (Ms. 37); Ausfahrt und Wiederkehr (G) 47; Nacht und Verheissung (G) 50; Das Bleibende (G-Ausw.) 50; * *Das unverlorene Paradies, Dichtungen von Demut, Tod und Ewigkeit (G), Gurlitt-Vlg., Wien-Mchn. 50;* Ein Requiem in Versen (G) 53; Stufen des Herzens (G) 56; ** *Der alte und der junge Chronos (G-Ausw.), Bergland Vlg., Wien 57;* Der helle Tag (Nach d. ind., jap.,chin. G) in Vorb.; Traum und Verwandlung (G-P Ausw.) 61; Baum und Träne (G) 62.

ISAAC SCHREYER (Ps. Herbert Urfahr) · Wisnitz (Bukowina — Österr., später Rumänien, heute UDSSR) 20.10.1890. Privatschule in Mähren, dt. Gymnasium in Czernowitz. Im 1. Weltkrieg Offizier. Danach in Wien. 1939 Flucht n. London u. Leeds, 1943 n. Brooklyn, N. Y. Dort als Büroangestellter tätig. Starb am 14.1.1948. Nachl.: Ernst Waldinger, Saratoga Springs. Lyrik.

V (vermutlich alle): * *Psalm eines einfachen Mannes (G 1911—47, m. e. Nachw. v. E. Waldinger), Selbstvlg., New York—Wien 50.*

RENÉ SCHWACHHOFER · Stuttgart 28.5.1904. Jugend u. Studium (Philosophie, German.) in Leipzig u. Berlin. Bis 1933 als Publizist tätig. Ständige Mitarb. a. d. liberal. Linkspresse. 1931—33 Hrsg. d. Monats-Zs. »Der Funke«. Alle Hefte 1933 verboten und verbrannt. In den Jahren 1933—45 zum Schweigen verurteilt. Gedichtband »Dämmerung« wegen Defätismus verboten. Mehrere Dienstverpfl. 1942 a. d. Ostfront. 1945 aus amerik. Gefangenschaft entlassen. Seit 1946 Neulehrer u. Referent f. Lit. am Sender Leipzig. Chefred. d. Zs. »Solidarität«. Lebt seit 1954 als Schriftsteller in Berlin-Falkensee. Lyrik, Essay, Übersetzung, Herausgabe.

V (alle): Dämmerung (G), Lpz. 38; Vom Schweigen befreit (Anth.) 48; Bettelsack und Freiheit (Biogr. S. Petöfis) 54; Aus dem Schatten ans Licht. Dichter im Umbruch der Zeiten. 55; Die Gestalten (G), 57; In vielen Anthologien vertreten.

MORIZ SEELER · Greifenberg (Pommern) 1.3.1896. Leitete 1922—33 die »Junge Bühne« (Berlin). Entdeckte viele bekannte Autoren. Wirkte an Filmen u. Revuen mit. 1943 n. Theresienstadt deportiert. Seitdem verschollen. Genaue Angaben waren nicht zu erfahren. Nachl.: Friedrich Torberg, Wien, u. Erich Heller, Swansea (Wales / England). Lyrik.

V (wahrscheinlich alle): * *Die Flut (G). A. Werner Vlg., Wien 37.*

ARTHUR SILBERGLEIT · Gleiwitz (Ob. Schles.) 26.5.1881. Sohn e. Fotografen. Kaufmänn. Lehre. Später als freier Schriftsteller in Berlin. Beziehungen zu Brod, Werfel, Hofmannsthal, Zweig. Freiwilliger im 1. Weltkrieg. Bis 1933 Lektor an d. Berliner Funkstunde. Nach 1933 bis zu s. Deportation bei christl. Freunden versteckt. Zuletzt fast völlig erblindet. Kam 1943 n. Auschwitz, wo er ermordet wurde. Ausz.: Ehrenpreis d. Stadt Köln 1928. Nachl.: Frau Gertrud Isolani, Basel. Lyrik, Erzählung.

V (alle): Flandern (G) 15; Das Füllhorn Gottes (P) 19; Die Magd (Leg.) 19; Der verlorene Sohn (D) 20; Alte Stadt (D) 21; Die Balalaika (G) 21; Das Farbenfest (P) 22; Bajazzo Herbst (G) 28; Orpheus (G-Ausw.) 31; * *Der ewige Tag (G), hrsg. v. d. Künstlerhilfe d. jüd. Gemeinde, Vlg. Berthold Levy, Bln. 35.* Ungedr.: Der Leuchter (R).

SIEGBERT STEHMANN · Berlin 9.4.1912. Studium der ev. Theologie in Berlin. Wurde Pfarrer d. Bekennenden Kirche. Verbüßte als solcher Gefängnishaft. Einzug zum Militär. Kurz vor s. Tode am 18.1.1945 b. Rückzug in Polen Anklage vor e. Militärgericht. Nachl.: Frau Elfriede Veit-Stehmann, Dülken (Ndrh). Lyrik, Prosa.

V (alle): Hirtenspiel (G), Hbg. 35; Geistlicher Kreis (G), Hbg. 37; Blätter f. d. Dichtung (Hrsg.), Hbg. seit 1935; Sieben Sendschreiben (G), Bln. 39; Das Gleichnis (G), Bln. 39, m. Vorw. v. H. Gollwitzer, 55²; Reisesegen, Bln.-Stegl. 39; Der Pfarrspiegel (Hrsg.), Bln 40; * *Opfer und Wandlung, Gesamt-Werk, mit e. Vorw. v. R. A. Schröder, Eckart Vlg. Witten—Bln. 51.*

FRANZ BAERMANN STEINER · Prag 12.10.1909. Studium d. semit. Sprachen. Promotion 1935 (Dr. phil.) in Prag. Ging 1936 n. London. Ethnologische Interessen führen ihn n. Palästina, Karpath.-Rußland. Seit 1939 am Institut für soziale Anthropologie in Oxford. Eltern in Treblinka (1942) ermordet. 1949 befiel ihn eine Koronarthrombose, an der er am 27.11.1952 in Oxford starb. Nachl.: Dr. H. G. Adler, London. Lyrik, Aphorismus, Wiss. Beiträge.

V (alle): Ethnolog. u. soziol. Arbeiten; * *Unruhe ohne Uhr (G), Ausw. a. d. Nachlaß, hrsg. von H. G. Adler, 3. Bd. der DA, Vlg. Lambert Schneider, Hdbg. 54;* Taboo, Ldn.—New York 56.

HENRI STERNBERG · Berlin 30.7.1905. Lebte in Pforzheim u. schrieb vor 1933 Gedichte, die in Zt. u. Zss. erschienen sind. 1933 Schreibverbot. 1938 Berufsverbot. S. Familienangehörigen in Auschwitz, Riga, Buchenwald erschlagen oder erschossen. Er selbst kommt nach Theresienstadt. Trotz schwerer Erkrankung steht er die Zeit bis 1945 durch. Alle Manuskripte gingen mit dem Tod s. Schwester in Theresienstadt verloren. Lebt als Graphologe in Pforzheim. Lyrik, Essay.

V (alle): Der Uhrmacher unter dem Werktisch (G) 49; * *Der Liebeskreis (G), Vlg. Kempter, Ulm 51.*

LUDWIG STRAUSS · Aachen 28.10.1892. Germ. Studien in Berlin u. München. 1914—17 Kriegsdienst. 1929 Promotion in Frankfurt a.M. (Dr. phil.). 1930 Dozent an der TH Aachen f. dt. Literatur. Heiratete d. Tochter M. Buber's. 1934 Übersiedlung n. Israel. Zunächst Landarb., später wieder Dozent (an d. hebr. Univ. in Jerusalem). Starb am 11.8.1953 in Jerusalem. Nachl.: Frau Eva Strauß-Buber, Jerusalem. Lyrik, Drama, Erzählung, lit. wiss. Beiträge, Märchen, Übersetzung.

V (alle): Der Mittler (N) 16; Wandlung und Verkündung (G) 18; Die Flut, Das Jahr, Der Weg (G) 21; Leukothea (G, Abhdlg. zus. m. A. Schaeffer) 22; Das Ufer (G) 22; Tiberius (Dr.) 24; Das Antlitz im Gestirn (G) 26; Der Reiter (Erz.) 29; Nachtwachen (G a. d. J. 1919—33) 33; Das Problem der Gemeinschaft in Hölderlins Hyperion (Wiss. Schr.), Lpz. 33; Ein jüdisches Lesebuch, hrsg. zus. m. N. N. Glatzer, Bln. 33; Botschaft (Erz.), Bln. 34; Ostjüdische Liebeslieder, ausgew., übers. u. erl., Bln. 35; Land Israel (G), Bln. 35; Die Zauberdrachenschnur (Märchen), Bln. 36; Kleine Nachtwache, Sprüche in Versen (G), Bln. 37; 50 Gedichte aus den Jahren 1934—40. Ed. Dr. P. Freund, Jerus. 41; Über drei Gesänge aus dem Psalter (Wiss. Schr. i. hebr. Spr.) 50; Schaot wador (G i. hebr. Spr.) 51; * *Heimliche Gegenwart, G 1933—50, Vlg. Lambert Schneider, Hdbg. 52;* Wintersaat, ein Buch aus Sätzen, 53; Fahrt und Erfahrung, (Gesch. u. Aufzeichng.) 59.

MANFRED STURMANN · Königsberg 6.4.1903. Studien in Königsberg, Breslau u. München. Lebte von 1922—1938 in München. 1938 Auswanderung nach Palästina. Dort Weiterführung d. Studiums. Journalist. 1940—1947 Sekr. d. Bezalel-National-Museums. Seit 1947 Fürsorgebeamter. Lebt in Jerusalem. Ausz.: 1929 Lyrikpreis d. Stadt München. Lyrik, Erzählung, Übersetzung.

V (alle): Althebr. Lyrik (Nachdicht.) 23; Der Gaukler und das Liebespaar (N) 29; Die Erben (G) 29; Die Schöpfung (G) 31; Wunder der Erde (G), Lpz. 34; Herkunft u. Gesinnung (G), Bln. 35; Palästinensisches Tagebuch, Bln. 37; * *Gedichte, Ed. Dr. P. Freund, Jerus. 41;* Die Kreatur (Erz.) 52; ** *Die Sanduhr (G), Tschudy-Vlg., St. Gallen 54.*

Ermessen wir es ganz (* 38) . .	35	Liebeslied (** 17)	221

MARGARETE SUSMAN (M. von Bendemann-Susman) · Hamburg 14.10.1874. Begann sehr früh (sechsjährig) zu dichten. Studierte Malerei in Düsseldorf, Paris u. München; später Philosophie, vor allem in Berlin b. Georg Simmel. Von 1900—1922 literarische Korrespondentin der Frankfurter Zeitung; langjährige Mitarbeiterin des »Morgen«. 1933 Flucht in die Schweiz, dort in der religiös-sozialen Bewegung tätig. 1943 Selbstmord ihrer Schwester n. gescheitertem Versuch, in Begleitung von Gertrud Kantorowicz die Schweizer Grenze zu überschreiten. Lebt heute fast erblindet, aber ständig arbeitend in Zürich. Ausz.: Preise d. Stadt u. d. K. Zürich, d. S. S. V., sowie d. Schweiz.-Israel.-Gemeindebundes, Dr. h. c. d. Univ. Berlin. Lyrik, Prosa, Essay.

V (alle): Mein Land (G) 01; Neue Gedichte, 07; Das Wesen der modernen dt. Lyrik (Ess.) 12; Vom Sinn der Liebe (Ess.) 12; Die Liebenden (G) 17; Lieder von Tod und Erlösung (G) 22; Das Kruzifix (N) 22; Frauen der Romantik (Darst.) 29; Das Buch Hiob und dasSchicksal des jüdischen Volkes (phil. Schr.) 45; Goethe und Charlotte von Stein, Deutung einer großen Liebe, 51; * *Aus sich wandelnder Zeit (G), Diana-Vlg., Zürich 53;* Gestalten und Kreise (Darst.) 54; Deutung biblischer Gestalten, 55; Die geistige Gestalt Georg Simmels, 59.

Das Erbe (* 120)	244	Das Letzte (* 97)	52
Der Augenblick (* 161) . . .	183	Gerechtigkeit (* 130) . . .	144
Massengrab (* 131)	204	Wir wandern (* 121) . . .	57

WILHELM FELIX SWOBODA · München 31.8.1914. Gehörte schon als Student zu d. Kreisen d. illeg. Münchner Hochschulgruppe. War Jurist, Musiker, Zeichner u. Lyriker. Wurde 1939 eingezogen u. fiel im Oktober 1941 vor Moskau. Nachl.: Frau H. Swoboda, Ludwigsburg. Außer d. Beiträgen in d. Anthologie »De profundis« hat er nichts veröffentlicht.

Sturm (De profundis, 403) . .	37	Symphonie (De profundis, 407) .	212

WILHELM SZABO · Wien 30.8. 1901. Lehrerseminar in St. Pölten. 1939 aus pol. Gründen aus d. Schuldienst entlassen. Von 1940 bis 1945 Verlagslektor, Stiftsorganist u. Holzfäller. Seit 1945 Hauptschuldir. in Weitra (Österr.). Ausz.: Georg-Trakl-Preis 1954, Förderungspreis d. Theodor-Körner-Stiftung, 1957. Lyrik.

V (alle): Das fremde Dorf (G), Wien 33; Im Dunkel der Dörfer (G), Mchn. 40; Das Unbefehligte (G) 47; * *Herz in der Kelter (G), Otto Müller Vlg. Salzb. 54.*

Die Unke (* 75)	80	Nach dem Entscheid (Ms.) . .	260
Mahnung (* 84)	288		

OTTO FREIHERR VON TAUBE · Reval 21.6.1879. Aus e. Geschlecht d. estl. Ritterschaft ursprüngl. westf. Herkunft. 1892 Übersiedlung nach Kassel. Studium a. 6 Univ. (Dr. iur et phil.). Zeitw. a. Goethe-National-Museum Weimar. 1910 freier Schriftsteller. Teilnehmer am 1. Weltkrieg. Wohnt s. 1921 in Gauting b. München. Seit 1940 unter Beschattung d. SS. Seine 1961 in d. Irrenanstalt verstorbene Frau litt seitdem an den Folgen der ständ. Bedrohung. Im Krieg in d. ev. Landeskirche tätig.

Half Bedrängten. Lyrik, Roman, Novelle, Erinnerung, Essay, Übersetzung, Herausgabe.

V: Verse, 07; Gedichte u. Szenen, 08; Neue Gedichte, 11; Das Opferfest (antifasch. R) 26; Die Metzgerpost (R), Mersebg. 36; Das Ende der Königsmarks (N), Merseburg 37; Wanderlieder und andere Gedichte, Merseburg 37; Geschichte unseres Volkes, 2 Bde, Bln.-Stegl. 37 u. 42; Wirkungen Luthers (Ess.), Bln.-Stegl. 39; Der Fluch über Luhsen (N), Merseburg 39; Die baltischen Märtyrer, ein Gedenkblatt, Bln.-Stegl. 39; Von Spuk und Traum (N) Chemnitz 40; Licht der Welt (Anth., Hrsg.) 46; Vom Ufer da wir abgestossen (G) 47; Die Wassermusik (N), v. 33—45, e. 48; Im alten Estland (N), v. 33—45, e. 49; Wanderjahre (P), v. 33—45, e. 50; Doktor Alltags phantastische Aufzeichnungen (Erz.), v. 40—45, e. 51; Lob der Schöpfung (G) 54; Das Drachenmärchen, v. 39, e. 54; Selig sind die Friedbereiter (G) 56; Ausgewählte Werke (G, R, N, Ess., Autobiogr.), Hbg. 59; Goldene Tage (G) 59; * *Zeugnis (G-Ausw.), Pvdr. Peter Presse, Dst. 60.* Die Gedichte wurden als Manuskript illegal während d. 3. Reiches verbreitet.

JESSE THOOR (Peter Karl Höfler) · Berlin 23.1.1905. Sohn österr. Eltern. Betrieb versch. handwerkl. Berufe. Lit. Autodidakt. Ging 1933 von Berlin nach Wien, 1938 nach Prag. Flüchtete 1939 nach London. Dort einige Zeit interniert. Kam 1950 kurz n. Wien. Starb am 15.8.1952 in Lienz. Nachl.: Alfred Marnau, London. Lyrik.

V (alle): Sonette, 48; * *Sonette und Lieder, hrsg. v. A. Marnau, 7. Bd. d. DA, Vlg. Lambert Schneider, Hdbg. 56;* ** *Dreizehn Sonette, hrsg. v. Wilh. Sternfeld, Eremitenpresse, Stierstadt i. T. 58.*

FRIEDRICH TORBERG · Wien 16.9.1908. Studium in Wien u. Prag. 1938 Emigration in d. Schweiz. 1939 freiw. Meldung zum Militärdienst in Frankreich. 1940 Flucht ü. Spanien u. Portugal n. USA. Lebte zuerst in Los Angeles, dann in New York als freier Schriftsteller. 1951 Rückkehr n. Wien. Seit 1954 Hrsg. u. Chefred. d. »Forum« (öst. Monatsbl. f. kult. Freiheit). Ausz.: 1933 J. Reich-Preis d. Univ. Wien, 1958 Prof. h. c. Lyrik, Roman, Essay, Übersetzung, Theaterkritik (1954—58 »Kurier«, s. 1959 »Die Presse«). Herausgabe (Zehnjahrbuch d. Bermann-Fischer Vlgs. 1938—1948; Nachlaß des Gesamtwerks v. Fritz v. Herzmanovsky-Orlando).

V (alle): Der ewige Refrain (G) 29; Der Schüler Gerber hat absolviert (R) 30; - und glauben, es wäre die Liebe (R) 32; Die Mannschaft (R), Ostrau 35; Abschied (R), Zürich 37; Mein ist die Rache (N), Los Angeles 43, Stockh.—Wien 47²; Hier bin ich, mein Vater (R), Stockh. 48; Die zweite Begegnung (R) 50; * *Lebenslied (G), Vlg. Langen-Müller, Mchn. 58.*

KURT TUCHOLSKY · Berlin 9.1.1890. Jura-Studium in Berlin u. Genf. Ab 1913 Mitarb. d. »Schaubühne«, die ab 1918 »Weltbühne« hieß. Dr. iur. 1914. Volontär in e. Bankhaus. Im 1. Weltkrieg Soldat. Ab 1924 Korrespondent d. »Weltbühne« u. »Vossischen Zeitung« in Paris. Nach S. Jacobsohns Tod f. kurze Zeit Hrsg. d. »Weltbühne«. 1929 Übersiedlung n. Schweden. 1933 Ausbürgerung u. Bücherverbrennung. Am 21.12.1935 nahm sich K. T. in Hindas (Schweden) d. Leben, da er feststellte, »man kann nicht einem Volk das Gegenteil von dem predigen, was es in seiner Mehrheit will«. Nachl.: K. T.-Archiv, u. d. Ltg. v. Frau Mary Gerold-Tucholsky, Rottach-Egern. Lyrik, Satire, Drama.

V (alle): Rheinsberg, Ein Bilderbuch für Verliebte, 12; Der Zeitsparer (Grotesken u. d. Ps. Ignaz Wrobel) 14; Fromme Gesänge (u. d. Ps. Theobald Tiger) 19; Träumereien an preussischen Kaminen (u. d. Ps. Peter Panter) 19; Ein Pyrenäenbuch (u. d. Ps. Peter Panter) 27; Mit 5 PS, 27; Das Lächeln der Mona Lisa, 29; Deutschland, Deutschland über alles, Ein Bilderbuch, 29; Schloss Gripsholm (R) 31; Lerne lachen ohne zu weinen, 31; Christoph Kolumbus oder Die Entdeckung Amerikas (Kom. m. W. Hasenclever u. d. Ps. Peter Panter) 52; Gruß nach Vorn (Ausw. v. E. Kästner) 46; Na und —? (neue Ausw. hrsg. v. M. Gerold-Tucholsky) 50; Zwischen gestern und morgen (Ausw. hrsg. v. M. Gerold-Tucholsky) 52; ** *Tucholsky, Ein Lesebuch für unsere Zeit, hrsg. v. V. Victor, Volks-Vlg., Weimar 52;* *** *Und überhaupt (neue Ausw. hrsg. v. M. Gerold-Tucholsky), Vlg. Rowohlt, Hbg. 53;* Panter, Tiger & Co (Ausw. hrsg. v. M. Gerold-Tucholsky) 54; 'n Augenblick mal! (Ausw.) 55; Ausgewählte Werke, hrsg. v. F. J. Raddatz: Rheinsberg und anderes, 56 — Schloss Gripsholm und anderswo, 56 — Panter, Tiger und andere, 57 — Deutschland, Deutschland unter anderen, 57 — Kurt Tucholsky ganz anders, 58; Nachher, 56; Das Wirtshaus im Spessart, 56; Man sollte mal . . . (Ausw. v. H. Kesten) 57; Kurt Tucholsky hasst — liebt in Prosastücken, Gedichten und Briefen, hrsg. v. M. Gerold- Tucholsky, 57; K. T. in Selbstzeugnissen und Bilddokumenten, dargest. v. K. P. Schulz, 59 (darin genaue Bibliogr.). * *Gesamtausg. in 3 Bde., hrsg. v. M. Gerold-Tucholsky u. F. J. Raddatz, Rowohlt-Vlg., Hbg. 60/61.*

Das Dritte Reich (Weltbühne, 6.5.30, * 42 ** 299, *** 254) 30

FRIEDRICH UMBRAN · Löwenberg (Schlesien) 10.12.1917. Sohn e. Pfarrers. Kunstakad. Breslau. Studium d. Philosophie, Psychologie u. Romanistik. 1938 Flucht nach Frankreich wg. antinat.-soz. Betätigung. Nach d. dt. Einmarsch verhaftet. Später Heeresdienst. Seit 1944 im Osten verschollen. War Maler, Musiker u. Lyriker. Außer in d. Anth. »De profundis« wurde nichts gedruckt. Weitere Daten unbekannt.

Freilich (De profundis, 433) 90

FRITZ VON UNRUH · Koblenz 10.5.1885. Sohn e. preuss. Generals. Zus. m. d. kaiserl. Prinzen erzogen. Im 1. Weltkrieg als Offizier a. d. Front. Dann überzeugter Pazifist. Seit 1928 Mitglied der Preussischen Akademie, aus der er 1932 austrat. 1933 Ausbürgerung. Flüchtete nach Frankreich. 1940 interniert. Konnte sich aber bald n. USA retten. Lebt heute in USA u. in Diez a. d. Lahn. Ausz.: Kleist-Preis 1915, Bodmer-Preis 1917, Grillparzer-Preis 1922, Schiller-Preis 1926, Raabe-Preis 1947, Goethe-Preis 1948, Gr. Vd. Kr. d. BRD 1955. Drama, Essay, vereinzelt Lyrik.

V (alle): Offiziere (Dr.) 12; Louis Ferdinand, Prinz von Preussen (Dr.) 13; Vor der Entscheidung (G) 14; Stürme (Sch.) 14; Ein Geschlecht (Dr.) 17; Opfergang (Erz.) 19; Platz (Sch.) 20; Rosengarten, 21; Stirb und Werde, Goethe-Rede, 22; Vaterland und Freiheit, Rede an die Jugend, 23; Flügel der Nike, Buch einer Reise, 25; Heinrich aus Andernach (Sch.) 25; Bonaparte (Sch.) 27; Phaea (Kom.) 30; Zero (Kom.) 32; Politeia (Ges. Reden u. G) 33; Europa erwache (Rede), Basel 36; The end is not yet (R. ü. d. J. 1933—45) 47, dt. u. d. T.: Der nie verlor (R) 46; Friede auf Erden (Rede) 47; Rede an die Deutschen, 48; Seid wachsam (Goethe-Rede) 48; The Saint (R) 50, dt.: Die Heilige, 50; Fürchtet nichts (R) 53; Wilhelmus (Dr.) 53; Rede an der Frankfurter Universität, 54; Duell an der Havel (Sch.) 54; Die Anfälligkeit der westlichen Welt (Rede) 55; Hebbel-Theater-Rede, 55; Schiller-Rede, 55; Der Sohn des Generals (Autobiogr. R.) 57; Mächtig seid Ihr nicht in Waffen! Sammelbd. Reden) 57; Dramen (Sammelbd.) 60; Rebell und Verkünder, Monographie, 60.

Ich habe nur eine Liebe (Dt. Freiheitskalender 1940) 84

MELITTA URBANCIC · Wien 21.2.1902. Studien in Wien u. Heidelberg, Dr. phil. 1927. Heiratete 1930 d. Komponisten u. Dirig. Dr. Victor U. 1938 Emigration n. Island. Schriftstellerin u. Bildhauerin. Seit d. Tod ihres Gatten Lehrerin in Reykjavik, Island. Gedichte u. Aufsätze in versch. Zss. u. Anth. Gedichtbände (ungedruckt): Einiges Dasein, Kairos, Vom Rand der Welt, I will (engl.), The Whiteband Poems (engl.).

 Nordsommernacht (Ms.) . . 248 Vor der Flucht (Ms.) . . . 46

GERTRUDE URZIDIL · Jenikau (Böhmen) 20.7.1898. Lebte seit ihrer Kindheit in Prag. Tochter des Rabbiners Prof. Dr. Karl Thieberger u. Schwester d. jüd. Religionsphilosophen Dr. Friedrich Thieberger (des Hebräisch-Lehrers von Franz Kafka). — Gymnasial- u. Universitätsstudien in Prag. Seit 1922 Gattin des Schriftstellers Johannes Urzidil. 1939 Flucht aus Prag n. England. Lebt seit 1941 in New York. Lyrik.

V: Lyrik in versch. Zeitungen und Zeitschriften. Lyrikband in Vorb.

BERTHOLD VIERTEL · Wien 28.6.1885. Philosophie-Studium in Wien. 1911 Mitbegr. u. Dramaturg d. »Wiener Volksbühne«. Im 1. Weltkrieg Offizier. Seit 1919 Regisseur, u. a. am »Deutschen Theater« Max Reinhardt's. 1923 Gründung des eigenen Theaters ›Die Truppe‹ in Berlin. 1933 Emigration n. London, später n. New York. Filmregie in Hollywood. N. der Rückkehr ab 1948 Regisseur am »Burgtheater« Wien, daneben Inszenierungen in Berlin u. Zürich. Starb am 24.9.1953 in Wien, begraben i. d. Ehrenreihe d. Wiener Zentralfriedhofs. Nachl.: Frau Elisabeth Neumann-Viertel, München. Lyrik, Roman, Drama, Essay, Übersetzung (Tennessee Williams, Arthur Miller).

V (alle): Die Spur (G) 13; Die Bahn (G) 21; Karl Kraus, ein Charakter und die Zeit (Ess.) 21; Die Bacchantinnen des Euripides (Üb.) 25; Die schöne Seele (Kom.) 25; Das Gnadenbrot (R) 27; * *Fürchte dich nicht (G), Vlg. Barthold Fles, New York 41;* ** *Der Lebenslauf (G), Aurora Vlg., New York 46, Aufbau Vlg., Bln. 47²;* *** *Dichtungen und Dokumente, Ged., Prosa, Autobiogr. Fragm., hrsg. v. Ernst Ginsberg, Kösel Vlg., Mchn. 56.*

KARL (GUSTAV) VOLLMÖLLER · Stuttgart 7.5.1878. Sohn e. württ. Fabrikanten. Studium d. Archäol. u. klass. Philologie (Dr. phil.). Freundschaft mit D'Annunzio, George, Reinhardt. Veröffentl. in d. »Blätter für die Kunst«, »Musarion«, »Insel-Almanach«. Baute als Schüler von Hirth u. Benz d. ersten Autos u. flog d. ersten Flugzeuge. Mit Schliemann in Griechenland. 1939 zufällig in Amerika; dort interniert; lebte später in New York, schließlich in Los Angeles, wo er am 18.10.1948 starb. Nachl.: Schiller-National-Museum, Marbach. Lyrik, Drama, Novelle, Roman, Übersetzung.

V (alle): Die Sturm- und Drangperiode und der moderne dt. Realismus (Rede) 97; Gabriele d'Annuncio: Francesca da Rimini (Vers.-Dr., Üb.) 03; Parcival. Die frühen Gärten (G) 03; Catherina, Gräfin von Armagnac und ihre beiden Liebhaber (Dr.) 03; Assüs, Fitne und Sumurud (Tr.) 04; Das Buch der Landschaften, 04; Giulia (Einakter)) 05; Der deutsche Graf (Kom.) 06; Wieland (M-Sp.) 11; Carlo Gozzi. Turandot, eine Chinoiserie, 11; Oresteia (Tril. n. Aischylos) 11; Das Wunder (The miracle), 12; George Dandin (Kom. n. Moliere) 12; Venezianisches Abenteuer, 12; Madame D'Ora (Dr.) 17; Onkelchen hat geträumt (Kom.) 19; Die Geliebte (N) 20; Die sieben Wunder der hl. Jungfrau Maria (a. d. Lat.) 27; Acht Mirakel der hl. Jungfrau Maria (Erz.) 28; Cocktail (Kom.) 30; La Paiva (Dr.) 31; The last Mirakel (R. i. dt. Sprache, ins Engl. üb. v. L. M. Salm) 49; * *Gedichte, hrsg. v. Herbert Steiner, Schiller-National-Museum, Marbach a. N., 61.*

GREGOR WALDEN · Ratibor (Schlesien) 7.8.1913. Lebte in Breslau, München u. im Riesengebirge. 1933 Flucht in d. Tschechoslowakei. 1934 Rückkehr. Organisierte e. schlesische Widerstandsgruppe, »Aktionsgruppe VII«. 1936 verhaftet. Mangels Beweise freigelassen. 1940 Militärdienst. Wg. »Tapferkeit v. d. Feind« Offizier. Wg. Weigerung, Partisanen zu erschießen, degradiert. Nach schwerer Verwundung 1943 entlassen. Gedichte aus d. Zeit wurden illegal verbreitet, so auch d. hier vorliegende. Wahrscheinlich 1945 von poln. Plünderern ermordet.

Wir, die Verlorenen (De profundis, 447) 60

ERNST WALDINGER · Wien 16.10.1896. 1914—18 Kriegsfreiwilliger. Als Offizier schwer verwundet. Studium 1921 u. Promotion (Dr. phil.). Tätigkeit als Lektor. Von d. SS trotz fast vollständiger Lähmung a. e. Krankenh. gewaltsam entfernt. 1938 Flucht in die USA, dort bis 1947 Mitarb. an d. Care-Aktion. 1947 o. Prof. f. dt. Sprache u. Lit. am Skidmore College, Saratoga Springs. Ausz.: J. Reich-Preis d. Univ. Wien 1934, Theodor-Körner-Preis 1958, Preis d. Stadt Wien f. Kunst 1960. Lyrik, Essay, Übersetzung.

V (alle): Die Kuppel (G), Wien 34; Der Gemmenschneider (G), Wien 37; * *Die kühlen Bauernstuben (G), Aurora Vlg., New York 46, Aufbau Vlg., Bln. 47;* Musik für diese Zeit (G) 46; Glück und Geduld (G) 52; Zwischen Hudson und Donau (G-Ausw.) 58; Gesang vor dem Abgrund (G, P, Nachd.), eingel. m. bio-bibliogr. Daten v. E. Schönwiese, 60.

Einem Freund im KL (* 103) 187
Das Volk der tausendjährigen Zuversicht (* 90) 260
Sprachlosigkeit (Aufbau, 24.3.43, * 9) 76

ILSE WEBER (Ps. Ilse Herlinger) · Vitkovice (Ostrau) 11.1.1903. Bis 1939 Richterin in Vitkovice. Nach Kriegsausbruch ging I. Weber nach Prag. Als Kindergärtnerin tätig. Mit Kind u. Mann im Februar 1942 nach Theresienstadt verschleppt. Dort vermochte sie eine Kinderkrankenstube einzurichten u. ihr als Oberschwester vorzustehen. 1944 folgte sie ihrem Mann nach Auschwitz, wo sie am 6. Oktober vergast wurde. Nachl.: Vilém Weber, Prag. Alle Gedichte sind im Ghetto entstanden u. wurden von versch. Personen herausgeschmuggelt. Lyrik, Märchen.

V (alle): Jüdische Kindermärchen, 28; Moses Rosenbusch (M) 29.

Weg nach Theresienstadt (Ms.) 125
Die Hungernden (Ms.) 118

GÜNTHER WEISENBORN · Velbert (Rheinland) 10.7.1902. Studium d. Medizin u. Lit. in Bonn. 1928 Urauff. s. ersten Dramas (U-Boot S 4) a. d. Volksbühne Berlin. Ging n. Argentinien u. New York. S. Bücher wurden verboten u. verbrannt. Schloß sich nach s. Rückkehr nach Deutschl. (1937) e. Widerstandsgruppe an, wurde 1942 verhaftet und zu 3 Jahren Zuchthaus verurteilt. Dort entst. d. Drama »Babel«. 1945 befreit u. zum Bürgermeister von Luckau ernannt. Begr. das »Hebbel-Theater« neu u. gab d. Zs. »Ulenspiegel« heraus. Lebt heute als freier Schriftsteller in Hamburg. Drama, Roman, Herausgabe, vereinzelt Lyrik, Hörspiel.

V (alle): U-Boot S 4 (Dr.) Urauff. 28; Barbaren. Roman e. studentischen Tafelrunde, 30; Die Arbeiter von Jersey, v. 30; Die Neuberin (Dr.), u. d. Ps. E. Förster Munk, Urauff. Bln 35; Das Mädchen von Fanö (R), Bln. 35; Die guten Feinde (Dr.), v. 36, e. 46; Die Furie. Roman aus der Wildnis, Bln. 37; Die Illegalen. Drama aus d. dt. Widerstandsbewegung, Urauff. 45; Memorial (Autobiogr. ü. d. J. 33—45) 46; Babel (Dr.) Urauff. 46; Die spanische Hochzeit (Kom.) 47; Historien der Zeit (Babel, Die guten Feinde, Die Illegalen) 47; Ballade vom Eulenspiegel, vom Federle und von der dicken Pompanne (Dr.), Urauff. 49; Das Spiel vom Thomas Kantor, Urauff. 50; Drei ehrenwerte Herrn (Kom.), Urauff. 51; Der lautlose Aufstand (Ber. d. dt. Widerstandsbewegung 1933—45, n. d. Material von R. Huch) 53; Zwei Engel steigen aus (Kom.) Urauff. 55; Lofter oder Das verlorene Gesicht. Die Ballade vom lachenden Mann (Dr.) Urauff. 56; Der dritte Blick (R) 56; Auf Sand gebaut (R) 56; Die Familie von Nevada (Dr.) Urauff. 58; Göttinger Kantate, 58; 15 Schnüre Geld. Bearb. e. alten chin. Bühnenwerkes von Chu-Su-Chen, Urauff. 59, 60; Der Verfolger (R ü. d. J. 33—45) 61.

FRANZ WERFEL · Prag 10.9.1890. Studium in Leipzig u. Prag. 1912 Lektor im Kurt Wolff-Vlg. 1915—17 Soldat. N. 12jähriger Freundschaft 1929 Heirat mit Alma Mahler. Viele Reisen. 1933 Ausschluß a. d. Preuss. Akad. 1938 Flucht aus Breitenstein (a. Semmering) n. Paris. Versteckt in Lourdes. Nach vergebl. Versuch Flucht zu Fuß üb. d. Pyrenäen n. Spanien. Im Oktober 1940 v. Portugal n. New York. Lebte zuletzt in Hollywood-Beverly Hills. Starb am 26.8.1945. Ausz.: Grillparzer-Preis 1925; Schiller-Preis 1927. Nachl.: Frau Alma Mahler-Werfel, Calif., Univ. of Calif., Los Angeles u. Yale Univ. New Haven, Conn. Lyrik, Roman, Erzählung, Essay, Drama, Übersetzung, Herausgabe (Verdi's Briefe), Textbearbeitung (Verdi-Oper).

V: Der Weltfreund (G) 12, verb. Aufl. 18[3]; Wir sind. Neue Gedichte, 13; Einander. Oden, Lieder und Gestalten, 15; Gesänge aus den drei Reichen (G-Ausw.) o. J. (17); Der neue Dämon (G, Erz., Fragm.) 19; Der Gerichtstag in fünf Büchern (G) o. J. (19); Beschwörungen (D) 23; Gedichte, 3. Bd. d. Ges. Werke, 27; Der Weg der Verheissung (Bibelsp.), Wien 35; * *Schlaf und Erwachen. Neue Gedichte, Paul Zsolnay-Vlg., Wien 35;* Die ewige Straße des Menschen (Dr.), N. Y. 37; Jeremias. Höret die Stimme (R), Wien 37; In einer Nacht (Sch.), Wien 37; Von der reinsten Glückseligkeit des Menschen (Rede) Stockh. 38; Die 40 Tage des Musa Dagh (R), Wien 33; Cella (R), v. 38—39, e: Ges. Werke; Der veruntreute Himmel (R), Stockh. 39; ** *Gedichte aus 30 Jahren, Vlg. Bermann-Fischer Stockh. 39;* Das Lied von Bernadette (R), Stockh. 41; Eine blassblaue Frauenhandschrift (N) B.-Aires 41; Jacobowsky und der Oberst (Kom. einer Tr.), Stockh. 44; Die wahre Geschichte vom wiederhergestellten Kreuz, Los Angeles 42; Zwischen Oben und Unten (Rede, Theologumena), Stockh. 46; Stern der Ungeborenen. Ein Reisetagebuch, Stockh.-New York 46; Schönste Gedichte, Eine Auswahl, New York 46; *** *Gedichte 1908—45. Hrsg. v. E. Gottlieb u. F. Guggenheim, Pvdr. d. Pazifischen Presse, Los Angeles 46, Vlg. S. Fischer, Ffm. 53[2];* Zehn Gedichte für die Freunde, 48; Gesammelte Werke, hrsg. v. A. D. Klarmann, S. Fischer Vlg., Ffm. 56.

ERNST WIECHERT · Kleinort (Ostpreuß.) 18.5.1887. Studium d. Natur-Wiss., Philosophie u. Germanistik in Königsberg. Im höh. Schuldienst. Seit 1930 in Berlin. Im 1. Weltkrieg Offizier. Seit 1933 freier Schriftsteller. Wg. s. antinat. Haltung von Mai—August 1938 in Buchenwald. Nach s. Entlassung unter Gestapo-Aufsicht. Seit 1948 in d. Schweiz. Starb am 24.8.1950 in Uerlikon. Nachl.: Verlag Desch, München. Lyrik, Roman, Erzählung, Herausgabe.

V: Das Spiel vom deutschen Bettelmann, Mchn. 33—34; Der Todeskandidat (N), Mchn. 34; Die Majorin (Erz.), Mchn. 34; Der Kinderkreuzzug (N a. d. Bd: Der silberne Wagen, 28), Bln. 35; Hirtennovelle, Mchn. 35; Der verlorene Sohn (Dr.), Mchn. 35; Der Wald (R), Bln. 35; Der Dichter und die Zeit (Ess.), Mainz 35; Das heilige Jahr (N), Mchn. 36; Wälder und Menschen, Mchn. 36, zus m.: Jahre u. Zeiten, 49, u. d. T.: Es sprach eine Stimme, 59; Der Dichter und die Jugend (Ess.), Mainz 37; »Eine Mauer um uns baue . . .« (Ess.), Mainz 37; Vom Trost der Welt (Ess.), Mainz 38; Atli, der Bestmann. Tobias (Erz.), Bln. 38; Das einfache Leben (R), Mchn. 39; Der Totenwald (Ber. ü. Buchenwald) 45; Totenmesse (D) 45; * *Meine Gedichte, Vlg. Kurt Desch, Mchn. 52;* Die letzten Lieder (G) 55; Sämtl. Werke in zehn Bde., Vlg. Kurt Desch, Mchn. 57 ff. — Bibliogr.: H. Ebeling, Der Weg des Dichters, 37,

u. d. T.: Das Werk des Dichters, 47; W. J. Mueller, E. W., Der Mensch und sein Werk. 51.

EUGEN GOTTLOB WINKLER · Zürich 1.5.1912. Studium d. roman. Philologie. Promotion b. Vossler (Dr. phil.) 1934. Mehrere Italienreisen. 1933 von d. Gestapo verhaftet, aber wieder feigelassen. Als 1936 neue Verhaftung drohte, nahm er sich am 26.10.1936 in München das Leben. War die bedeutendste Hoffnung d. dt. modernen Dichtung. Nachl.: Günther Neske, Pfullingen. Lyrik, Essay, Erzählung, Übersetzung.

V (alle): Ges. Schriften, hrsg. v. J. Heitzmann u. H. Rinn: Bd. I: Gestalten und Probleme (Ess.), Bd. II: Dichterische Arbeiten, Lpz. 37; Die Freundin des Prinzen Eugen, Bln. 37; Briefe, hrsg. v. W. Warnach, 49; * *Dichtungen, Gestalten und Probleme, Nachlaß, in Vb. m. H. Rinn u. J. Heitzmann hrsg. v. W. Warnach, Vlg. Günther Neske, Pfullingen 56;* Legende einer Reise, 58; Prosaauswahl, 59; Eugen Gottlieb Winkler, Auswahl v. Walter Jens, 60.

ALFRED WOLFENSTEIN · Halle a. d. S. 28.12.1888. Juristische Studien in Berlin (Dr. iur.). Dort freier Schriftsteller. 1916—22 in München. Nach 1933 vor Verhaftung gewarnt, flüchtete er nach Prag, von dort 1939 nach Paris. Von der Gestapo 1940 an d. Loire gefaßt; Gefängnishaft. Flucht nach Süd-Frankreich. Unter falschem Namen zurück nach Paris. Als Paris befreit wurde, fand man A. W. schwer herzleidend in e. kleinen Hotelzimmer. Nach s. Überführung in e. Hospital nahm er sich am 22.1.1945 infolge seelischer Depressionen das Leben. Nachl.: Frau Henriette Hardenberg-Frankenschwerth, London. Lyrik, Roman, Essay, Novelle, Drama, Übersetzung (Verlaine, Shelley, Rimbaud, O'Neill, Hugo, de Nerval).

V (alle): Die gottlosen Jahre (G) 14; Die Nackten (D) 17; Die Freundschaft (G) 17; Der Lebendige (N) 18; Menschlicher Kämpfer (G-Ausw.) 19; Die Erhebung, Jahrbuch (Hrsg.) 19—20; Der gute Kampf (D) 20; Sturm auf den Tod (Dr.) 21; Der Mann (Szen. D) 22; Jüdisches Wesen und neue Dichtung (Ess.) 22; Mörder und Träumer (Szen. D) 23; Der Flügelmann (D) 24; Unter den Sternen (N) 24; Der Narr der Insel (Dr.) 25; Bäume in den Himmel (Dr) 26; Netze (6 Einakter) 26; Bewegungen (G) 28; Die Nacht vor dem Beil (Dr) 29; Celestina (Sch.) 29; Hier schreibt Paris (Hrsg.) 31; Die gefährlichen Engel (Erz.), Mährisch-Ostrau 37; Stimmen der Völker — Die schönsten Gedichte aller Zeiten und Länder (Hrsg.), Amsterd. 38; A. W. Einf. in s. Werk u. Ausw. v. C. Mumm, Verschollene und Vergessene, 55.

KARL WOLFSKEHL · Darmstadt 17.9.1869. Entstammte e. alten Darmstädter Patrizier-Familie. Studium u. Promotion (Dr. phil.) 1893 in Gießen. Ältester Freund Stefan Georges, mit d. er 1901—02 die Auswahl »Deutsche Dichtung« (3 Bde) herausgab. Polyhistor u. berühmteste Gestalt d. Münchner Geisteslebens bis 1932, als er Deutschland verließ. Ging über die Schweiz u. Italien 1938 in seine »ultima Thule« nach Neuseeland, wo er am 30.6.1948 in Auckland starb. Nachl.: Frau Dr. Margot Ruben, London. Lyrik, Aufsatz, Übertragung, Herausgabe.

V: Ulais (G) 97; Gesammelte Dichtungen (G) 03; Der Umkreis (G) 27; ** *Die Stimme spricht (G), Schocken Vlg., Bln. 34;* *** *An die Deutschen, Origo Vlg., Zürich 47;* **** *Sang aus dem Exil (G), Vlg. Lambert Schneider, Hdbg. 50;* Hiob oder Die vier Spiegel (G) 50; Karl Wolfskehl, Ausw. u. Bibl., Agora Bd. 4, 55; Zehn Jahre Exil, Briefe 1938—1949, hrsg. v. M. Ruben, Bd. 14 d. DA, 58; Kalon bekawod namir — Aus Schmach wird Ehr (G, Aufs., Br. a. d. Nachl.), Castrum Peregrini Bd. XLI, 60; * *Gesammelte Werke, 2 Bde, hrsg. v. M. Ruben u. C. V. Bock, Claassen Vlg., Hbg. 60.* (Vgl. dazu Inserat S. 374) Ausführliche Gesamtbibliogr. im Vlg. Agora in Vorbereitung.

Auf Erdballs letztem Inselriff (**** 63, * 225) 228
Grabschrift (* 248) 187
Hinfahrt I u. III (Meanjin Papers, Melbourne, No. 4 1 45, *** 51, * 220) . 228
Hinter mir weit (Dt. Blätter, 6, 45, **** 61, * 224) 230
Ultima Poetae (**** 65, * 226) 230
Und dennoch sind wir da (** 32, * 148) 290
Wir ziehn (** 38, * 160) 166

RICHARD ZACH · Graz 23.3.1919. Sohn e. Arbeiters. 1934—38 Lehrerbildungsanstalt in Graz. Kontakt mit e. kommunist. Jugendverb. Gründete antifaschist. Widerstandsgruppe innerhalb e. legalen Jugendorg. 1938 Einzug zur Wehrmacht. Nach d. Polenfeldzug Dienstverweigerung. 1940 im Spital. Hrsg. d. »Roter Stoßtrupp«, d. illegal verbreitet wurde. 1941 Verhaftung u. am 27.1.1943 im Zuchthaus Brandenburg hingerichtet. Nachl.: Alfred Zach, Graz. Lyrik. Die Gedichte wurden in der Haft geschrieben, durch Klopfzeichen vermittelt u. aus dem Zuchthaus herausgeschmuggelt.

V (alle): Bekenntnis zu Österreich (G) 45; Der Weg ins Licht (G), o. J. (1946).

Zweifel (Ms.) 312

ARTHUR ZANKER · Oderberg i. Schlesien 22.7.1890. Studium d. Medizin (Dr. med.). Geriet während d. 1. Weltkriegs in russ. Gefangenschaft. Lagerarzt in versch. Fleckfieber-Lagern Sibiriens. Arzt inWien. 1939 Emigration nach England. Zunächst interniert, von 1943 bis zu s. Tode am 30.4.1957 in Croydon Psychiater des Warlingham-Park-Hospital. Nachl.: Frau Anna Zanker, Croydon (Engl.). Lyrik, Essay, Übersetzung.

V (alle): Die Ernte mit den vier Geräten (G), Wien 35; * *Es duftet noch der Weichselstock Ausgew. G, Bergland-Vlg., Wien 57. Ungedr. Ms.* ** *Distel, Draht und Dohle, Ein Gedichtzyklus.*

Distel (* 48) . . . . . 262 Stacheldraht (Ms. **) . . . 130

PAUL ZECH · Briesen (Westpr.) 19.2.1881. Nach freiw. abgebrochenem Studium (Bonn, Heidelberg, Zürich) im Bergbau d. Ruhrgeb. u. in d. Eisenhütten Belgiens. Redakteur, Propagandachef versch. Betriebe, Mitarb. d. Berliner Volksbühne, zuletzt Bibliothekar in Berlin. 1933 in Spandau inhaftiert. Nach s. versehentl. Freilassung Flucht ü. Prag u. Paris n. Süd-Amerika. Forschungsreisen durch d. Kontinent. Ständ. Mitarb. d. »Deutschen Blätter«. Starb am 7.9.1946 in Buenos Aires. Nachl.: Rudolf Zech,Berlin. Lyrik, Roman, Drama, Erzählung, Essay, Übersetzung.

V: Das schwarze Revier (G) 09; Waldpastelle (G) 10; Schollenbruch (G) 12; Schwarz sind die Wasser der Ruhr (Ges. G) 13; Die eiserne Brücke (G) 12; Helden und Heilige, Balladen aus der Zeit, 17; Vor Cressy an der Marne (G) 18; Gelandet (dram. G) 19; Der feurige Busch (G) 19; Golgatha. Eine Beschwörung zwischen zwei Feuern (G) 20; Das Terzett der Sterne. Ein Bekenntnis in drei Stationen (G) 20; Der Wald (G) 20; Verbrüderung (G) 21; Omnia mea mecum porto (Ball.) 23, endg. Fass. 61; Die junge Witwe (G) 24; Die ewige Dreieinigkeit (G) 24; Rotes Herz der Erde (G) 29; Neue Balladen von den wilden Tieren, 30; Die Balladen und lasterhaften Lieder des Herrn Francois Villon (G) 31; Terzinen für Thino (G) 32; Berlin im Licht linker Hand (u. d. Ps. Timm Borah) 32; Nur ein Judenweib (Dr.), B.-Air. 34; Der Fall Robert Puhl (Dr.), B.-Air. 35; Neue Welt (G), B.-Air. 35; Bäume am Rio de la Plata (G), B.-Air. 38; Der letzte Inca (Tr.), Basel 38; Ich suchte Schmid und fand Malva (Erz.), B.-Air. 38; Stefan Zweig, B.-Air. 43; Die schwarze Orchidee (Leg.) 46; Die Liebessonette der Louize Labée, 48; Die Sonette aus dem Exil, 49; Die grüne Flöte vom Rio Beni (Leg.) 56; Die Ballade von einer Weltraumrakete, 58; Abendgesänge und Landschaft der Insel Marapampa,59; Die Sonette vom Bauern, 60; Die ewigen Gespräche (G) 60; Venus Urania (G) 60. Mehrere R-, N-, G-Bände unveröfftl., darunter: Es brach ein Stein entzwei vor Weh, Sonette an Virginia, Wanderungen unter dem Orion. — Bibliogr. in: Menschheitsdämmerung, 59; Paul Zech — E. Bibliographie m. Beitr. üb. d. Dichter, R. Zech Vlg., Bln. 61.

Dem immerwährenden Andenken (Dt. Blätter, I, 6, 44) 188
Vom Zweifel hin und hergerissen (Ms.) 171
Für Virginia (Ms.) 261   Grabinschrift (Ms.) 191
Jetzt blutet diese Welt (Ms.) . 139   Neu Beginnen (Dt. Blätter, I, 6, 43) 309

JULIUS ZERFASS · Kirn a. d. Nahe 4.2.1886. Gelernter Gärtner. Frühe Hinwendung zum Sozialismus. Gewerkschaftsarbeit in Düsseldorf. Nach 1918 Feuilletonred. d. »Münchner Post«. Nach der Beschlagn. d. Zt. Inhaftierung in Dachau (1934). Flucht nach Zürich, wo er am 24.3.1956 starb. Nachl.: Frau Anna Zerfaß, Zürich. Lyrik, Märchen, Berichte, Herausgabe.

V (alle): Ringen und Schwingen. Gedichte eines Proletariers, 18; Die Reise mit dem Lumpensack (M) 26; Glühende Welt (G) 28; Dachau, eine Chronik, u. d. Ps. Walter Hornung, Zürich 36; * *Du Mensch in dieser Zeit (G), Vlg. Oprecht, Zürich 46;* Vom Untertan zum freien Bürger (Ess.) 48; Das Buch der Freiheit. Stimmen d. Völker u. Nationen aus 4 Jahrtausenden. Anth., hrsg. zus. m. A. Siemsen, 56.

Besinnliche Stunde (* 46) . . 297   Passion (* 59) 293

GUIDO ZERNATTO · Treffen b. Villach 21.7.1903. Gymnasium in Kalksburg. 1925 Gründung d. »Kärntner Monatshefte«. Jur. Studien in Wien. 1929 Gen. Sekr. d. Österr. Heimatschutzvb.; 1932 Präs. d. Vb. kath dt. Schriftst. u. Vize-Präs. d. Österr. Bundesvlgs. 1936 Staatssekr. u. später Minister d. BRÖ. 1938 Ausbürgerung u. Bücherverbrennung. Flucht nach Preßburg, Paris, Spanien, Portugal und 1940 New York. 1941 Prof. a. d. Fordham Univ. Starb am 8.2.1943 in New York. Ausz.: Lyrik-Preis d. »Kolonne«, Dresden 1930. Nachl.: Otto Zernatto, St. Ruprecht (Österr.). Lyrik, Roman, polit. Schriften.

V (alle): Mein Herz im Spiegel (G) 28; Gelobt sei alle Kreatur (G) 30; Die Sonnenuhr (G) 34; Sinnlose Stadt (R) 34; Die Wahrheit über Österreich (Pol. Schr.), N. Y. 38, Paris 39; Das Nationalitätenproblem (Pol. Schrift), New York 43; Der Jahrmarkt (G) Pvdr., New York 46; * *Gedichte (Ges.-Ausg.), Vlg. Joh. Leon sen., Klagenfurt 50;* ** *Die Sonnenuhr (G-Ges.-Ausg.), Otto Müller, Salzburg 61;* Kündet laut die Zeit (Ausw. a. d. Ges. Werk) 61.

Aus tausend Quellen (* 123, ** 131) 132
Dieser Wind der fremden Kontinente (* 119, ** 127) 63
Glaub nicht (* 126, ** 134) 213
Heimkehr (* 120, ** 128) 305

CARL ZUCKMAYER · Nackenheim a. Rh. 27.12.1896. Sohn e. Fabrikanten. Humanist. Gymnasium. Im 1. Weltkrieg Frontoffizier. 1924 zus. m. B. Brecht am »Deutschen Theater«. 1933 Aufführungsverbot. 1935—37 von Henndorf häufige Reisen n. England. 1937—38 in Österr. N. Einmarsch sof. Beschlagnahme s. dort. Hauses, sowie s. gesamten Vermögens. 1939 Ausbürgerung. Emigration über d. Schweiz n. Kuba, später nach Hollywood. Pachtete e. Farm in Barnard, Vermont, wo er mit Saas (Schweiz) wechselnd lebt. Ausz.: Kleistpreis 1925, Georg-Büchner-Preis 1929, Goethepreis d. Stadt Frankfurt 1952, sowie Verleihung d. Ehrenbürgerrechts d. Heimatgemeinde Nackenheim, Gr. Vd.-Kreuz d. BRD 1955, Dr. h. c. d. Univ. Dartmouth 1956 u. Bonn 1957, Lit.-Preis d. Ld. Rheinland-Pfalz 1957. Drama, Roman, Komödie, Lyrik, Filmbuch.

V: Der Baum (G) 26; Der Schelm von Bergen (Sch.), Bln. 34, Urauff. Wien 34; Eine Liebesgeschichte, Bln. 34; Salwàre oder Die Magdalena von Bozen (R), Wien 36; Ein Sommer in Österreich (Erz.), Wien 37; Herr über Leben und Tod (R), Stockh. 38; Pro Domo (Ess.), Stockh. 38; Second wind, New York 40; Carlo Mierendorff, Porträt e. dt. Sozialisten (Rede), New York 44; Der Seelenbräu (Erz.), Stockh. 45; Des Teufels General (Dr. ü. d. J. 33—45), Stockh. 46; * *Gedichte 1916—48. Bermann-Fischer Vlg., Amsterdam u. Suhrkamp Vlg., Ffm.*

48, S. Fischer Vlg. Ffm. 60²; Der Gesang im Feuerofen (Dr. ü. d. J. 43—45) 50; Ulla Windblad oder Musik und Leben des Michael Bellmann, Urauff. u. d. T.: Bellmann, Zürich 38, neuaufgef. u. ersch. 53. Gesammelte Werke in 4 Bdn. 60; Vollst. Bio-Bibliographie in: Fülle der Zeit, zum 60. Geb. C. Z., S. Fischer Vlg. Ffm. 56; J. Engelsing-Malek, Amor fati in Z.'s Dramen, 60.

STEFAN ZWEIG · Wien 28.11.1881. Studium u. Promotion (Dr. phil.) in Wien, Berlin. Viele Reisen durch Europa, Asien u. Amerika. Im 1. Weltkrieg suchte er mit Romain Rolland zu e. friedlichen Europa aufzurufen. 1933 teilweise Bücherverbrennung. Bis 1935 wohnte er in Salzburg, ging dann n. England, 1940 in d. USA, von dort nach Brasilien, wo er sich in Petropolis am 22.2.1943 m. s. jungen Frau das Leben nahm. Erhielt e. brasil. Staatsbegräbnis. Nachl.: Richard Friedenthal, London, Briefe (bis 1933) in: The Yewish National- and University Library, Jerusalem. Lyrik, Drama, Roman, Novelle, Biographie, Essay, Erinnerung, Übersetzung, Herausgabe.

V: Silberne Saiten (G) 01; Die frühen Kränze (G) 06; Jeremias (dr. D) 17; Die gesammelten Gedichte, 24; Ausgewählte Gedichte, 29; Die schweigsame Frau (vertont v. R. Strauss), Urauff. Dresden 35; Maria Stuart (R), Wien-Lpz. 35; Triumph und Tragik des Erasmus von Rotterdam, Wien 35; Sinn und Schönheit der Autographie (Vortr.), Wien-Lpz. 35; Arthuro Toscanini (Ess.), Wien-Lpz. 35; Castello gegen Calvin (Ess.), Wien-Lpz. 36; Gesammelte Erzählungen, Bd. I: Die Kette, Bd. II: Kaleidoskop, Wien-Lpz. 36; Der begrabene Leuchter (Erz.), Wien-Lpz. 37; Ungeduld des Herzens (R), Stockh. 37; Begegnungen mit Menschen, Büchern, Städten (Erinn.), Wien-Lpz. 37; Georg Friedrich Händels Auferstehung (Ess.), Wien-Lpz. 37; Magellan, der Mann und seine Tat (Ess.), Wien-Lpz 38; Die Welt von Gestern (Erinn.), Stockh.-Ldn. 41; Brasilien, ein Land der Zukunft (Ess.), Stockh. 41; Zeit und Welt, Ges. Aufs. u. Vorträge 1904—40, hrsg. v. R. Friedenthal, Stockh. 43; Sternstunden der Menschheit. 12 hist. Miniaturen (davon 3 bereits e. 27), Stockh. 43; Schachnovelle, Stockh. 43; Amerigo, Geschichte e. histor. Irrtums (Ess.), Stockh. 44; Legenden, Stockh. 45; Balzac, Roman seines Lebens, A. d. Nachl. hrsg. v. R. Friedenthal, 50; St. Z. u. Friederike Maria Zweig. Briefwechsel 1912—42, 51; Briefwechsel mit Richard Strauss, hrsg. v. W. Schuh, 58; Europäisches Erbe (Aufs. a. d. J 33—42) 60. Das hier veröffentlichte Gedicht ist St. Z's letzte Aussage.

FRANK ZWILLINGER · Wien 29.11.1909. Germanist. Studien in Wien (Dr. phil.). Veröffentl. in Zt. u. Zss. sowie Vorträge im Rundfunk. Am 10. März 1938 Flucht nach Rom, dann nach Indochina. Zivilinternierter, Fremdenlegionär, schließlich Industrieller. 1945 beim japan. Überfall verwundet, Verlust der Fabrik. 1946 Rückkehr nach Europa. Lebt heute in Frankreich. Lyrik, Prosa, Schauspiel, Übersetzung.

V (alle): Dalmatinisches Bilderbuch (G u. P), Wien 38; * *Wandel und Wiederkehr (G), Nest-Vlg., Ffm. 50;* Galileo Galilei. Der Baum der Erkenntnis (Sch) 54; Der magische Tanz (Ball.) 60. Ungedr. Ms: 4 G-Bände, 7 Dramen, Übersetzungen.

INHALT

Schriftenreihe Agora – Herausgegeben von Manfred Schlösser

An den Wind geschrieben 13/14
Lyrik der Freiheit - Gedichte aus den Jahren 1933-1945
Neuauflage 1981

Max Rychner 16
Bedachte und bezeugte Welt – Prosa, Gedichte, Essays, Aphorismen
296 Seiten · Leinen

Carl Gustav Carus 17/18
Denkwürdigkeiten aus Europa
832 Seiten · Dünndruck · Leinen

Margarete Susman 19
Vom Geheimnis der Freiheit – Gesammelte Aufsätze
360 Seiten · Leinen

Hans Schiebelhuth 20/21
Werke I/II – Dichtungen, Prosa, Briefe, Übertragungen
2 Bände in Kassette zus. 800 Seiten · Leinen

Das Volk braucht Licht 23/24
Frauenbriefe aus der Revolutionszeit 1790-1848
800 Seiten · Dünndruck · Leinen · Leder

Märchen und Grotesken des Expressionismus 25
Herausgegeben von Hartmut Geerken
400 Seiten · Leinen · Broschur

Joseph Roth und die Tradition 27
Aufsatz- und Materialsammlung – Herausgegeben von David Bronsen
416 Seiten · Leinen · Broschur

Konrad Merz 28
Der Mann, der Hitler nicht erschossen hat – 24 Erzählungen eines Masseurs
160 Seiten · Leinen

Franz Kafka Symposium 29
Herausgegeben von Marie Luise Caputo-Mayr
245 Seiten · Leinen · Broschur

Agora Verlag · 1000 Berlin 21 · Postfach 21 05 33